SARAH MEIANE

On the edge

Avez-vous remarqué le petit symbole sur la quatrième de couverture de ce livre, juste au-dessus du code barres ? En voici la signification :

Sans contenu
explicite détaillé

Peu de scènes
explicites détaillées

Présence de plusieurs scènes
explicites très détaillées

À tous ceux qui ont cru
qu'ils devaient renoncer à leurs rêves :
les plus belles victoires naissent souvent après la chute.
Vos cicatrices peuvent devenir vos plus belles ailes.

Avant-propos

Avant d'entamer votre lecture et de danser aux côtés de Sam et Olivia, j'aimerais préciser qu'il s'agit d'une œuvre de fiction : les dates et lieux de compétitions ne sont pas une reconstitution exacte de la réalité et n'ont rien d'un calendrier officiel.

Il en va de même pour les règles du patinage artistique et de la danse sur glace : certaines règles ont été simplifiées dans un but purement narratif.

Le parcours d'Olivia et Sam dans ce sport, que ce soit ensemble ou séparément, est marqué par des sujets difficiles évoqués durant le récit. Cette romance aborde notamment la maltraitance infantile (non sexuelle), les violences conjugales, la pression du sport de haut niveau, l'anxiété ainsi que la mort d'un animal. De plus, il y a un aspect qui peut paraître anodin pour de nombreuses personnes, mais que j'aimerais souligner afin que cette lecture reste agréable pour le plus grand nombre : mes personnages consomment de l'alcool à plusieurs reprises, et plusieurs scènes explicites se trouvent entre ces pages.

J'espère que l'histoire de Sam et Olivia vous plaira, et qu'elle vous donnera la possibilité de croire en vos propres rêves.

Très belle lecture,

Sarah

Playlist

Confident – Demi Lovato

Born For This – The Score

Control – Zoe Wees

Heal – Tom Odell

Play with Fire – Sam Tinnesz (feat. Yacht Money)

My Blood – Ellie Goulding

Elastic heart (Piano Version) – Sia

Whatever It Takes – Imagine Dragons

Weightless – Chris Burkich

Daddy Issues – The Neighbourhood

Shape of You – Ed Sheeran

Delicate – Taylor Swift

Havana – Camila Cabello (feat. Young Thug)

Bones – Imagine Dragons

The Portrait (From *Titanic* Soundtrack) – James Horner

Unable to Stay, Unwilling to Leave (From *Titanic* Soundtrack) – James Horner

Best Friend Breakup – Lauren Spencer Smith

Way Down We Go – Kaleo

Run Boy Run – Woodkid

All Gone (No Escape) – Gustavo Santaolalla, Alan Umstead

Hotel – Montell Fish

Into You – Ariana Grande

Those Eyes – New West

California Gurls – Katy Perry, Snoop Dogg

Salvation – Gabrielle Aplin

Thinking Out Loud – Ed Sheeran

Starlight – Jai Wolf, Mr Gabriel

Adore You – Harry Styles

Tu m'as dit – Louane

cardigan – Taylor Swift

Playlist

Right Now – One Direction

Hold My Girl – George Ezra

Only Love Can Hurt Like This – Paloma Faith

It's You – Ali Gatie

Sorry – Halsey

Afterglow – Taylor Swift

Olivia – One Direction

Dandelions – Ruth B.

The Climb – Miley Cyrus

Glossaire

La danse sur glace est une des disciplines du patinage artistique. Elle se distingue par l'absence de sauts et des programmes réalisés sur des rythmes de danses classiques, telles que la valse, le tango ou le cha-cha. Elle peut se pratiquer en solo ou en couple, mais les compétitions internationales ne sont ouvertes qu'aux couples.

Axel : saut dans lequel la·le patineur·euse effectue une rotation et demie. C'est le seul saut lancé exclusivement en avant en partant d'une jambe et qui finit sur la jambe opposée. C'est le saut le plus difficile du patinage artistique.

Boucle (saut) : saut de carre dans lequel la·le patineur·euse part d'une carre extérieure arrière et atterrit sur le même pied d'appui.

Bracket : retournement sur un pied dans lequel la·le patineur·euse passe d'une carre intérieure à une carre extérieure.

Carre : en patinage, elle désigne les bords de la lame et, par extension, la direction prise par la·le patineur·euse. Il y a en tout quatre carres qui peuvent être prises en avant et en arrière :

- Intérieure gauche
- Extérieure gauche
- Intérieure droite
- Extérieure droite

Choctaw : retournement sur un pied dans lequel la·le patineur·euse passe d'un pied à l'autre et change de direction (d'arrière en avant ou d'avant en arrière) et de carre (de l'intérieur vers l'extérieur ou de l'extérieur vers l'intérieur).

Citron : figure de base souvent utilisée pour l'échauffement. La·le patineur·euse part les pieds serrés, pousse en écartant les jambes avant de les refermer pour former un citron sur la glace.

Contre-rocking : retournement où la·le patineur·euse passe d'une carre extérieure à une autre carre extérieure, mais où la courbe d'entrée est différente de la courbe de sortie.

Croisés arrière : mouvement de glisse de base du patinage dans laquelle la·le patineur·euse se déplace sur la glace en croisant les pieds. Cette technique permet de combiner vitesse et stabilité dans des virages, tout en restant fluide.

Flip : un saut piqué dans lequel la·le patineur·euse part d'une carre arrière intérieure, plante la pointe du pied opposé dans la glace et effectue une rotation complète avant d'atterrir sur le pied piqueur.

ISU : sigle de l'International Skating Union. C'est la fédération internationale des sports de glace dont relève la danse sur glace.

Kiss and Cry : espace situé près de la glace où les patineurs attendent les résultats après leur passage en compétition. Les patineurs y embrassent leur coach et/ou leur partenaire à la suite d'une bonne performance ou y pleurent si leur performance est mauvaise.

Lasso : en patinage, ce terme s'explique par le mouvement des bras du patineur lors d'un porté avec sa partenaire, qui ressemble à celui d'une personne qui lance un lasso.

Lutz : un saut piqué qui ressemble au flip, mais dans lequel la·le patineur·euse part d'une carre arrière extérieure.

Pirouette : rotation rapide de plusieurs tours sur une jambe et sur un point fixe. En patinage, il existe trois positions de base : debout, assise et allongée. Selon le niveau des patineur·euses, elles possèdent des variations dans les positions de bases. En danse sur glace, les couples réalisent leur pirouette en gardant un contact physique.

Porté : en danse sur glace, il existe quatre catégories de portés, désignés par le mot anglais « lift » :

- Curve lift : porté réalisé en traçant un arc de cercle sur la glace.
- Rotational lift : porté dans lequel le patineur qui porte effectue des rotations tout en se déplaçant sur la glace.
- Stationary lift : porté réalisé sur un point fixe et dans lequel le patineur qui porte effectue des rotations.
- Straight line lift : porté de base, réalisé sur une ligne droite.

Salchow : saut de carre réalisé en partant d'un trois en dehors avant où la·le patineur·euse dérape en ramenant la jambe libre pliée à 90 degrés pour réaliser un saut de valse et atterrir sur la jambe opposée à la jambe d'appui.

Swing roll : courbe tenue pendant plusieurs temps et dans laquelle la jambe libre passe d'arrière en avant.

Théière : aussi appelée « cafetière », il s'agit d'une figure récréative dans laquelle la·le patineur·euse glisse accroupit sur un pied avec l'autre jambe tendue devant soi.

Trois : retournement sur un pied et dont le tracé forme un « 3 » sur la glace.

Twizzle : retournement sur un pied de plusieurs rotations ininterrompues durant lesquelles la·le patineur·euse se déplace sur la glace selon la carre choisie. Il y a plusieurs niveaux de difficultés.

Prologue

Olivia

Novembre 2021 – Saint-Louis

Un dernier conseil, un dernier geste affectueux de la part de mon entraîneur, et me voilà lancée sur la glace. Le public est complètement déchaîné : la foule scande mon nom et agite des banderoles lorsque j'apparais sur la surface lisse. Mon cœur, lui, bat au rythme des applaudissements. L'air froid et l'adrénaline glissent le long de mes bras, simplement recouverts par les manches transparentes de ma robe, provoquant une légère chair de poule.

Je salue les juges et la foule avec un immense sourire, prête à conquérir le monde. Je m'immobilise au milieu de la piste et prends ma pose de départ tandis que la ferveur du public redescend. Bientôt, les premières notes de mon programme libre résonneront dans l'immense patinoire de l'Enterprise Center.

La finale du championnat national. Après des mois de préparation, j'y suis enfin, avec une seule idée en tête : gagner et m'offrir une voie royale vers les Jeux olympiques et les Mondiaux pour remporter les deux médailles d'or qui manquent à mon palmarès. Ce métal précieux que je veux autour de mon cou depuis tant d'années.

Aujourd'hui est ma consécration. Après avoir remporté de nombreuses compétitions internationales de prestige, je compte bien ajouter une nouvelle médaille d'or à ma collection, du haut de mes vingt et un ans. Les spots lumineux font scintiller les strass de ma robe verte et argentée qui volette sous mes figures.

Je ne pense plus à rien en dehors de ma chorégraphie. Les applaudissements du public au fur et à mesure que j'exécute mes pirouettes et mes sauts me réchauffent le cœur et m'encouragent davantage à aller décrocher *ma* médaille.

Vient le saut dont je suis la plus fière : le quadruple axel. Aucune femme ne l'a encore tenté en compétition et encore moins réceptionné. Je me focalise sur les conseils avisés de mon entraîneur.

Une puissante impulsion de la jambe droite pour prendre de la hauteur et de la rapidité.

C'est un pari extrêmement risqué étant donné sa difficulté. Pourtant, je le réussis à chacun de mes entraînements et c'est mon plus gros atout dans cette compétition.

Un, deux, trois : saute !

Je prends mon élan et effectue quatre rotations et demie avant ma réception.

Mais rien ne se passe comme prévu.

Mon pied dérape et je chute lourdement. La dernière chose que j'entends avant de sombrer dans un trou noir, c'est le craquement de mes os lorsque mon crâne entre en contact avec la glace.

Chapitre 1

Les championnes ne pleurent pas

Olivia

Sous mes lames reposent tous mes espoirs. Je ne me souviens pas avoir déjà vu une glace aussi lisse et immaculée, comme si elle m'était destinée. Je glisse, pirouette et saute comme bon me semble, à la conquête du podium. Il m'attend au bout de la piste.

Je m'élance dans un nouveau saut, mais cette fois, la glace se fissure, suivie de mes lames, puis de l'entièreté de mon corps. Je m'écroule à genoux et rejoins mon propre corps couvert de sang et méconnaissable, avant de me retrouver aspirée dans un trou noir.

De nombreux sons résonnent autour de moi. Les mêmes bips répétitifs et incessants qui accentuent un peu plus la douleur qui pulse dans mes tempes. Je veux ouvrir les yeux, mais je n'y arrive pas. Intérieurement, j'angoisse. Je me sens prise au piège dans mon propre corps, dans une pièce sans issue dont les murs se referment sur moi.

Qu'est-ce qui m'arrive ?

Mes paupières sont lourdes, comme scellées avec de la colle. Tout mon corps semble lui aussi lesté de plomb. Je lutte, mais chaque tentative rend la pression dans ma tête insupportable. Je geins de douleur, sans savoir si quelqu'un m'entend.

Les intervalles des bips sont de plus en plus rapprochés. Des voix sourdes et lointaines discutent. Je n'arrive ni à les entendre distinctement ni à comprendre ce qu'elles disent.

Où suis-je ?

Je tente un dernier effort pour ouvrir les yeux malgré la douleur dans mon crâne. Un filet de lumière parvient à se faufiler entre mes paupières. Je perçois de nouvelles sensations : un objet souple traverse ma gorge et touche mes dents, ainsi que mes lèvres. Je cligne des yeux plusieurs fois et les sons ralentissent.

Une femme en blouse blanche me laisse à peine le temps de m'adapter à l'environnement qu'elle m'aveugle déjà avec une lumière, tandis qu'un homme pose un objet métallique froid sur ma poitrine. J'essaie de parler, mais le tube dans ma gorge m'en empêche ; il me gêne et me donne envie de vomir. La femme me prend les mains, puis fait rouler un instrument sur la plante de mes pieds. Leur façon de se jeter sur moi me surprend et je me débats comme je peux.

— Tout va bien, je suis le docteur Green, se présente-t-elle d'une voix douce. Et voici le docteur Collins. Est-ce que vous nous entendez ?

J'acquiesce avec quelques difficultés. Une autre femme à la chevelure brune se penche au-dessus de moi. Je reconnais ma mère. Sa présence me calme aussitôt.

— Oh, ma chérie, sanglote-t-elle en pressant mon épaule.

Le docteur Green me demande de lui serrer les mains et de remuer les orteils, ce que je semble réaliser avec brio si j'en crois sa réaction.

— Elle respire seule, on peut l'extuber. Et on lui passe cinq milligrammes d'hydroxyzine.

Ce n'est clairement pas une partie de plaisir, mais une fois ce tube en dehors de ma gorge, c'est comme si je vivais à nouveau. Avec l'accord du médecin, l'infirmière me fait boire une gorgée d'eau pour atténuer la toux.

— Vous souvenez-vous de votre prénom ? demande le docteur Green.

— Olivia… Olivia Romy Gray.

— Très bien. Savez-vous où vous êtes ?

— Je ne suis pas débile, je sais encore reconnaître un hôpital, soufflé-je d'une voix enrouée.

— Et vous souvenez-vous de ce qu'il s'est passé ? poursuit-elle.

Je fronce les sourcils et réfléchis pour remettre les évènements dans le bon ordre. Je patinais, je m'apprêtais à sauter, puis je suis tombée sur la tête. Mes doigts s'élèvent vers mon crâne et rencontrent un pansement épais. Une boule d'angoisse naît à nouveau dans mon abdomen.

Plus de compétition.

J'ai tout perdu.

— J'ai fait une chute en patinage et je me suis éclaté la tête.

Seule la chronologie m'échappe un peu. Je ne sais vraiment pas combien de temps je suis restée inconsciente.

Adieu ma médaille ! Je suis sûre que c'est Maddison Thorne qui l'a récupérée. J'ai la rage.

Les médecins me détaillent mon accident à coup de clichés radiologiques et de termes médicaux, mais ça me passe un peu au-dessus de la tête.

Pas comme ma blessure, LOL !

Résultats : une hémorragie cérébrale et une entorse de la cheville avec rupture des ligaments. Mon regard se pose sur ma cheville plâtrée.

Génial. J'ai super hâte des mois de rééducation qui vont suivre.

Non, c'est faux. J'ai déjà envie de mourir.

C'est donc comme ça que ça se termine pour moi ?

Je n'ai encore jamais imaginé à quoi ma vie pouvait ressembler sans le patinage. Ma mère et Roy, mon beau-père, ont fait tellement de sacrifices pour que j'atteigne ce niveau. J'ai encaissé trop de choses pour me parfaire dans cette discipline. Renoncer n'est pas une option. La route va être longue, mais je veux remonter au plus vite sur mes patins. Je dois le faire. Je n'ai pas d'autre choix que de guérir et revenir sur la glace.

Les médecins s'éclipsent, m'accordant un peu d'intimité avec ma mère. Cette dernière passe une phalange sur ma joue. Son geste délicat m'apaise.

— Où est Roy ? demandé-je en inspectant la pièce.

Les murs vert pâle confèrent une ambiance calme à la chambre dans laquelle flotte une odeur d'antiseptique. La fenêtre baigne l'espace d'une douce lumière naturelle et offre une vue sur le fleuve Mississippi et ses embarcations touristiques. Des perfusions administrent mes traitements et le scope sonne toujours, dans un volume raisonnable cette fois.

— À la cafétéria, je viens de le prévenir. On a eu tellement peur, ma puce. Quand on a vu ta chute, Roy s'est rué sur la piste avant les secours.

— Je suis arrivée combien ?

Traduction : à quel point j'ai merdé ?

Ma mère pince les lèvres et je comprends tout de suite. Elle essaie de rester neutre, mais son visage laisse paraître tout ce que j'ai besoin de savoir. Ses doigts brossent délicatement mes cheveux qui se trouvent à l'extérieur du bandage comme quand j'étais plus petite et qu'elle venait m'endormir.

— N'y pense pas, d'accord ?

Au même moment, on toque à ma chambre. Je m'attends à voir Roy entrer, mais la surprise l'emporte quand les ondulations blondes de Kelsie, ma meilleure amie, apparaissent. Ses yeux bleus sont embués de larmes qu'elle tente de masquer derrière un large sourire. Je tapote mon matelas pour qu'elle me rejoigne.

— Comment te sens-tu ? s'enquiert ma meilleure amie.

Déçue, frustrée, incompétente… en colère.

C'est une tempête de sentiments négatifs dans ma tête. Je devrais m'estimer heureuse d'être en vie plutôt que de m'apitoyer sur mon sort… mais c'est dur. Tout ce pour quoi je me suis entraînée ces dernières années… envolé. Pour autant, je ne veux pas les inquiéter davantage toutes les deux.

— Comme si un semi-remorque m'avait roulé dessus. Je serai d'aplomb dans quelque temps, dis-je en me redressant dans mon lit avec une grimace.

Ma mère renifle à côté de nous.

— Je vais bien, maman, la rassuré-je en pressant sa main.

Ma mère est toujours là pour moi dans les moments les plus difficiles, et Dieu sait qu'on a traversé de nombreuses tempêtes. Son visage est marqué par la fatigue et par l'angoisse de me savoir blessée. Des cernes violets apparaissent sous ses yeux marron, irrités par les larmes, ses ongles sont rongés jusqu'au sang.

Au bout d'un court instant, Roy entre à son tour, un café dans la main, soulagé de me savoir réveillée. Il m'embrasse le front et se poste derrière la chaise de ma mère. Ils évitent soigneusement le sujet de la compétition, mais je suis incapable d'en faire autant, surtout en voyant la médaille d'argent autour du cou de ma meilleure amie.

— Je peux la voir de plus près ? lui demandé-je.

Kelsie s'approche et retire la médaille pour la poser au creux de ma main. L'argent est frappé en relief, représentant une lame de patin et une aile de pygargue à tête blanche, l'emblème du pays. J'incline légèrement la médaille et joue avec la lumière pour la faire scintiller.

— Elle est magnifique, bravo !

— On a failli ne pas l'avoir avec Andrew, si tu veux tout savoir.

Leur score était ex æquo avec celui de leurs concurrents, arrivés troisièmes. Les juges ont analysé les séquences avec minutie pour les départager de quelques dixièmes de point. Je la laisse me raconter tout ça en détail et savoure sa joie. Malheureusement, la fin des visites arrive vite et mes proches sont dans l'obligation de partir.

— Pas de folies en mon absence ! m'intime Kelsie dans une dernière accolade.

— On revient demain, d'accord ? promet ma mère.

Elle dépose un long baiser sur ma joue et quitte ma chambre, à contrecœur.

Mon premier réflexe est de taper mon nom sur Internet. Résultat : je fais le buzz. Tous les journaux sportifs parlent de mon accident et des dizaines de vidéos de ma chute circulent sur la Toile, sous tous les angles. Les médias ne perdent pas une minute pour spéculer sur mon avenir dans la discipline, tels des rapaces. Pour eux, je suis déjà finie. J'ai envie de pleurer, mais je me retiens.

Parce que les championnes ne pleurent pas.

Bien sûr, j'ai également regardé le classement final. Je ne suis même pas dans le tableau. Et c'est bien Maddison Thorne qui a gagné. Je ne lui en veux pas, elle le mérite. C'est une excellente patineuse. C'est moi que je déteste, même si c'est la juste et dure loi de ce sport. Je n'espère qu'une chose : retrouver mon niveau et battre mes rivales dès la prochaine compétition.

En attendant, je profite d'être seule et laisse les larmes inonder mon oreiller.

Chapitre 1

Fin janvier 2022 – Denver

— Madame Gray, il faudrait préparer votre fille à l'éventualité que sa carrière s'arrête. Ses blessures sont graves. On dirait qu'elle n'en a pas conscience, déclare le médecin du sport.

Mon sang bout.

Comment peut-il décider que ma carrière est finie ? Ça fait à peine un mois que je suis en rééducation !

« Une miraculée ». C'est comme ça qu'il m'a appelée quand je suis arrivée à mes premières séances de kiné, dès mon retour à Denver. Il ne voit donc pas les efforts que j'ai réussi à faire ? Les médecins ne sont-ils pas censés savoir que les athlètes ont de meilleures chances de récupérer, contrairement à une personne lambda ? D'autres sont revenus de plus loin que ça !

Je passe mes journées dans cette pièce aux couleurs fades et aux affiches hypocrites sur lesquelles posent de faux patients très heureux d'être là. La réalité, c'est que ça fait un mal de chien et que c'est épuisant. Heureusement, Kelsie vient me tenir compagnie tous les jours et essaie de me garder motivée. Par-dessus son épaule, je fusille le médecin du regard.

— Range tes crocs ! me sermonne Kelsie. Qu'est-ce qu'on a dit au sujet du médecin du sport et du kiné ?

— Ce sont nos amis, et on ne mord pas nos amis. Ils sont là pour m'aider.

— Hé, tu vois ! Tu progresses ! claironne-t-elle. Ça veut dire que ton cerveau guérit bien si tu te souviens de ma sage parole.

Cette fois, c'est à elle que j'adresse un regard noir, mais elle semble immunisée. Elle en rit, même.

— Tu me fais un doigt d'honneur avec ton cerveau, c'est ça ?

— Pitié, sors-moi de là, Sissi ! la supplié-je.

— Allez, Olivia, on reprend ! lance Ryan, le kinésithérapeute.

Je remonte sur la planche en bois et réalise l'exercice tout en écoutant le médecin déblatérer son baratin à ma mère qui vient simplement me récupérer.

— Ses fonctions motrices sont plutôt bonnes à ce stade… mais sa capacité à recevoir de nouvelles informations dans son propre corps peut être impactée, déclare-t-il à voix basse.

Ils ont beau se tenir près de la sortie et murmurer, son timbre grave se démarque.

— Est-ce qu'elle pourra patiner de nouveau ? demande ma mère. C'est ce qui a toujours compté pour elle… Elle ne s'en remettra pas si elle doit arrêter.

— Il est encore trop tôt pour le dire, madame. Mais si j'étais elle, je ne me ferais pas de faux espoirs.

Trop, c'est trop.

Je ne suis pas faite d'espoir, mais d'évidence et d'ambition. Je dois intervenir.

— Je vous entends, vous savez, lâché-je, furieuse.

Le médecin se retourne vers moi, surpris. En même temps, il est à peine discret. Je trouve ça impoli de parler de quelqu'un alors qu'il se trouve dans la même pièce que vous. C'est de *mon* avenir dont il parle, de *ma* vie. C'est la moindre des choses de s'adresser à la principale concernée.

— Olivia, il faut que tu gardes en tête que tu ne récupèreras peut-être pas entièrement.

— C'est vous qui le dites. Mais je suis là tous les jours et je progresse.

Il soupire.

— Je pense qu'il serait plus sage de mettre fin à ta carrière.

Et gaspiller tous les efforts d'une vie ? Jamais. Je ne suis pas une défaitiste. S'il pense que ma carrière est finie, je vais lui prouver le contraire. La victoire sera la seule issue possible.

Chapitre 2

Retour à la maison

Olivia

Juillet 2022 – Denver

Les semaines passent et je me rétablis un peu plus chaque jour. Comme je l'avais prévu. La rééducation me fait du bien et les médecins sont confiants, voire impressionnés par la rapidité de ma récupération. Cela fait huit mois maintenant que je me suis blessée, et j'ai enfin obtenu le feu vert de l'équipe médicale pour reprendre l'entraînement. C'est ce que j'appréhende le plus, mais j'ai tellement, tellement hâte de retourner à la patinoire. L'air froid qui y réside me manque. Celui qui vous fait regretter de venir à l'entraînement quand vous passez les portes, mais que vous oubliez une fois sur la glace.

Le reflet dans le miroir de ma chambre me fait grimacer : ma cicatrice apparaît comme le nez en plein milieu de la figure. Des flashs de ma chute me reviennent, mais je les chasse d'un clignement d'yeux. Bien que plus estompée avec le temps, elle laisse tout de même une ligne sur le côté droit de ma boîte crânienne que je parviens à dissimuler avec mes cheveux.

Je recule pour avoir une vue globale de mon corps. Ma masse musculaire a fondu pendant ces longs mois d'inactivité. Ce qui signifie que je vais devoir travailler mes figures plus durement, et que je ne suis même pas sûre de les réussir à nouveau. Si je veux battre mes rivales lors de la prochaine compétition internationale, je dois m'y remettre rapidement.

Je jette un dernier coup d'œil dans le miroir et aperçois les cheveux bruns de ma mère dans le reflet. Ses prunelles noisette sont teintées d'inquiétude.

— Tu es sûre de vouloir y aller aujourd'hui ?

— À trois mille pour cent.

Je pivote et lui fais face. Elle se ronge les ongles, espérant silencieusement que je me ravise. Enseignante, elle a demandé un congé de longue durée pour être à mes côtés pendant la rééducation.

— Tu devrais peut-être attendre encore un peu, non ?

— Les médecins sont d'accord. Et plus vite je reprends, mieux ce sera. Tout ira bien.

Ça, ça reste encore à prouver.

— Ça va aller, chérie, intervient Roy qui enlace ma mère. Elle a besoin de voler à nouveau de ses propres ailes.

Huit mois à trépigner d'impatience entre le cabinet des médecins et ma chambre chez mes parents pour les rassurer, à mettre le patinage en suspens aussi longtemps pour garder toutes les chances de mon côté pendant la rééducation. Il est temps, je n'attendrai pas un jour de plus.

J'embrasse ma mère sur la joue et tape le poing discret que me tend Roy, puis me hâte vers ma voiture avant que ma mère n'essaie encore de me dissuader.

Pendant tout le trajet, je peux sentir les battements effrénés de mon cœur contre mes côtes.

Boum boum, boum boum, boum boum.

Lorsque j'arrive, mon sourire s'agrandit à m'en faire mal aux joues. Il fait chaud, le soleil tape sur ma nuque, mais je reste plantée sur le parvis et admire le panneau en grosses lettres vertes fixé au-dessus des grandes portes d'entrée.

« Complexe de patinage artistique de Denver »

À cet instant, j'ai l'impression d'être de retour à la maison après une éternité. À vrai dire, la patinoire a toujours été un second foyer. Un refuge. Si je ne suis pas chez moi, on me trouve forcément ici. Mes parents avaient même parfois du mal à me faire rentrer à la maison quand j'étais petite. C'est toujours le cas, d'ailleurs : je suis souvent celle qui arrive ici la première pour profiter de la glace fraîchement surfacée, et la dernière à partir. C'est ici que l'angoisse disparaît et que mon cœur s'apaise quand j'en ressens le besoin. C'est ma bouffée d'air frais. Peu de personnes comprennent le fait que l'on s'adonne totalement à un sport, au point que ça devienne un mode de vie. Pour moi, il n'a jamais été question d'autre chose que le patinage.

Je ne perds pas une minute de plus et m'engouffre à l'intérieur. L'affreuse moquette grise aux motifs géométriques, déchirée à de nombreux endroits, est toujours là. Je n'aurais jamais cru qu'elle me manquerait. Je respire profondément cette odeur caractéristique de froid et d'eau glacée, qui m'enveloppe toujours d'un certain réconfort. Je passe devant la grande vitrine remplie de trophées et de photos de compétitions, et croise des patineurs de tout âge dans les couloirs bétonnés du complexe. Certains des élèves que j'ai l'habitude d'encadrer – les plus jeunes – m'accueillent avec beaucoup d'admiration dans les yeux. Ils m'enlacent et me donnent des dessins, me souhaitant un bon retour. Je suis représentée sur la majorité d'entre eux, réalisant différentes figures de patinage. Une des élèves se détache du groupe et vient encercler mes jambes. Deux couettes blondes encadrent son visage rondelet. Ses yeux pétillent.

— Quand je serai grande, je serai forte comme toi, déclare-t-elle.

Mes yeux s'humidifient devant leur tendresse et leur innocence. J'aimerais que ce soit aussi simple pour moi aussi.

Dans le vestiaire, je prends de longues minutes avant de chausser mes patins pour la première fois en huit mois. Des patineuses de mon âge me saluent avant de reprendre leur conversation sur les éléments de leurs programmes qu'elles ont du mal à maîtriser.

J'ouvre la porte de mon casier dans son grincement caractéristique et tombe sur les patins usés par mes années de pratique. Des photos de moi, qui patine avec Kelsie, ornent également l'intérieur. Je souris devant ces souvenirs. Le premier mois de rééducation aurait été plus difficile si elle n'avait pas été là pour me tirer vers le haut. Dommage qu'elle soit en stage à l'autre bout du pays depuis bientôt un mois, j'aurais aimé qu'elle soit là pour voir ça. À défaut, je lui envoie un message :

Moi
À la patinoire.
Souhaite-moi bonne chance !!!

Sissi ♥
Tu vas gérer, t'es ma star !!!

Je reste vissée sur le banc un très long moment.

OK, Oli', ça va aller.

Je fais ça depuis des années. Pourtant, c'est comme si, aujourd'hui, je montais sur la glace pour la toute première fois. Mon ventre se serre lorsque je décide de sortir mes fidèles patins blancs de mon casier.

L'anxiété a toujours été ma plus vieille ennemie. Elle se tapit au fond de moi depuis des années, mais il est hors de question qu'elle s'approprie ce terrain de glace géant qui est le mien. Rien ni personne ne me prendra le patinage artistique. La seule chose pour laquelle ~~*j'étais*~~ je suis douée, la seule chose qui compte.

Tout me revient en tête. Le championnat national, mon saut, ma chute. Je ferme les yeux et me rassure en me disant que rien de tout ça n'est réel. Je souffle un bon coup pour me débarrasser du stress qui me noue l'estomac et enfile mes bons vieux Edea Piano[1]. Ces gestes que je fais tous les jours depuis ces seize dernières années ne m'ont pas quittée : j'enfile ma bottine gauche, tape le talon pour bien caler mon pied, serre le lacet à presque m'en couper la circulation et réitère avec le pied droit.

Malgré ces gestes maîtrisés, je m'y prends à trois fois pour m'assurer qu'ils sont bien serrés et attachés, ne voulant pas risquer une nouvelle chute, mais surtout pour repousser le moment fatidique : celui où je me lève

1. Modèle de patins.

et me dirige vers la patinoire. Les battements de mon cœur se font de plus en plus forts dans ma poitrine à chaque pas que je fais. Ma vue s'obscurcit légèrement et mon cerveau me dit de fuir, mais je ne l'écoute pas. Ma place est là, sur la glace.

La panique reprend le dessus lorsque j'arrive tout près de la piste. L'odeur métallique du sang a remplacé celle de l'eau glacée. Le crissement des lames et les éclats de voix me tordent le ventre. Je n'entends plus que ma chute et la stupeur du public de Saint-Louis. Entre les cauchemars qui hantent mes nuits depuis longtemps, j'ai aussi rêvé à de nombreuses reprises de patiner à nouveau devant un public, mais je n'avais pas réalisé que ce serait aussi angoissant de revenir. Instinctivement, je me pince les bras avec force pour me calmer jusqu'à rougir ma peau.

Tu peux le faire, Olivia !

La patinoire est déjà occupée par un couple que je ne connais pas. Ils glissent rapidement au rythme de la musique qui résonne dans l'enceinte. Pas de sauts ou de figures impressionnantes comme j'ai l'habitude d'en voir ici. De la danse sur glace, je devine. La musique s'arrête d'un coup : le patineur aux cheveux bruns soupire avant de hausser la voix sur sa partenaire, car d'après lui, elle n'aurait pas fait la bonne figure. Mes yeux s'écarquillent face à son attitude.

Mais quel connard celui-là !

— Je te présente tes nouveaux coéquipiers ! Sam Anderson et Mary Li, lance une voix masculine. Enfin, surtout Sam, pour l'instant.

Je tourne la tête : Archie, mon coach, est là. Il m'offre un grand sourire avant d'ouvrir ses bras.

Qu'est-ce qu'il m'a manqué !

Je souris à mon tour et fonce sur lui pour l'enlacer. Son parfum se faufile dans mes narines. Je m'écarte et le dévisage. Ses cheveux blond cendré sont réunis dans un catogan et il arbore une légère barbe.

— Sam est arrivé il y a trois mois de Portland et il cherche une nouvelle partenaire, m'annonce-t-il. C'est la quatrième patineuse à faire un essai avec lui.

— Portland de l'Oregon ou Portland du Maine ?

— Qu'est-ce que ça change ?

— Je me dis qu'il y a peut-être une des deux villes qui rend plus con que l'autre, réponds-je en haussant les épaules.

Le dénommé Sam est encore en train de critiquer la technique de sa partenaire. Il lui remontre le pas dont il est question avec énormément de condescendance.

— Vu comment il lui parle, je ne suis pas étonnée qu'aucune patineuse ne veuille de lui. Il a l'air d'être un véritable connard.

Archie s'esclaffe.

— Content de te revoir parmi nous ! dit-il en plaçant une main sur mon épaule.

— Oui, moi aussi.

— Tu te sens prête ? Je ne veux surtout pas te précipiter.

— J'attends ça depuis que je me suis réveillée à l'hôpital. Je ne veux juste pas faire de sauts aujourd'hui. C'est encore trop tôt, avoué-je, anxieuse.

— Je ne comptais pas te laisser faire de toute façon. On va reprendre les bases. Tiens !

Archie récupère un casque sur la balustrade et me le tend. Je détaille l'objet d'un mauvais œil, puis relève la tête vers mon coach.

— Je ne vais pas porter ça, protesté-je.

— Oh que si.

— T'es au courant que je vais avoir l'air ridicule ?

— Oui. Mais c'est ta mère qui a insisté pour que je prenne des précautions avec la tête brûlée qui lui sert de fille.

Je croise les bras sur ma poitrine, boudeuse. Comprenant qu'il ne me laissera pas monter sur la piste tant que je ne l'aurais pas mis, je grogne et lui arrache le casque des mains.

Les deux patineurs libèrent la glace, toujours en pleine dispute. Enfin, c'est surtout lui qui continue à lui gueuler dessus. Ce mec est vraiment imbu de sa personne. Monsieur *je-suis-parfait.* Tout ça parce qu'elle a confondu deux pas qui se ressemblent. Mais je les ai observés attentivement et même lui ne va pas au bout de son mouvement, car il ne met pas assez de carres. Je sens toute l'exaspération sur le visage de la patineuse et lui envoie un sourire de compassion, tandis que son partenaire m'adresse un regard en biais alors que j'enfile le casque.

À mon tour, je monte avec précaution sur la glace. L'angoisse qui me submergeait jusque-là disparaît soudainement dès que je pose un pied sur la surface gelée. J'ai toujours apprécié la douceur d'Archie qui reste près de moi, à chaque seconde. La sensation est étrange sous mes lames : je regarde mes pieds et m'attends à ce que la surface se fissure comme dans mes cauchemars, mais rien. Mes doigts agrippent tellement fort la rambarde que leurs extrémités blanchissent.

— Prends ton temps, c'est OK, me rassure mon entraîneur.

Je souffle un bon coup et commence à glisser sous l'œil attentif d'Archie.

Il ne me faut pas longtemps pour que je me souvienne comment patiner, et ça fait du bien. D'un signe de tête, je fais comprendre à Archie qu'il peut me lâcher. Je commence à glisser en avant, puis en arrière. Petit à petit, je m'affirme, je suis de nouveau dans mon élément. Cette sensation de légèreté lorsque je glisse en rythme sur la musique m'a manqué et je reprends rapidement confiance en mes mouvements, en moi. Archie saisit ce moment pour répondre à un appel urgent, si j'en crois les signes qu'il me fait. Je profite de son absence pour retirer le casque et me sentir plus libre.

Une nouvelle chanson résonne dans l'enceinte de la patinoire. Comme si un interrupteur se trouvait dans ma tête, j'éteins mes pensées, me laisse guider par la musique et improvise une chorégraphie.

L'air frais fouette mon visage à mesure que je virevolte sur mes lames. Tout semble si facile en musique que je veux tenter un simple axel, ignorant la boule de nerfs dans mon abdomen. Je sens un regard me percer depuis la barrière ; Archie qui est revenu, probablement. Je décide de l'ignorer et me lance, mais impossible de lever les pieds. Je perds littéralement l'équilibre à cause de la vitesse. Je presse les paupières et me prépare à encaisser le choc, mais quelqu'un me rattrape fermement avant que je n'atterrisse sur les fesses.

Chapitre 3
Prétentieuse
Sam

Elle m'a lâché. J'ai vraiment du mal à y croire. À une semaine des championnats du monde de danse sur glace à Londres il y a quatre mois, Joanne a décidé de me lâcher et de nous disqualifier. Tout ça pour quoi ? Pour aller s'envoyer en l'air avec sa meuf à l'autre bout du pays ?

Quelle connasse !

On a travaillé ensemble pendant douze ans et me revoilà au point de départ. Douze ans de ma vie foutus en l'air. J'ai mal, je me sens trahi. Les projets pour lesquels on a consacré tellement d'heures d'entraînement, tellement d'énergie… Tout ça réduit à néant, en une phrase.

« Je m'en vais, Sam », m'a-t-elle dit quelques jours à peine après avoir foulé le sol du palais des sports de

Londres. Ni plus ni moins. Comment une phrase aussi simple peut-elle causer autant de peine ?

Trouver une partenaire potable avant la prochaine saison va être sportif. C'est d'ailleurs mon quatrième essai avec une danseuse différente, mais rien à faire : Mary n'est pas précise dans les séries de pas, donc c'est mort. Je suis probablement trop dur avec ces patineuses. Mais merde, quoi ! Je suis un patineur de rang mondial, je ne peux pas me permettre une partenaire médiocre si je veux espérer aller aux Jeux olympiques d'hiver.

Après que Joanne m'a abandonné sans réelles raisons pour New York, je ne pouvais pas rester à Portland. C'est là qu'on a bâti notre carrière. La sienne, surtout. Me voilà maintenant à Denver depuis trois mois. Je me suis dit qu'en me rapprochant du centre olympique, j'aurais plus de chance de trouver une patineuse compétente.

Tu parles.

C'est la première fois en douze ans que je me retrouve seul et c'est… bizarre. Comme s'il me manquait un membre. Depuis son départ, je me demande tous les jours comment nous en sommes arrivés là.

Joanne me manque.

Je ne connais personne en dehors de ma mère et des patineuses de Denver. Celles avec qui j'ai travaillé jusqu'à maintenant sont médiocres, mais il faut dire qu'en dehors de la glace, elles sont parfaites. Le sexe me permet de relâcher la pression que j'ai accumulée depuis le départ de Joanne et mon emménagement à Denver. Pas d'attache, juste du sexe et deux êtres humains satisfaits à la fin. Pas de sentiments. L'affection mène toujours à la chute.

Je suis assis dans les vestiaires des hommes, quand ma mère – qui n'est autre que ma coach – déboule, le visage sévère. J'ai beau avoir vingt-quatre ans, j'ai toujours aussi peur quand elle m'engueule.

C'est ça leur super-pouvoir aux mamans ?

— Sam Richard Anderson, ce n'est pas comme ça que je t'ai élevé ! s'énerve-t-elle en levant son index vers moi.

Elle s'assoit près de moi et me tire l'oreille pour me réprimander.

— Sam, chéri, je ne plaisante pas ! Sois plus indulgent avec tes partenaires ! Tu ne peux pas retrouver douze ans de travail avec Joanne en trois mois, ça prend du temps !

— Aïe ! Maman, arrête, tu me fais mal ! Je n'ai plus neuf ans ! protesté-je. Je n'y peux rien. Regarde Mary, elle n'est pas précise. Et les trois autres d'avant savent à peine faire un twizzle correct.

La discipline exige une certaine rigueur et une technique affûtée. On doit réaliser des séquences de pas qui sont strictes, sur des temps et un rythme définis.

La danse sur glace ne se pratique pas, elle se vit. Le chorégraphe George Balanchine disait qu'il faut « voir la musique et écouter la danse ». C'est quelque chose que je me répète chaque fois que je lace mes patins.

— Je te rappelle qu'ici, c'est « coach ». Il va vraiment falloir que tu te ressaisisses si tu veux trouver une partenaire durable et pas seulement un coup d'un soir ! me gronde-t-elle.

Je lève les yeux vers elle et me confronte à son regard. Vous savez, celui qui veut dire : « Oui, mon grand, j'ai trouvé les capotes dans ta chambre ! » Je lui lance un sourire en coin, essayant de me dédouaner de la situation, mais je crois bien qu'elle est immunisée contre ça.

— Tu vas retourner sur la glace pour la peine. Exercice d'endurance. Je te retrouve dans dix minutes.

J'avais oublié à quel point elle pouvait être sévère avec moi. Je suppose que c'est ce qui fait d'elle une aussi bonne coach et une bonne mère. Et je pense que sa rigueur avec moi vient de ses années d'expérience dans la discipline. Elle m'a clairement transmis sa passion, même si la danse sur glace est un choix que j'ai fait seul.

Je relace mes patins et me dirige de nouveau vers la patinoire occupée par cette patineuse croisée quelques minutes plus tôt et que je n'ai encore jamais vue ici. Les musiques s'enchaînent, toutes dans un style différent, mais chaque fois, elle y met ses tripes et interprète les paroles à sa manière. Je m'approche de la barrière pour observer ses mouvements de plus près et admirer la précision de ses lames.

Dans son legging lilas et son débardeur noir, ses membres paraissent s'étirer à l'infini à chaque courbe qu'elle trace sur la glace. Elle est hypnotisante, au point que j'ai du mal à la lâcher du regard. Heureusement d'ailleurs : elle tente d'exécuter un saut, mais est incapable de décoller les patins de la glace. Je me précipite brutalement vers elle et la rattrape de justesse.

Comment est-ce qu'on peut patiner aussi bien et foirer son saut ?

À première vue, elle semble tout aussi médiocre que les autres, mais je ne perds rien à lui demander de patiner avec moi, au point où j'en suis. Ça en dit long sur mon niveau de désespoir.

Je la redresse avec agilité et me tiens à un mètre d'elle. Les mains en appui sur ses genoux, elle essaie de calmer sa respiration erratique.

— Merci, halète-t-elle.

Elle part récupérer sa gourde dans les gradins les plus bas et avale de grandes gorgées d'eau pour se calmer. Je la suis, intrigué.

— Jolie chorégraphie. Je suis à la recherche d'une parte…

Je n'ai même pas le temps de finir ma phrase qu'elle éclate de rire. Je sursaute, étonné par sa réaction.

— C'est non, certainement pas avec toi ! avoue-t-elle en remettant ses protège-lames.

Je hausse les sourcils, surpris par son refus aussi catégorique. Elle se tient droite, les bras croisés sur sa poitrine et les sourcils froncés.

Elle fait une tête de moins que moi. Ses cheveux bruns sont réunis en une queue de cheval, mais des mèches rebelles s'en échappent. J'aperçois le début d'une longue cicatrice sur le côté droit de son crâne, visible, malgré sa tentative de la cacher sous ses cheveux. Ses yeux ronds et verts, encadrés par des cils d'un noir intense, pourraient bien me fusiller à cet instant. Elle est sacrément canon, c'est un fait, mais… je suis presque certain de la connaître. Elle me dit quelque chose. J'écoute à peine ce qu'elle me dit, trop occupé à fouiller ma mémoire à la recherche de son nom.

Une patineuse avec une cicatrice sur le crâne, il n'y en a pas trois mille !

Le remarquant, elle claque des doigts devant mes yeux pour retrouver mon attention.

— Eh oh, je te parle ! Tu n'as fait que hurler sur ta partenaire tout à l'heure, tout ça pour une broutille que ton ego est incapable de supporter.

— Je te demande pardon ? m'étonné-je à mon tour. Alors déjà, bonsoir, et ensuite, je ne lui gueulais pas dessus. Je corrigeais sa technique.

— Ah, bien sûr, parce que monsieur Sam Anderson pense qu'il est le patineur parfait et qu'il exécute chaque mouvement à la perfection. Tu veux un conseil de professionnel ? Fais attention à tes carres, elles ne sont pas définies sur ton choctaw.

Mon sourire narquois s'efface aussitôt.

Pour qui elle se prend ? Alexandra Trusova ?

— Ne me donne pas de conseils sur ma technique.

— Je vais me gêner, tiens, renchérit-elle.

Je reste étourdi par son audace, tandis qu'elle quitte l'Arena, sans me considérer davantage. Elle connaît mon nom, et je ne connais pas le sien. Elle ne doit pas être si importante.

Elle ne t'a vraiment pas loupé, mon pote.

Je reste planté là comme un con. Et sa remarque ne sort pas de ma tête.

« Fais attention à tes carres. »

Je ne vois pas en quoi je devrais les corriger. Si elle croit que c'est une petite prétentieuse comme elle qui va me prodiguer des conseils, elle se met le doigt dans l'œil. Jusqu'au coude.

— Je peux savoir pourquoi tu n'es pas déjà sur la glace ? s'énerve ma mère en remontant le couloir.

— J'y étais, mais tu n'étais pas là pour le voir !

Je me précipite sur la glace avant qu'elle ne puisse me tirer les oreilles encore une fois.

— Je t'ai laissé te morfondre après le départ de Joanne parce que t'en avais besoin, mais maintenant, c'est fini. Bouge-toi le cul et montre-lui qu'elle a eu tort de partir !

Ma mère appuie là où ça fait mal, mais elle a raison. J'ai des buts à atteindre, et pour ça, je dois donner le meilleur de moi.

— Et évite de te mettre toutes les patineuses à dos, menace-t-elle. Surtout quand elles sont extrêmement douées.

— Tu parles de la brune, là ? Je ne me la suis pas mise à dos. Tu la connais ?

Ma mère pouffe de rire.

— La vraie question c'est : comment tu peux ne pas la reconnaître ? Allez, dépêche-toi avant que je rajoute dix minutes !

Le lendemain, je reviens très tôt au complexe en espérant être le premier, mais des affaires sont déjà présentes dans le vestiaire public : un sac de sport, une veste bleu pétrole avec le logo du club et une paire de Converses blanches brodées de fleurs jaunes et oranges.

Quand je me dirige vers la piste de glace, c'est là que je la trouve.

Miss prétentieuse.

Ce matin encore, elle travaille une chorégraphie, cette fois sur une chanson différente, mais toujours avec une belle musicalité. Je reste en retrait dans le couloir quelques instants pour l'admirer glisser avec grâce et harmonie. Sa passion dégage une aura tout autour d'elle qui accroche le regard et ne vous en détourne pas. Ça ne me coûte rien de lui demander à nouveau d'être ma partenaire.

Je déraille complètement.

Après un premier échauffement, je chausse mes patins et la rejoins.

— Dis-moi, la balafrée, t'as dormi ici pour être à la patinoire aussi tôt ?

Elle freine brusquement devant moi et me dévisage, interloquée.

— Comment tu m'as appelée ?

— La balafrée, répété-je avec arrogance.

— Écoute-moi bien, connard : appelle-moi comme ça encore une fois et on verra qui de nous deux finira avec une balafre, c'est clair ? Pire, je te trancherai les couilles.

Je hausse les sourcils, tout en plaçant instinctivement mes mains sur mes parties intimes pour les protéger.

Je ne m'attendais pas à trouver la réincarnation de la poupée Chucky en elle.

Deuxième essai : échec cuisant.

Elle s'éloigne de quelques mètres et elle réalise une magnifique pirouette allongée, combinée à une pirouette assise. Elle a du talent, personne ne peut le nier.

Je la rejoins immédiatement. La troisième tentative sera la bonne.

— Non, mais sérieusement, pourquoi t'es là aussi tôt ?

— Il faut que je m'entraîne. J'ai des concurrentes à battre, affirme-t-elle sèchement.

— T'en as de l'ambition, Chucky. Enfin je veux dire… pour quelqu'un qui ne sait pas effectuer un saut.

— Je te demande pardon ? Mais pour qui est-ce que tu te prends, Ballerine ? Tu crois que tu peux débarquer ici et remettre la carrière des gens en question ?

Je la détaille de nouveau et sa longue cicatrice me fait percuter.

Olivia Gray.

Son nom était dans toutes les bouches après les Nationales. Et même avant ça, elle décrochait toutes les médailles de sa catégorie. À vingt-deux ans, son palmarès est impressionnant. Je me souviens avoir vu le programme qui a bien failli la tuer devant le monde entier. Elle patinait sur *Confident*, un titre de Demi Lovato. Elle avait enflammé le public avec ses figures et sa prestance.

Un quadruple axel ? Il fallait être complètement folle pour le faire, ou très douée. La concernant, je suis convaincu que c'est un mélange des deux.

— Tu es Olivia Gray ! deviné-je en pointant mon index vers elle. Je savais bien que ton visage m'était familier ! Sacrée chute, dis donc. Je l'ai vue en direct des gradins, ajouté-je avec un sourire moqueur.

— C'est bon, t'as fini ? J'ai un entraînement à poursuivre, conclut-elle avant de repartir sur la glace.

Décidément, cette fille a du toupet pour crier sur les gens et les laisser penauds. Je jette un œil à la grande horloge qui affiche huit heures trente. Les premiers patineurs commencent à arriver, dont Mary. J'ai promis à ma mère que je referai un essai avec cette dernière, même si la seule chose qu'elle a réussie jusqu'à maintenant, c'est me donner une énorme trique.

Je suis ailleurs pendant tout l'entraînement, n'arrêtant pas de penser à Olivia et à sa technique, à comment elle parvient à s'adapter au rythme de chaque musique. Mon regard ne peut s'empêcher de dévier sur elle alors que je m'entraîne avec Mary. Olivia a l'air assez grincheuse et prétentieuse, mais elle est surtout très agile sur ses lames. Elle est grande et longiligne. Je la vois enchaîner les pas avec beaucoup de fluidité. Elle ferait une danseuse parfaite. Il faut que je continue à lui demander d'être ma partenaire.

— Sam ! crie ma mère de l'autre côté de la barrière. Concentre-toi à la fin ! Fais attention à tes carres sur le dernier pas, insiste bien sur ta carre extérieure ! C'est pour ça que tu te déséquilibres.

Je jette un dernier coup d'œil en direction d'Olivia qui hausse les épaules en se pinçant les lèvres et me lance un « je te l'avais dit » silencieux. Je la déteste avec son air satisfait.

Chapitre 4

Défi

Olivia

Les jours passent et ma réappropriation de la glace se passe de mieux en mieux. Cette dernière semaine, j'ai réussi à passer un saut de valse – le saut le plus facile de la discipline, car il ne comporte qu'un demi-tour avec un simple changement de jambe entre l'appel et la réception –, et un flip simple, le tout sans paniquer. Ça peut paraître ridicule à côté de mes anciens triple ou quadruple sauts, mais je me dis qu'il n'y a pas de petites victoires : c'est ce que je répète toujours à mes élèves. Leurs progrès me rappellent mes débuts, avec beaucoup de nostalgie. Quand ils chutent à chaque tentative, je les rassure, leur dis que ce n'est pas grave et que le moment viendra où ils atteindront leurs objectifs. Aussi étonnant que cela puisse paraître, je n'y croyais pas moi-même.

Archie me ménage un peu trop à mon goût… Il ne veut pas que j'y aille trop fort pour une reprise, mais c'est plus fort que moi : j'ai *besoin* de réussir mes sauts à nouveau.

Passer d'un niveau international à un niveau novice, être parmi les meilleures patineuses du pays – voire du monde – et régresser d'un coup est d'une frustration inexprimable. Je sais qu'on commence tous quelque part, mais il m'a suffi d'un unique accident pour repartir de zéro.

« Mais tu n'es rien, Olivia ! Tu n'es qu'une bonne à rien ! »

Les années passent, mais les mots restent et continuent de me hanter. Ils résonnent sans cesse dans ma tête, me rappelant ceux que j'entendais quand je n'étais qu'une enfant.

« Tu n'es qu'une incapable, Olivia. Tu ne seras jamais une grande championne si tu ne te donnes pas à fond. »

Je refoule sa voix, l'empêchant de me maltraiter de nouveau, et m'élance sur la glace.

Ces derniers jours, je travaille mes chorégraphies dans le vide : sans sauts, ça équivaut à pratiquer la danse sur glace, et en solo, il n'y a aucun moyen d'accéder aux compétitions internationales. Et… Sam n'a toujours pas de partenaire.

Je devrais peut-être tenter ma chance ?

Non, c'est ridicule. Si je voulais danser, je ferais de la danse, pas du patinage. Si j'ai choisi ce sport, c'est pour le défi, la puissance. La danse en demande tout autant, évidemment, mais le patinage artistique m'apporte quelque chose en plus. Le goût du risque, probablement. Quand on voit des patineuses se faire jeter à plus de deux mètres au-dessus de la glace par leur partenaire, ou quand on atterrit sur une toute petite partie de notre lame après un saut, prêt à chuter avant de nous redresser, le risque est bien présent dans vos tripes.

— Très bien, Olivia, on va revoir ensemble les sauts de manière découpée comme quand tu les as appris.

Après quelques tours de piste à enchaîner les positions de départ des différents sauts et chaque élément constitutif de ces derniers, Archie s'interrompt pour aller chercher le harnais.

— Si tu me fais confiance, on va essayer de faire un saut. Un seul.

— Lequel ? demandé-je, paniquée.

— Le triple axel.

Je ricane nerveusement et le sonde du regard. Je ne parviens même pas à effectuer l'intégralité de mes sauts simples.

— T'es pas sérieux là, Archie ? Le triple axel c'est un peu ambitieux, même avec le harnais.

— Tu me fais confiance, oui ou non ?

— Là, tout de suite, je sais plus trop, honnêtement.

L'angoisse transparaît dans ma voix. Alors qu'il installe la perche, je sens la panique se nicher au plus profond de moi. Mes mains deviennent moites et mes jambes se transforment en coton, ma vue se brouille de larmes. Mon ventre se tord de douleur alors qu'Archie serre les sangles et ma respiration se bloque.

J'aurai le harnais.

Je sais que je suis en sécurité avec ce dispositif et Archie. Pourtant, ces sauts sont devenus ma plus grande peur. Je ne suis même pas sûre de me rappeler comment on fait.

Bien sûr que si, je sais.

C'est Archie lui-même qui m'a entraînée dessus. Le fait qu'il ait choisi *ce* saut en particulier me donnerait presque envie de sourire.

Archie m'avait surpris en train de le travailler un matin, tandis que la patinoire était encore vide. À seize ans, je participais à mon premier Grand Prix, alors je voulais sortir le grand jeu et tous les épater. Certains me trouvaient déjà trop ambitieuse, trop arrogante. Bizarrement, ils ne le reprochaient jamais aux patineurs masculins. Ce qu'ils ne savaient pas encore, c'était que je n'étais pas du genre à arrêter. Pas avant d'être sur la première marche du podium. Alors, je venais tous les jours, une heure avant le début de ma séance, pour le travailler. J'étais tellement focalisée sur ce saut que je n'avais même pas entendu Archie arriver pour mon entraînement du jour. Il a alors sifflé pour attirer mon attention :

— C'est ça que t'essaies de faire ?

Puis, à ma plus grande surprise, il a réalisé un triple axel, comme si de rien n'était, comme s'il faisait ça tous les matins au réveil. Nous avons ri tous les deux. Depuis, le triple axel a toujours été l'un de mes meilleurs sauts en compétition.

Je mime le saut avec mes mains : glisse arrière sur la carre extérieure droite, appel sur la carre extérieure gauche, rotations et réception sur la carre extérieure pied droit. Ça devrait le faire.

Les premières tentatives sont infructueuses. J'ai beau lancer ma jambe, je la laisse retomber sans même essayer de sauter. Les essais suivants se montrent tout aussi catastrophiques et lamentables : ma hanche et ma cuisse sont endolories à force de chuter, et mon collant et mon short sont trempés à cause du givre qui s'accumule dessus. Mais je persévère et finis par passer un triple axel parfaitement exécuté au bout de la 92e tentative de la journée ; oui, j'ai compté. Sauf que j'ai le harnais qui ralentit mes chutes et me rassure.

Archie m'intime d'arrêter pour aujourd'hui : je refuse. Je me dois de continuer malgré tout. La douleur embellit les victoires et les médailles. Et puis, à force, on ne ressent plus du tout la douleur. On s'y habitue, on la refoule.

Au milieu des autres patineurs qui exécutent leurs figures, Sam et sa nouvelle partenaire m'observent attentivement, l'air moqueur. Je ne peux m'empêcher de leur envoyer mon plus beau doigt d'honneur. Sam peut se foutre de ma gueule autant qu'il le veut, je ne deviendrai pas sa partenaire. Jamais. Même si Justin Bieber est actuellement en train de chanter *Never Say Never* dans ma tête avec sa voix suave.

Je n'ai pas pu m'empêcher de faire des recherches sur Sam, hier soir. Il cumule les médailles en danse sur glace ces dernières années, une véritable étoile montante. Il s'est séparé de sa partenaire – une certaine Joanne – après les championnats du monde auxquels ils n'ont pas participé, alors qu'ils étaient bien partis pour remporter la médaille d'or. La raison n'est pas expliquée. Et de ce que j'ai cru comprendre dans les vestiaires, il a couché avec toutes ses partenaires. Soit. Ce sont des adultes responsables.

La journée touche à sa fin et je remarque qu'il ne reste que Sam et moi sur la glace. Je décide tout bonnement de l'ignorer et de reprendre mon ancienne chorégraphie. Ce dernier rôde autour de moi toute la durée de la chanson. Quand celle-ci se termine, je l'entends applaudir. Une douce mélodie pour mes oreilles.

Je le laisse s'approcher, me permettant de mieux le dévisager. Il est plus grand que moi malgré mon mètre soixante-dix ; dans les un mètre quatre-vingt-dix peut-être. Ses cheveux sont d'un brun foncé, coiffés vers l'arrière avec du gel, mais des mèches lui tombent malgré tout sur le front, me donnant l'envie de les lui dégager. Ses yeux sont verts, avec une pointe de bleu près des pupilles.

— T'es vraiment passionnée pour passer autant de temps ici, Chucky.

— Ouais, je sais, ce n'est pas donné à tout le monde, dis-je en le pointant du menton.

Ce dernier porte sa main à hauteur de sa poitrine, comme s'il venait de prendre un coup. Je m'apprête à repartir pour une nouvelle séquence de pas, mais il en décide autrement.

— Et sinon, tu comptes abandonner le harnais un jour ou bien ? s'enquiert-il. J'espérais voir la grande Olivia Gray apparemment si audacieuse.

L'air quitte mes poumons, comme s'il venait de m'asséner un coup en plein dans le thorax.

Il n'a pas osé ?

J'ai dû mal entendre. Dos à lui, j'essaie de l'ignorer, mais la rage monte en moi à mesure qu'il continue ses provocations. Mon sang est en ébullition, mes ongles se plantent dans mes paumes, laissant des traces en demi-lune. Je me retourne brusquement et sans réfléchir, ma main s'écrase sur sa joue dans un bruit sec.

Il n'est même pas surpris par mon geste : il porte une main sur la trace rouge qui apparaît, mais ses lèvres s'étirent dans un sourire narquois.

Ses mots me blessent tellement. S'il se voulait taquin, c'est raté. Il touche la corde sensible. J'ai encore du mal à accepter cet échec. Je ne les supporte pas tout court.

« *Tu n'es rien. Tu n'es qu'une moins que rien.* »

Ces mots résonnent dans ma tête. Et la remarque de Sam ne m'aide absolument pas à me sentir mieux. C'est officiel, ce mec est le pire des enfoirés.

Je suis épuisée. Ce serait mentir de dire que je ne me fatigue pas plus vite depuis ma blessure. Je fantasme rien qu'à l'idée de retrouver mon lit après cette journée intense.

— Écoute, j'ai observé tes chorégraphies et tu ferais une super danseuse, commence-t-il.

— C'est toujours non, Ballerine.

— Juste un essai, Chucky ! me supplie-t-il.

— Tu vois, c'est ça ton problème ! Tu insultes les gens et après tu espères qu'ils te tombent dans les bras.

— OK. Alors, si je suis poli, tu voudras bien faire un essai ? demande-t-il, la bouche en cœur.

— Je n'en sais rien, c'est juste un conseil que je te donne.

Il grommelle quelque chose d'incompréhensible avant de reprendre.

— Olivia, accepterais-tu de faire un essai en danse sur glace avec moi ?

— Laisse-moi réfléchir… Non. Pas intéressée, désolée, réponds-je avec un faux sourire.

J'avais juste envie de le voir ramer. Je lui donne volontairement un coup d'épaule en quittant la glace, mais Sam me rattrape et se place devant moi. Je lui rentre dedans en voulant rejoindre le couloir.

— Putain ! Mais tu n'as pas un plan cul à rejoindre ce soir ? m'écrié-je.

Ce mec m'énerve au plus haut point. Pourquoi forcer autant avec quelqu'un qui vous dit non ?

— Je continuerai d'essayer de te convaincre jusqu'à ce que tu acceptes de faire un essai avec moi.

— C'est du harcèlement. À demain.

Je me presse d'aller dans les vestiaires pour me changer. Il est vraiment hors de question que je devienne la partenaire de Sam. Il a l'air de traiter ses partenaires et les femmes en général comme de la merde, et il est hors de question qu'un homme me traite comme ça. J'ai déjà assez vécu avec mon père pour toute une vie.

Je dois être plus naïve que je ne le pensais. Ai-je vraiment cru que Sam me laisserait tranquille, maintenant que je lui ai bien fait comprendre que je ne veux pas faire de danse sur glace et encore moins être sa partenaire ? *Oui.*

Suis-je à côté de la plaque ? *Carrément, ouais !*

Lorsque j'entre dans l'établissement, ce dernier est également là, en train de s'échauffer et réaliser quelques assouplissements. Il ne remarque ma présence que lorsque j'ouvre mon sac pour en sortir mes affaires. Il regarde par-dessus son épaule et affiche un sourire narquois. J'ai à peine le temps de lacer mon premier patin qu'il est déjà d'attaque.

— Sympa les chaussures !

Je pose les yeux sur la paire que j'ai choisie aujourd'hui : des Converses blanches avec des feuilles d'eucalyptus et des petites fleurs. Ma paire préférée.

— Enfin, je dirais que ça convient plutôt à une enfant de huit ans, mais bon… Chacun ses goûts.

Respire, Olivia.

Je ferme les yeux quelques secondes pour apaiser l'envie de violence qui me chatouille un coin de la tête. Cette fois, il continue son échauffement en me faisant face. Son T-shirt se soulève légèrement lorsqu'il passe un bras derrière sa tête pour l'étirer. Mes yeux sont tout de suite attirés sur le V formé par ses abdos. Je me racle très discrètement la gorge et reporte mon attention sur le laçage de mes patins.

— Tu sais, on dit que la nuit porte conseil. Est-ce qu'elle t'a porté conseil, Olivia ? demande-t-il.

— Oui, j'ai bien réfléchi. C'est toujours non et, en plus, cette nuit m'a conseillé de ne plus t'adresser la parole.

Un son s'échappe de sa gorge, imitant le bruitage désagréable d'une mauvaise réponse dans les jeux TV que je visionnais malgré moi pendant ma convalescence.

— Ce n'est pas la réponse que j'attendais, dit-il en se penchant vers moi.

Je lui adresse un regard noir. Il est tellement… insupportable !

— Pourquoi tu t'acharnes autant ?

— Parce que.

— Wow, très convaincant comme réponse ! m'exclamé-je, l'applaudissant presque.

— Je sais, je fais cet effet-là en général.

Je lève les yeux au ciel.

Comment sa tête peut passer les portes avec un melon pareil ? Ce n'est même plus un melon qu'il a, c'est tout Cavaillon !

— Allez, accepte. Juste un essai. Et si ça ne marche pas, je te laisse tranquille.

— Je veux que tu me laisses tranquille maintenant, sinon…

— Sinon quoi, Chucky ? me coupe-t-il.

C'est la provocation de trop. Comment peut-on en avoir autant rien à foutre de l'avis des gens ? J'attrape mon deuxième patin à la volée et pose la lame sur son entrejambe. Il a un mouvement de recul et me regarde, les yeux écarquillés.

— Sinon tu peux dire adieu à tes bijoux de famille. T'as compris ?

Je retire mon patin et me redresse. Je profite du blanc qui flotte entre nous pour enfiler la deuxième bottine.

— Et si je relève un défi ?

Je sais pertinemment qu'il n'y arrivera jamais, alors autant le regarder se ridiculiser, et peut-être qu'il me lâchera enfin la grappe.

Je le souhaite du plus profond de mon âme.

Je penche la tête sur le côté et le fixe, un sourire en coin. Il lui faut un défi de taille, celui qui taillera directement dans son ego.

— Très bien. Un double axel, lui ordonné-je.

— Quoi ? s'étonne-t-il.

— Vu que tu te crois meilleur que tout le monde ici, fais-le ! Si d'ici une semaine t'arrives à me faire un double axel potable, je reconsidèrerai mon choix.

Un magnifique sourire étire ses lèvres, laissant apparaître deux lignes de dents blanches et alignées qui creusent ses joues. Avec ça, je pense que je serai tranquille pendant un moment.

Il m'a fallu plusieurs mois pour réussir un axel simple, alors un double axel… Il lui faudra des mois et des mois. Je souris déjà, fière de mon coup. Impossible qu'il y arrive en une semaine.

Impossible.

Chapitre 5
Double axel
Sam

Mais qu'est-ce qui m'a pris d'accepter ? Et le pire, c'est que j'essaie en plus !

Visiblement, ça fait bien marrer Chucky de me voir essayer tous les jours.

Garce.

Si elle pense que je vais lâcher l'affaire, elle se trompe. Elle part un peu trop victorieuse à mon goût.

Je n'ai pas refait de sauts depuis mes douze ans.

Putain, mais dans quoi je me suis lancé ?

Elle va me le payer quand je l'aurai fait, ce double axel de mes deux. Hors de question d'abandonner maintenant, j'ai bien trop de fierté. Enfin… fierté que j'ai mise de côté pour suivre le cours des 10-13 ans et réapprendre ledit saut. Il doit bien me rester quelques souvenirs…

— Je ne comprends toujours pas pourquoi tu tiens tant à faire ça, s'enquiert ma mère.

— C'est une question d'honneur. Et c'est aussi pour la bonne cause, fais-moi confiance.

J'ai un bon instinct concernant Olivia. Je suis persuadé qu'elle est la partenaire idéale.

Le cours ne doit d'ailleurs pas tarder à commencer. Je me tiens à l'écart des enfants, qui sont un peu trop surexcités pour moi. Les entraîneurs arrivent et j'aperçois Olivia parmi eux. Elle enlève ses protège-lames en plastique et les dépose sur le bord de la balustrade avant de descendre sur la glace. Les jeunes sont ravis de la voir, tout comme elle si j'en crois le sourire qui se dessine sur son visage. Les élèves sont répartis dans plusieurs groupes, et au moment opportun, je me dirige tout droit vers celui qu'Olivia prend en charge.

— Bien, on va commencer par s'échauffer ! On part sur les croisés arrière en huit, c'est parti ! lance-t-elle avec enthousiasme.

— Même quand on sait les faire depuis plus de dix ans ?

Tous les regards du groupe se tournent vers moi, y compris celui d'Olivia. Elle fronce les sourcils. Elle ordonne aux plus jeunes de se mettre en jambes avant de s'approcher de moi, furibonde :

— Tu fais quoi dans ce cours ? s'étonne-t-elle.

— Je veux apprendre le double axel.

— Non. Certainement pas avec moi.

— Pourquoi pas ? Tu fais les meilleurs sauts pourtant, non ? la provoqué-je.

— Je ne t'apprendrai pas à le faire. Ce n'est pas ce qu'on a convenu.

— Tu n'as jamais dit que tu ne pouvais pas me l'apprendre. Juste que je devais savoir le faire d'ici la fin de semaine.

— Trouve quelqu'un d'autre.

— Non, ça ira, merci. Maintenant, si tu le permets, je voudrais m'entraîner.

Je l'entends marmonner, mais j'exécute quand même l'exercice. Les croisés arrière sont une des bases de la discipline. Après plus de dix ans de patinage, je les maîtrise, mais ça n'empêche pas Olivia de critiquer ma technique.

Au bout de quelques minutes, nous passons enfin aux choses sérieuses. Olivia décortique chaque élément du saut. Elle est même tentée d'en faire une démonstration, mais son blocage refait surface et elle décide d'interpeller un autre initiateur :

— Peter, tu peux leur montrer le double axel, s'il te plaît ?

Le patineur, pas plus âgé que nous, se lance et réalise un saut parfait. Il flotte littéralement dans les airs. Olivia le remercie et me jette un coup d'œil sournois. Je ne lâcherai pas l'affaire. J'observe attentivement les jeunes et note les conseils d'Olivia dans un coin de ma tête. Cette histoire s'annonce plus compliquée que prévu, mais je ne compte pas abandonner.

Les jours défilent et j'enchaîne les chutes. Olivia ne perd pas une miette du spectacle depuis les gradins, mais j'ai remarqué son étonnement quand j'ai réussi à réaliser un axel simple en quatre jours. Il ne m'en reste plus que trois pour ajouter une rotation et la convaincre. Hors de question de me faire laminer par cette fille. Je compte bien avoir mon essai, à la loyale.

Cette journée d'entraînement touche à sa fin et je la retrouve sur le parking du complexe qui se vide.

— Hey, Olivia, attends !

Je trottine jusqu'à arriver à sa hauteur, un sourire narquois sur mon visage.

— Qu'est-ce que tu veux, Ballerine ? Tu veux arrêter le défi ? lance-t-elle, la main posée sur la portière de sa voiture.

— Non, je voulais juste te demander ta pointure. Parce que quand j'aurai gagné, il te faudra de nouveaux patins adaptés à la danse sur glace.

— Ah ? Parce que tu penses vraiment y arriver ? se moque-t-elle. T'as vraiment beaucoup d'ambition.

— J'y arriverai, tu verras.

Je lui adresse mon plus beau sourire charmeur, mais elle se contente de soupirer et de lever les yeux au ciel. Je vais devoir m'entraîner vraiment dur dans les jours à venir si je veux lui botter le cul sur ce défi.

Mais ce n'est pas une mince affaire. Chacune de mes tentatives est jusqu'à maintenant un échec cuisant. Il ne me reste pas grand-chose pour réussir ce putain de saut, mais je ne sais pas encore quoi. De la rapidité peut-être ou bien des patins neufs ? Mes patins de danse sont bien loin d'être adaptés à la pratique des sauts. Et s'il faut que je dépense près de deux-cents dollars pour gagner ce pari, je compte bien le faire.

Mes nouveaux patins aux pieds, je ne perds pas une seconde pour m'entraîner avec. Et tout de suite, ou presque, la sensation est meilleure. Mon axel simple est déjà beaucoup plus fluide et je pars plus confiant pour ce double axel – qui m'a coûté quatre-cent-vingt dollars, bordel. Chucky ne peut s'empêcher de me rappeler que le temps est presque écoulé et je sens qu'elle jubile.

Plus pour longtemps ma jolie, crois-moi.

Sa désillusion n'en sera que plus belle.

Aujourd'hui, c'est ma dernière chance de lui prouver que je peux faire ce saut. J'ai réussi à le passer très faiblement à l'entraînement hier, mais elle est partie plus tôt et n'était pas là pour voir ça. Mes fesses ont fini par développer une certaine insensibilité cette dernière semaine, mais chaque chute en valait la peine.

Putain !

J'exulte déjà à l'idée de voir sa tronche quand elle va voir que je tiens debout après avoir fait ce saut de la mort. Je l'ai ignoré toute la journée. La laisser penser qu'elle a gagné avant qu'elle ne se rende compte que je l'ai battue me fait sourire.

À travers les hautes vitres, le soleil couchant baigne la patinoire d'une lumière dorée. Sur la glace, il ne reste plus qu'Olivia et moi. Cette dernière vient à ma rencontre, l'air suffisant.

— Alors, ça avance ce saut ? Laisse-moi deviner : tu ne l'as pas réussi ? me provoque-t-elle, d'un air faussement triste.

— Regarde par toi-même, Chucky.

Elle croise les bras sur sa poitrine et arque les sourcils.

Regarde bien, Olivia, parce que tu t'en souviendras.

Je fais quelques tours de piste afin de prendre de l'allure et réalise le saut correctement. La réception est un peu faiblarde, mais j'atterris sur un seul pied, comme prévu. Lorsque je me retourne vers Olivia, elle a toujours les bras croisés, mais l'expression de son visage a radicalement changé. Je me vante en secouant mon T-shirt quand elle s'approche de moi et m'examine sous toutes les coutures.

— Tu fais quoi, là ?

— Je cherche le câble invisible, lance-t-elle, les sourcils froncés.

— Quel câble ?

— Celui qui t'a aidé à réussir ce saut.

— Tu peux chercher, il n'y en a pas. C'est juste le talent.

Elle se plante devant moi. Sur son visage, la sidération a laissé place à la rage.

— C'est impossible.

L'irritation dans sa voix est palpable.

T'as perdu, Chucky, il va falloir t'y faire.

Je sais qu'elle voit rouge et qu'elle me hait, mais c'est tellement jouissif de la voir perdre. Je ne peux m'empêcher de faire une petite danse de victoire devant elle, ce qui l'énerve encore plus. Elle baisse la tête et jette un œil à mes patins, avant de pouffer de rire.

— Attends, t'as carrément acheté des patins neufs juste pour me battre ?

— J'ai de l'ambition. Et je prends les défis très au sérieux, lui avoué-je d'un air ultra satisfait.

— Je n'en reviens pas d'avoir perdu, murmure-t-elle.

— Tu vas t'en remettre, Chucky ? Oh ! Et n'oublie pas notre essai demain, du coup !

— Va te faire foutre, Ballerine, siffle-t-elle entre les dents.

Je ricane, la regardant sortir de la glace, verte de rage.

J'ai gagné.

Bon, j'espère que toutes ces heures d'entraînement et cette démonstration en vaudront la peine et qu'elle sera convaincue de devenir ma partenaire. Il faut vraiment qu'elle accepte. Je suis persuadé qu'elle est celle dont j'ai besoin. On a tous un style de patinage qu'on exprime, et les nôtres se ressemblent.

Seul sur la glace, je continue de danser pour savourer ma victoire, tout en pensant aux chorégraphies que je pourrais créer avec elle, au chemin que l'on pourrait faire ensemble.

Olivia est tout ce que représente le patinage artistique : puissance, grâce et *fascination.*

Exténué et dégoulinant de transpiration, je me dirige droit vers les vestiaires. Des sanglots bruyants me parviennent depuis le fond du couloir. Je continue mon chemin et tombe sur Olivia, accroupie contre le mur, les épaules qui se soulèvent au rythme de ses pleurs.

— Je ne serai jamais une championne. Je ne serai jamais une championne, marmonne-t-elle.

— Est-ce que ça va ? demandé-je en posant une main sur son épaule.

Elle sursaute et lève les yeux vers moi. Elle chasse violemment ma main et essuie ses larmes d'un revers de main avant de se relever.

— Tu n'as absolument rien vu, c'est clair ? crache-t-elle.

Je n'ai pas le temps de répondre qu'elle est déjà enfermée dans le vestiaire des femmes. Je rebrousse chemin vers celui des hommes, cherchant ce qui peut bien la mettre dans cet état.

C'est avec un énorme sourire aux lèvres que j'arrive à la patinoire le lendemain, bien avant tout le monde. Je m'échauffe hors glace lorsque je vois Olivia entrer, totalement renfrognée. Elle tente tant bien que mal de se cacher sous la capuche de son sweat vert, mais nos regards finissent par se croiser, malgré elle. Elle s'assied face à moi, un mug à la main, dont les effluves de café me chatouillent les narines.

— Pourquoi tu pleurais dans un couloir hier soir ?

— Je t'ai pourtant dit que tu n'avais rien vu, non ?

Elle ne me lâche pas du regard alors qu'elle porte son mug à sa bouche. Je me contente de murmurer un « désolé », la faisant sourire en coin.

— Gentil garçon, susurre-t-elle en plissant les yeux.

Le ton qu'elle emploie provoque une étrange sensation qui se fraie un chemin jusque dans mon bas-ventre. Ou bien est-ce le fait qu'elle s'acharne à me tenir tête ?

— Alors ? Prête à t'entraîner, partenaire ?

— Je t'arrête tout de suite, c'est un essai. Un seul et unique essai, dit-elle en levant son index devant elle.

— Oh, je ne me fais pas de soucis. Tu finiras par adorer la discipline et m'adorer aussi, par la même occasion, détourné-je avec humour.

— T'as l'air bien sûr de toi.

— Sans vouloir me vanter, je peux. J'ai quand même relevé ton défi haut la main.

Elle fait rouler ses yeux sous ses paupières et finit sa boisson d'une traite avant de s'échauffer à son tour. C'est une pratique toute nouvelle pour Chucky : patiner en couple et avec de toutes nouvelles règles. Je dois vraiment la coacher sur ce coup. Du moins, si elle finit par accepter. Nous enfilons nos patins et descendons tous les deux sur la glace.

— On devrait déjà voir comment on s'en sort en patinant tous les deux.

— Je sens que je vais être une catastrophe, souffle-t-elle.

— Fais-moi confiance.

Après un court instant d'hésitation, elle saisit ma main tendue. Un premier frisson, très léger, me traverse. Je m'oblige à l'ignorer.

Ce n'est qu'un essai, ça ne veut rien dire.

Je l'ai vue patiner en couple avec Archie, son entraîneur, il y a une semaine. Elle se débrouillait pas mal pour une patineuse solo.

Mais toi, elle ne te connaît pas, mec.

Ce que je vois ce matin n'est pas mal non plus. Elle est douée, vraiment douée. On se synchronise rapidement, c'est une bonne chose.

Je décide alors de lancer ma playlist pour voir comment nos pas se coordonnent en musique.

— Sérieusement ? pouffe-t-elle.

— Quoi ?

— Ta playlist de baise ? Pour t'entraîner ?

— Je ne vois pas le problème, dis-je en haussant les épaules.

Alors que *Play with Fire* se met à résonner dans la patinoire, j'attrape son bras. De nouveau, un frisson parcourt mon corps dès lors que je pose ma main sur sa taille pour effectuer plusieurs pas. Moins crispée, elle se laisse de plus en plus aller à une chorégraphie improvisée. Nos pas et nos mouvements se coordonnent presque instantanément, sans que l'on ait à réfléchir.

Ça ne m'est jamais arrivé, pas même avec Joanne.

Elle est pleine de légèreté et ses lames ne font pas de bruit – ou presque. On peut croire qu'elle vole au-dessus de la glace tant elle est gracieuse. Elle est magique. Elle possède un vrai don pour le patinage artistique.

Quand la musique touche à sa fin et qu'une autre se lance, elle plante son regard directement dans le mien. Nos souffles hachés se mélangent. Je me demande si elle aussi a ressenti ça, cette *connexion*. Des applaudissements nous parviennent depuis l'entrée de la patinoire. Ma mère et son coach sont tous les deux en train de nous observer. Olivia réagit comme si elle avait été prise en flagrant délit de vol à l'étalage et fuit en dehors de la glace.

Chapitre 6

Faire des plans sur la comète

Olivia

Sa main sur ma taille pour me guider ne fait que me raidir encore plus. Un courant électrique remonte le long de mon bras pour terminer à la base de ma nuque. Je n'ai jamais patiné en couple – sauf avec Archie pour travailler mes placements. Patiner avec Sam est à la fois l'expérience la plus étrange et la plus satisfaisante de ma carrière. Il sait me guider tout le long de la danse, sans oublier à quel point nous sommes synchronisés. Il est également très patient ; qualité que j'étais loin de lui trouver quand je l'ai vu patiner ici, le jour de ma reprise. Sur cette glace, nous ne faisons qu'un.

Et pour la première fois depuis que j'ai relacé mes patins après mon accident, je ne pense plus à rien. Le simple bruit produit par le frottement de nos lames contre la glace étouffe toutes mes pensées effrayantes, celles qui m'invitent à prendre mes jambes à mon cou et fuir dans la direction opposée.

Je me sens vraiment légère. L'angoisse disparaît, elle aussi, pendant ces quelques minutes, et je me sens rassurée entre ses grandes mains et ses bras qui me guident. Plus rien n'existe autour de nous. J'ai presque l'impression d'aimer tout ça : cette sensation de liberté et de délicatesse. Je retrouve, dans ce moment, l'échappatoire que le patinage représente pour moi depuis tant d'années.

C'est ridicule, je ne peux pas aimer ça. Il faut à tout prix que je me concentre sur ma carrière solo.

C'est quand je vois Archie nous observer depuis la porte d'entrée de l'espace glace que je percute. Il faut que je me remette à l'entraînement sur-le-champ. Je m'éloigne de Sam, comme si sa proximité me brûlait soudainement la peau.

Je récupère ma gourde et m'enfuis. Il essaie de me retenir, mais je m'échappe plus vite qu'il ne peut me rattraper. Je n'ai pas arrêté de m'entraîner sur la glace ces derniers temps, comme si c'était la solution pour récupérer mon niveau d'avant. Et pourtant, je sais que le travail hors glace est tout aussi important.

J'effectue un détour par les vestiaires pour prendre le temps de me rafraîchir et me retrouve face à mon reflet dans le miroir. L'eau fraîche sur mon visage m'arrache un hoquet de surprise, mais m'aide à y voir plus clair.

Toujours aussi efficace cette technique...

Sam a du talent, c'est indéniable, mais moi, je n'y connais rien à la danse sur glace. Il faut que je laisse tomber : il a eu son essai, j'ai rempli ma part du marché. Il va trouver la bonne partenaire et me laisser tranquille. C'était la règle.

Je quitte les vestiaires et monte à l'étage où plusieurs salles sont disponibles pour les entraînements hors glace, dont une salle de danse et un espace fitness dans lequel je pénètre. Je m'installe à une machine et entame quelques exercices de musculation. Mes abdominaux et mes cuisses, tout comme mes chevilles, doivent être renforcés si je veux réussir mes sauts les plus complexes.

Un peu plus tard, Archie arrive à son tour avec une flopée de jeunes athlètes. Je le salue brièvement et me concentre sur les exercices de proprioception et de pliométrie. Mon entraîneur se concentre sur une patineuse plus jeune, ce qui à la fois me soulage, car il ne s'attarde pas sur ce fichu essai, mais en même temps, m'inquiète puisqu'il m'ignore volontairement.

Elle est meilleure que toi, c'est pour ça qu'il t'abandonne. Tu vois que tu déçois tout le monde !

Anxieuse, je dépose le disque en fonte à mes pieds pour me pincer les biceps, faisant redescendre la sensation désagréable qui pèse dans mon abdomen.

Je ne suis rien. Je suis une incapable. Je ne serai jamais une championne.

À défaut d'être capable de faire mes sauts sur la glace, je peux bien les faire au sol. Je sautille sur place pour chauffer mes muscles et mes articulations avant d'attaquer avec les sauts simples. Puis, quand je les maîtrise, j'ajoute une rotation. Je me lance alors dans un double flip, bras au-dessus de la tête comme j'en ai l'habitude. Un sentiment de fierté m'envahit quand je me réceptionne parfaitement. Confiante, j'enchaîne aussitôt avec une combinaison d'un double salchow et d'un double boucle, mais, cette fois, impossible de faire mes rotations et je foire toutes mes réceptions.

À quoi je pensais ? Tu n'es qu'une incapable. T'es finie, Olivia.

Je réessaie, encore et encore, mais la peur prend le dessus et me paralyse. Dès que je m'apprête à sauter, mon cerveau me freine et je ne décolle pas les pieds du sol. Il faut absolument me séparer de cette peur, je ne dois pas la laisser m'éteindre. Je patinerai sans relâche, jusqu'à l'écraser sous mes lames.

Peut-être que maman a raison. Que cette reprise est trop précipitée et que je devrais me reposer davantage. Cette matinée m'a épuisée sur le plan mental, alors je préfère rentrer. Dans ce sport, il y a des jours avec et des jours où nos patins semblent aller de travers. Bizarrement, on retient plus souvent les mauvais jours. Et depuis ma reprise, je les accumule, ces mauvaises journées.

— Olivia, attends, m'interrompt Archie. Je voudrais te parler.

Je suis incapable de déchiffrer son expression. Est-il irrité ? Déçu ? J'attrape ma serviette pour éponger la sueur sur mon front et m'approche de lui.

— Je vous ai vus danser ensemble, Sam et toi, ce matin. La coach de Sam aussi.

— Oui, euh… c'était un pari bidon entre nous. Il devait faire un double axel et s'il le réussissait, je devais danser avec lui. Mais c'était juste comme ça ! précisé-je devant ses sourcils froncés.

— Ah bon ? Parce qu'il aimerait bien que tu deviennes sa partenaire maintenant. Il en a parlé à sa coach tout à l'heure, et d'ailleurs, elle a adoré.

— Le fumier, marmonné-je pour moi-même.

— Écoute, Olivia, je suis ton coach depuis dix ans maintenant et je te soutiendrai, quelle que soit ta décision.

À ce moment-là, l'angoisse me submerge. C'est comme si mon corps était là, mais que tout le reste était complètement à côté de celui-ci. Ma tête tourne et mes yeux brûlent. Je ravale ma salive et lève les yeux au plafond pour m'empêcher de pleurer. Mes craintes se confirment.

Personne ne veut entraîner une moins que rien.

— Tu ne veux plus m'entraîner, c'est ça ? lui demandé-je faiblement.

— Quoi ? Si, bien sûr ! Qu'est-ce que…

— Aucun coach ne veut d'une patineuse qui ne sait pas faire de sauts, l'interromps-je, les lèvres tremblotantes.

— Ça ne fait pas de toi une mauvaise patineuse. Tu reviens d'une blessure, c'est normal d'avoir peur.

Archie n'a jamais été de ces horribles coachs qui tyrannisent leurs athlètes au profit des médailles. J'avais à peine dix ans quand je l'ai rencontré pour la première fois. Il assurait parfois les cours et c'est tout naturellement que je l'ai choisi pour qu'il devienne mon coach par la suite. Il sait toujours trouver les mots justes pour tirer le meilleur de ses élèves, son ton est toujours posé.

Il se penche contre le vélo elliptique près de lui avant de reprendre la parole :

— Si tu veux mon avis, je pense que ce n'est pas une si mauvaise idée si tu décidais de devenir sa partenaire. Vous patinez extrêmement bien, c'est assez rare de voir une alchimie au premier essai, conclut-il.

Hein ? Alors là, il dépasse les bornes ! On devait juste s'en tenir à un seul essai et Monsieur pense que c'est OK de faire des plans sur la comète ?

Je dois quand même reconnaître qu'il y avait une sorte de connexion entre nous. Comme si nos corps étaient destinés à patiner ensemble. Je peux encore sentir le courant électrique qui a couru dans mes veines aussitôt que sa main a pris la mienne. Et même si j'essaie de ne pas y penser, Sam est peut-être la clé de mon retour.

Dans les vestiaires, je laisse l'eau froide couler sur ma peau couverte de bleus afin de soulager mes muscles endoloris et éteindre le feu de mes pensées angoissantes.

Je ne sais faire mes sauts ni sur la glace ni en dehors. Je suis tellement nulle.

J'ai vraiment besoin de penser à autre chose qu'au patinage, pour une fois. Être une jeune adulte normale, *pour une fois.*

Assise au volant de ma voiture, je conduis sans me donner de destination et arpente les rues de la métropole : la gare historique de Union Station, le Colorado State Capitol et son dôme d'or, le Denver Art Museum. Finalement, je quitte mon véhicule et continue de me balader sur la 16th Street Mall, au milieu des artistes de rue qui chantent et dansent.

Je profite d'être ici pour faire quelques courses au supermarché. Avec la chaleur qu'il fait dehors, ça n'est pas plus mal de se retrouver au frais. Dans les allées, un bon nombre de jeunes – des étudiants principalement – arpentent les rayons à la recherche d'alcool et de snacks pour leurs soirées étudiantes au sein des fraternités. Des jeunes adultes tout ce qu'il y a de plus normal. Le genre qui tombe amoureux, qui flâne dans les centres commerciaux ou dans les cinémas.

Je pourrais expérimenter ça. Je pourrais très bien tout abandonner et vivre en dehors de ce à quoi je me suis toujours destinée.

La dernière fois que je me suis – presque – sentie comme eux, c'était quand j'ai passé un an à alterner les entraînements et la fac. J'ai validé mon diplôme l'an dernier afin d'obtenir la certification d'entraînement athlétique. Je n'ai jamais aspiré à de grandes études, mais ce diplôme me permet de faire de ma passion mon métier quand je prendrai ma retraite sportive.

Ce serait absurde d'abandonner. J'ai encore plusieurs années à faire dans ma carrière professionnelle et je ne compte pas les gâcher.

Je dépose mes courses sur le tapis de la caisse et attends patiemment mon tour. Il y a encore deux personnes devant moi, mais l'employée de caisse semble rapide. Les clients suivants ne tardent pas non plus à déposer leurs articles derrière moi. Je sens le regard appuyé de l'un d'eux sur moi, tandis que la personne qui l'accompagne dépose les articles.

Génial… Est-ce que je vais avoir le gros lourd qui drague devant sa copine ?

— Bonjour !

Je daigne lever les yeux et tombe nez à nez avec Sam et sa coach.

Il se tape aussi sa coach ? Et pourquoi faut-il qu'il soit partout où je suis ?

— Alors, comme ça, tu fais tes courses ici ? demande-t-il, visiblement surpris.

— Non, tu vois, j'aime juste perdre mon temps dans les rayons des magasins, réponds-je d'un ton sarcastique.

Il mord sa lèvre inférieure pour réprimer un sourire.

— Au fait, Olivia, je te présente ma mère, Danielle, qui est aussi ma coach.

Sa mère.

Elle fait jeune. J'ai cru un instant qu'il était branché *MILF*[1]. Cette dernière me salue poliment.

— Alors c'est vous qui dansiez avec mon fils, ce matin ? Il m'a dit que vous envisagiez de vous tourner vers la danse sur glace, alors vous pourriez être sa nouvelle partenaire ! Vous êtes plutôt douée.

— Ah oui, il vous a dit ça ?

Je le fusille du regard. Et ça le fait marrer. J'essaie de garder une attitude amicale pendant que je range les articles au fur et à mesure que l'employée du supermarché les scanne. Je souris faussement à Sam et m'adresse poliment à sa mère :

— Eh bien, je dois encore beaucoup réfléchir à cette option. Tout le monde n'est pas fait pour la danse sur glace et puis je dois reconsidérer ma carrière, alors j'y réfléchis, rien n'est encore fait. Mais merci pour l'opportunité, au revoir !

1. « Mother I'd Like to Fuck ». Sigle péjoratif utilisé pour qualifier une femme d'âge mur très désirable sexuellement.

Je rassemble mes sacs et me dirige droit vers ma voiture, espérant qu'il ne me rattrape pas.

Je le déteste. Si Sam croit qu'il peut aller raconter tout et n'importe quoi à qui veut l'entendre, il se trompe.

C'est furieuse que je reviens à l'entraînement le lendemain. Sam est déjà là, en train de s'entraîner seul.

Parfait.

J'attache rapidement mes patins et fonce vers la glace. Plus j'approche de la piste, plus la colère pulse dans mes oreilles.

— Pour qui est-ce que tu te prends ? hurlé-je depuis le couloir.

Ma voix résonne dans la patinoire et le fait s'arrêter immédiatement. Il affiche un sourire railleur, ce qui a le don de m'énerver davantage. Ma queue de cheval balance de droite à gauche à mesure que j'avance, furibonde. Je contourne la glace à la recherche d'un portillon pour le rejoindre. Et lui botter les fesses, par la même occasion.

Sam s'approche lentement, les sourcils tellement arqués qu'ils arrivent presque à la racine de ses cheveux.

— Ce n'est pas parce que j'ai patiné une fois avec toi que tu peux aller dire à tout le monde que je suis ta partenaire ! On était d'accord pour faire un essai ! Un seul !

Je suis tellement enragée que je ne fais même pas attention en montant sur la glace. Mes jambes partent dans deux directions opposées. Mon sang ne fait qu'un tour. Sam se précipite vers moi pour me rattraper, mais j'ai déjà les deux genoux sur la glace. Mon souffle se coupe. Des étoiles dansent devant mes yeux alors que je me revois baigner dans mon propre sang, que j'entends les os se briser à nouveau.

Je vais pour me relever, mais Sam m'en empêche :

— Ne bouge surtout pas ! m'ordonne-t-il.

Ses mains sous mes aisselles, il me soulève avec aisance et enroule mes jambes autour de sa taille pour me faire sortir. Sur le sol ferme, je me tortille pour me dégager de ses bras, ce qui l'amuse. Je baisse les yeux vers mes patins et comprends ce qui a causé ma chute : j'ai oublié d'enlever mes protège-lames.

L'erreur de débutante.

À croire que je souhaite encore m'ouvrir le crâne.

Sam peine à se retenir de rire à côté de moi. Je lui lance un regard foudroyant, tandis que, cette fois, je prends soin d'enlever mes protège-lames.

— Tu trouves ça drôle peut-être ?

— Très drôle même, renchérit-il. Tu venais t'entraîner avec moi, partenaire ?

— Je ne suis pas ta partenaire.

— Pas encore, mais bientôt, Championne.

J'ai vraiment l'impression qu'il est plus facile de se débarrasser d'un chewing-gum coincé dans les cheveux que de Sam Anderson.

Il est presque seize heures quand je quitte le complexe. Avec les deux heures de décalage entre ici et New York, j'espère que Kelsie a terminé son entraînement parce que j'ai besoin de me plaindre.

Je sors mon portable de mon sac et l'appelle en Facetime. La tonalité sonne à peine que ses ondulations blondes et ses yeux bleus envahissent l'écran.

Que ça fait du bien de la voir.

— Salut, Oli' !

— Dites-moi que vous revenez bientôt à Denver !

— Je savais que tu ne pouvais pas te passer de moi !

Je m'esclaffe, mais elle a raison, c'est bizarre de ne pas patiner avec elle ces derniers temps. Kelsie est la première vraie amie que je me suis faite. Que ce soit en amitié ou en amour, je n'ai jamais été très douée pour nouer des liens. Disons qu'être isolée des autres, forcée de passer son temps sur la glace avant et après l'école, pendant les week-ends, ne facilitait pas les choses. Parce qu'*il* l'avait décidé pour moi.

— Comment se passe ta reprise ? demande Kelsie.

— Bof. Toujours aucun saut pour l'instant, c'est désastreux.

Kelsie remarque ma mine triste et cherche tout de suite à me remonter le moral :

— Eh… ça viendra, Oli'. Je sais que tu te mets la pression, mais Andy et moi, on croit en toi, d'accord ?

C'est Kelsie qui m'a appris ce qu'était l'amitié. Que les autres patineuses ne sont pas *que* des concurrentes à écraser, mais qu'elles peuvent être tes meilleures supportrices.

Je souris et détourne la conversation :

— Et vous, c'est comment Lake Placid ?

— Je n'ai plus de fesses. On travaille les sauts parallèles depuis hier, on est épuisés !

Je continue mon chemin vers ma voiture et m'installe derrière le volant. Lorsqu'Andrew, son mari et également mon meilleur ami, apparaît dans le champ, je le salue, heureuse de retrouver son dégradé châtain.

Qu'est-ce qu'ils me manquent !

Leurs visites pendant la rééducation sont les seules choses qui parvenaient un peu à égayer mon quotidien.

— Quoi de neuf à Denver ? m'interroge Andrew.

Au même moment, Sam passe devant ma voiture et me nargue en tapant deux doigts sur son front pour me saluer. Je grimace malgré moi.

— Il y a un nouveau au club. En danse sur glace.

— Il est comment ? demande Kelsie.

— Exécrable, arrogant. Je le déteste.

Je le connais depuis environ trois semaines et il est parmi les gens que j'exècre le plus. Je serais vraiment une grosse idiote si j'acceptais de devenir sa partenaire.

Chapitre 7

Incapable

Olivia

Août 2022 – Denver

Cela fait maintenant un mois que j'ai pu reprendre l'entraînement, mais je suis toujours au point mort. Toujours incapable de réaliser un saut sans avoir une peur bleue, même avec le harnais. Et il faut dire que je commence à sacrément perdre patience. À quoi bon me fatiguer, à quoi bon me lever tous les matins si c'est pour tomber chaque fois ? Je passe le plus clair de mes journées à la patinoire pour entraîner les plus jeunes ou sur les fesses plutôt que sur mes deux pieds.

Il faut que tu te reprennes, Olivia.

Plus facile à dire qu'à faire. Je n'ai pas encore trouvé la force pour sauter sans la perche. Archie se montre très patient, mais j'ai clairement l'impression de lui faire perdre son temps, même s'il soutient le contraire. Qui voudrait entraîner une patineuse internationale qui n'arrive même plus à faire ses triples et quadruples sauts, car c'est une trouillarde ? Absolument personne.

Sam cherche encore une partenaire, et celle qui se présente cette semaine semble douée. Je les suis du coin de l'œil. Kate, je crois, danse avec sensualité autour de Sam et exécute avec brio les figures. Mais elle est chatouilleuse et couine quand ils doivent réaliser un porté. Ça semble agacer Sam qui lui demande à plusieurs reprises de se ressaisir.

Pourquoi je m'intéresse à ça ?

En tout cas, il ne m'a pas redemandé d'être sa partenaire depuis un certain temps et je peux me concentrer de nouveau sur ma discipline.

Aujourd'hui, je me décide à passer un saut. Peut-être que, si je le réussis, je n'aurai plus peur du tout ? C'est en osant qu'on dompte la peur. Je l'ai fait toute ma carrière, et c'est ce qui a fait de moi une des meilleures patineuses de ma génération. On peut me trouver arrogante, mais ça m'est égal. Le goût du risque est ce qui me motive depuis des années. Je voulais graver mon nom dans le marbre de cette discipline. J'ai osé mon premier triple axel au Grand Prix, j'ai risqué le quadruple axel il y a quelques mois.

J'ai osé.

Et j'oserai encore.

Mes premières tentatives sont toutes plus infructueuses les unes que les autres. Je bloque chaque fois et mes réceptions sont médiocres : je ne fais que trois quarts de tour là où je devrais en faire trois et demi.

Lance-toi, Olivia.

Je lance la musique de mon programme libre et commence à patiner. Je compte les secondes jusqu'au moment où je dois sauter. Je souffle un bon coup et prends mon élan.

Tu peux le faire.

Je lance ma jambe droite pour donner l'impulsion et parviens à décoller mes pieds de la glace, mais un sentiment de panique m'envahit alors que je suis dans les airs. Je perds mes repères. Je ne suis plus à Denver, mais à Saint-Louis, dans cette Arena maudite, et finis par tomber lourdement sur le flanc.

Je suis une incapable.

Incapable. Incapable. Incapable.

Je reste allongée sur la glace un petit moment. Les résidus de givre qui s'accumulent sur mes collants et mon haut à manches longues me donnent froid. Pourtant, je suis incapable de me relever. La musique s'est arrêtée, les murmures d'autres patineurs me parviennent et les larmes commencent à dévaler le long de mes joues. À l'instar d'Icare, je voulais voler trop haut et j'ai été trahie par mes propres ailes.

Tout est terminé, Olivia.

— Fait chier ! juré-je en tapant mon poing sur la glace.

Je m'empresse de sortir de la glace, en larmes, tandis que tous les regards sont braqués sur moi. Certains essaient de savoir si je vais bien, mais je les envoie bouler. S'il y a bien quelque chose que je déteste, c'est me montrer vulnérable aux yeux de tous. Ma fierté en prend un coup et attirer la pitié est bien la dernière chose dont j'ai envie.

Je me réfugie dans les vestiaires et retire mes patins dans des gestes incontrôlés avant de les jeter à travers la pièce. Peu importe si je les abîme : si je ne sais plus patiner, ils ne me servent à rien.

Je croise mon reflet dans le miroir suspendu à la porte des douches. Il me dégoûte, je ne me reconnais plus.

Je me dégoûte.

Je ramasse un des patins et le catapulte contre le miroir. Mon image éclate en mille morceaux et se répand sur le sol.

Je hurle de frustration, de colère, de tristesse… Toutes les émotions accumulées depuis mon accident y passent. Je sais qu'un jour ma carrière prendra fin, mais je n'imaginais juste pas que ce serait à vingt-deux ans. Adieu les Jeux olympiques. Je me sens tellement… nulle, vulnérable, *minable*.

Il avait raison, je ne serai jamais une grande championne. Je me déteste tellement.

J'attrape mon sac, défais le zip avec violence et jette à travers la pièce tout ce qui me tombe sous la main. Mais ça ne suffit pas. L'anxiété a pris le dessus et, de ses entraves, elle m'attire dans ses profondeurs et s'assure que je ne puisse pas remonter à la surface.

Les bruits du verre qui crisse sous mes pieds, des lames qui se plantent dans la glace et des battements de mon cœur m'agressent. Mes vêtements irritent chaque parcelle de ma peau, si bien que je pourrais me l'arracher. J'étouffe. L'air qui se raréfie dans mes poumons ne me soulage pas, ni la façon dont je me pince les biceps de toutes mes forces pour faire diminuer l'angoisse et la rage. Je suffoque. Mes mains atteignent mon cou pour le griffer, le serrer.

Je me laisse glisser sur le sol, toujours en larmes. Des gloussements accompagnés de gémissements me parviennent depuis le couloir.

Génial, il ne manquait plus que ça.

Les plaintes lascives se rapprochent alors je tente par tous les moyens de sécher mes larmes. Et là, j'aperçois Sam, sa langue fourrée dans la gorge de sa partenaire, à deux pas de l'entrée des vestiaires. Je me recroqueville pour me faire toute petite et tente tant bien que mal d'étouffer contre mes genoux les sanglots qui m'échappent. Mais un geste maladroit de ma part suffit à retenir l'attention de Sam qui s'écarte de sa conquête impatiente.

Merde.

— Olivia ? Tout va bien ? s'enquiert-il.

— Casse-toi, Sam.

Je me relève et m'empresse de claquer la porte des vestiaires pour retrouver le coin dans lequel je me sens en sécurité, entre le mur humide et un bloc de casiers froids. Je couvre mes oreilles pour ne pas entendre les ébats de Sam et Kate. Mais il n'en est rien. Seul un long silence se fait entendre, jusqu'à ce qu'on toque à la porte. Une voix étouffée résonne derrière. Le battant s'ouvre et le visage de Sam, inquiet, apparaît dans l'entrebâillement.

— Je peux entrer, Chucky ? Je ne risque pas de me faire égorger si je passe la porte ? demande-t-il en inspectant la pièce.

— Tu viens voir le spectacle ? La folle qui pète les plombs parce qu'elle est trop nulle pour sauter ?

— T'es tombée assez violemment, je voulais m'assurer que tu vas bien. Est-ce que t'as mal quelque part ?

Mon visage se détend aussitôt, étonnée qu'il se soucie que je me sois blessée. Ses yeux m'analysent, à la recherche d'une quelconque blessure.

— Non, physiquement, ça va, le rassuré-je.

— Et mentalement ?

Je laisse échapper un rire qui sonne faux. Le verre brisé du miroir craque sous ses pieds. Il s'assied à côté de moi, maintenant une certaine distance de sécurité, au cas où l'envie de l'étriper me viendrait à l'esprit. Et ce n'est clairement pas ce qui manque…

— Super ! Mon rêve olympique me file doucement sous le nez parce que je ne sais même pas faire un saut sans paniquer. Franchement, au top ! J'ai peur de sauter, Sam, alors tu vois, je pense que, mentalement, je suis bonne pour tout arrêter et me faire interner.

Je ramasse mes affaires et sors des vestiaires.

Franchement, il en a d'autres des questions connes comme celle-là ?

La patinoire est complètement déserte maintenant. Je prends place dans la rangée la plus haute des gradins et tente de recouvrer un peu de sérénité. Recroquevillée sur mon siège et emmitouflée dans ma polaire noire, je ferme les yeux et tente de faire le vide dans ma tête. Mais le calme n'est que de courte durée, puisque Sam revient à la charge quelques minutes plus tard.

— Tu veux quoi, Sam ? soupiré-je, exaspérée de le voir partout.

— Tu dis que ton rêve olympique s'échappe. Mais tu peux y aller si tu deviens ma partenaire. On peut y arriver tous les deux. Ensemble.

— Le mec me fait du chantage pour être sa partenaire, je rêve... marmonné-je.

Il s'installe sur le siège voisin et me lance un regard perçant.

— Ce n'est pas du chantage, c'est un compromis. En danse sur glace, on ne réalise pas de sauts. Faire équipe, c'est le meilleur moyen pour nous d'accéder aux Jeux olympiques.

Au fond, il n'a pas vraiment tort. C'est la solution la plus avantageuse pour nous deux. Si je n'arrive pas à sauter, alors la danse sur glace me permettrait de patiner sans cette peur, et en plus d'accéder aux Jeux olympiques. Sauf que ça signifie repartir de rien, et surtout, assimiler toutes les bases de la danse sur glace en un temps record. Sans parler de patiner avec quelqu'un que l'on ne connaît pas. Apprendre à faire confiance n'est pas une affaire de quelques semaines.

J'en serai capable.

Ma tête va exploser à force de penser.

— Écoute, je ne te le proposerais pas si je pensais que ça ne marcherait pas.

Le regard de Sam n'a pas dévié, tandis que le mien reste rivé sur l'étendue gelée en contrebas. Sam se redresse et attend une réponse de ma part, mais rien. Il finit donc par partir au bout de quelques minutes, me demandant juste d'y réfléchir.

Je reste là, avachie dans les gradins. La surfaceuse est en plein travail, le vrombissement de son moteur m'apaise. Je la regarde faire quand une voix résonne et me fait sursauter :

— Bonsoir, Olivia.

Je tourne la tête et découvre Danielle, la mère de Sam.

Décidément, c'est de famille de se pointer aux pires moments.

Je soupire avant de me reconcentrer sur la Zamboni qui finit de lisser la glace pour demain.

— Vous m'avez fait peur.

— Désolée. Comment te sens-tu ? Tu as fait une sacrée chute tout à l'heure.

— Est-ce qu'on pourrait arrêter de parler de mes chutes ?

Pour autant, mon ton cinglant ne la repousse pas. Elle s'assied sur un siège près de moi, un sourire tendre sur les lèvres.

— Tu es douée. Ce que j'ai vu avec mon fils la dernière fois, c'était du talent.

— Je ne suis pas danseuse sur glace. Il y a de meilleures candidates.

— Oui, c'est certain, répond-elle honnêtement. Mais il y a ce quelque chose en plus avec Sam. Et j'ai du flair.

Elle tapote son nez, m'arrachant un sourire. Archie m'a dit la même chose ; à croire qu'ils se sont passé le mot.

Ses cheveux bruns sont coupés en un carré long. Le seul maquillage qu'elle porte est un rouge à lèvres carmin qui lui donne des lèvres pulpeuses et accentue ses iris sombres, encadrés par de longs cils noirs. Sa longue doudoune couleur crème – comparable à un sac de couchage – bruisse sous ses gestes.

Ouais, c'est l'apparence de la coach par excellence.

— Ce serait vraiment si stupide pour toi de considérer ce choix, Olivia ?

— Peut-être que cette blessure au championnat national était le signe d'arrêter, non ?

Pour seule réponse, elle remonte son pantalon au-dessus de son genou droit. Mon regard est happé par la cicatrice verticale qui le couvre.

— 1983, aux Nationales. Mon genou m'a complètement lâchée. Il a fallu trois opérations pour réparer les dégâts.

Elle rabaisse son pantalon, m'obligeant à détourner le regard.

— On m'a dit que je ne patinerai plus jamais après cette blessure.

— Vous avez arrêté ?

— Bien sûr que non. J'étais têtue, comme toi. J'ai continué et j'ai participé aux Jeux olympiques l'année d'après.

Je reste bouche bée, incapable de prononcer quoi que ce soit. Amusée par ma réaction, elle ajoute :

— Une chute ne signifie pas toujours la fin. C'est ce que tu décides de faire après qui le détermine. Soit tu abandonnes, soit tu te relèves.

Ses mots me percutent de plein fouet. Nous restons assises en silence jusqu'à ce que la surfaceuse termine son œuvre. En vérité, je ne suis pas sûre de vouloir me relever de cette chute.

— Si tu as encore cette rage de vaincre, ne serait-ce qu'une simple étincelle, au fond de toi…

Elle pointe son index manucuré sur mon sternum, là où mon cœur bat avec frénésie.

— Alors transforme-la en une flamme qui te mènera à ta prochaine victoire.

Je suis galvanisée par ses paroles, mais je reviens à la raison :

— La nuit porte conseil, soufflé-je avant de m'en aller.

J'ai besoin de réfléchir, même si cette idée se dessine de plus en plus dans mon esprit. Et dans les moments de doutes comme celui-ci, c'est toujours vers ma mère que je me tourne.

J'ai de la chance d'avoir mes parents tout près de chez moi. Au bout d'une vingtaine de minutes, je me gare dans l'allée de ma maison d'enfance aux pierres blanche et grise. Ma mère m'ouvre presque instantanément en ayant entendu ma voiture se garer.

— Je suis contente de te voir, ma puce ! souffle-t-elle en m'enlaçant.

— Moi aussi, maman.

Je me dirige aussitôt vers le salon, et à peine installée sur le canapé, mes nerfs lâchent. J'éclate en sanglots, la tête dans mes mains. Ma mère ne dit rien, et je lui en suis reconnaissante.

Je me déteste de craquer, d'être aussi faible et vulnérable alors que je m'interdis de l'être depuis bien trop longtemps. J'ai toujours considéré mes émotions comme une tare, un poids qui m'empêcherait d'atteindre les sommets.

— Je suis tombée à l'entraînement aujourd'hui.

— Quoi ? Et ça va, tu ne t'es pas fait mal ? m'inspecte ma mère sous toutes les coutures.

Je secoue négativement la tête. Ce n'est pas physiquement que j'ai mal.

— J'ai voulu refaire ces stupides sauts qui me coûtent ma carrière, mais j'ai peur, maman. J'ai tellement peur de sauter. J'en suis incapable… Je suis une incapable, hoqueté-je dans ses bras.

— C'est normal d'avoir peur, mon ange, me rassure-t-elle en écartant une mèche de mon visage. Ça reviendra, tu pourras refaire tes sauts dans quelque temps.

— C'est bien ça le problème.

Je me lève du sofa et me dirige près de la cheminée sur laquelle sont exposées certaines des coupes et des médailles que j'ai remportées plus jeune. J'étais tellement petite et insouciante. Je me retrouve à sourire en regardant les photos. Cette petite fille, qui fonçait la tête la première, me manque. Celle qui ne paniquait pas à l'idée de sauter, qui ne craignait pas de tomber parce qu'elle savait qu'elle se relèverait et recommencerait la minute qui suit. Cette petite fille en moi s'est éteinte à Saint-Louis.

Je me demande à quel moment j'ai cessé de vouloir me battre. À quel moment j'ai arrêté de croire en moi et en ce sport.

— J'ai la trouille de sauter, j'ai des sueurs froides rien que de m'imaginer le faire… Je perds juste du temps pour les prochaines compétitions. Et il y a ce patineur, Sam… Il fait de la danse sur glace.

Elle fronce les sourcils. Je m'assieds sur la table basse, face à elle. Ses yeux cherchent des réponses dans les miens. J'ai peur qu'elle ne comprenne pas ce changement de discipline, surtout à mon âge. Je l'ai vu quand je me suis réveillée, puis pendant la rééducation, qu'elle aurait préféré que je m'arrête, que je me retire. Et elle a sans doute raison. Mais que deviendrait tout ce que j'ai sacrifié pour ce sport ? Les Jeux olympiques représentent plus qu'un rêve pour moi, c'est l'objectif de ma vie. Je m'entraîne pour cet évènement depuis que j'ai six ans.

« Une chute ne signifie pas toujours la fin. Mais c'est ce que tu décides de faire après qui le détermine. »

— Il cherche une nouvelle partenaire. Étant donné que je suis incapable de passer mes sauts et qu'il n'a aucune partenaire pour espérer se présenter aux prochains championnats, c'est notre chance à tous les deux de revenir dans les compétitions internationales.

Ma mère essaie tant bien que mal d'assimiler ce que je lui dis. Pour moi aussi, c'est étrange, dit à voix haute.

Très bizarre, Olivia.

— *Ma puce…* souffle-t-elle dans son français natal. Tu n'es pas une incapable. Tu es juste une personne qui a rencontré un peu plus d'obstacles sur son chemin. Et depuis petite, tu les surmontes avec brio.

Elle s'agenouille alors devant moi et m'étreint de toutes ses forces. Sa main frotte délicatement mon dos pour me réconforter.

— Je ne peux pas abandonner maintenant, murmuré-je.

— Si tu penses que c'est la prochaine étape pour toi, tu sais que je te soutiendrai, et Roy aussi. *On t'aime jusqu'au parc, et plus loin encore.*

Je ris spontanément. Je lui disais toujours ça quand j'étais petite parce que j'avais l'impression que le chemin jusqu'au parc nous prenait une éternité. Comme l'amour que j'éprouve pour ma mère et Roy. Le fait qu'ils me soutiennent coûte que coûte dans ma carrière renforce d'autant plus cet amour. Je l'enlace aussi fort que je peux et lui murmure à quel point je l'aime.

Ma décision est prise : Sam et moi décrocherons les médailles ensemble, désormais.

Chapitre 8

« Savoir faire des compromis »

Sam

Olivia n'est pas revenue à la patinoire depuis trois jours. À mes yeux, c'est inquiétant. Lorsqu'elle ne s'entraîne pas, elle est toujours là pour assurer les cours des plus jeunes ou juste pour passer du temps ici.

Je progresse avec Kate depuis, plus par dépit qu'autre chose. On a beaucoup de travail à faire à deux, mais elle a du potentiel, selon ma mère. Pas autant qu'Olivia. C'est elle que je voudrais comme partenaire. Si ça se trouve, je l'ai tellement harcelée qu'elle a décidé de déménager, demandé une injonction d'éloignement ou pire, qu'elle a mis fin à sa carrière. Je m'en voudrais terriblement si c'est le cas. Kate danse bien, certes, mais son attitude est agaçante. Elle glousse chaque fois que mes doigts se posent sur son corps. Et même si, en temps normal, j'adore quand les filles réagissent à mon contact, là, c'est insupportable.

— S'il te plaît, Kate, essaie de ne pas gigoter dès que je te touche. Si tu te tortilles à chaque fois que j'essaie de te porter, on ne va pas y arriver et je risque de te faire tomber.

Elle réajuste ses cheveux ébène en une queue de cheval haute et me toise du regard.

— Désolée d'être née chatouilleuse, répond-elle avec sarcasme.

— Peu importe, soufflé-je. On reprend au niveau de la pirouette.

Au moment de nous élancer, les portes métalliques grincent dans l'enceinte et Olivia déboule en trombe dans la patinoire. Elle bouscule quelques personnes sur son passage, s'excusant à peine. Elle semble chercher quelqu'un. C'est drôle, car elle est loin d'être aussi maladroite sur la glace – c'est tout le contraire. J'en profite pour faire une pause et rejoins la balustrade, Kate sur mes talons. Lorsqu'Olivia croise mon regard, elle vient à ma rencontre. Pendant un instant, je crois qu'elle va encore me crier dessus, mais je ne décèle aucune trace de colère sur son visage.

— C'est d'accord, je serai ta partenaire.

Je relève la tête instantanément.

Elle est réellement partante ?

— Attends, quoi ?

— Pardon, mais… tu es qui ? intervient Kate, les sourcils froncés.

— Oh, pardon. Olivia, enchantée. Je suis la partenaire de Sam.

Mon cœur fait un bond.

OK, donc j'avais bien entendu la première fois. Je n'ai pas rêvé !

— C'est quoi ce bordel, Sam ? éclate Kate à côté de moi. Je croyais que tu ne cherchais plus de partenaire ! Que c'était moi !

Le ton de Kate me ramène à la réalité. Du coin de l'œil, j'aperçois la mine satisfaite d'Olivia. Je ne sais vraiment plus où me mettre, j'ai juste envie de me faire tout petit.

— J'aurais dû te prévenir, mais… Olivia a fait des essais avec moi avant de tomber malade et elle ne m'avait pas encore donné sa réponse. J'ai continué avec toi en étant dans le flou complet.

Mon excuse est minable, mais c'est la meilleure que j'ai trouvée en moins de cinq secondes. Je me gratte l'arrière du crâne, un peu honteux.

Chucky aura vraiment ma peau.

— Désolé de t'avoir fait perdre ton temps, bébé. On se voit plus tard ?

— Non, mais je rêve ? Va te faire foutre ! hurle-t-elle en s'en allant.

Olivia lui lance un signe de la main accompagné d'un sourire hypocrite avant de se retourner vers moi. Je la dévisage, perplexe. Je ne sais pas si c'est juste une mauvaise blague ou si elle est sérieuse, car j'ai du mal à déchiffrer son regard. Elle ouvre la bouche, puis la referme, à la recherche des mots qui, à coup sûr, scelleront notre avenir. À deux ou chacun de notre côté, la décision lui appartient et je n'aurai d'autre choix que de la respecter.

Olivia finit par lâcher un soupir qu'elle semble retenir depuis des jours.

— Mille-deux-cents dollars ! lance-t-elle subitement.

— Ça en fait de l'argent. Tu parles de quoi ?

Elle brandit une paire de patins flambant neufs : ils sentent le cuir frais et les lames en acier sont étincelantes.

— De ça ! T'as intérêt de faire en sorte que ça marche nous deux, parce qu'il est hors de question que j'aie payé des patins aussi chers pour rien ! Heureusement que j'ai l'argent des sponsors, marmonne-t-elle.

— Qu'est-ce qui t'a fait changer d'avis ?

— Il faut savoir faire des compromis. Tu l'as dit toi-même : *c'est notre meilleure chance*. Ne me fais pas regretter mon choix.

Je lève les mains à hauteur de poitrine, innocent. Mais à l'intérieur de moi, c'est l'euphorie. Elle a fini par accepter.

Pour de vrai !

C'est vraiment la partenaire qu'il me faut, j'en suis convaincu. Olivia déchausse ses fameuses Converses brodées, cette fois, d'une couleur inédite : la toile est vert sapin, parsemée de ce qui ressemble à des marguerites et un feuillage d'un vert plus clair.

— Attends, mais t'en as combien des paires comme ça ?

— Une dizaine. Peut-être plus, hésite-t-elle pendant qu'elle enfile ses patins.

Je ricane devant son obsession pour ses chaussures brodées tandis qu'elle monte sur la glace. Elle effectue quelques tours et quelques figures simples pour s'habituer à la nouvelle sensation de ses patins.

— Tu vas t'y habituer ! crié-je à travers la patinoire.

— J'espère ! Parce que, pour l'instant, c'est très bizarre ! J'ai l'impression que je vais tomber ou me tordre la cheville.

Je comprends totalement son ressenti. Les bottines de danse sur glace sont différentes des bottines conçues pour les sauts complexes, comme Olivia en a l'habitude. D'où cette impression qu'elle va se tordre la cheville.

— Viens là.

Je glisse vers elle et lui prends la main. Elle se raidit aussitôt au contact de ma peau. Ses épaules se crispent et sa respiration se coupe.

— Aie confiance en moi, la rassuré-je. Le patinage en couple, c'est une question de confiance mutuelle.

— C'est bien ça le problème… Je ne te fais pas confiance premièrement, et deuxièmement, je ne fais pas de patinage en couple.

— Il va falloir que ça change, Chucky, alors fais un effort. Je peux comprendre que ça te perturbe, mais je suis là pour t'aider.

J'attrape son autre main et l'encourage à glisser vers l'avant. Elle exécute les mêmes mouvements que moi, petit à petit, jusqu'à être totalement à l'aise dans ses bottines. J'ai l'impression de faire mes premiers pas sur la glace avec Joanne, douze ans auparavant. Je vais devoir apprendre à la connaître et à travailler avec elle pour qu'on bâtisse quelque chose d'aussi solide qu'avec mon ancienne partenaire.

Sors-toi cette fille de la tête.

Tout est fini avec Joanne. Et il me faut recommencer avec Olivia.

— Droitière ou gauchère ? lui demandé-je.

— Droitière.

Certes, en patinage, nous travaillons les figures aussi bien à droite qu'à gauche, mais notre côté dominant reste important, d'autant plus quand on patine en couple. Dans cette discipline, l'harmonie est primordiale.

Je me place à sa droite, une main sur sa taille tandis que l'autre étend son bras. D'ici, je peux voir les petits cheveux de sa nuque se hérisser et sentir son corps frissonner par notre proximité. C'est une caractéristique de la danse sur glace, et du patinage en couple en général, d'ailleurs. Le contact est la base de notre discipline. Mais après un court instant, elle se recule de mon emprise et me fait face.

— Il faut qu'on établisse quelques conditions, dit-elle en fuyant mon regard.

— Des conditions ?

— Ouais.

Je ne suis pas sûr de savoir pourquoi elle veut établir des règles, mais je suis prêt à écouter et à les suivre si ça me permet de la garder en tant que partenaire.

— Point numéro un : je ne te permets pas de me hurler dessus comme t'as pu le faire avec Mary.

— Je ne lui hurlais pas dessus.

— Ne m'interromps surtout pas. Numéro deux : quand tu me touches, c'est uniquement professionnel, compte-t-elle sur ses doigts. Je connais ta réputation.

— Ma réputation ? répété-je en ricanant.

Je contre tout ce qu'elle établit et ça l'agace. Elle mord sa lèvre inférieure, ses narines frémissent et ses battements de cils se font plus rapides. Ça m'amuse.

— Ouais, reprend-elle. Je ne mélange pas le pro et le perso. Donc je ne couche pas avec les patineurs. Je ne serai pas la prochaine que tu peux espérer sauter quand l'envie te prendra. Je sais que tu t'es tapé Mary et Kate, probablement. Un, deux… compte-t-elle sur ses doigts. Donc trois…

— Soleil !

Elle tourne la tête, pressant ses lèvres entre elles avant de me fusiller du regard. Mais j'ai eu le temps de la voir esquisser un sourire. Face à son silence meurtrier, je la pousse à reprendre sa liste :

— Du coup, t'as encore une règle à ajouter ou…

— On ne couchera pas ensemble. Là, c'est la dernière.

— Quoi ? T'as peur de craquer et de tomber sous mon charme ? la taquiné-je en faisant bouger mes sourcils.

— Qu'est-ce que tu n'as pas compris dans…

— OK… OK, c'est bon. J'accepte. Mais tu sais, le sexe c'est un super moyen de relâcher la pression. Surtout quand on est athlètes. Les endorphines, tout ça…

Elle me dévisage, l'air sévère, si bien que je lève les mains en signe de capitulation avant d'ajouter :

— Moi aussi j'ai une condition : on va jusqu'au bout de la saison. Pas d'abandon en cours de route.

Je ne veux pas risquer de vivre une nouvelle fois le coup que m'a fait Joanne, risquer de donner cent pour cent de ma personne pour voir mes rêves m'éclater à nouveau en pleine face. Olivia accepte sans broncher et nous reprenons là où nous nous sommes arrêtés. Nous enchaînons des pas de base en couple. Je suis plus grand qu'elle et j'essaie de m'adapter au mieux pour qu'on ne se gêne pas. Finalement, nous trouvons notre équilibre ensemble au bout de quelques minutes. Olivia s'adapte très vite aux différents rythmes des musiques qui résonnent dans l'enceinte : pop, jazz, en passant par la musique classique et le tango. Tant mieux, j'ai perdu assez de temps à faire des essais.

À la fin de la journée, je sens déjà la fatigue m'envahir en pensant à tout le travail qui nous attend tous les deux. Notre fenêtre est serrée entre la saison actuelle et la suivante.

— Tu t'es renseignée un peu sur la discipline ou pas du tout ? l'interrogé-je.

— Rapidement hier soir, mais c'est un peu flou, avoue-t-elle en déchaussant ses patins. La vache, qu'est-ce que ça fait du bien de les enlever !

— OK, donc tu pars vraiment de zéro.

— Je te signale que c'est toi le danseur, ici. S'il y a bien un expert qui doit tout m'apprendre, c'est toi.

Elle marque un point. Je vais devoir me transformer en un super professeur pour lui apprendre les règles et les exigences de chaque programme que l'on devra présenter, en plus de travailler les chorégraphies, les pas techniques et tout le reste.

— D'accord, alors on se retrouve ce soir, dans le bar juste en face de Union Station, lui proposé-je. On a qu'à se dire vingt heures. Et ne sois pas en retard.

— C'est plutôt à toi que je devrais dire ça, vu que tu ne connais pas la ville.

— Je m'entraînais, moi. Je n'ai pas le temps de jouer les touristes.

— Oui, parce que moi, je faisais de la broderie, c'est ça ? répond-elle en me montrant son majeur.

Le coin de ma bouche se relève. Il va nous falloir un temps pour s'apprivoiser l'un et l'autre.

Tu l'as voulu.

Nous quittons le complexe et je me presse d'enfourcher ma moto pour rentrer à la maison. Ma mère m'y attend déjà, occupée au téléphone. Je contourne l'îlot de la cuisine pour me servir un verre de jus lorsqu'elle raccroche. Elle me regarde en silence ; je n'ai pas de mal à deviner qui elle avait à l'autre bout du fil.

— C'était ton père, avoue ma mère, d'un ton presque imperceptible.

— Je m'en fiche, rétorqué-je sèchement, les dents serrées.

Elle soupire dans mon dos.

— Sam, vous devriez peut-être parler.

— Non, maman, hors de question. J'y vais, je sors ce soir.

Elle reste plantée au milieu de la cuisine, perdue. J'ai pratiquement deux heures à tuer avant de retrouver Olivia, mais je préfère encore poireauter dehors que de parler de mon père ou pire : lui parler directement. Ça fait des années qu'elle essaie de réparer les morceaux entre nous. Ça lui a même coûté son mariage. Mais je ne peux plus regarder mon géniteur dans les yeux depuis maintenant près de dix ans et ce n'est clairement pas près de changer. Même si ça brise le cœur de ma mère.

Je sors et réenfourche aussitôt ma moto. En un rien de temps, je me retrouve sur le parking de la patinoire. À mon plus grand bonheur, elle n'est pas encore fermée. Une partie de la glace est libre, alors j'en profite pour lacer mes patins et m'entraîner, malgré cette journée déjà éreintante. Mes écouteurs dans les oreilles, je laisse la danse me bercer, effectue quelques séries de twizzles et improvise quelques chorégraphies au rythme des musiques qui pulsent dans mes oreilles.

Je ne pense plus à rien. Ni à Joanne ni à mon père. Juste la danse sur glace. La seule chose qui ne m'a jamais déçu et que je ne décevrai jamais.

Après ma mère, la danse sur glace est la seule chose qui ne me fait pas sentir comme une énorme merde.

Chapitre 9

Temps d'adaptation

Olivia

J'attends Sam depuis près d'un quart d'heure dans ce bar. Les discussions fusent dans tous les coins par-dessus la musique, les verres tintent et des parties de billard animées se tiennent dans le fond de la salle. J'aime bien l'ambiance, mais je n'aime clairement pas poireauter.

Putain, mais qu'est-ce qu'il fout ?

Le bar se remplit et toujours pas de signe de ses cheveux bruns à l'horizon, alors je commande un premier verre en attendant son arrivée. À l'autre bout du comptoir en bois foncé, ma vue périphérique remarque un homme qui me dévisage avec insistance, encouragé par ses amis. La soirée commence à peine qu'il semble déjà pompette.

Génial.

Deux options s'offrent à moi si je le repousse : soit tout se passe bien, il le respecte et s'en va, soit…

Je fais l'erreur de croiser son regard. Il ébouriffe ses cheveux bruns et lisse son polo, puis se glisse sur le tabouret à côté du mien.

— T'es venue seule, poupée ?

Finalement, on se passera de la politesse !

— Poupée ? C'est comme ça que t'abordes les femmes ? me moqué-je.

Ses potes, qui observent la scène derrière lui, pouffent de rire malgré leurs efforts pour se retenir. Vexé, il prend son verre et s'éloigne en sifflant une insulte qui me reste en travers de la gorge. Je me retourne vers lui et arque les sourcils.

— Je te demande pardon ?

— Ouais, t'es une pétasse. Un mec t'accoste et tu penses que t'as besoin de booster ton ego.

— On se demande bien qui a un problème d'ego ici.

— T'as de la chance qu'il y ait du monde parce que j'ai très envie de t'en foutre une.

Sa remarque me fige sur place et me ramène quinze ans en arrière.

« Relève-toi, Olivia, sinon tu vas t'en prendre une, je te le dis ! »

Ses potes le rappellent à la raison, mais sa menace fait bouillir mon sang. Mes oreilles bourdonnent de colère. Je ne laisserai plus personne m'insulter ou me menacer physiquement.

Je tente de répliquer, mais une voix familière m'en empêche :

— Touche un seul de ses cheveux et je te refais le portrait.

Derrière moi, Sam toise le relou de service d'un regard noir et passe nonchalamment un bras sur mes épaules. Le mec qui vient de m'aborder se confond en excuses, puis retourne vers le fond du bar avec le reste de ses amis. Une chaleur inhabituelle traverse mes veines et empourpre mes joues.

— Merci, soufflé-je.

Sam s'assied sur le siège à côté de moi et commande un premier whisky coca qu'il descend d'une traite. Je ne sais pas ce qu'il essaie de noyer, mais ça a l'air d'être un gros truc.

— Ça va ? demandé-je, intriguée.

— Nickel !

Il demande aussitôt un autre verre au serveur qu'il ingurgite aussi vite que le premier.

— Eh bah, à ta santé, champion ! Qu'est-ce qu'on fête ?

Je sens que ma taquinerie passe mal. Je déglutis difficilement en sentant les yeux pleins de colère de Sam me mépriser comme jamais.

— Si c'est pour me lancer des piques, Chucky, abstiens-toi.

Sam contre-attaque aussi vite qu'un serpent plante ses crocs dans la chair de sa proie. Mes sourcils se haussent d'eux-mêmes. Je le dévisage, lui laissant l'occasion de ravaler ses mots, mais rien.

— Va te faire foutre, Sam, asséné-je avant de quitter mon tabouret.

Monsieur est mal luné en plus d'être en retard ? Quel connard !

Je récupère ma veste et sors du bar pour rejoindre ma voiture. S'il croit qu'il peut mal me parler sans que je ne dise rien, il se trompe.

Sérieux, mais qu'est-ce qui m'a pris de vouloir être sa partenaire ?

— Attends, Olivia !

Je presse le pas et arrive sur le parking de l'établissement. Sam et ses longues jambes n'ont clairement pas de mal à me rattraper pour se placer devant moi et m'empêcher d'avancer plus. Je croise les bras sur ma poitrine et le scrute. Son visage n'est plus aussi dur qu'il ne l'était au comptoir il y a encore quelques minutes.

— Je n'aurais pas dû m'en prendre à toi comme ça, désolé.

— Tu peux l'être ! Écoute, je ne suis pas devenue ta partenaire pour que tu me traites comme de la merde, alors tu vois, tes états d'âme, tu peux les laisser au vestiaire. Je crois que t'as besoin de faire le point avec toi-même ce soir. On se voit demain à l'entraînement.

Ce n'est clairement pas le jour de Sam, mais ça, à la limite, je peux le comprendre. Moi qui pensais que les siècles d'évolution avaient permis aux humains de communiquer entre eux…

Mon cul, ouais !

Je ne sais pas ce qui cloche chez lui, mais je décide de rester loin de tout ça. Je monte dans ma voiture et quitte les lieux en vitesse.

Putain, mais quel connard, sérieux !

Le lendemain, c'est un Sam plus léger que je retrouve à la patinoire, bien qu'il soit marqué par sa soirée au bar. Une paire de lunettes de soleil sur le nez, il est déjà en train de flirter avec Mia, une fille avec qui je patine depuis plusieurs années maintenant. Elle l'observe, indifférente à son charme, et fait tourner une de ses mèches blondes autour de son doigt. Elle finit par rejeter toutes ses tentatives de séduction avant de monter sur la glace.

— Tu ne peux pas t'en empêcher, hein ? demandé-je en m'asseyant sur le banc face à lui.

— De ?

— Draguer tout ce qui bouge. Il est à peine huit heures.

— Je ne drague pas tout ce qui bouge. Toi, par exemple, j'ai aucune envie de te draguer.

Outch.

J'avoue que celle-ci fait mal à mon ego. Ce n'est pas que j'ai spécialement envie qu'il me drague… mais quand même !

— Grand bien m'en fasse ! rétorqué-je sèchement.

Il change de place et vient s'asseoir à côté de moi. Un mélange d'odeurs se faufile dans mes narines, des effluves d'alcool et de parfum féminin.

— Encore désolé pour hier, lance-t-il d'une voix rauque.

— Au moins, t'as quand même l'air d'avoir passé une bonne soirée, toi. C'était qui ?

— Kate. Clairement mon meilleur coup ! On a bai…

— Stop, arrête-toi là !

Mes mains viennent aussitôt se plaquer sur mes oreilles pour l'empêcher de poursuivre.

— Tu l'as demandé. T'aurais voulu être à sa place, peut-être ? s'enquiert-il en regardant par-dessus ses lunettes teintées.

Je mime un haut-le-cœur avant de répondre :

— Non. Je ne trouve rien d'attirant chez les mecs qui se comportent comme des abrutis avec les femmes.

— Pardon ?

— Ouais ! Tu parles aux femmes comme de la merde, et en plus, t'arrives à les mettre dans ton lit, c'est… fascinant !

Il rit à gorge déployée, laissant apparaître ses deux rangées de dents parfaitement alignées.

— C'est mon charme naturel ça, je n'y peux rien.

— N'importe quoi ! Tu n'es pas si charmant que ça, crois-moi !

Enfin, si, physiquement, il l'est.

Il est carrément, absolument, profondément charmant.

— Alors là, je me sens blessé, répond-il en se tenant la poitrine.

— Tu crois que tu vas t'en remettre, Ballerine ? demandé-je en arborant une fausse mine triste.

— Avec l'entraînement d'aujourd'hui, probablement pas, Championne. Pas de patins, on s'entraîne hors glace ce matin !

Nous montons tous les deux dans la salle de danse, où sa mère, ainsi qu'un couple plus âgé que nous, nous attendent. La pièce est grande et lumineuse, dotée d'un parquet en bois clair parfaitement verni et de nombreux tapis empilés les uns sur les autres. Un des murs est couvert de grands miroirs qui s'étendent du sol au plafond. Des barres de danse sont solidement vissées sur les trois autres murs, permettant aux patineurs de travailler leur souplesse et leur équilibre. Le tout est baigné de lumière par l'énorme baie vitrée qui offre une vue plongeante sur la patinoire, juste en bas. Je me débarrasse de ma veste et enfile une paire de baskets.

— Bonjour, Olivia. Je suis contente de te voir, m'accueille Danielle. Prête à te lancer en danse sur glace ?

Elle m'adresse un sourire chaleureux, ravie de voir que j'ai finalement accepté d'être la partenaire de Sam. C'est perturbant, effrayant même, mais c'est certainement le meilleur choix pour moi et mes ambitions. Enfin, *les nôtres*.

— Prête, lui assuré-je.

— Bien. Avant d'attaquer l'entraînement, il y a quelques petites choses à savoir. La première étape pour vous deux, c'est le championnat régional. Les inscriptions sont bientôt terminées, donc il ne faut pas tarder.

J'acquiesce à chaque information que me donne Danielle.

— Les Régionales ont lieu le deuxième week-end de septembre, et la finale des Nationales se tiendra fin novembre, mais ça, tu le sais déjà. Septembre, c'est la dernière compétition de la saison actuelle. Ensuite, vous démarrerez avec une nouvelle saison pour les Nationales. Ne me demandez pas pourquoi ils ont changé l'organisation, c'est aussi incompréhensible pour moi.

Le timing va être serré : les Régionales sont dans un mois pile, mais je crois qu'on peut y arriver si l'on y met du nôtre. Danielle est extrêmement pédagogue et prend le temps de tout m'expliquer pendant que Sam et moi nous échauffons. Comme en compétition solo, nous présentons deux programmes : une danse rythmique et une danse libre. Étant donné que je suis nouvelle dans la discipline, nous commençons par la danse rythmique qui requiert beaucoup de technique.

— Bon, qu'est-ce que tu connais concrètement de la danse rythmique, Chucky ?

— Sam… souffle sa mère.

— Pardon, coach. Alors ?

— Je sais que, pour chaque saison, l'ISU choisit un thème ou un rythme imposé pour ce programme, avec des exigences particulières, énoncé-je en répétant mes connaissances issues d'Internet.

— Bah voilà, tu as tous les éléments pour comprendre la danse sur glace ! dit-il fièrement. On est à la fin de la saison, mais le rythme obligatoire, ce sont les danses latines. On verra le reste après.

Sam m'explique à son tour les différentes danses latines qui sont le plus souvent imposées en danse sur glace, et la raison de la présence du couple à nos côtés. Pia et Marcus sont deux danseurs de salon, et c'est donc eux qui vont nous initier – surtout moi – aux pas de base des danses latines.

Ce sont des danses que je n'ai encore jamais pratiquées, mais les conseils et les démonstrations de Pia et Marcus sont limpides et j'assimile rapidement les premiers pas. Tout compte, y comp[illegible] le port de tête et de bras. Pia ne manque pas de me reprendre sur ma gestuelle, ce qui fait rire Sam.

Cette saison, chaque couple doit danser sur deux rythmes différents, au choix. Après avoir écouté plusieurs musiques, nous décidons, sur les conseils avisés de ma nouvelle coach, de patiner sur un rythme de samba et un de cha-cha.

— N'oublie pas que les danses latines sont sensuelles, Olivia. Ondule les hanches, accentue tes gestes, m'intime Pia. Sois sexy !

Je grimace en observant mon reflet dans l'immense miroir. Dans mes anciens programmes, j'étais confiante et assurée – assez pour séduire les juges et le public avec mes chorégraphies –, mais pas sexy. Pas du tout, même.

Assise sur sa chaise, Danielle nous observe avec minutie, jusqu'au moment où elle nous invite à travailler les portés.

— C'est toi qui gères les portés, Sam. Sois gentil avec Olivia.

Elle quitte la salle de danse en compagnie de Pia et Marcus. Nous enlevons chaussures et chaussettes, et installons quelques tapis.

— Prête ?

— J'ai vraiment le choix, là ?

— Non. Arrête de te faire ta chieuse.

Il s'approche et me tend ses mains pour m'inviter dans l'exercice.

— Fais gaffe où tu mets tes mains. N'oublie pas la règle numéro deux.

— Quand c'est Archie qui pose ses mains sur toi, ça ne te dérange pas.

Ma main s'élance pour le gifler, mais il l'intercepte avant qu'elle n'atteigne sa cible.

— Arrête de vouloir me gifler à chaque fois, grogne-t-il.

— Arrête de te comporter comme un connard dans ce cas. Archie est mon coach. Toi, je te connais depuis deux minutes.

Nos visages sont si proches que nos nez se frôlent. Ses yeux, soudain si sombres malgré leur couleur claire, m'animent d'un étrange frisson. Il tient toujours ma main à hauteur de sa joue, bloquant toute tentative pour le gifler. Je m'éloigne la première en signe de capitulation.

Ma confiance en lui est encore fragile. Patiner à deux, côte à côte, c'est une chose. Mais être portée ? Il faut avoir une sacrée confiance en son partenaire. On laisse littéralement sa vie entre leurs mains. Une erreur et le drame peut vite arriver. Enfin, le drame peut arriver même en solo… J'en suis la preuve vivante.

Et si Sam me trouvait trop lourde et qu'il n'arrivait pas à me rattraper ? J'ai pris un peu de poids pendant ma convalescence et je le vois bien. Sam tapote sa cuisse pour que je monte dessus. Je ne mets pas tout mon poids du premier coup, de peur de le blesser. Comme s'il lisait dans mes pensées, il me rassure :

— N'aie pas peur de mettre tout ton poids. C'est la clé pour être stable. Je suis assez fort pour en porter deux comme toi.

Il faut toujours qu'il gonfle son ego. Je souffle du nez et me laisse finalement porter. Dès lors, je me tiens en arabesque, les mains en repos sur ses épaules pour me stabiliser. Une main tient fermement mon mollet tandis que l'autre se place derrière ma cuisse. Son geste n'est en rien déplacé, mais ce simple contact recouvre mon corps d'une chair de poule. Je vacille et descends sans le prévenir. Apeuré, son bras s'enroule autour de ma taille pour m'empêcher de tomber et me plaque contre lui.

— Ça va ? Je t'ai fait mal ? demande-t-il, inquiet.

Réalisant notre proximité soudaine, je repousse son torse de mes deux mains pour me dégager.

— Non, ça va, c'était juste bizarre. On ne m'a jamais touchée. Enfin, je veux dire, pas comme ça, bégayé-je.

Il se moque. Et pas qu'un peu : il est complètement hilare.

— Je parle de patinage, Ballerine ! Je ne sais pas où t'es allé fourrer tes pensées tordues, mais ce n'est pas ce que tu penses ! clarifié-je en croisant les bras.

Il ricane encore, et il m'est impossible de me concentrer. De retour dans la pièce et au vu de la situation, sa mère nous accorde une pause déjeuner. Sam me propose d'aller chez Danny's, un petit restaurant non loin de la patinoire, pour nous aérer l'esprit.

Le *diner* est bondé, mais une serveuse parvient tout de même à nous trouver une place parmi les banquettes rétro rouges et crèmes. Sam s'avachit sur le siège en vinyle, comme s'il était sur son canapé. Il ne sait pas se tenir correctement. Je me demande comment il peut devenir patineur.

Enfin, je me poserais la question si je ne l'avais pas vu patiner le premier jour. C'était comme s'il était né avec des patins aux pieds.

Une serveuse prend nos commandes, puis un énorme blanc s'installe.

— Bon, pourquoi on est là ? demandé-je finalement.

— Reprendre des forces déjà, et parler danse sur glace. Il faut que je te forme, mais t'as déjà les grandes bases.

— Franchement, ta discipline m'a l'air bien compliquée.

— *Notre*, me corrige-t-il en sirotant son soda.

— Quoi ?

— Notre discipline. On est un duo maintenant. Il faut qu'on pense et qu'on agisse à deux.

— Je vois.

La même serveuse apporte nos commandes et Sam ne peut s'empêcher de lui lancer un clin d'œil accompagné de son sourire le plus charmeur, la faisant glousser. Je lève les yeux au ciel.

Il n'est pas possible.

La minute d'après, il me lance un regard perçant que j'ai du mal à déchiffrer.

Un regard totalement sexy.

— Quoi ?

— Alors comme ça… on ne t'a jamais touchée ?

Je m'étouffe avec ma boisson au point que du soda me sort par le nez.

Il va vraiment revenir là-dessus ?

J'attrape une serviette et m'essuie le visage.

— Je parlais de patinage, Ballerine ! me défends-je comme je peux.

— Ce n'est rien d'être encore vierge, tu sais. Ton corps, tes choix.

— Je ne suis pas vierge, on m'a déjà touchée.

Inspire. Expire.

— Ah non, mais il n'y a vraiment pas de honte à être vierge ! Je suis féministe et je soutiens les femmes dans leurs décisions, dit-il en levant les mains à hauteur de ses épaules.

— Je ne suis pas vierge !

J'éclate en lui envoyant ma serviette en papier roulée en boule en pleine face. De nombreux clients se tournent vers notre table, surpris par mes mots. Je sens mes joues chauffer de honte. Cela fait rire Sam qui affiche un énorme sourire sur son visage.

Finalement, tout le monde retourne à son déjeuner et je décide d'en faire autant.

— Merci pour cet aveu.

— Arrête de parler avec ta queue. Je ne suis pas vierge, et j'ai beaucoup d'expérience si tu veux tout savoir. Je n'ai juste pas l'habitude des portés en patinage.

« Beaucoup d'expérience »... J'abuse peut-être un peu, c'est vrai. Mais j'ai déjà eu des petits copains et des coups d'un soir. Même si ça fait un petit moment que je n'ai pas eu de relation, sérieuse ou non. En plus, le concept de virginité est surfait et complètement sexiste. Et je préfère juste me concentrer sur ma carrière en ce moment.

Attendez... pourquoi je me justifie, au juste ?

— Ce que je veux dire, c'est que c'est nouveau pour moi... et j'ai besoin d'un petit temps d'adaptation.

— Bien sûr, Chucky. On va s'occuper de ça, ne t'en fais pas, dit-il en me regardant intensément.

Chapitre 10

« *Oui, Championne ?* »

Sam

Mettre Olivia mal à l'aise lors du déjeuner était bien la dernière chose que je voulais. Je comprends tout à fait qu'elle n'a pas l'habitude d'être touchée, mais il va falloir qu'elle s'y fasse. Et c'est à moi de la mettre assez en confiance. C'est la base de notre discipline. Mais déjà, elle ne glousse pas comme Kate quand je la touche.

De retour à l'entraînement cet après-midi, je lui propose de refaire les pas appris ce matin sur la glace, avec les spécificités attendues par l'ISU. Et je dois avouer que Chucky s'en sort plutôt bien pour une débutante, en danse sur glace du moins. *Carrément bien même.*

Elle reste concentrée tout du long, c'en est presque perturbant. Elle est acharnée, ne s'arrête pas avant d'avoir parfaitement réalisé chaque pas. Une vraie mentalité de championne.

Ce qui me perturbe également, c'est la proximité de nos corps. J'ai pourtant l'habitude de patiner en couple, mais avec Olivia, c'est différent. Magnétique. J'ai comme un frisson permanent qui me parcourt le corps dès que je prends sa main dans la mienne. C'est une très jolie femme, il faut se l'avouer, mais c'est surtout ma partenaire et ses règles sont très claires. Hors de question que je gâche notre potentiel.

T'es pas un porc, Sam, t'es pas un porc !

Je refoule la sensation qui chatouille le bas de mon abdomen et me reconcentre sur notre chorégraphie.

— J'imagine que tu sais faire les twizzles ? lui demandé-je.

— Je vais faire comme si je n'avais pas entendu cette question. Bien sûr que je sais les faire.

— Ils sont différents de ceux que tu faisais en solo. Tu dois contrôler ta vitesse, combiner des éléments et pas juste jouer la tornade.

Jambe tendue, pied dans la main ou bien même accroupi, les variations sont nombreuses. Les spectateurs adorent nous regarder réaliser les séries de twizzles. C'est l'élément par excellence de la danse sur glace, celui qui possède sa propre notation. C'est pour cette raison que je suis intransigeant dessus.

— Je sais les faire, rétorque-t-elle sèchement.

— Bien. Montre-moi alors. Les quatre directions.

Elle marmonne, mais se lance aussitôt. Je regarde attentivement la position de son corps et ses patins alors qu'elle enchaîne les twizzles avant et arrière, intérieur et extérieur. Elle se débrouille bien mieux que les précédentes candidates. Dans sa volonté de me narguer, elle en exécute même un en tenant son pied gauche.

La garce.

— Satisfait ?

— On va dire ça.

— Bouffon, marmonne-t-elle.

— J'ai entendu.

Ma mère est présente sur la glace cet après-midi. Adossée contre la rambarde, elle lance ses indications, nous aidant Olivia et moi à patiner en rythme.

On travaille plusieurs retournements de manière synchronisée, dont un bracket, suivi d'un contre-rocking avant de terminer sur un quadruple twizzle.

— Hop ! Bracket, contre-rocking ! Plus de carres ! Et vous êtes en retard sur la musique ! crie-t-elle depuis la barrière.

Nous répétons ces retournements une dizaine de fois jusqu'à trouver le bon équilibre.

— Bien, faut qu'on essaie le rotational lift maintenant, annoncé-je à Olivia.

Elle acquiesce avec réticence. Sa jugulaire gonfle à vue d'œil et elle n'arrête pas de frotter ses mains contre son legging. C'est loin d'être évident pour Olivia, elle n'a jamais eu à faire de portés dans sa carrière. Nous répétons le mouvement au sol plusieurs fois avant de nous élancer sur la glace. Elle m'accorde un léger hochement de tête lorsqu'elle est prête. Dans un mouvement de lasso, je soulève Olivia avec facilité. Son flanc droit vient se caler sur mon épaule tandis que je garde ses mains scellées aux miennes avant d'enchaîner plusieurs rotations à travers la surface gelée. Je tourne de plus en plus vite : Olivia se raidit et me broie les mains. Je ralentis progressivement, ne voulant pas la brusquer.

— Fais-moi descendre !

— Ça va ?

— Je veux descendre ! répète-t-elle en hurlant, haletante. Fais-moi descendre !

Tous les patineurs sur la glace se retournent vers nous. Je m'exécute et la repose avec précaution. Des larmes perlent au coin de ses yeux. Sa respiration est rapide et sifflante. Elle hyperventile, incapable de maîtriser son souffle. Ses jambes tremblent, prêtes à céder sous son poids.

Instinctivement, je racle la glace avec la lame de mon patin pour créer de la neige. J'en récupère une bonne poignée et la dépose sur la nuque d'Olivia. Saisie par le froid, elle lâche un hoquet de surprise.

— Non, mais ça ne va pas ? T'es malade ou quoi ? s'époumone-t-elle.

— Tu faisais une crise de panique, il fallait bien faire redescendre ton rythme cardiaque.

— Oh ? Et tu n'as rien trouvé de mieux que de me foutre de la neige pour ça ? C'est super dangereux !

— En attendant, ça fonctionne, non ? me défends-je.

Sa respiration semble ralentir au bout d'une minute. Elle se masse un instant le visage avant de se redresser vers moi.

— Désolée, c'est juste… J'ai eu la trouille de tomber.

— C'est normal, Championne, c'était la première.

— Parce que je vais devoir le refaire ? s'étonne ma partenaire.

— Bah… ouais, c'est un peu le principe.

Je retire l'excédent de givre qui s'est accumulé sur le col de son T-shirt blanc et masse sa nuque de mon pouce pour la détendre.

— Ne regarde pas la glace pendant que je te porte, c'est le meilleur moyen de paniquer.

Malgré sa crise de panique, elle s'en sort plutôt bien. Je lui propose de réessayer le porté plusieurs fois, ce qu'elle accepte.

— Je te tiens, Olivia. T'es en sécurité, je ne te laisserai jamais tomber.

Une fois de plus, je l'aide dans sa prise d'élan avant de la placer sur mon épaule. Conscient de son inexpérience, j'ajuste ma vitesse. Olivia est beaucoup moins crispée et sa posture est beaucoup plus naturelle.

Lorsqu'elle redescend sur la glace, je tape dans ses mains pour la féliciter, et son visage s'illumine d'un sourire satisfait. Je crois que c'est la première fois que je remarque réellement cette expression et j'essaie tant bien que mal de ne pas en mémoriser chaque détail.

— C'était super pour une première, Olivia, la félicite ma mère.

— On va devoir s'entraîner toujours plus dur dans les semaines à venir, ajouté-je. La fédération va devoir t'évaluer la semaine prochaine pour valider notre niveau avant le championnat régional.

— D'accord et ça consiste en quoi exactement ?

— Ils vont évaluer ton niveau sur les danses imposées. On va devoir présenter trois danses du niveau international sur lesquelles tu seras testée. Il y a la valse Ravensburger, le Midnight Blues et le Finnstep entre autres, donc tu devras toutes les apprendre.

— Wow… OK, bon, soupire-t-elle, tracassée.

Je pose une main sur son épaule et cherche son regard avant de la rassurer :

— Ça ira, je te jure que ce n'est pas bien compliqué. On est ensemble là-dedans.

Elle plante ses iris verts dans les miens et semble se détendre lorsque je lui offre un sourire qui se veut rassurant. Je ne m'en fais pas pour elle. Après cette séance d'entraînement, je sais qu'elle est capable de relever les défis, même les plus compliqués. Je lui montre d'abord les pas de la valse Ravensburger, étant donné que c'est celle que je trouve la plus facile de toutes.

— Donc, si je comprends bien, on commence tous les deux en alternant chacun un « trois » avec une jambe que l'on maintient en l'air ? Et pendant que l'un fait ça, l'autre fait un swing roll ? demande-t-elle en exécutant le mouvement.

— C'est ça. Pense à bien marquer les temps, le swing roll se fait sur deux temps.

Elle me suit et reproduit le pas pour mieux le comprendre.

— Tu t'en sors bien, Championne. Je m'attendais à pire, honnêtement.

— Merci… je crois ? dit-elle en fronçant les sourcils.

Nous prenons une courte pause près de la rambarde pour nous hydrater un peu avant de reprendre. S'il y a bien une chose dont je suis sûr concernant Olivia à ce stade, c'est qu'elle n'a pas peur de s'entraîner jusque tard.

— Sinon, plus sérieusement, va falloir que tu t'habitues à te faire toucher par un mec. Je vais devoir te toucher tous les jours, dis-je avant de marquer une pause. Tu vois quelqu'un pour… tu sais…

Je mime plusieurs coups de reins. Elle écarquille les yeux et recrache sa boisson.

Décidément…

— On m'a déjà touchée, OK ? Combien de fois je vais devoir te le dire ? Je n'ai pas de problème à ce qu'on me touche.

— Alors, prouve-le, la défié-je.

Il ne faut pas le lui dire deux fois. Elle agrippe mes poignets et vient plaquer mes mains sur sa poitrine, les fait courir sur sa taille avant de terminer sur ses fesses. Cette fois, c'est moi qui écarquille les yeux. Je manque de m'étouffer avec ma salive, tandis qu'elle, elle ne flanche pas. Autre point important à propos de ma partenaire : si je la cherche, je suis sûr de la trouver.

— Voilà ! Tu m'as touchée. Maintenant, on peut travailler, déclare-t-elle avant de retourner sur la glace.

Elle répète les différents pas vus et je la corrige sur certains. À la fin de la journée, elle est complètement épuisée, mais contente d'elle. Moi aussi, je le suis. Je sais que je ne regretterais plus jamais de devenir son partenaire.

— Sérieux, je vais commencer à croire que c'est toi qui as besoin de t'envoyer en l'air, se moque-t-elle.

— Tu peux arrêter de faire une fixette sur ma vie sexuelle, Championne. Je vais finir par croire que tu as envie de t'envoyer en l'air avec moi.

— Plutôt crever.

Le coin de ma bouche se relève sous l'effet de sa réponse. Sa répartie m'amuse.

Au moment de rejoindre les vestiaires, la porte de l'espace glace claque et attire notre attention. Un couple de patineurs entre, leurs épaules lestées par des sacs de sport. Olivia les dévisage avant de s'exclamer :

— Kelsie ? Andrew ? Vous revoilà !

Elle jette ses affaires sur le sol en mousse trempée et s'empresse de les serrer dans ses bras.

— J'ai l'impression que ça fait une éternité que je ne vous ai pas vus ! Depuis…

— Presque deux mois… finit la blonde. Purée, je suis trop contente de te voir !

— Vous êtes rentrés quand ? Et c'était comment votre stage à Lake Placid, du coup ?

Je m'approche et les salue également. Olivia, dont le visage est soudain plus lumineux, ne tarde pas à faire les présentations.

— Sam, je te présente Kelsie et Andrew Montgomery ! Kelsie est ma meilleure amie depuis près de dix ans maintenant, et voici mon autre meilleur ami, Andrew, qui est le partenaire et le mari de Kelsie.

— Enchanté, je suis Sam. Le partenaire d'Olivia.

— Ton quoi ? s'exclament-ils en chœur.

Olivia grimace devant leurs réactions avant d'expliquer le pourquoi du comment.

— Attends, c'est lui le mec dont tu nous parlais au téléphone ?

Ma partenaire acquiesce d'un air dépité.

Donc, elle a parlé de moi... intéressant.

— Efface ce sourire, Ballerine. Je me plaignais de toi, ça n'avait rien de flatteur, me rabroue Olivia.

Ses deux amis ricanent quand la blonde déclare :

— Comment elle avait dit déjà... ? Ah, oui ! « Arrogant, exécrable. Je le déteste. »

— Ouais, bon, je l'ai peut-être jugé un peu vite, admet ma partenaire.

— Ah ouais ? T'as reçu un sacré coup sur la tête à Saint-Louis ! ricane Andrew en lui tapotant le crâne.

— Je ne te le fais pas dire ! Je me demande encore ce qui m'a pris de faire équipe avec lui.

— Euh… je suis juste là, Chucky.

Elle se contente de me montrer son plus beau majeur. Je souris avant de la laisser retrouver ses amis.

Je pars dans la direction opposée, vers les vestiaires, lorsqu'elle m'interpelle :

— Sam ?

— Oui, Championne ?

— Merci. Pour la glace dans la nuque, répond-elle avec un sourire timide.

— Euh… pas de problème !

Nous restons là, à nous dévisager en silence. Je m'apprête à lui souhaiter une bonne soirée, mais Olivia est plus rapide que moi.

— Tu veux venir avec nous ? On va boire un verre dans le centre-ville, si ça te dit.

— C'est gentil, mais je vais te laisser profiter de tes amis. On se voit demain ?

— Compte sur moi !

Sur ces mots, elle disparaît derrière les portes battantes.

Lorsque je rejoins le parking de la patinoire, l'air frais du soir me fouette le visage et me rafraîchit après cette session d'entraînement intense. Je distingue une silhouette adossée contre un SUV gris, garé près de ma moto. Je ne mets pas longtemps à reconnaître mon père qui en profite pour se griller une cigarette. Je serre les dents, conscient que je ne peux pas ignorer cette confrontation.

— Bonsoir, Sam.

— Papa, réponds-je d'un ton acerbe.

— Comment tu vas ?

Je ris sèchement.

— Ça t'intéresse maintenant ?

— Je demande toujours des nouvelles à ta mère, avoue-t-il.

— Tu pourrais me les demander directement si tu n'étais pas aussi con, finis-je par lâcher.

Je sens son regard noir sur moi. Aux abords du parking, les lampadaires s'activent dans la pénombre et les grillons chantent, cachés dans la végétation abondante.

— J'ai cru comprendre que tu n'avais plus de partenaire. J'ai des contacts dans plusieurs facs, tu pourrais encore reprendre médecine.

— Je n'en reviens pas que tu forces encore avec ça. Le patinage c'est toute ma vie, au cas où tu ne l'aurais pas saisi, et j'ai une partenaire depuis quelques jours. Désolé de te décevoir. Encore.

— Parmi tous les sports que tu avais pour devenir un homme, tu as choisi de la danse ! Tu n'aurais pas pu choisir le football ou le hockey ? finit-il par hurler. Tu me fais vraiment honte !

Je me raidis complètement. Mon père et ses préjugés, comme d'habitude. Voilà douze ans que j'ai choisi de faire de ce sport ma priorité et d'évoluer dans cette discipline. Douze ans qu'aux yeux de mon père, je ne vaux rien. Mais ça m'est égal.

— Tu n'as pas changé, hein. Et après, tu t'étonnes que je ne veuille plus rien à voir avec toi ? Va te faire foutre, je ne ferai jamais médecine.

Il est bien trop tard pour ça maintenant. Et de toute façon, je n'ai jamais envisagé de devenir médecin, même si je n'avais pas choisi le patinage.

Je m'apprête à grimper sur ma moto quand j'aperçois Olivia, plantée devant la patinoire, à écouter notre esclandre. J'enfonce mon casque sur le crâne et lance ma moto à toute vitesse sur le bitume.

Je le déteste. Je le déteste vraiment. Chaque fois, c'est pareil : il parcourt des kilomètres, essaie de renouer des liens avec moi, et puis ses véritables intentions refont surface. C'est comme ça depuis que j'ai commencé ce sport. Ça a été comme ça quand j'ai terminé le lycée, que j'ai arrêté ma licence de biologie pour me consacrer corps et âme à la danse sur glace.

J'ai essayé d'être un meilleur fils. J'ai essayé de décrocher les médailles pour le rendre fier, pour qu'il réalise que ce que je fais dans ma vie, c'est sérieux. J'ai vraiment essayé. Et pourtant, ce n'est jamais assez. Malgré tout, j'essaie encore au fond de moi. Peut-être qu'il a raison en fin de compte... Peut-être que je lui fais réellement honte.

J'accélère. La sensation de vitesse se propage dans mes veines et se transforme en adrénaline. Je souris légèrement sous mon casque et une fois sur l'autoroute, j'accélère encore et encore, jusqu'à ce que le bruit du moteur finisse par couvrir celui de mes pensées parasites.

Olivia

Le retour de mes amis ne rime qu'avec une chose : boire à outrance dans un vieux bar de la ville. Enfin, j'ai décidé de les laisser boire ce soir. Ils ont l'air d'en avoir bien plus besoin que moi. De plus, je ne peux pas me permettre une cuite alors que je m'entraîne avec Sam demain.

Autour d'une table, mes deux meilleurs amis descendent plusieurs shots d'alcool tandis que je sirote lentement ma limonade.

— Attends, quoi ? s'exclame Kelsie, hilare. T'as fait quoi ?

Les clients du bar se retournent sur nous, accentuant ma gêne. Mortifiée, je plonge la tête dans mon coude. Quand je pense que Kelsie se calme enfin, je me redresse et vois qu'elle part dans un nouveau fou rire.

Je n'aurais jamais dû lui raconter que Sam m'a touché les seins.

— Je ne suis qu'une sale harceleuse sexuelle, me lamenté-je.

— Pfiou ! soupire-t-elle en essuyant une larme au coin de son œil. Qu'est-ce que je serais sans toi, Oli' ?

Elle passe un bras autour de mes épaules et m'attire violemment à elle. Son haleine est chargée d'alcool lorsqu'elle émet un soupir.

— Tu m'as trop manqué ! s'excite-t-elle.

Elle aussi m'a beaucoup manqué. C'est mon *shot* de sérotonine quotidien. La distance imposée pendant ces deux mois de stage ne nous a pas empêchées d'être scotchées l'une à l'autre par téléphone, et pourtant, je m'accroche à elle comme une sangsue. Je réalise à quel point j'avais besoin de l'avoir à mes côtés. De les avoir tous les deux.

J'attire Andrew dans notre étreinte et les enlace de toutes mes forces.

— Tu vas m'étouffer, Oli' ! s'esclaffe Kelsie.

— Je vais me chercher une bière, lance Andrew lorsque je m'écarte. Vous voulez quelque chose ?

Je lui demande une autre limonade. Kelsie, une margarita. À son retour, je bois une gorgée fraîche et me délecte des bulles qui éclatent sur mes papilles. Kelsie rejoint la piste de danse et se lâche, au grand dam d'Andrew qui s'assied sur le tabouret en face du mien pour garder un œil protecteur sur sa femme. Il me détaille longuement, silencieux, tandis que je torture le pauvre quartier de citron qui flotte dans mon verre à l'aide de ma paille.

— Quoi ? finis-je par demander, agacée par son regard inquisiteur.

— On va parler de ce qui s'est passé à Saint-Louis et des conséquences ?

Aussi fort que j'aime mon meilleur ami, je déteste sa façon de remuer le couteau dans la plaie. Je détourne le regard et reprends ma paille en bouche.

— Non. C'est fini. Je ne veux plus parler de ça.

— Pourquoi ?

Parce que mon ego en a pris un coup. Parce que tout ce que j'étais s'est éparpillé sur la glace en même temps que mon sang.

Parce que, d'une certaine manière, je ne suis plus celle que je voulais être.

— Tu sais très bien pourquoi, réponds-je simplement.

— Et donc… le patinage en couple, hein ? poursuit-il.

— Danse sur glace. Je ne fais pas les trucs de tarés que Kelsie et toi faites à longueur de journée.

Il s'esclaffe à gorge déployée. S'ils font du patinage en couple depuis onze ans maintenant, j'ai toujours aussi peur quand je le vois jeter ma meilleure amie dans les airs pour qu'elle réalise un throw jump[1].

Moi… j'ai peur de tout : que ce soit de mes anciens sauts ou bien d'un simple porté à même pas deux mètres de la glace. Ma crise de panique me revient en tête. On ne risque pas d'aller très loin si je m'affole à chaque porté.

— Comment elle fait pour ne pas avoir peur quand tu la portes à une main au-dessus de ta tête ? Sam me portait sur son épaule cet après-midi, j'ai cru que j'allais m'évanouir de peur.

Il me sourit tendrement.

— Kelsie n'avait aucune confiance en moi au début, tu ne te souviens pas ?

Je secoue négativement la tête. Aussi loin que je me souvienne, Kelsie a toujours été une tête brûlée. Elle semblait ne jamais avoir peur. Nous étions jumelles sur ce point.

— Elle refusait catégoriquement de se laisser porter. Elle essayait, mais au dernier moment, elle se débinait.

1. Saut de la catégorie couple pendant lequel la patineuse est assistée de son partenaire pour l'envol et atterrit seule.

Il me raconte comment il leur a fallu presque une semaine avant qu'elle ne se laisse enfin porter.

— Ce ne sera pas facile, je ne dis pas le contraire. Mais je suis sûr d'une chose, Oli' : Sam a tout aussi peur de te faire tomber. La confiance, ça se construit.

Il descend de son tabouret et vient m'enlacer par-derrière.

— T'as toujours eu la tête dure, poulette. Et puis, tu devrais t'applaudir, t'as réussi ton tout premier porté sur glace. C'est une grande victoire.

Il a raison. Malgré l'angoisse, j'avais assez fait confiance à Sam aujourd'hui pour le laisser me porter. Je dois juste me faire confiance. Comme je l'ai toujours fait.

Chapitre 11

Père merdique

Olivia

Sam est ailleurs depuis quelques jours. Depuis le soir où je l'ai vu discuter avec cet homme. Son père, d'après ce que j'ai pu entendre de leur échange tumultueux. Il est complètement fermé et m'adresse à peine la parole. C'est sa mère qui fait la communication pendant les entraînements. Les tests que je dois passer arrivent à grands pas et je ne peux pas travailler s'il n'y met pas du sien.

La séance de ce matin est plus que laborieuse. Même Danielle perd patience. Cette dernière nous accorde une pause déjeuner, et je profite de ce moment pour tenter de crever l'abcès.

— Tu n'as pas l'air dans ton assiette.

Il lève les yeux vers moi avant de baisser la tête la seconde suivante.

— Ça va… je suis juste fatigué.

— C'était ton père la dernière fois devant la patinoire ?

Aucune réponse. Il est comme ça depuis plusieurs jours : nonchalant, presque léthargique. Il se contente de baisser le regard et de maltraiter son omelette avec sa fourchette.

Bon… s'il faut que je lui tire les vers du nez.

— Tu veux en parler ?

Je regrette presque qu'il réagisse, vu la réponse cinglante qu'il m'envoie :

— Quoi, Olivia ? T'es psy maintenant ? lâche-t-il d'un ton sec. Oui, c'était mon père, contente ?

— Ce n'est pas la peine de te décharger sur moi, je te l'ai déjà dit. Tes états d'âme, tu peux les laisser aux vestiaires.

— Tu me fais chier, là, Olivia, crache-t-il subitement.

— Très bien.

J'attrape ma veste et quitte le complexe. L'air chaud s'écrase sur mes joues rafraîchies par le froid de la patinoire. Je me dirige tout droit vers ma voiture, hors de question que je reste une minute de plus à le supporter. S'il croit que je vais laisser couler, il rêve !

Quel connard, bordel. Il est vraiment insupportable quand il s'y met.

Mais contre toute attente, j'entends Sam m'appeler. Je claque la langue contre mon palais, agacée d'entendre mon nom dans sa bouche.

— Olivia, attends à la fin !

— Non, Sam, j'en ai marre ! contré-je en me retournant.

Ce mec m'épuise. Je me plie en quatre pour apprendre sa discipline, pour faire équipe avec lui afin qu'on arrive à notre rêve commun, à deux, mais il me rend complètement chèvre. Je sais qu'on patine bien ensemble, qu'il m'aide à progresser. Les frissons qui parcourent mon corps quand ses mains se posent sur ma taille ou encore mes cuisses pendant nos portés sont impossibles à ignorer, malgré toute la volonté que j'y mets. Je sens que l'on est sur la même longueur d'onde quand on glisse parfaitement en rythme sur la musique. Mais il est insupportable. Tellement insupportable que je pourrais tout arrêter.

— J'en ai ras le cul de tes crises de nerfs ! lâché-je. C'est la deuxième fois que tu te décharges sur moi alors que je ne t'ai rien fait. Je ne suis pas un punching-ball ! T'es clairement le mec le plus insupportable que je connaisse. Comment je peux patiner avec quelqu'un qui se comporte comme un trou du cul à longueur de temps ?

Après mon monologue, Sam reste planté comme un piquet, à quelques mètres de moi.

— Alors, règle tes problèmes avec ton père, ou peu importe qui ça peut être, ça m'est égal. Moi, j'ai déjà donné pour ce genre d'emmerdes. J'essayais juste d'être sympa, soufflé-je en marchant à reculons vers ma voiture.

Un coup d'œil dans mon rétroviseur me permet de voir qu'il n'a pas bougé. Il m'a tellement sapé le moral que je décide de rentrer chez moi.

Mon appartement est situé dans le centre-ville de Denver. Quinze minutes plus tard, je me gare devant ma résidence. Le vieux concierge me salue dès que je pénètre dans le hall d'immeuble à la végétation luxuriante qui donne l'impression d'être dans une forêt tropicale ; ce bon vieux monsieur Carrington a toujours été extrêmement serviable avec moi. Je monte dans la cabine d'ascenseur qui dessert le douzième étage.

Vive les sponsors. Sans eux, je crois que je serais incapable de me payer un appartement de ce genre. Il n'est pas très grand, juste assez pour que j'y trouve mon indépendance, ce qui me convient parfaitement. De grandes vitres dans le salon et la cuisine ouverte baignent mon appartement de lumière et m'offrent une vue sur la skyline de Denver, mais l'épaisseur du vitrage étouffe l'effervescence du centre-ville. À gauche de l'entrée, un couloir mène à deux chambres et à la salle de bains.

Je suis immédiatement accueillie par Sparrow, un ancien chat errant qui a perdu l'usage d'un œil. J'ai craqué tout de suite en le voyant au refuge, alors j'ai trouvé ça drôle de le baptiser en référence au célèbre pirate, quand je l'ai adopté il y a trois ans.

Sparrow miaule de nombreuses fois et se frotte contre mes jambes en me voyant, m'invitant à caresser son pelage gris tigré pour le saluer à mon tour. Je souris toujours quand il vient me voir de la sorte. Depuis que j'ai repris l'entraînement, il ne supporte pas le fait que je ne passe pas mes journées avec lui, alors il me bombarde d'affection. J'ai longtemps réfléchi avant d'adopter un animal, mais quand je l'ai vu, c'était une évidence. J'aime profondément ce chat.

Je jette mes clés sur le meuble de l'entrée et ma veste sur le canapé, sur lequel je plonge dans un long soupir de soulagement. Mon chat me rejoint dans la foulée pour quémander plus de caresses.

Mon téléphone vibre dans ma poche. Je l'extirpe avec difficulté et vois le nom de Sam affiché sur l'écran. N'ayant aucune envie de répondre, je le laisse sonner. Cependant, Sam ne serait pas Sam s'il n'était pas borné et ne continuait pas d'appeler. Je laisse sortir un grognement et finis par décrocher.

— Bonjour, vous êtes bien sur la messagerie d'Olivia Gray.

— T'as une messagerie automatique, crache-t-il de l'autre côté du téléphone.

— Qu'est-ce que tu veux ?

— Toi. J'ai besoin de ma partenaire pour m'entraîner.

À l'autre bout du fil, le vent souffle dans son micro.

— Oh, maintenant, Monsieur est décidé à s'entraîner ? continué-je, sarcastique.

— Viens à la patinoire ce soir, à vingt heures trente.

— Non.

— Tu pourrais faire un effort à la fin ?

— T'es bien culotté, Sam. C'est toi qui ne fais aucun effort depuis trois jours.

Face à son mutisme, je poursuis :

— C'est fermé à cette heure-là, tu sais ?

— Contente-toi de venir, m'interrompt-il.

Je souffle d'exaspération.

Ce mec aura ma peau, c'est certain.

— D'accord, concédé-je. À ce soir.

— À ce soir.

Et il raccroche aussitôt.

Je ne sais même pas pourquoi j'ai accepté.

Je jette mon téléphone sur le tapis à poils longs et regarde mon chat, installé sur son arbre à chat près de la baie vitrée.

— Dis-moi, pourquoi j'ai accepté d'être sa partenaire, Sparrow ?

J'obtiens un simple ronronnement comme réponse de sa part. Je m'allonge alors dans mon canapé et ferme les yeux quelques instants pour remettre de l'ordre dans ma tête. Je ne sais pas trop à quel moment le sommeil commence à m'emporter, mais j'en avais visiblement besoin. Au moins quelques minutes.

À mon réveil, un rayon de soleil couchant caresse mon visage et inonde mon salon d'une lueur orangée. L'autre source de lumière que je parviens à capter provient de mon téléphone qui gît sur le tapis. L'écran affiche dix-neuf heures.

Bordel, j'ai dormi combien de temps ?

Plusieurs messages sont également affichés sur l'écran. Sam me dit d'enfiler mes baskets de sport, ma mère vient d'envoyer une vidéo virale sur notre conversation de famille et Kelsie m'informe d'une soirée pleine de sportifs ce week-end, dont un ami à elle.

Cette soirée tombe à pic !

Je lui confirme ma présence avant d'avaler un soda sans sucre et une barre protéinée.

Je vais avoir besoin d'énergie pour supporter Sam.

J'attends la dernière minute pour rejoindre le complexe. Est-ce mesquin et puéril de me comporter comme ça ? Probablement.

J'arrive en retard et Sam ne manque pas de me le faire remarquer.

— J'avais dit vingt heures trente. Pas vingt heures quarante-cinq, lâche-t-il d'un ton amer.

— Je t'arrête tout de suite, si tu n'es pas content, je peux tout aussi bien repartir. Je ne suis pas à la disposition de tes humeurs.

Je verrouille mon véhicule et me poste devant Sam, toujours tendu.

— Du coup, qu'est-ce qu'on fait là ? La patinoire est fermée.

— C'était mon père, crache-t-il. La semaine dernière.

Il lève enfin les yeux vers moi. Je sens toute sa rage et sa déception dans ses iris verts. Et pour la première fois depuis que je le connais, je ressens autre chose que de l'agacement.

Argh… je déteste quand les gens me regardent avec leurs yeux de chien battu.

Je sens que Sam se met un peu à nu, et ça suffit à m'attendrir. Je déteste ça.

— Disons qu'il me destine à autre chose qu'au patinage depuis que je suis gamin. Et entre nous, c'est…

Il se confie en faisant râper sa chaussure contre le gravier.

— Compliqué ? terminé-je.

— C'est compliqué.

— Je comprends. Je m'y connais aussi en père merdique.

Je ne sais même pas pourquoi je lui dis ça. Mes pensées sont sorties sans que je puisse les retenir.

J'attire de nouveau son attention, mais il reste sur la réserve. Il presse sa langue contre sa joue, probablement en train de se demander ce que mon père a bien pu me faire. Ma gorge se serre. Je déteste parler de mon père. C'est simple, j'évite tout simplement le sujet d'habitude.

— J'attends toujours des excuses, cela dit, ajouté-je pour détourner la conversation.

— Je pensais que ma confession suffirait.

Je le regarde avec dédain.

Ce mec croit un peu trop en ses capacités de persuasion, selon moi.

Devant mon expression, il éclate de rire.

— J'aurais essayé. Je suis désolé de t'avoir rembarrée comme ça ce matin. C'était injuste.

— Bien. Mais ça ne me dit toujours pas pourquoi on est là.

— Je me suis dit qu'on pourrait aller courir ensemble, pour enterrer la hache de guerre ?

— Tu passes déjà tes journées avec moi et tu veux encore t'entraîner ?

Il hausse simplement les épaules.

— Pourquoi pas ? Ça change d'être sur la glace toute la journée. On part sur dix kilomètres ?

Sous le coucher de soleil et la légère brise encore chaude, Sam et moi entamons des petites foulées pour trouver notre rythme, en silence. Petit à petit, une conversation confortable s'installe une fois notre allure établie.

— Tu fais quoi en dehors du patinage ?

— Rien, avoué-je.

— Comment ça « rien » ? T'as pas d'autres passions ?

Je secoue la tête de droite à gauche. J'ai passé seize ans de mon existence sur la glace et aujourd'hui, à vingt-deux ans, je ne sais pas ce que j'aime faire en dehors du patinage. Je trouvais toujours une occasion pour me retrouver sur la glace, que ce soit pour vider ma frustration ou bien juste pour le plaisir.

— T'as bien une série préférée, ou un film ? Je ne sais pas… n'importe quoi !

Pendant ma convalescence, je n'avais aucune activité « normale », si ce n'est que j'ai adoré découvrir l'intégralité des saisons de séries culte, en passant par des trilogies de films, dix ans après tout le monde.

— *Grey's Anatomy* ? *Esprits criminels* ? J'ai regardé toutes les saisons d'une traite et j'ai regardé tous les films Marvel dans l'ordre chronologique. J'ai un chat, aussi. Ça me rend sûrement un peu plus normale, non ?

Sam rit, remettant en question mes goûts en matière de séries jusqu'à la fin de notre footing. Nous nous arrêtons près d'un grand chêne, dans le parc jouxtant le zoo de Denver. J'étire mes muscles et bois une gorgée d'eau à une fontaine publique, Sam faisant de même. Je devine aussitôt l'air de compétition qui se dessine sur son visage.

— On fait la course pour terminer ? me défie-t-il.

— OK. L'arrivée, c'est la rive du lac ?

— Parfait.

Chacun de nous s'agenouille au sol, imitant les starting-blocks, tous les deux prêts à écraser l'autre. Je commence à compter, mais Sam triche et s'élance avant la fin du compte à rebours. Je puise dans mes dernières ressources, réalisant des foulées plus longues pour essayer de le rattraper, lui et son rire narquois, sans succès.

Puisque c'est comme ça, moi aussi, je peux tricher !

— Ah ! crié-je en portant une main au niveau de mes côtes, simulant un point de côté. Pouce !

Je m'accroupis, tenant toujours mon flanc. Sam réagit tout de suite en me voyant pliée sur moi-même et fait demi-tour pour s'assurer que je vais bien.

1…2…3 !

Je profite de ce moment de faiblesse pour le faire tomber par terre et repartir à toute vitesse, hilare.

— Espèce de tricheuse ! hurle-t-il en se relevant.

Je ris de plus belle en le sentant me rattraper, mais j'ai une longueur d'avance et atteins le bord du lac la première. Sam arrive trois secondes plus tard, à bout de souffle.

— J'ai gagné ! claironné-je.

— Il faut toujours que tu gagnes, hein ?

— Ça me résume assez bien comme personne, avoué-je en dansant.

Je continue mon petit spectacle qui a pour effet de clairement amuser Sam. Mes mouvements sont pour le coup… très aléatoires. Je tape dans mes mains, glisse vers la droite et recommence de l'autre côté.

— Tu fais quoi, là ?

— Je danse !

— OK… Bon, on va demander à Pia de revenir te donner des cours, hein ! me taquine-t-il.

Libérée de la colère que je ressentais en début d'après-midi, je me sens plus légère. Nous nous laissons tomber sur l'herbe fraîche face au lac. De l'autre côté, les barrissements des éléphants qui entrent dans leur abri intérieur pour la nuit résonnent dans l'air. Je crois que j'aurais donné n'importe quoi pour prendre la tête de Sam en photo à cet instant.

Nous repartons doucement vers l'arrêt de bus afin de retourner à la patinoire où nos véhicules nous attendent. Là-bas, je m'apprête à monter dans ma voiture quand Sam lance de but en blanc :

— T'as dit que tu t'y connaissais en père merdique, tout à l'heure.

— Ouais.

— Pourtant, ton père a l'air d'être quelqu'un de bien. C'est lui qui vient parfois dans les gradins, non ?

— Roy n'est pas mon père biologique. Mais ouais, il est génial.

Je n'ai encore jamais abordé le sujet de mon père avec quelqu'un d'autre que ma mère ou Kelsie. Je ne compte rien dire à Sam à son propos. Déjà, parce que je le connais à peine, mais surtout parce que je pense que ce n'est pas une bonne manière de faire connaissance avec quelqu'un que de commencer par dire que son père est en prison.

Chapitre 12
« C'est un rencard, Championne ? »
Olivia

Depuis notre petit footing improvisé il y a trois jours, Sam est beaucoup plus investi dans nos entraînements. Ça nous a fait du bien à tous les deux, mais c'est surtout Sam qui en avait besoin. Il a pu évacuer toute la rancœur qu'il retenait.

Aujourd'hui, c'est le grand jour. Des juges de la fédération américaine viennent pour m'évaluer et décider si je suis digne de pratiquer la danse sur glace avec Sam. Danielle et Archie semblent confiants et enthousiastes pour la suite. Ma mère et Kelsie sont toutes les deux sûres que je vais y arriver. Elles n'arrêtent pas de m'envoyer des messages d'encouragements depuis ce matin.

Je le suis un peu moins. Même si je travaille dur pour y arriver, je ne peux pas m'empêcher de penser que je vais tout foirer. Je n'ai pas arrêté de me pincer à m'en faire des bleus les jours précédents.

Sam me rassure à sa manière tandis que nous attendons que les juges nous appellent. Je fais les cent pas dans le couloir, et mes bottines qui couinent agacent particulièrement Sam.

— Reste tranquille, tu veux ? Tu me stresses à piétiner partout, là, peste-t-il.

— Je n'y peux rien si j'angoisse. En plus, j'ai du mal à m'habituer à la robe.

La mère de Sam a bien voulu me prêter une de ses anciennes robes pour notre représentation. Il faut dire qu'elle est plus longue et plus lourde que celles que j'ai l'habitude de porter habituellement en compétition. Tous les deux ont insisté pour que je porte une robe spécialement conçue pour la danse sur glace, histoire de montrer que je m'investis pleinement dans cette discipline, jusqu'à ma tenue.

Sam est adossé contre le mur, un pied relevé contre celui-ci, et se contente de lever les yeux vers le plafond, les bras croisés sur sa poitrine. Il déglutit et je peux voir sa pomme d'Adam monter et descendre… ce qui est étrangement attirant. Les deux veines gonflées de chaque côté de sa gorge trahissent le stress qu'il essaie de masquer. Les muscles de son cou sont d'autant plus marqués lorsqu'il tourne la tête vers le bout de couloir qui nous sépare de la glace. Lorsqu'il me surprend à le dévisager, je détourne le regard à m'en tordre les cervicales.

— La vue est belle ? ricane-t-il.

— La ferme.

— Tu ne mourras pas si tu avoues que tu me trouves attirant, tu sais ?

— Justement, je crois que je préférerais mourir que nourrir davantage ton ego. Ça m'étonne que tu puisses mettre tes patins tous les jours, vu comment tes chevilles sont gonflées.

Du coin de l'œil, je vois ses épaules secouées par un rire silencieux.

— Olivia Gray et Sam Anderson, lance une voix masculine depuis le bout du couloir.

— C'est parti, Championne !

Je me raidis. Sam m'attrape la main et nous dirige tout droit vers l'endroit où nos destins d'athlètes vont se jouer. C'est la première étape de notre périple olympique.

Si ça se trouve, ce sera même la seule.

Ce test est impératif si l'on veut espérer concourir au championnat national, et ce dernier nous permettra de nous qualifier pour les championnats du monde et bien plus encore. Qui sait ?

Nous saluons les juges avant de prendre place. Trois danses, des pas spécifiques, mais surtout des juges à l'affût de la moindre erreur. Les regards furtifs de Sam me rassurent et m'encouragent. Sans grande difficulté, nous enchaînons les trois danses requises en espérant que ce sera suffisant. Lorsque la dernière musique s'arrête, les juges acquiescent. À mon tour, je regarde Sam qui me prend dans ses bras.

Qu'est-ce qui lui prend ?

— On doit leur montrer qu'on s'entend bien, joue le jeu, chuchote-t-il dans mon oreille.

Il desserre son étreinte, mais encercle toujours mon épaule lorsque l'on quitte la glace. Je ne sais pas si c'est la pression du moment qui retombe ou bien le bras de Sam qui glisse jusqu'à ma taille, mais mes jambes flageolent dangereusement et j'en perds presque l'équilibre. Archie et Danielle attendent dans les vestiaires pour nous féliciter. Tous les deux nous disent que c'est dans la poche. Quoi qu'il en soit, les juges transmettront leur décision dans environ quarante-huit heures.

— Bon travail, Olivia ! Tu peux être fière de toi ! me félicite Danielle.

— Encore merci pour la robe que vous m'avez prêtée, je vous la ramènerai demain.

— Garde-la ! Ça fait bien longtemps que je n'y rentre plus et je sais qu'elle te portera chance, me dit-elle avec un clin d'œil.

Je souris, gênée. Cette robe vaut au moins mille dollars. Le tissu en velours bordeaux et doré glisse sous mes mains et je me hâte de la remettre délicatement dans sa housse pour ne pas l'abîmer. Maintenant que la pression du test est redescendue, je me sens plus confiante. On a fait une bonne démonstration avec Sam. Ça va le faire normalement.

Je suis sûre que ça va le faire.

Je retrouve mon partenaire sur le parking, prêt à enfourcher sa moto. Je me presse de le rejoindre avant qu'il n'enfile son casque.

— Tu veux faire un tour, Chucky ?

— Non merci, ça ira ! Je voulais...

Quelqu'un m'interpelle plus loin. C'est Kelsie.

— Hey, Oli' ! hèle-t-elle en courant vers nous. Bravo vous deux ! On vous a regardés avec Andy depuis la salle de musculation, ça va le faire !

— Merci, Kelsie. C'est gentil ! répond Sam avant moi.

— Tu viens toujours à la fête demain soir ? Andy sera là, me demande-t-elle.

— Ouais, carrément !

— Ça marche, je t'appelle ce soir.

Kelsie me claque une bise sur la joue et retourne rapidement à l'intérieur. Un blanc s'installe entre Sam et moi. Il penche la tête sur le côté et me dévisage d'un air inquisiteur.

— Quelle fête ?

— Une fête avec plein d'athlètes, c'est près d'Aurora. C'est ce que je venais te proposer.

— C'est un rencard, Championne ?

— Plutôt mourir que d'avoir un rencard avec toi, mimé-je un haut-le-cœur. Enfin bref, je t'envoie l'adresse par message, au cas où l'envie te prendrait de venir.

Je lui souris timidement. Je sais qu'il n'a personne en dehors de sa mère, ici. C'est l'occasion de lui faire rencontrer du monde.

Quel altruisme de ta part, Olivia !

Enfin, s'il est assez affable pour tenir à une fête de sportifs plus de cinq minutes. Kelsie n'a pas arrêté de me parler de cette soirée. Je crois bien qu'elle et Andrew ont également besoin de faire la fête après leur stage intensif à Lake Placid.

Je regrette presque d'être venue à cette fête, tellement il y a du monde. De ce que Kelsie m'a raconté, c'est le capitaine des Broncos[1] qui en est à l'origine. Ils se sont qualifiés pour les *playoffs* et ils veulent fêter ça. Apparemment, ils sont même les favoris pour aller au Super Bowl.

Je considère toujours qu'il ne faut pas crier victoire trop vite, surtout dans le monde du sport. Sam me l'a bien fait comprendre avec son double axel. Mais, vu le monde qui s'avance vers le lieu de la fête, l'affaire semble dans le sac.

La villa est située dans la banlieue de Denver, à l'écart du voisinage. Andrew s'est garé plus bas dans la rue par manque de places. Je suis abasourdie par la taille de la propriété lorsque mes amis et moi passons le portail en fer forgé et que nous avançons sur le chemin en gravier, bordé d'arbustes, qui mène à la maison. À côté de moi, Kelsie est, elle aussi, estomaquée.

— Quoi, ne me dites pas que c'est la première fois que vous venez à une fête organisée par des joueurs de la NFL[2] ? s'étonne Andrew.

— Non ! Mais jamais de cette ampleur, rétorque Kelsie.

La musique résonne jusqu'à l'extérieur et l'ambiance bat déjà son plein dans toute la maison. La chaleur et l'odeur de transpiration contrastent fortement avec la fraîcheur de l'air, dehors. Andrew attrape deux verres

1. Équipe de football qui évolue en NFL, basée à Denver.
2. National Football League.

et une bouteille encore intacte à la volée. Il verse le liquide dans les gobelets avant de nous les tendre. Je hume la boisson : de la tequila. Étant donné que mon meilleur ami est notre chauffeur, je peux boire sans risques de devoir dormir dans une baraque qui n'est pas la mienne ou pire : de me retrouver à poil dans le pieu d'un inconnu et risquer le *walk of shame*[1].

Je parle en connaissance de cause.

— Ce soir, je suis sexy ! affirmé-je en descendant le fond de mon verre d'une traite.

Je grimace et demande un autre verre à mon meilleur ami. Kelsie pouffe à côté de moi :

— Les résolutions, on les prend le premier jour de l'année, Oli'.

— C'est Pia. Elle m'a dit d'être sexy dans la chorégraphie. Je prends cette soirée comme un entraînement.

— Alors, viens !

Kelsie m'attrape le bras et me tire vers ce que je pense être l'immense salon. Nous progressons difficilement dans la villa : les corps moites et dansants nous encerclent et la décoration luxueuse exige notre plus grande précaution. Sur notre passage, je reconnais plusieurs joueurs de l'équipe de hockey locale. Au milieu

1. Le *walk of shame* définit le fait de rentrer chez soi, souvent embarrassé·e, après avoir passé la nuit (volontairement ou non) chez son coup d'un soir.

du salon, la foule se disperse pour mieux s'entasser dans le jardin. Kelsie me lâche soudainement, pousse un cri aigu et enlace celui que je devine être son ami. Je m'approche timidement et attends que Kelsie fasse les présentations.

— Je te présente Ezra Taylor, un vieil ami !

Ce dernier est dans un fauteuil roulant. Je lui souris et obtiens un bref hochement de tête en retour.

— Qu'est-ce qui t'amène ? s'enquiert Kelsie. Ça fait des années qu'on ne s'est pas vus !

— Mon meilleur pote participait à un stage d'été. C'était le dernier jour avant de faire notre rentrée à UCLA, alors il m'a invité.

À peine a-t-il fini sa phrase qu'un autre garçon arrive dans son dos.

— Les filles, je vous souhaite la bienvenue chez les Broncos.

— Ah, lui, c'est Parker McIntire, le capitaine et *quarterback* des fameux Broncos. Les gars, voici Olivia Gray, la meilleure patineuse que j'ai connue jusqu'à maintenant.

— Enchanté ! répond Ezra en tendant sa main vers moi.

— De même, ajoute le blond en sirotant sa boisson.

Je souris timidement au deuxième.

Ce mec est carrément super sexy !

Ses cheveux blonds, dignes d'un surfeur, sont légèrement longs et tombent devant ses grandes billes noisette. Son regard m'électrise. Kelsie remarque mon malaise et aide tant bien que mal à faire la conversation.

— Olivia revient d'une grave chute au championnat national. Elle était en lice pour la médaille d'or. Là, elle revient dans la compétition, mais en tant que danseuse sur glace, et elle apprend toute la discipline.

— J'ai toujours su que les patineuses étaient d'immenses dures à cuire, répond Parker en soutenant toujours mon regard. Tu m'impressionnes déjà.

OK, là, je mouille complètement ma petite culotte.

Je me sens rougir et l'alcool n'aide pas. Kelsie m'assène un coup de coude dans les côtes. Je gémis de douleur, fusillant ma meilleure amie du regard. Intimidée, je profite d'un moment d'inattention et m'approche du bar pour remplir de nouveau mon verre, Kelsie dans mon dos.

— À quoi tu joues, Sissi ? grommelé-je.

— Je te donne un coup de main ! Je croyais que tu devais être sexy ce soir ? C'est l'occasion !

— Je peux très bien me débrouiller seule, rétorqué-je.

— Je voudrais bien voir ça, tiens !

Je réajuste le décolleté de ma robe avant de retourner près de ses amis. Kelsie me fait les gros yeux et un signe de tête pour m'encourager. Je me racle la gorge et me jette à l'eau.

— Vous jouez au foot, c'est ça ?

Celui qui s'appelle Ezra pouffe de rire.

— À moins que je sois un *Transformer* qui se voit pousser des jambes fonctionnelles avant chaque match, non. Ma spécialité, c'est le basket-fauteuil.

— Et il est excellent dans son domaine, ajoute Kelsie. Le football, c'est le truc de Parker.

— J'ai cru comprendre que vous étiez les favoris pour remporter le prochain championnat ?

Je bois alors une nouvelle gorgée de tequila pour masquer le tremblement dans ma voix. Une gorgée un peu trop grosse, car le liquide me brûle la gorge, me faisant grimacer. D'habitude, je n'ai pas de mal à draguer, mais Parker me fait perdre tous mes moyens. Et je sais qu'il en joue, car je peux sentir ses prunelles parcourir mon corps.

— Ouais ! C'est la première fois depuis trois ans qu'on arrive en haut du classement. Tu regardes régulièrement le football ou bien pas du tout ?

— Je sais que le *touchdown* vaut six points, c'est tout. Je n'ai pas beaucoup de temps pour regarder ESPN[1].

1. Chaîne de télévision sportive américaine.

— Je t'apprendrai les bases, alors, dit-il en buvant à son tour.

Il sourit et là, je fonds complètement. Son sourire est à tomber. Il s'excuse et se dirige vers la cuisine pour aller se servir un nouveau verre. Je ne peux pas m'empêcher de le suivre du regard avant qu'il ne disparaisse de mon champ de vision.

Je me rends alors compte que Kelsie m'a abandonnée. Je parcours la pièce d'un rapide coup d'œil, à la recherche de mes meilleurs amis, mais impossible de les trouver.

Je meurs de chaud dans cette maison.

J'ai besoin de prendre l'air et vite. J'essaie tant bien que mal de me frayer un chemin dans la foule pour rejoindre la sortie, mais je percute quelqu'un de plein fouet. Je vacille et, bientôt, des bras me rattrapent fermement. Je lève la tête et tombe nez à nez avec Sam.

— Oh non…

— T'as l'air perdu, Chucky ! raille-t-il, un sourire en coin.

— Je pourrais en dire autant te concernant, répliqué-je du tac au tac.

— J'avais envie de voir ce que ça donnait ! C'est quand même toi qui m'as invité.

C'est vrai.

Je ne m'attarde pas sur sa présence et retourne vers le salon.

Tant pis pour l'air frais.

Je sens le regard de Sam sur moi tandis que je reluque Parker, de retour près de ses coéquipiers. Ce dernier m'adresse des œillades de loin et je parviens parfois à faire en sorte que nos regards se croisent, le faisant sourire. Sam remarque tout de suite notre petit jeu de séduction.

— McIntire, sérieusement ? Tu peux avoir beaucoup mieux que lui !

— Genre qui ? Toi ?

Il hausse nonchalamment les épaules comme si ma réponse ne sonnait pas aussi absurde qu'elle ne l'était en réalité. Je secoue la tête pour détourner mes pensées et continue de draguer Parker.

— Sérieux, Olivia. Ce mec est un plouc, ça se voit d'ici.

— Je ne crois pas avoir demandé ton avis, Ballerine.

— Crois-moi, il ne fait pas dans le durable et encore moins avec les athlètes. Il s'est tapé au moins trois nanas cette semaine si j'en crois les réseaux sociaux.

— Un peu comme toi finalement, non ?

— Moi, au moins, je me fais tester et j'enfile un préservatif à chaque fois, réplique-t-il.

Mes yeux roulent dans leurs orbites tandis que je me sers un nouveau verre. J'inspecte une nouvelle fois la maison, espérant trouver Kelsie et Andrew, mais toujours aucune trace de mes amis. Sam, en revanche, me colle aux basques. L'alcool commence à flouter ma vue et me rend légèrement irritable.

Quoique… c'est sûrement Sam pour le coup.

— Tu vas me lâcher, oui ? pesté-je.

— Je ne connais personne, t'es ma seule amie, lâche-t-il avec un grand sourire.

— On est partenaires, pas amis.

— Alors là, je suis offensé…

— Pour de vrai ?

— Non, répond-il immédiatement.

Je ris malgré moi. Parker nous dévisage au loin. Et je ne peux pas m'empêcher de le regarder non plus, poursuivant mon petit jeu de séduction.

— Arrête de le bouffer du regard, tu perds ton temps, me chuchote Sam.

— Argh ! Lâche-moi la grappe !

— Non, mais tu n'auras pas le temps pour un mec de toute façon.

— Ah ! Je ne savais pas que tu gérais mon emploi du temps ! Et qui a dit que je voulais un mec ? Tout ce que je veux, c'est m'envoyer en l'…

Je le fixe – lui et son air goguenard – un certain temps avant de comprendre de quoi il parle. La surprise se dessine sur mon visage et me laisse pantoise, le faisant rire.

— Ma mère a des contacts à la fédération, ils ont validé notre niveau. Ça se fête ça, non ?

J'explose de joie. Et dans un élan imprévu, je me jette dans les bras de Sam qui serre l'étreinte à son tour et me décolle du sol pour me faire tournoyer.

Chapitre 13
« C'est ce que font les amis, non ? »
Sam

L'étreinte de ma partenaire me surprend, mais, dans un sens, elle me soulage complètement. Je peux enfin tourner la page de Joanne et me concentrer sur la carrière qui nous tend les bras avec Olivia. Mon père sera probablement déçu, mais qu'importe. Il a décidé de partir, lui aussi, alors il n'a pas le droit de m'en vouloir pour mes choix de carrière.

Je vois bien qu'Olivia est heureuse que toutes ces heures travaillées et ce revirement brutal de discipline paient. C'est un véritable soulagement pour nous deux. On va vraiment pouvoir se concentrer à fond sur les prochaines étapes.

Du coin de l'œil, j'aperçois McIntire qui s'arrête net alors qu'il se mouvait à travers les invités alcoolisés pour rejoindre Olivia.

Dans ta face, connard.

Pour autant, il ne la lâche pas du regard.

Il est vraiment attiré par elle ?

Je n'y crois pas le moins du monde.

Je profite de ce moment pour serrer encore plus Olivia et la faire tourner. Juste pour le plaisir de narguer McIntire. Il fait souvent la une de l'actualité sportive – généralement pas en bien –, alors je préfère la garder loin de lui. Bien qu'Olivia ne soit *que* ma partenaire, j'en tire une grande satisfaction.

— Tu peux me lâcher maintenant. On aura tout le temps de travailler les portés, Ballerine, se moque-t-elle en desserrant ses bras. Faut que j'aille dire ça à Kelsie et Andrew !

Sur ces mots, elle tente de s'échapper. Je la rattrape de justesse par le bras et la fais pivoter vers moi.

— Je les ai vus disparaître dans une pièce quand je suis arrivé. Si j'étais toi, j'éviterais de les trouver si tu ne veux pas voir des choses obscènes.

— Pitié, tu ne vas pas recommencer avec ça ! Je ne suis pas une vierge effarouchée ! s'énerve-t-elle.

— Prouve-le, susurré-je en me penchant vers elle.

Olivia penche la tête sur le côté, un air malicieux plaqué sur son visage d'ange. Ses deux grands yeux confrontent les miens et j'en oublie ce qui nous entoure, absorbé par la flamme qui danse en leur centre. Son regard est si intense qu'il a le don de profondément m'exciter. Mon cœur martèle ma poitrine au même rythme que le désir qui pulse dans mon caleçon.

Non, non, non !

Je m'aventure en terrain glissant, je ne *peux pas* être attiré par ma partenaire.

Je déteste l'effet que tu me fais, Championne.

Ma queue durcit en un rien de temps, alors qu'Olivia ne me touche même pas, bordel ! Je passe ma langue sur ma lèvre inférieure, sans rompre le contact visuel. Pendant un instant, je crois même qu'elle va m'embrasser tellement nos visages sont proches, par pur défi. Mon regard dévie vers ses lèvres, ma main glisse sur sa taille sans qu'elle ne me repousse. Sa bouche rose est légèrement humidifiée par l'alcool, dont une goutte glisse le long de son menton. Je la suis du regard, hypnotisé, et me demande alors quel goût auraient ses lèvres. Je n'ai qu'à me pencher de quelques centimètres pour l'atteindre.

Embrasse-moi, Olivia. Brise tes règles.

— Regarde et apprends, chuchote-t-elle.

Ni une ni deux, elle fend la foule, attrape McIntire par la nuque et écrase ses lèvres contre les siennes. Et les bras m'en tombent.

Bordel de merde… Elle a osé lui rouler une pelle !

Parker, lui, semble apprécier le spectacle qui s'offre à lui en posant une main sur ses fesses.

Le fumier.

Des sifflements fusent autour d'eux à mesure qu'elle l'embrasse à pleine bouche, les mains fourrées dans sa toison dorée. Ma mâchoire se serre en le voyant introduire sa langue dans la bouche de *ma* partenaire. Elle a probablement trop bu et lui en profite.

Je me précipite pour l'arracher de ses mains avant qu'il n'abuse davantage. Je m'avance tant bien que mal parmi les invités alcoolisés. Certains me lâchent des insultes alors que je les bouscule, mais je m'en fiche, je dois tirer Olivia des sales mains de Parker. Une drôle de sensation me tord l'estomac. Un mélange d'inquiétude et de colère à l'idée que ce mec puisse la toucher. Quand j'arrive à sa hauteur, cette sensation s'envole.

Il y a forcément quelque chose qui cloche chez moi pour que je réagisse comme ça. Olivia ne me doit rien du tout.

— OK ! OK, c'est bon ! Chucky, je te crois ! dis-je en attrapant ses épaules. Désolé mec, je crois qu'elle a un peu trop bu. Je vais la ramener.

— C'est Kelsie et Andrew qui sont censés me ramener. Mes amis. Toi, t'es juste mon partenaire.

— Je dirai à Kelsie que t'es partie avec… commence McIntire.

— Sam. Sam Anderson. Olivia est mon binôme, terminé-je en lui serrant la main d'une force qui se veut tout sauf amicale.

Je décide d'employer la manière forte et la fais basculer sur mon épaule, lui arrachant un cri de stupeur lorsque ses pieds décollent du sol. Je n'hésite pas non plus à menacer du regard tous les chiens qui sont tentés de regarder sous sa robe.

Olivia proteste et tape ses poings dans mon dos, m'insultant « d'homme de Néandertal » et « d'acteur du patriarcat ». Je la pose quelques mètres plus loin avant qu'elle ne me trucide. Elle croise les bras sur sa poitrine et me défie de nouveau du regard. La musique assourdissante nous oblige à crier pour parler.

— Je n'ai pas trop bu, pour ta gouverne. Deux ou trois verres de tequila seulement, grogne-t-elle.

— Et moi, je n'ai encore rien bu. Je te ramène.

— Merci, mais je vais les attendre, insiste ma partenaire.

— Tu risques d'attendre longtemps, Chucky. En plus, on s'entraîne demain. En route.

Elle rouspète dans sa barbe, faisant rouler ses yeux sous ses paupières. Olivia se fraie un chemin à travers les conversations animées et les nombreux gobelets qui jonchent le sol poisseux.

Putain, mais ce mec a invité tout le Colorado ou quoi ?

Olivia parvient à sortir, malgré l'avalanche de la foule qui entre. Je la suis et la rejoins sur le porche. L'air est frais, un peu trop même, puisqu'elle grelotte légèrement. Elle porte une robe courte noire à manches longues et des bottes hautes à talons assorties, laissant apparaître ses longues jambes fines, galbées par le sport. Pas mal de mecs observent son corps avec des regards lubriques, faisant la queue pour entrer dans la villa. Instinctivement, je me place devant Olivia pour leur bloquer la vue et les dévisage avec mépris.

Elle martèle son téléphone, espérant joindre ses deux amis. Et plus les minutes passent, plus je réalise que ces mecs ne font pas la queue pour entrer. Certains affichent des yeux rouges, injectés de sang, et d'autres reniflent et essuient les résidus de poudre blanche près de leurs narines.

Bordel, mais qu'est-ce qui ne tourne pas rond chez Parker ?

— Faut qu'on trouve tes potes, maintenant.

— Qu'est-ce que…

— Ce taré vend de la drogue, la coupé-je. Faut qu'on s'en aille avant que les flics débarquent.

J'enroule mes doigts autour de son poignet et nous propulse à travers les corps moites pour rejoindre le premier étage. Sur notre passage, plusieurs mecs sifflent et me félicitent, pensant que je cherche une pièce de libre pour sauter celle qui serait ma conquête. Je les ignore, serrant la main d'Olivia dans la mienne pour ne pas la perdre.

J'ouvre toutes les portes à la volée, tombant parfois sur des fêtards prenant plaisir à deux ou à plusieurs, et sur des corps ivres morts en train de gerber dans les toilettes. Ou à même le sol.

— Ils sont sûrement en bas, suggère Olivia.

Kelsie et Andrew ne sont peut-être pas mes amis, mais ma conscience m'interdit de les laisser dans ce bourbier. Si l'agence antidopage a vent de notre présence à cette soirée, on peut dire adieu à nos carrières.

Nous dévalons les escaliers à toute vitesse, Olivia devant moi. La foule devient de plus en plus dense et limite nos mouvements. Olivia joue des coudes et entre en collision avec une blonde aux yeux d'un bleu lagon : Kelsie.

— Vous voilà ! s'exclame Olivia, soulagée.

— Qu'est-ce qui se passe ? nous interroge le grand brun.

— Il y a de la cocaïne qui circule, on se tire, leur indiqué-je. Je vais ramener Olivia.

Je n'ai pas lâché la main de cette dernière depuis que nous sommes allés chercher ses amis. Ces derniers prennent une direction opposée à la nôtre. Olivia chancelle sur ses talons hauts pour rattraper mes grandes enjambées.

— Je ne vais pas monter sur ta bécane, je ne veux pas finir à p…

— Je suis venu en voiture. Allez, il ne faut pas qu'on nous voie ici.

Essoufflés, nous grimpons dans la voiture. Je prends appui sur le dos de son siège et enclenche la marche arrière. Et lorsque j'ai instauré assez de distance avec cette baraque maudite, nous respirons enfin.

— Wow… c'était intense ! dit-elle.

Le trajet se fait en silence. Le film de la soirée, lui, se rejoue dans ma tête. Une pointe de frustration me gagne quand je repense au baiser qu'elle a donné à Parker. Les mots m'échappent :

— Pourquoi t'as embrassé Parker ?

— Parce que j'en avais envie. Et parce que ça semblait te faire chier, avoue-t-elle en haussant les épaules.

Elle va me tuer avec son putain de caractère. Et le pire, c'est qu'elle aurait raison de le faire.

Je serre le volant si fort que mes jointures blanchissent. Je ne dis plus un mot jusqu'au moment où je la dépose devant son immeuble, quarante-cinq minutes plus tard. Elle se dirige vers l'entrée de sa résidence avant de faire demi-tour et de revenir toquer à la fenêtre côté passager.

— Merci de m'avoir ramenée, Sam, et de m'avoir sortie de ce merdier.

— Pas de problème. C'est ce que font les amis, non ? la taquiné-je avec un clin d'œil charmant.

— À demain, *partenaire* ! conclut-elle en insistant sur le dernier mot.

Elle touche sa tempe avec deux de ses doigts, à la manière d'un salut militaire, avant de disparaître dans les couloirs de son immeuble.

Un énorme sourire reste plaqué sur mon visage durant tout le trajet jusque chez moi. J'aime sa manière de me tenir tête, même sur le fait que nous sommes amis. On va passer beaucoup de temps ensemble à partir de maintenant, on deviendra forcément amis, quoi qu'elle en dise.

Quelque part, je ressens le besoin d'en avoir une, d'amie.

Olivia est déjà sur la glace en train de s'entraîner quand j'arrive à la patinoire le lendemain. Elle ne s'arrête jamais, c'est effrayant. Même si j'adore danser jusqu'à ne plus tenir debout, je n'ai jamais vu quelqu'un d'aussi acharné qu'elle, comme si elle essayait de prouver quelque chose.

Olivia n'est jamais épuisée, elle carbure tous les jours à l'entraînement. Je la vois enchaîner les pas, plusieurs séries de twizzles et des éléments chorégraphiques.

Je reste sans voix devant son talent. Même les expressions de son visage traduisent le sentiment de la musique. Ses bras s'étendent dans un mouvement majestueux, tel un phénix qui renaît de ses cendres.

Je n'arrive pas à croire que je ne l'ai pas rencontrée plus tôt. La danse est pratiquement innée chez elle. Je ne sais pas si elle réalise à quel point elle est douée. Impossible de détourner mon regard de son corps qui s'adapte parfaitement à la musique qu'elle a choisie. C'est un véritable tourbillon d'émotions et de talent, et je profite d'être le seul spectateur de cette performance, presque intime, dans laquelle elle semble révéler une partie d'elle.

« *I wonder what you did to me,*

I had never been up in the clouds[1]. »

Oui, moi aussi, je me demande bien ce que tu as pu me faire, Olivia. Au point que je veuille te donner les médailles dont tu as toujours rêvé.

1. Paroles de la chanson *Weightless*, de Chris Burkich.

Chapitre 14

Fantôme du passé

Olivia

Maintenant que l'on est officiellement reconnus comme un couple de danse sur glace avec Sam, tout s'accélère. Nous devons préparer le championnat régional qui arrive à grands pas, pour espérer concourir aux Nationales dans quelques mois. Le travail qui nous attend va être colossal. Même si notre danse rythmique ne devrait pas être difficile à terminer, il faut toutefois que l'on se penche sur notre danse libre. J'ignore ce que Sam veut comme musique ou comme chorégraphie. Plusieurs idées ont germé dans mon esprit, mais il y a des chances que mon partenaire m'envoie bouler en me disant que ce n'est pas mon domaine.

Ce matin, je me faufile par la porte arrière de la patinoire avant qu'elle n'ouvre. Ça fait plusieurs années que je garde cette astuce sans me faire prendre. Du moins jusqu'à aujourd'hui. Le gardien des lieux n'a pas trop aimé ça lorsqu'il m'a vue, mais il ne m'a pas dénoncée pour autant.

La musique qui résonne dans l'enceinte rythme mes mouvements. Je ferme les yeux et m'élance, bercée par les premières notes de piano et les paroles de *Weightless*, de Chris Burkich.

« I wonder what you did to me »

Oui… je me le demande bien.

Qu'est-ce que tu m'as fait, Ballerine ?

Avant lui, je ne m'attardais pas spécialement sur l'aspect chorégraphique de mes programmes. La technique et mes capacités athlétiques comptaient bien plus à mes yeux parce que je voulais être la plus forte de toutes. Sam me fait aimer la danse sur glace, alors que je refusais catégoriquement d'en faire, il y a encore quelques semaines. Et puis, il y a la manière dont ses mains me touchent, comme si elles savaient parfaitement qu'elles devaient se trouver là, sur mon corps, telles les pièces manquantes d'un puzzle. Il y a ces picotements qui m'engourdissent chaque fois que l'on patine ensemble, et c'est troublant. Le pire dans tout ça, c'est que j'aime sentir ses mains sur moi, la manière dont elles me tiennent avec force et glissent aisément sur mes courbes.

Quand la chanson se termine enfin, je le vois. Il m'observe avec intensité depuis les portes battantes. La commissure de ses lèvres se relève, illuminant son visage. Son sourire est tellement beau que j'en rougis. La manière dont ses yeux verts s'attardent sur mon corps me donne chaud.

Non, ça doit être l'effort.

Je le retrouve quelques minutes plus tard, le temps de reprendre mon souffle.

— Bravo, Championne ! me félicite-t-il en me tapant dans les mains. Tu maîtrises bien les pas.

Le rouge sur mes joues se diffuse jusque sur mon front. Je le laisse s'échauffer quelques minutes tandis que je m'étire sur la barrière. Je profite à mon tour de le regarder patiner et me rends compte à quel point il est doué dans sa discipline. *Notre discipline.* Sam est à la fois doux et vif, ses lames sont d'une précision millimétrée et il se déplace à une vitesse constante. Il enchaîne les pas avec tellement d'aisance et de fluidité que c'en est captivant. La danse fait partie de lui.

Sans même remarquer que je retiens mon souffle, je prends une grande inspiration lorsqu'il vient à ma rencontre. Il se tient face à moi et me mène d'une tête. Ses iris verts, marbrés de bleu, me transpercent, provoquant une drôle de sensation dans mon estomac.

— Bien. On va passer aux choses sérieuses maintenant, partenaire, déclare-t-il avec un sourire fier.

Je ne peux m'empêcher de sourire à mon tour.

— On va peaufiner notre danse rythmique aujourd'hui, et si l'on a le temps, décider de ce que l'on veut faire pour notre danse libre.

— J'avais pensé à quelque chose pour ça, d'ailleurs. Mais s'il te plaît, ne te moque pas si c'est une mauvaise idée, lui demandé-je, embarrassée.

— Je t'écoute, Championne, répond-il, intéressé.

— Alors, je pensais à quelque chose d'assez rythmé. Mais je me dis qu'il faut probablement nuancer avec la danse rythmique, donc ce n'est peut-être pas la meilleure idée.

— Non, glousse-t-il. Je te rassure, on peut continuer sur une lancée rythmée et rapide si on le souhaite. Il faut juste intégrer les exigences du programme. On voit ça après ?

Il saisit mes mains pour répéter la première partie de notre danse rythmique. Pour autant, je ne suis pas sûre que mon déhanché soit à la hauteur de *Shape of You* d'Ed Sheeran, mais j'y travaille. Sam, qui s'y connaît beaucoup mieux que moi, m'aide à améliorer mes mouvements.

— Il faut que tu roules plus les hanches, remarque-t-il en posant ses mains dessus.

Son souffle chaud s'écrase dans le creux de mon cou. Le frisson qui glisse sur tout mon corps me surprend. Ses mains agrippent fermement mes hanches et les entraînent dans un roulement sensuel.

— Comme ça, voilà, susurre-t-il tout près de mon oreille.

À plusieurs reprises, nos bassins entrent en collision lorsqu'il me guide. Ma température corporelle frôle le plafond et mon cœur rate un battement. Je sais qu'il le remarque puisqu'il arbore son sourire narquois lorsque mes joues rosissent.

— Arrête de faire ça.

— Faire quoi ? demande-t-il d'un ton qui se veut tout sauf innocent.

— Ton petit jeu. Est-ce que je dois te rappeler que tu me touches uniquement dans un but professionnel ?

— Mais je suis professionnel. J'essaie juste de t'aider, Olivia.

Nous bossons toute la matinée avec l'aide de Pia et Marcus qui arrivent peu de temps après, ainsi que la mère de Sam. Ils chorégraphient tous les trois notre danse rythmique. Danielle est sévère et ne laisse rien passer. Elle m'incite à être beaucoup plus expressive et surtout à me donner à fond. Le plus difficile dans le programme de cette saison, c'est le in hold : nous devons réaliser la première séquence de pas en étant toujours en contact, d'une manière ou d'une autre. La moindre séparation entraînera des pénalités le jour J, et notre coach ne manque pas de nous le faire remarquer dans notre exercice.

— Vous venez de perdre un demi-point ! bougonne Danielle. Olivia, t'as lâché la taille de Sam en passant derrière lui ! Recommencez !

En milieu d'après-midi, cette séquence est enfin bouclée. Bien évidemment, elle devra être retravaillée d'ici les Régionales, mais je pense que le plus gros est dans la poche. Sam et sa mère me félicitent chaleureusement, tandis qu'on décide d'en rester là pour aujourd'hui.

— Faudrait qu'on bosse hors glace pour la danse libre, m'annonce Sam lorsqu'on enlève nos patins. Histoire de nous familiariser avec des mouvements et des portés.

— D'accord, tu veux faire ça quand ?

— Aujourd'hui, chez moi. La salle de danse est déjà occupée par les juniors.

— Sérieusement ? On vient de s'entraîner comme jamais.

— Bienvenue en danse sur glace. Il faut vraiment qu'on travaille, tu débarques dans la discipline et on est en retard.

Il n'a pas tort. Après tout, j'ai l'habitude des entraînements à rallonge et exténuants. Enfin, *j'avais* l'habitude. Avant mon accident, je m'entraînais six heures par jour, cinq jours par semaine. Encore plus quand j'étais au centre olympique. Alors, forcément, c'est dur de reprendre la même cadence avec Sam, mais je m'accroche. Je viens plus tôt le matin pour m'échauffer et être la plus performante possible pendant nos entraînements.

Mais imaginer me retrouver propulsée dans son intimité me perturbe. Mon sang bouillonne à l'idée de me retrouver seule avec lui.

— Je te le jure, on ne fera que travailler en douceur et peut-être manger quelque chose si l'envie nous prend, ricane-t-il.

— Le fait que tu ressentes le besoin de le préciser me met mal à l'aise.

— Quoi ? Tu veux ajouter une activité à la liste peut-être ? me taquine-t-il.

Je lève les yeux au ciel, mais j'accepte. Si on veut espérer remporter les prochaines grandes compétitions, il va falloir travailler dur. Nous quittons tous les deux la patinoire sans nous entretuer. Pour une fois.

— Tu m'as dit que t'avais quelque chose en tête pour la danse libre, ce matin.

— Je pensais à *Run Boy Run.* Je la trouve incroyable ! Elle est rythmée, énergique. Et bien sûr, on devra la mixer avec une autre pour avoir la partie lente obligatoire.

— Hum oui, je vois exactement… mais non. Pas pour les Régionales, Championne.

— Eh bah, dis donc ! Ça fait plaisir d'être soutenue, grommelé-je en roulant des yeux.

— Ton idée n'est pas mauvaise ! Elle est carrément géniale, mais…

— Mais je devrais me taire parce que je ne suis pas une danseuse sur glace et que je n'ai absolument pas mon mot à dire. J'ai reçu le message.

Vexée, j'accélère le pas et le dépasse alors qu'il lâche un râle bruyant. Moi qui pensais qu'on ne s'entretuerait pas, c'est raté.

— Tu veux bien me laisser finir quand je parle ? T'es têtue, c'est insupportable.

Il s'arrête juste derrière moi, agacé. Je me retourne vers lui, sans un mot, les sourcils froncés.

— Gentille fille.

Bordel.

Les deux mots qu'il vient de prononcer m'excitent profondément. Sa voix rauque paraît tellement indécente et laisse peu de place à l'imagination.

— C'est une super chanson, mais c'est trop gros pour les Régionales. En revanche, c'est parfait pour les Nationales.

— Je ne suis pas sûre de comprendre, là.

— On doit assurer aux Régionales pour se qualifier, on a qu'une seule chance. Mais on doit faire encore mieux aux Nationales quand on y sera. Et ce que tu proposes, c'est exactement l'énergie qu'il nous faudra. On gardera cette idée parfaitement au chaud.

Une fois à hauteur de sa moto, il me tend un casque que j'enfile et qu'il m'aide à attacher. Ses longs doigts chatouillent la peau de mon cou et m'envoient une décharge électrique qui me fait frissonner. Je n'ai encore jamais fait de moto, mais Sam prend le temps de m'équiper et de m'expliquer comment m'asseoir et me tenir à lui.

Quand je m'apprête à chevaucher l'engin, une voix me fait sursauter. Pas n'importe laquelle.

Sa voix.

Je pourrais la reconnaître entre mille. Je me retourne lentement, inquiète à l'idée de confronter ce fantôme du passé. Ça fait des années que je ne l'ai pas vu, mais il a toujours cette aura malveillante.

J'ai un mouvement de recul avant de buter contre Sam qui me tient par les épaules. Je suis incapable de bouger. Je ne sais plus comment respirer, mon ventre se tord et des larmes perlent au coin de mes yeux. Les mains de Sam se resserrent sur mes épaules.

— Olivia… c'est papa…

Il est sorti de prison.

Depuis quand ?

Il sait qu'il n'a pas le droit de nous approcher, ma mère et moi.

Maman… Est-ce qu'elle sait qu'il est en ville ? Et s'il l'avait déjà trouvée ?

Mes muscles se raidissent, je suis pétrifiée. Malgré les températures plus que douces, mon corps est glacé. Je cherche désespérément la main de Sam sur mon épaule alors que ma respiration devient erratique, pouvant s'arrêter à tout moment. Sam s'interpose alors entre nous deux.

— Monsieur, je vais vous demander de partir. Olivia ne souhaite pas vous voir, intervient-il, une main devant lui pour empêcher mon père d'avancer.

Me voyant inerte, Sam saisit ma main et me fait monter sur sa moto. Il lance son véhicule à toute vitesse sur le bitume tandis que je me retourne pour observer mon père, resté sur le parking de la patinoire. Je serre de plus en plus la taille de mon partenaire à mesure qu'il file entre les voitures de Denver. Le paysage urbain défile sous mes yeux. Les hauts immeubles et les sons de la ville laissent rapidement place à des rues pavillonnaires plus calmes.

Nous nous arrêtons devant une maison en briques beiges, au gazon parfaitement tondu et d'un vert éclatant. Mes mains se dénouent de sa taille en même temps que l'angoisse et l'adrénaline chutent à leur tour. Sam m'enlève délicatement mon casque et les larmes qui perlaient au coin de mes yeux se transforment instantanément en un torrent de larmes. Je reste pétrifiée dans les bras de Sam qui me serre contre lui. La chaleur de son corps et la force de son étreinte sont les seules choses qui me rassurent à cet instant.

Chapitre 15

« *Je m'y connais aussi en père merdique* »

Sam

Olivia est brisée. Elle est totalement vulnérable, là, dans mes bras. Elle me l'a dit, qu'elle aussi, elle s'y connaissait en père merdique. Je n'aurais jamais imaginé que c'était à ce point… Elle ne déteste pas uniquement son père, elle en est terrifiée.

Je me sens impuissant. La seule chose que je parviens à faire, c'est la serrer fort dans mes bras, en espérant soulager sa peine. Ses épaules se secouent au rythme de ses sanglots.

Après quelques minutes, elle parvient à se calmer et s'écarte. Elle baisse les yeux et joue avec ses doigts, anxieuse.

— Désolée pour mes états d'âme, j'ai oublié de les laisser aux vestiaires cette fois, murmure-t-elle, les doigts pressés contre ses paupières.

— Je ne crois pas que je sois le mieux placé pour te faire une réflexion, vu mes antécédents.

Je l'entends rire doucement, puis elle lève enfin les yeux vers moi. Ses larmes ont séché, laissant des traces sur ses joues. Elle sourit malgré les yeux rougis par la tristesse.

— T'as une mine affreuse quand tu pleures, Chucky, ajouté-je pour lui changer les idées.

C'est faux, évidemment. Même les larmes aux yeux, elle est magnifique. Mais après tout ce qu'elle a traversé depuis les Nationales, je la préfère de loin avec son sourire.

— Tu sais vraiment parler aux femmes, toi ! s'esclaffe-t-elle.

— C'est mon charme ça. Tu dois avoir l'habitude maintenant.

Je nous fais entrer, désigne le salon à Olivia et lui dis de s'installer sur le canapé tandis que j'apporte deux bouteilles d'eau fraîche.

— Tu sais, on n'a encore jamais vu de canapé avaler les gens qui s'installent dessus, lui fais-je remarquer en m'affalant à côté d'elle.

Elle rit davantage et s'installe plus confortablement dans celui-ci. Je croise les bras derrière ma tête et la dévisage pour tenter de la déchiffrer.

— Je comprendrais si tu ne veux pas en parler. Mais sache que je suis là si tu veux le faire, je m'y connais aussi en père merdique.

Elle sourit légèrement, puis un énorme blanc s'installe entre nous. Elle regarde dans le vide et son sourire disparaît. Ses jambes sont ramenées contre sa poitrine, sa tête posée sur ses genoux. Ses cheveux châtains sont balayés par des reflets qui se fondent parfaitement avec sa couleur naturelle. Son nez est légèrement busqué, ce qui fait tout le charme de ma partenaire. Je me surprends à sourire en coin en l'observant.

Elle est si jolie.

Jolie, mais brisée.

Sa respiration est lourde et elle finit par articuler :

— Il la battait, tu sais. Il nous battait toutes les deux, mais c'était surtout ma mère qui encaissait ses coups.

Mon estomac me fait soudainement mal et une énorme charge tombe sur mes épaules. Je me redresse en vitesse, les coudes désormais sur les genoux.

Ce connard les battait ?

— J'étais petite, mais je savais ce qu'il se passait. Parfois, je la voyais au réveil avec d'énormes bleus sur les épaules et sur le visage. Et quand c'était l'heure de me déposer à l'école, elle dissimulait ses bleus sous du maquillage ou des vêtements. Du moins, quand elle pouvait les cacher.

Je reste là, à écouter comment son père battait sa mère, alors qu'Olivia n'avait que six ans. Elle me détaille les horreurs qu'il faisait subir à sa mère et à elle pendant presque trois ans. Mes poings et mâchoires se serrent à chaque mot qu'elle utilise.

Je veux le buter.

— Un jour, c'est moi qu'il a frappée. J'avais sept ans. Je me rappellerai toujours la douleur que j'ai ressentie dans la cuisse, après le coup de pied qu'il m'a lancé. J'ai eu du mal à marcher pendant une semaine.

— Mais il ne s'est pas arrêté là, hein ?

Elle secoue la tête. Elle m'explique qu'il évitait de toucher ses jambes, car ses entraîneurs se posaient des questions quand elle arrivait en boitant. Alors, il s'en prenait à ses bras. Il la faisait s'entraîner sur les lacs gelés du Minnesota jusqu'à pas d'heure pour qu'elle maîtrise ses éléments à la perfection. Quand elle tombait ou qu'elle pleurait de fatigue, il l'insultait d'incapable, la forçait à se relever et à recommencer, encore et encore. Jusqu'à ce qu'elle se réceptionne parfaitement, qu'elle ne tombe plus. Olivia n'avait pas le droit de se plaindre, car il lui répétait sans cesse que « les championnes ne pleurent pas ». Il lui faisait prendre des douches et des bains glacés à huit ans pour qu'elle récupère plus vite et qu'il puisse la maltraiter *encore et encore*. De la torture pure et dure.

Elle lâche un rire jaune :

— Il n'a jamais été athlète, en plus. Il vivait à travers moi, j'étais son trophée.

Comme si, s'il avait été lui-même sportif de haut niveau, ça aurait pu justifier ses atrocités sur Olivia.

— Ma mère avait conscience que je savais ce qui se passait chaque soir dans la cuisine, dans le salon, partout dans cette putain de maison. Elle m'a appris à alerter la police si jamais il la… s'il lui faisait vraiment du mal.

— Il a essayé de la tuer ?

Elle hoche la tête en silence.

Quelle ordure.

Je pose délicatement une main dans son dos et la réconforte comme je peux. Je n'ai jamais vécu ça dans mon cercle familial, mais mon ventre se tord sous l'afflux des souvenirs. Mon père ne me frappait pas, mais lui aussi savait me maltraiter avec les mots quand il le voulait. Même si ce n'est rien comparé à l'enfer qu'elle a vécu.

— Un soir, on est rentrés d'un restaurant en famille. Je pensais que ça allait mieux parce qu'il ne l'avait pas frappée depuis plusieurs jours. On descendait de la voiture, mais la ceinture de ma mère est restée coincée dans la portière, ce qui a énervé mon père. Quand on est rentrés dans la maison…

Des larmes coulent sur son visage, mais elle les essuie aussitôt. Mes sourcils sont froncés, ma mâchoire douloureuse. S'en prendre aux gens qu'on est censés aimer, protéger. *Sa femme, sa fille.* Elle expire un bon coup avant de reprendre son histoire.

— Quand on est arrivés dans l'entrée, il a refermé la porte avant de… de crocheter sa nuque et lui fracasser la tête contre l'étagère de l'entrée. J'ai hurlé et il m'a menacé de me faire la même chose. Je me suis cachée comme je pouvais et j'entendais ma mère hurler de douleur quand il lui frappait le visage avec ses poings. Je me souviens des coups de pied qu'il lui mettait. Puis, il s'est mis sur elle et a essayé de l'étrangler. À ce moment-là, j'ai su que je devais appeler les urgences. J'ai attrapé le téléphone de ma mère dans son sac et j'ai ouvert la porte en hurlant pour alerter les voisins.

— Ta mère et toi êtes extrêmement courageuses, dis-je en frottant toujours son dos.

Elle finit par me dire que son géniteur a été arrêté et envoyé en prison. Ces hommes devraient rester en prison à vie.

Si je le revois, je le tue.

Olivia me fait face. Ses yeux sont rouges et traduisent toute la souffrance de sa situation. Elle craint pour sa mère, je le vois.

J'ouvre grand les bras et la pousse à s'y réfugier, mon menton contre le sommet de son crâne. Plus jeune, ma mère faisait toujours ça pour me remonter le moral.

Au bout de quelques minutes, elle s'apaise enfin, puis s'écarte.

— Merci, Sam. T'es un bon ami.

— Répète un peu ? Tu as bien dit qu'on était amis, hein ? lui demandé-je en me relevant, un doigt derrière mon oreille.

— La ferme, glousse-t-elle. On devrait se mettre au travail. Assez d'états d'âme pour aujourd'hui.

C'est vrai qu'on est là pour ça, à la base. Mais il n'empêche que ça me déstabilise, cette façon dont elle parvient à jongler avec ses émotions, à les compartimenter. Comme si elle s'interdisait d'être vulnérable, humaine.

Après quelques minutes, elle déverrouille son téléphone et parcourt tous types de playlists, la majorité étant des bandes originales de films. Ma mère m'a toujours laissé le choix de la musique sur laquelle je patine, depuis mes seize ans. Elle préfère adapter ses chorégraphies et ses indications plutôt que de m'imposer un programme que je n'exploiterais pas à fond.

— On pourrait patiner sur *Titanic*, proposé-je. On interprète la douceur de leur relation et le drame avec la partie plus rapide.

Olivia acquiesce à plusieurs reprises. Nous écoutons tout l'album du film avant de trouver deux pistes qui conviennent. La première est très douce, mais la deuxième est plus intense et c'est pile ce qu'il nous faut. C'est loin de notre idée de départ, mais elle est parfaite. Presque tout de suite, je dessine une chorégraphie dans ma tête, devine exactement à quel moment placer les twizzles et les portés.

Je me rapproche d'elle. Cette fois, nos cuisses et nos épaules se frôlent. Mon corps s'engourdit avec cette proximité et des vagues de chaleur envahissent mon abdomen, tandis que mon estomac entame une série de sauts périlleux.

Ressaisis-toi, mec.

Je me racle la gorge et me reconcentre sur la chorégraphie que l'on doit créer. Je me lève d'un bond pour faire de la place dans mon salon afin qu'on puisse s'entraîner.

— Bien, on va dire que la table, c'est là où seront les juges. Viens.

Je lui tends une main qu'elle accepte volontiers. Nous réécoutons plusieurs fois la chanson avant de commencer. Bien sûr, ce sera plus facile à travailler sur glace quand on assemblera le tout, les mouvements seront plus fluides. Sur les premières notes, nos mouvements sont doux et amples et deviennent plus marqués et intenses, par la suite. Olivia est très concentrée sur ses pieds et les fixe sans ciller. Je saisis son menton entre mon pouce et mon index et relève sa tête.

— Regarde-moi dans les yeux, Olivia. T'es trop crispée, laisse-toi aller sur la musique.

Ses joues s'empourprent légèrement. Nous expérimentons quelques portés simples avant d'essayer un curve lift, avec une position difficile qui, je le sais, fera son effet. L'appliquer sur la glace va demander du travail, mais on y arrivera. Une jambe pliée, l'autre tendue, je pose une main au sol pour me stabiliser, là où je n'en aurais pas la nécessité sur la glace. J'enroule un bras autour de la taille d'Olivia qui s'allonge en équilibre contre moi, les bras libres. Je la tiens fermement contre mon torse et je sens mon cœur qui tente de se frayer un chemin hors de ma cage thoracique.

Calme-toi, mec, t'as l'habitude de patiner en couple.

Son parfum floral m'enivre et je voudrais rester comme ça encore un moment. Nous nous relevons et continuons à danser au rythme de la musique, mais rapidement, nos corps, à force de bouger, dévient pour tournoyer dans mon salon. Je finis par renverser Olivia, la retenant par le creux de ses reins, comme si nous avions fait ça toute notre vie. Je la redresse, la laissant reprendre son souffle.

— Je ne sais pas si l'on gardera ce porté pour ce programme-là, mais au moins, ça nous en fait un.

— Et on pourrait finir sur le dernier pas, celui où tu me retiens, ajoute-t-elle. Ça accentuerait le côté dramatique.

— Ouais, c'est clair. Beau travail, Championne, dis-je en lui tapant dans les mains.

Je ne sais pas si Olivia a conscience de l'ampleur du travail qu'elle réalise chaque jour depuis qu'elle a accepté de devenir ma partenaire. Si elle continue sur cette voie, elle est vraiment partie pour devenir une excellente danseuse sur glace.

Meilleure que Joanne, même.

Même si elle est définitivement partie, je ne peux pas m'empêcher de me demander ce que mon ancien binôme devient. Elle est une très bonne danseuse, je sais qu'elle n'aura aucun mal à trouver un nouveau partenaire.

Je sors de mes pensées lorsqu'Olivia passe une main devant mon visage.

— Ah ! Bon retour sur terre, Ballerine ! C'était comment l'espace ?

— Désolé.

— Faut que j'y aille. Je dois retourner à la patinoire pour donner mon cours.

— Bien sûr… En route, Chucky.

Le trajet se fait en silence. Cette fois, elle me serre moins fort la taille et je suis tenté d'aller plus vite pour qu'elle resserre sa prise, mais je n'en fais rien.

De retour chez moi, ma curiosité me titille un peu trop et je fouille les profils de Joanne sur les réseaux sociaux. Mais je ne trouve rien à propos de la danse sur glace. C'est comme si elle avait complètement disparu de la surface de la Terre. Je cherche même les nouveaux couples annoncés par l'ISU, mais rien. Le néant. Connaissant Joanne et sa détermination, rien ne lui ferait arrêter la danse sur glace en dehors d'une grave blessure, et rien ne va dans cette direction… du moins d'après ses posts récents. On a patiné ensemble pendant un peu plus de dix ans, et c'est comme si je faisais face à une inconnue.

Chapitre 16

À l'aveugle

Olivia

Je suis complètement à l'ouest depuis quelques jours. Depuis que mon père – ou géniteur pour être exacte – a de nouveau débarqué dans ma vie la semaine dernière, en fait. J'espérais réellement ne jamais le revoir de toute ma vie. Je pensais que la justice était assez puissante pour protéger les victimes, comme ma mère. Même s'il a une ordonnance restrictive permanente au cul, il n'empêche que je suis paniquée à l'idée de le croiser devant chez moi, à la patinoire, ou pire encore, devant chez ma mère et Roy. Je déteste qu'il m'atteigne encore après autant d'années.

Une part de moi sait qu'il ne le fera sans doute pas, sous peine de retourner en prison, mais j'angoisse affreusement. Cela se ressent dans mon travail avec Sam. Et alors que les Régionales approchent à grands pas, on se supporte de moins en moins.

— Tu t'es encore trompée, Olivia ! Ce n'est pas possible ! peste Sam en plaquant les mains sur son visage. J'en ai ras le cul !

— Je fais de mon mieux, d'accord ? Tu pourrais aussi y mettre du tien et me dire ce qui ne va pas au lieu de souffler comme un bœuf et de me gueuler dessus, putain !

Il soupire bruyamment et s'approche de la barrière pour boire un peu d'eau. Je le rejoins à mon tour, mais il ne daigne pas me regarder.

— Désolée. J'essaie vraiment de me laisser porter, mais je n'y arrive pas.

C'est comme si toute la confiance que j'avais réussi à reconstruire depuis le départ de mon géniteur avait disparu avec son retour. Il avait ce don-là. Celui de m'achever, de me faire sentir comme une moins que rien.

— Les Régionales, c'est dans deux semaines, Olivia. On doit vraiment être parfaits, ou du moins s'en approcher pour se qualifier pour les Nationales.

— Je sais, Sam, dis-je en posant mes mains sur les hanches. Je vais me concentrer.

— Parfait.

Nous reprenons notre entraînement là où nous l'avons laissé quelques minutes plus tôt. Nous perfectionnons le porté que l'on a mis au point tous les deux, mais le moment où je dois me laisser aller s'apparente à une chute. Et je n'arrête pas de me revoir neuf mois plus tôt. Je vois mon crâne approcher de la glace et entrer en contact avec. Dans ma panique, je nous déséquilibre et nous fais tomber sur la glace avant même qu'il ne puisse me porter.

— On va essayer un truc, suggère mon partenaire. Glisse ton bandeau sur les yeux.

Il veut que je patine à l'aveugle ? C'est mort !

— Je ne vais pas patiner sans rien voir, c'est dangereux ! Et comment je peux savoir ce que je fais si je ne vois rien ?

— Merde, Olivia, écoute-moi un peu ! Fais glisser ton bandeau sur les yeux et laisse-toi guider. Je veux que t'aies confiance en moi, t'es encore trop dans la retenue. Je te l'ai déjà dit, je ne te laisserai jamais tomber.

Je m'exécute, non sans râler. Je ferme les yeux et fais glisser mon bandeau pour les recouvrir. Plongée dans l'obscurité, mes sens se décuplent. Je distingue chaque crissement de nos lames contre la surface gelée. Ses mains se posent sur mes épaules et un énorme frisson descend le long de mon échine.

— Bien… Tu vas sentir mes mains sur toi, chuchote-t-il dans le creux de mon oreille.

Son souffle chaud chatouille la peau de mon cou, hérissant sur son passage les petits cheveux dans ma nuque. Ses mains brûlantes glissent sur mes épaules, suivent la courbe de mes bras et attrapent mes mains froides au bout de leur chemin. Il étend délicatement mes bras et place ses mains sur ma taille, cette fois, m'invitant à patiner dès que la musique reprend du début.

— Laisse la danse venir à toi, écoute-la.

Il me guide avec précaution et, rapidement, les repères physiques de la patinoire deviennent secondaires.

— Aie confiance.

Sam me chuchote les directions et les pas que je dois suivre. Au bout d'un moment, il n'a même plus besoin de me les préciser, mon corps suit naturellement le sien, comme s'il était là où il devait être. Sam improvise : il me soulève avec légèreté, tournoie et me repose avec délicatesse. Je lâche prise. Son bras s'enroule alors autour de ma taille et plaque mon dos contre son torse. Sa jambe droite se plie tandis que la gauche se tend sur le côté. À mon tour, je contracte les abdominaux et m'allonge contre lui. Le bas de mon dos rencontre son intimité qui se fait à l'étroit dans son survêtement, provoquant une vague de chaleur entre mes cuisses.

Ressaisis-toi, Oli', tu mouilles !

Le sang afflue sur mes joues tandis que l'on réalise parfaitement le curve lift de notre danse libre.

Confiante, je me laisse emporter quelques secondes dans la figure. Toujours privée de ma vue, j'ai l'impression de voler. Dans ses bras, je suis invincible.

— C'est ça, Championne, murmure-t-il.

Lorsqu'il me redresse et que l'on s'arrête, j'enlève le bandeau. Il me détaille d'une manière très – trop – intense, glissant de mes iris à mes lèvres. Nos souffles haletants se mélangent. Sa main se trouve très bas dans mon dos, à la naissance de mon bassin, et brûle ma peau à travers mon haut couleur corail.

Je voudrais qu'il ne l'enlève jamais. C'est bête qu'il m'attire autant, alors que c'est mon partenaire, n'est-ce pas ?

Des applaudissements éclatent. Nos têtes se tournent pour en trouver la source : Kelsie se tient près du couloir qui mène aux vestiaires. Notre bulle éclate.

Merci, Kelsie !

Il est dix-sept heures. Notre journée touche à sa fin pour Sam et moi, tandis qu'elle commence pour Kelsie, Andrew et d'autres patineurs.

— Wow, c'était super intense vous deux, dites donc ! Vous patinez sur une musique d'amour ou de sexe ? Pitié, dites-moi que vous patinez sur une musique de sexe.

Je ris nerveusement. Le souvenir de ses mains sur moi pendant que je patinais à l'aveugle m'excite terriblement. Je grimace et secoue la tête.

— Dommage… La saison prochaine peut-être, dit-elle en faisant une moue.

Mes joues virent au cramoisi, comme celles de Sam. Kelsie monte sur la glace, nous laissant tous les deux en bord de piste. Je redirige mon attention vers mon partenaire pour débriefer sur cette séance. Mes yeux dévient sur le renflement de son jogging gris. Devinant que je le reluque, il essaie tant bien que mal de dissimuler son érection naissante, mais rien à faire, j'ai déjà tout vu.

— Je te dérange, peut-être ?

— C'est ce truc qui m'a regardée en premier, je le jure, me défends-je en pointant son entrejambe.

Il éclate de rire instantanément. J'en ai déjà vu des queues avant la sienne, je suis loin d'être prude, j'aime m'envoyer en l'air. La dernière fois doit remonter à… je ne sais plus. Je sais juste qu'il était assez doué, même si sa queue n'a rien à voir avec celle que Sam essaie tant bien que mal de cacher.

Il faut que je m'envoie en l'air, et rapidement !

Archie fait irruption dans la patinoire et Sam en profite alors pour s'échapper dans les vestiaires. Je m'approche de mon coach et le serre dans mes bras. On est tous les deux très occupés, alors on se voit un peu moins désormais, mais je sais que j'ai toujours son soutien. C'est un coach génial.

— Bonne chance pour les Régionales. Enfin, quoique, vous n'en aurez pas besoin, vous allez tout déchirer. Vous êtes faits pour patiner ensemble.

J'ai eu beaucoup de chance de l'avoir en tant que coach. C'est en partie grâce à lui que je suis là. Je veux qu'il reste mon coach, même si la danse sur glace n'est clairement pas son domaine, il peut toujours nous aiguiller sur les pas techniques avec la mère de Sam pour les Nationales.

— Tu peux toujours nous créer des séquences de pas. Je me souviens qu'elles étaient géniales.

— Tu te plaignais tout le temps de leur difficulté et tu détestais les travailler, rétorque-t-il.

Il marque un point, même s'il sait que j'ai raison. Archie est un excellent patineur, il a remporté énormément de médailles il y a des années et il m'a transmis toutes ses compétences. Sans l'avertir, je l'enlace à nouveau. Avec force cette fois.

— Merci pour tout, Archie. Vraiment, merci d'être le coach que tu es.

— Merci de m'avoir choisi.

Il m'adresse un dernier sourire avant de prendre en charge son cours du jour.

La sensation quand je retire enfin mes patins et que je me glisse sous la douche des vestiaires m'arrache un soupir de soulagement. Je laisse l'eau froide apaiser mes muscles endoloris et repense à notre dernier porté, à l'aveugle. À ma sortie des vestiaires, je tombe nez à nez avec Sam dans le couloir. On se tient face à face, sans prononcer un mot. Juste nos regards plantés l'un dans l'autre. Sa bouche s'ouvre et se referme, à la recherche des mots adéquats. Je hausse alors un sourcil pour l'encourager à parler.

— T'as vraiment été fantastique ce soir, souffle-t-il.

— Merci, Sam. C'est grâce à toi si j'y arrive.

— Non, crois-moi, tu n'as besoin de personne pour y arriver.

Nos corps sont proches. Trop proches. Et j'ai l'impression qu'ils s'approchent de plus en plus, comme s'ils étaient inévitablement attirés l'un vers l'autre, comme deux étoiles qui menacent d'exploser à tout moment. Je sens son parfum aux notes d'ambre et de bois émaner de son cou. Cette même fragrance qui se glisse dans mes narines quand je patine avec lui. Ses iris verts me détaillent longuement. Ils fixent les miens, glissent parfois sur mes lèvres. L'air est de plus en plus lourd, et la température de plus en plus élevée dans ce couloir.

Je meurs d'envie de l'embrasser à cet instant précis.

Et comme si j'avais formulé cette pensée à voix haute, sa bouche s'écrase sur la mienne avec fougue. Ses lèvres sont douces et sucrées, comme je les avais imaginées.

Pourquoi les ai-je imaginées ?

Je réponds instantanément à son baiser, avec la même passion. Il mordille et suce doucement ma lèvre inférieure. J'entrouvre la bouche, juste assez pour permettre à sa langue de rencontrer la mienne. Mes mains se baladent dans ses cheveux alors que les siennes me plaquent contre le mur. Il lâche un gémissement qui fait vibrer tout mon corps. Je gémis en réponse. À cet instant, je remercie la vie d'avoir fait en sorte que l'on soit seuls dans ce couloir. Je lâche prise pour la seconde fois de la journée et je ne me suis jamais sentie aussi bien.

Il rompt le baiser en premier, ses mains de part et d'autre de mon visage, son front contre le mien.

— Je… Désolé.

Il plonge son regard dans le mien une dernière fois avant de s'en aller, me laissant là, complètement secouée par ce baiser. Non seulement je me déteste d'avoir cédé à une de mes règles, mais le pire, c'est que j'ai aimé ça.

Chapitre 17

Promesse

Sam

Septembre 2022

Nous sommes dans l'avion, en direction de Chicago pour les Régionales. La compétition commence après-demain, mais nous devons régler les dernières formalités. Olivia est assise à ma gauche, près du hublot, plongée dans les documents de l'ISU concernant la danse sur glace. Les sourcils froncés au-dessus de sa tablette, elle mime le tracé à suivre des différentes séquences avec ses mains. Je la détaille longuement et finis par attraper une de ses mains entre les miennes.

— Arrête de te torturer, Championne. Ça va bien se passer, la rassuré-je, confiant.

Elle écarquille les yeux en constatant sa main dans les miennes. Nous n'avons pas reparlé de notre baiser depuis que c'est arrivé. Nos conversations s'en tiennent à l'essentiel, et une légère gêne se fait sentir quand je la touche. Elle se raidit.

Olivia retire rapidement sa main de la mienne et la fourre dans la poche de sa veste.

— Au fait, désolé… de t'avoir embrassée, la semaine dernière, murmuré-je. Je sais que j'ai enfreint les règles. C'était une erreur.

— Oh, ne t'en fais pas, dit-elle en balayant une main devant son visage. C'était un moment d'égarement, ça ne voulait rien dire.

— Donc… pas de malaise entre nous ?

— Pas de malaise, confirme-t-elle, souriante.

Je suis bien des choses depuis ce baiser. Secoué, confus, excité… mais désolé, non. J'ai même envie de recommencer. Je peux encore deviner ses lèvres douces et pulpeuses pressées sur les miennes, je sens toujours ses doigts tirer mes cheveux et j'entends encore son gémissement quand je suçais sa langue. Si le bonheur ressemble à ce baiser, alors je veux embrasser Olivia jusqu'à ce que mort s'ensuive. Je sais que ce baiser ne l'a pas laissée indifférente, j'en suis persuadé.

Mais ça ne voulait rien dire.

Ses mots me giflent. Évidemment que ça ne voulait rien dire.

C'est ta partenaire, abruti !

Notre première escale se déroule à l'Arena où l'on doit s'enregistrer, passer le contrôle antidopage et récupérer nos accréditations avant d'être escortés à notre hôtel, tout près de l'Arena. La chambre d'Olivia se situe juste en face de la mienne. Je suis d'un côté soulagé que l'on ne partage pas la même chambre, ça m'évitera de vouloir l'embrasser, même si elle m'a bien fait comprendre que ce n'est pas près d'arriver à nouveau. Quoi qu'il en soit, une petite sieste s'impose pour oublier ce baiser. J'ignore pourquoi il me perturbe autant. J'ai embrassé des tas de filles, sans vouloir me vanter. Certains sont même restés sans suite, comme celui-ci, mais un goût d'inachevé me reste sur la langue avec Olivia.

Ma sieste n'est que de courte durée. J'ai à peine le temps de fermer les yeux que l'on toque à la porte de ma chambre à plusieurs reprises. Je grogne avant de daigner me lever pour ouvrir.

— Il y a un écriteau « Ne pas déranger » sur la porte, c'est bien pour…

Je m'interromps aussitôt en découvrant Olivia, toute souriante, et cela suffit à me réveiller. Et m'adoucir.

Elle est incroyablement belle quand elle sourit.

Je secoue légèrement la tête, feignant de chasser le semblant de sommeil sur mon visage.

— Étant donné qu'on ne s'entraîne que demain avant la compétition, je me suis dit qu'on pourrait aller faire un tour dans Chicago ? propose-t-elle.

— C'est un leurre pour aller me noyer dans le lac Michigan ?

— Ça aurait pu, mais non. Disons que c'est l'occasion de passer du temps ensemble, en dehors de la glace. Et puis, comme ça, on ne sera pas obligés de faire semblant de bien s'entendre.

J'accepte et lui demande de m'attendre quelques minutes, le temps d'enfiler quelque chose de plus décent. Et de plus chaud aussi. Olivia est habillée d'un pantalon noir et d'un pull couleur abricot, surmonté d'une doudoune sans manches.

— T'as pas froid comme ça ? J'ai l'impression d'être au mois de janvier.

— J'ai l'habitude maintenant, tu sais, répond-elle en haussant les épaules. J'ai fini par apprécier le froid.

Moi, en revanche, je déteste avoir froid. Le comble pour un patineur.

Nous commandons une part de la très populaire *deep-dish pizza* de Chicago dans un food-truck avant de nous installer sur les rives du lac Michigan. Plein de gens font leur sport à cet endroit. Nous les observons longtemps, en silence.

Me tournant vers Olivia, je la trouve en train de me dévisager avant qu'elle ne me demande :

— Tu ne m'as jamais dit pourquoi t'as changé de partenaire du jour au lendemain ni pourquoi t'as emménagé à Denver. Archie m'a juste dit que tu venais de Portland.

— Ouais, j'ai toujours vécu à Portland, éludé-je.

— Maine ou Oregon, d'ailleurs ?

— Oregon, pourquoi ?

Elle hausse les épaules et me répond, avec une légère moue :

— Je te trouvais très con au début, alors je me suis dit que, si tu venais de Portland du Maine, ça pouvait s'expliquer. Mon géniteur vient de là-bas.

— Alors ça va, j'ai de la chance.

— Non, tu dois être l'exception, ajoute-t-elle.

Je laisse sortir un rire franc. J'aime bien sa manière de me contredire. Néanmoins, je ne sais pas trop si je veux m'engager sur ce terrain. Même si ça fait maintenant cinq mois que j'ai quitté Portland et que plus rien ne m'y rattache, c'est toujours difficile d'en parler. Mais d'un autre côté, elle ne sait rien du moi d'avant Denver. Les coins de mes lèvres se recourbent en voyant son regard insistant. C'est Olivia ma partenaire désormais, et ça ne peut pas marcher si la confiance qu'elle m'accorde n'est pas réciproque.

Elle n'est pas Joanne.

— Tu veux la version longue ou la version courte ?

— Longue, tranche-t-elle en mordant dans sa pizza. Ce sont toujours les meilleures versions.

Je laisse échapper un léger rire. Je mets du temps à trouver par où commencer, puis je me lance enfin :

— Je ne me suis jamais présenté déjà, alors… Je m'appelle Sam Richard Anderson et j'ai vingt-quatre ans, déclaré-je en tendant une main vers elle. Ravi de faire ta connaissance.

Elle pouffe, mais accepte quand même la main que je lui tends.

— J'ai commencé le patinage quand j'avais huit ans. Au début, je voulais pratiquer le hockey, sauf que j'ai vu des mecs plus âgés faire des sauts incroyables, alors j'ai finalement choisi le patinage artistique.

Elle m'écoute très attentivement. Le vent froid souffle fort, l'obligeant à retirer de temps à autre les longues mèches de cheveux qui se plaquent sur son visage.

— Et puis, j'ai découvert la danse sur glace. Ça a été une véritable révélation, j'adorais ça. C'est toujours le cas, d'ailleurs. Ça a commencé à devenir sérieux vers mes douze ans, alors on a cherché une partenaire pour moi, car j'avais du potentiel. Il y avait cette fille qui venait d'arriver, en détection danse sur glace. Joanne.

— Elle a été ta partenaire pendant longtemps ?

— Douze ans, ouais, jusqu'à ce que j'arrive à Denver.

C'est étrange de parler d'une personne au passé. C'est comme si, au fond, Joanne était morte, qu'elle vivait dans un monde qui m'était inaccessible. Pourtant, Joanne, aussi vivante soit-elle, fait partie de mon passé et je dois l'accepter. Avant ça, je n'aurais jamais imaginé qu'une rupture amicale puisse faire aussi mal.

— Ça a fonctionné tout de suite avec elle. Comme avec toi, d'ailleurs. On a été de championnat en championnat. On menait tous les classements juniors, et puis, lorsqu'on est passés dans la catégorie senior, on était parmi les meilleurs du pays. On était excellents, vraiment excellents.

— Qu'est-ce qui s'est passé ? m'interroge-t-elle.

— Elle a rencontré quelqu'un. Une certaine Alison ou Maddison, je crois. Elles sont tombées follement amoureuses toutes les deux. Je l'ai connue pendant longtemps, et crois-moi, je ne l'avais jamais vue aussi heureuse que quand elle me parlait de sa copine. Et il y a six mois, elles ont décidé de s'installer ensemble à New York.

— Vous avez mis un terme à votre duo d'un commun accord ?

Rien de tout ça n'a été mon choix. J'aurais suivi Joanne jusqu'à New York si elle me l'avait demandé, mais ce n'est pas le cas. Elle m'a juste laissé devant le fait accompli.

— Non, elle est juste… partie, du jour au lendemain. Deux jours avant les championnats du monde de Londres.

— Quoi ? s'exclame-t-elle, les yeux grands ouverts.

Je ris jaune, puis me contente de hocher la tête.

— Ouais, elle nous a tout simplement disqualifiés d'office et elle est partie. J'étais vert de rage, on avait travaillé tellement dur pour ça !

— Tu m'étonnes. Quelle connasse ! souffle-t-elle.

Elle plaque une main sur sa bouche, essayant de camoufler l'insulte qui lui a échappée. Je ricane, mais apprécie sa spontanéité.

— Oh, ne t'en fais pas. Je l'ai insultée de connasse aussi. Et d'égoïste et d'égocentrique !

— Tu n'es pas obligé de répondre si ça te gêne, mais… Est-ce que t'étais amoureux d'elle ? me demande-t-elle après avoir marqué une pause.

Sa question me retourne l'estomac. C'est la première personne à me la poser. Même ma mère n'a jamais osé le faire. Et le pire, c'est que c'est vrai. En partie, du moins. Je ne sais pas si on peut vraiment parler d'être amoureux. J'étais encore un peu gamin à l'époque, mais j'éprouvais quelque chose pour Joanne.

— Oui, il y a quelques années. Je lui ai avoué ce que je ressentais, et elle m'a fait son coming-out au même moment. Avec du recul, c'est assez drôle.

— C'est pour ça que ça fait aussi mal, tu penses ?

— Je n'en sais rien, mais j'ai juste perdu pied… J'ai perdu tous mes repères. On était tout le temps ensemble, elle était ma meilleure amie.

Ma gorge se noue. Je déteste le fait que son départ m'affecte encore, alors qu'elle n'a jamais exprimé le moindre remords.

— Elle a été un vrai soutien vis-à-vis de ma relation avec mon père.

Olivia se redresse et pivote vers moi, ses jambes maintenant ramenées en tailleur sur le banc.

— Il n'a jamais compris pourquoi je faisais du patinage artistique. Il a tout un tas de préjugés sur la sexualité des patineurs. Pour lui, je serais forcément devenu gay en continuant le patinage. Je veux dire… même si je l'étais, je ne vois pas en quoi ce serait un problème.

Ses yeux sont remplis de pitié pour moi. Ses iris verts me détaillent longuement, essayant de lire en moi comme si elle lisait un livre.

— Peut-être qu'il voudrait renouer des liens avec toi, non ? ose-t-elle demander.

— Non, clairement pas. Tu te souviens quand tu m'as surpris à lui parler devant la patinoire ?

Elle acquiesce.

— Ce jour-là, il voulait que j'intègre la fac de médecine. Il est médecin, alors forcément, pour lui, je ne pouvais que suivre sa voie. Il m'a dit que j'avais plein de sports à disposition pour devenir un homme, mais que j'ai choisi la danse. Qui dit ça à son fils, hein ?

Un sentiment d'amertume recouvre mes papilles. Ma mâchoire se contracte. Joanne, mon père… Ce sont les raisons de ma colère.

Olivia me lance un regard compatissant, et c'est la seule chose qui me réconforte un peu actuellement. Elle déplie ses jambes et fait face au lac Michigan. Cette fois, elle se rapproche, passe un bras sous le mien et pose sa tête sur mon épaule. Surpris par le geste d'Olivia, je sens des papillons s'envoler dans mon ventre.

— Je ne sais pas quel chemin on fera ensemble, mais je te promets que je ne t'abandonnerai pas comme l'a fait Joanne, déclare-t-elle.

— Promesse du petit doigt ? lancé-je en levant mon poignet devant moi.

Elle rit, mais crochète tout de même son petit doigt au mien. Et là, mon cœur s'emballe.

À partir de maintenant, je ne veux patiner qu'à ses côtés.

Chapitre 18

Naufrage

Olivia

— N'oublie pas, Olivia : l'objectif, ce n'est clairement pas la médaille. Il faut qu'on soit...

— Minimum cinquièmes pour être qualifiés, je sais.

Pas du tout de pression, donc.

Seuls les cinq premiers de chaque catégorie peuvent espérer se qualifier pour les Nationales dans deux mois. Nous sommes dix couples à concourir en danse sur glace, séparés en deux groupes par tirage au sort. Sam et moi passons en septième position.

Nous venons d'enfiler nos costumes : pour moi, une robe violette à franges et à strass, inspirée du Carnaval de Rio, et pour Sam, une tenue très sobre composée d'un pantalon noir et d'une chemise violette pailletée, ouverte de plusieurs boutons. Une tenue qui lui sied à merveille et qui fait ressortir ses magnifiques yeux verts.

Dans la salle jouxtant l'Arena, nous nous échauffons au sol et répétons une dernière fois notre chorégraphie en compagnie des autres concurrents avant de rejoindre la patinoire. Les gradins ne sont pas entièrement remplis, mais du monde s'est déplacé. Le deuxième groupe de patineurs est appelé. Sam me prend la main et nous élance sur la glace pour nous présenter aux juges et au public.

Il y a des couples très doués, on voit qu'ils font ça depuis des années. Je me tends, paniquée face au niveau des danseurs. J'ai le sentiment que je vais me ridiculiser. Trois couples sont déjà passés et l'angoisse ne fait que s'intensifier. Ma tête tourne et je tremble, frigorifiée. J'étouffe sous la pression, comme un poids qui appuie sur mes poumons, m'empêchant de prendre de grandes inspirations. Je déteste cette sensation de tourbillon infernal et incessant, là uniquement pour me rappeler qu'elle existe et pour me faire douter. Je referme ma veste et sors aussi vite que je peux de l'Arena pour prendre une bouffée d'air frais.

Je ne me suis jamais sentie aussi peu à ma place. J'avais pour habitude de trouver mon réconfort sur la glace. Aujourd'hui, elle me fiche la trouille.

Assise sur un banc juste devant l'entrée, je respire enfin. Mes doigts pincent machinalement mes biceps, me reconnectant à la réalité. Je déteste douter, mais aujourd'hui, c'est plus fort que tout. Moins d'un an après mon accident, je suis de retour dans la compétition, ce qui est terrifiant. Je redoute de faire du tort à Sam, à sa discipline. Tout le monde croit en notre duo, sauf moi.

Je suis une imposture et tout le monde va s'en rendre compte.

Mon regard est fixé sur les pavés jusqu'à ce qu'une ombre se dresse devant moi. Je reconnais tout de suite les patins noirs et les protège-lames orange fluo de Sam qui s'assied à côté de moi. Il saisit ma main et trace des cercles dans ma paume à l'aide de son pouce.

— Qu'est-ce qu'il se passe, Championne ? s'inquiète-t-il.

Ma jambe tressaute nerveusement. Je me repasse en boucle nos deux programmes de ces Régionales.

Et si nous n'étions pas bons ?

— Et si l'on se plante ? Je… je n'ai pas envie que tu regrettes ou que tu me détestes si l'on ne se qualifie pas.

— Eh bien, dans ce cas, je te jetterais dans le lac Michigan.

Il parvient à me soutirer un rictus.

— Plus sérieusement, Olivia, je ne t'en voudrais jamais. Si ce n'est pas aujourd'hui, alors ce sera une prochaine fois. On ne peut pas toujours gagner…

Sa main se détache de la mienne pour se poser sur ma cuisse, empêchant ainsi ma jambe de rebondir.

— Tout ira bien, tu verras. T'en es capable, tu l'as toujours été.

Par automatisme, ma main vient pincer mon biceps, doucement d'abord, puis de plus en plus fort.

— Arrête de te pincer, Championne.

— Ça m'aide dans ces moments-là.

Il m'adresse un sourire timide et m'invite à me lever. Il attrape mes deux mains, posant l'une d'elles sur son cou, là où pulse sa veine, et l'autre sur son torse. Puis, sa main droite s'avance à son tour vers mon cou.

— Je peux ?

J'acquiesce et penche très légèrement la tête sur le côté. Ses doigts froids tâtent ma peau, à la recherche de mon pouls.

— Tu sens ma respiration ? Essaie de la suivre.

Je me concentre. Sa respiration est étonnement calme et régulière. Et ça marche. Au bout de quelques minutes, je sens mon rythme cardiaque ralentir et se caler sur celui de Sam.

— Ça va mieux ?

— Ouais.

— On fera ça à chaque fois que t'en auras besoin.

Il m'adresse un sourire rassurant et nous retournons tous les deux près de la glace sans plus tarder. Le niveau de la compétition ne fait qu'augmenter à mesure que nos concurrents défilent, et je ne peux m'empêcher de stresser à nouveau en regardant leurs programmes.

— Détends-toi, Olivia. On passe en septième position, ce qui est très encourageant. Ça veut dire qu'on a le niveau.

— Mais t'as vu les couples qui sont passés ? Ils sont excellents ! murmuré-je.

— Nous sommes tout aussi excellents, Olivia.

Il se penche vers mon oreille pour me chuchoter ces mots. Sa joue, parfaitement rasée et parfumée d'après-rasage, effleure la mienne, envoyant un délicieux frisson le long de mon échine. Le couple qui nous précède termine son programme et c'est à notre tour. Les doigts de Sam s'entremêlent aux miens et me forcent à le suivre sur la glace.

Mon cœur bat fort.

Beaucoup trop fort.

Tellement fort que j'ai l'impression qu'il va sortir de ma poitrine et s'écraser à mes pieds. Je cherche une dernière fois le regard de Sam avant que le décompte de notre programme ne soit déclenché par les premières notes de notre musique. Il me répond d'un hochement de tête tellement discret que je ne suis même pas sûre qu'il le fait réellement.

C'est comme à l'entraînement.

Je prends une dernière grande inspiration et me laisse guider par le rythme de la musique. J'ondule les hanches du mieux que je peux, fais voler ma queue de cheval. Je suis tellement concentrée que j'en oublie de respirer.

Lorsque la dernière note retentit dans l'Arena, j'explose intérieurement. Je jette un coup d'œil à la barrière pour voir Danielle sautiller de joie.

Est-ce que c'est bon signe ?

Nous saluons les juges et le public, puis sortons. Sam passe un bras sur mes épaules et m'embrasse le crâne, pile à l'endroit où se situe ma cicatrice, alors que j'enlace le creux de ses reins. Nous restons comme ça un long moment au *Kiss and Cry*, attendant la note des juges. Lorsqu'elle est enfin affichée, nous sautons de joie. Nous sommes actuellement premiers et même si le classement changera avec le passage des trois couples suivants, cela nous place dans les cinq premiers pour le moment.

Sam exulte en me serrant encore plus fort dans ses bras. Sa tête se niche dans mon cou et ses lèvres y déposent un baiser, provoquant un énorme frisson qui descend jusque dans mon intimité. Je souris bêtement sous le contact de ses lèvres, me rappelant le baiser échangé une semaine plus tôt dans les vestiaires de

Denver. Si je pensais que ce dernier n'était qu'une distraction passagère, la pression de sa bouche contre mon cou change la donne. Je me défais de son étreinte et nos regards s'aimantent. Ses mains écartent les mèches rebelles de mon visage. J'ai tellement envie de l'embrasser, là tout de suite… mais je réprime ce désir naissant.

Il ne peut pas me plaire, c'est mon partenaire.

Comme je lui ai bien souligné dans l'avion, ce n'était qu'un moment d'égarement. Rien d'autre.

Deuxième et dernier jour de compétition. Le niveau se resserre avec la danse libre, mais Sam et sa mère restent pleinement confiants. Il n'y a qu'un tour de qualification aux Régionales : les espoirs peuvent être aussi grands que les déceptions.

— La danse libre n'est pas plus facile, mais elle montre mieux votre personnalité et votre expressivité, me rassure Danielle. Vous la maîtrisez et le choix de la chanson est parfait. Aie confiance en toi, Olivia.

Elle prend mon visage en coupe et me sourit tendrement.

— Ta sensibilité est ta plus grande force, sers-t'en ! Je crois en vous.

Je lisse une dernière fois ma robe, inspirée de celle de Rose dans *Titanic*, en plus courte. Parfaitement dans le thème de notre musique. Sam, lui, a une réplique de la tenue de Jack. Danielle a vraiment assuré pour nous trouver ces costumes.

Notre avenir se joue maintenant : quatre minutes pour convaincre et impressionner les juges. Notre programme commence fort avec la séquence de pas à effectuer sur un pied et un premier porté. Je cherche régulièrement le regard approbateur de Sam dès que j'en ai l'occasion et je suis tout de suite rassurée quand il croise le mien. Nous avons mis de côté le porté appris chez lui et avons opté pour un porté plus simple. Je me tiens debout, en équilibre sur la cuisse de Sam qui me retient uniquement par les tibias. J'ai l'impression de voler.

Comme Rose.

Il ne reste que deux éléments obligatoires à intégrer, dont la combinaison de twizzles synchronisés. Plus que deux minutes. Nous réussissons les deux premiers twizzles, mais sur le troisième, je perds mes repères. Sam est beaucoup trop proche de moi ou bien je suis trop proche de lui. Quoi qu'il en soit, l'un de nous s'est trompé. Dans sa lancée, Sam ne me voit pas. J'évite de justesse la collision en posant le pied sur la glace, invalidant par la même occasion notre élément. Je rattrape la fin de notre programme comme je peux, mais la déception se devine sans peine sur mon visage.

Au moins, on est bien dans le thème du naufrage.

Chapitre 18

Le regard de Sam à l'issue de notre danse en dit long. Il est rempli de déception et d'incompréhension. Je fuis ses yeux comme une lâche tandis que nous évacuons la glace, pantelants. Les scores tombent, et grâce à la note obtenue hier, nous sommes deuxièmes. Un énorme soulagement s'écoule dans mes veines. Peu importe les résultats à venir, nous sommes au moins cinquièmes et notre place au championnat national est assurée. Je souris à Sam, mais son visage est complètement fermé, son sourire à peine perceptible. En fin d'après-midi, nous terminons quatrièmes.

Il ne m'adresse pas la parole lorsqu'on rentre à l'hôtel et se réfugie directement dans sa chambre pendant plusieurs heures. Il m'en veut alors que ce n'est pas ma faute. Il était mal placé, j'en suis certaine.

Je bous intérieurement. Voilà plus de trois heures que je suis allongée sur mon lit, à admirer le plafond et à me repasser notre programme dans la tête. Si Monsieur a décidé de jouer au roi du silence avec moi, il est mal tombé, car je ne supporte pas qu'on m'ignore.

Je sors alors de ma chambre en furie et tambourine sa porte. Cette dernière s'entrouvre à peine que j'entre en trombe dans la pièce, sans m'excuser.

— Bah putain, c'est pas trop tôt ! le salué-je.

Lorsque je pivote pour lui faire face, il est seulement vêtu d'une serviette nouée autour de la taille. Mes joues s'échauffent à la vue de son corps musclé et encore humide. Des gouttes perlent à la pointe de ses cheveux, d'autres glissent sur son torse et disparaissent sous le tissu. Ma respiration se coupe et je perds mes mots.

Ce n'est pas le moment.

— Qu'est-ce que tu veux, Chucky ? lâche-t-il d'un ton sec.

— C'est quoi ton problème ? Tu ne m'as pas adressé la parole depuis qu'on est rentrés de l'Arena !

— Ah, nous y voilà, grommelle-t-il en levant les yeux au ciel.

— Ne m'oblige à te trancher les couilles avec tes patins. Parle.

— Est-ce que tu peux arrêter de menacer de me trancher les burnes à la moindre occasion ?

— Pourquoi ? Tu n'es pas capable de réfléchir sans ?

Il s'assied sur le bord de son lit, en appui sur ses bras. Mes yeux s'attardent malgré moi sur ses abdos parfaitement dessinés et ses bras, taillés dans le marbre. Je me racle la gorge et détourne les yeux.

— Tu t'es foirée sur les derniers twizzles, Olivia.

— Je me suis foirée ? C'est toi qui t'es trompé, je l'ai vu !

— Impossible. C'était avant intérieur droit, arrière intérieur gauche et avant extérieur droit, insiste-t-il en tapant sa main avec son poing.

— Non, je t'assure que non. Le dernier twizzle était un arrière extérieur droit.

— Quoi ? Tu penses connaître mieux que moi les séquences de twizzles ?

Je hausse les sourcils et secoue la tête, n'étant pas sûre d'avoir bien entendu.

Il se fout de moi, hein ?

Je relève le menton et réponds fièrement :

— Sur celle-ci, oui. On l'a répétée probablement des centaines de fois. Je sais ce qu'on devait faire, je ne me trompe jamais.

— On aurait pu être troisièmes si tu n'avais pas trébuché. On aurait pu avoir une médaille, Olivia.

— Oh, je croyais que ce n'était pas important ? Que l'objectif principal était de se qualifier ?

— Peu importe. On est qualifiés, alors cette conversation n'a plus lieu d'être, assène-t-il.

— Très bien.

Je lève les mains devant moi en signe de reddition et sors de sa chambre en claquant la porte. Une fois dans la mienne, je me jette sur le lit et ferme les yeux. J'adore patiner avec Sam, mais, par moment, il m'épuise et j'ai envie de le tuer. Je sais que j'ai raison, et je n'en démordrai pas.

Chapitre 19

Rencard avec un plouc

Sam

L'ambiance est glaciale avec Olivia depuis notre retour des Régionales. Elle a parfaitement raison pour la séquence de twizzles ratés. C'est moi qui me suis foiré. J'espérais tellement donner une médaille à Olivia que je me suis emmêlé les patins. Et à cause de moi, elle a trébuché et manqué de tomber.

L'image d'Olivia qui pleure dans ce couloir en répétant qu'elle ne serait jamais une championne ne quitte pas mon esprit depuis que c'est arrivé. Je voulais plus que tout lui prouver qu'elle avait tort.

Elle méritait cette médaille. Plus que n'importe qui.

Le fait qu'elle n'en démorde pas fait d'elle une personne bien plus impliquée que je ne l'aurais pensé. Et elle sait qu'elle a parfaitement raison. Je refuse juste de l'admettre.

Stupide fierté.

Il faut maintenant que l'on se concentre sur notre prochaine compétition. Après une semaine de repos bien méritée depuis les Régionales, nous sommes d'attaque. Nous n'avons pas parlé depuis bientôt une semaine et… ça me manque, je crois. Aussi étrange que cela sonne dans ma tête, j'ai hâte de la retrouver.

Une nouvelle saison commence avec les Nationales, ce qui signifie qu'on change radicalement de thème. C'est un véritable défi de construire deux nouveaux programmes avec si peu d'écart entre ces deux compétitions, mais je suis persuadé qu'Olivia le relèvera avec brio. Elle l'a bien fait pour les Régionales. En tout cas, avec ma mère et Archie qui nous rejoint cette saison pour construire nos chorégraphies, je suis convaincu qu'on y arrivera.

Pendant l'échauffement, Olivia ne m'adresse pas un regard. Nous patinons côte à côte, sans nous adresser la parole. Pourtant, elle a une expression neutre sur le visage, pas le moindre signe de colère.

— Cette saison, le thème, c'est le blues et ses variantes. Et pour la danse imposée, on doit réaliser une section de Midnight Blues, expliqué-je à Olivia après l'échauffement. Je pensais à cette chanson.

Je lance la musique sur mon téléphone et elle lève les yeux vers moi. Il s'agit d'un blues rock qu'un de mes arrangeurs a coupé et mixé pour que le tout corresponde exactement à la limite de temps et au rythme imposé.

Olivia hoche la tête en rythme et tapote le dos de sa main pour compter le tempo.

— Après, ce n'est peut-être pas la meilleure des idées comme musique…

— Non, ça va, je le sens bien, m'interrompt-elle.

— T'es sûre de toi ?

— Oui, je ne voudrais surtout pas te contredire, tu n'as jamais tort après tout, lâche-t-elle avec sarcasme.

Bon. Olivia l'a toujours en travers de la gorge, et j'ai bien mérité sa pique.

Elle poursuit l'entraînement sans aucun autre mot.

Ma mère a relacé ses patins aujourd'hui. Elle maîtrise parfaitement le blues en danse sur glace et en profite pour faire une démonstration à Olivia. Nous répétons ensemble le motif imposé pendant deux heures, jusqu'à ce qu'il soit ancré dans chaque fibre de nos muscles. C'est une des danses les plus difficiles et les juges sont intransigeants dessus. Et si d'habitude, on parvient à se coordonner et à travailler, aujourd'hui, nous sommes à des années-lumière l'un de l'autre et ça se répercute sur notre humeur.

— Tu peux arrêter de lever les yeux au ciel ?

— Ah oui, pardon, il ne faut surtout pas te vexer, rétorque-t-elle, acerbe.

— Bon, qu'est-ce qui se passe entre vous, là ? C'est infernal depuis ce matin, rouspète ma mère.

Nous nous taisons, sachant pertinemment qu'aucun argument ne sera crédible aux yeux de ma mère.

— Bien, puisque aucun de vous ne veut parler, vous allez travailler dans la salle de danse après la pause. Refaites-moi une dernière fois le Midnight Blues, en musique.

À notre première pause, des voix nous parviennent depuis l'entrée haute des gradins. Nous tournons tous les deux la tête pour apercevoir Kelsie, accompagnée de Parker McIntire.

Qu'est-ce qu'il fout là ce connard ?

Olivia sourit et les rejoint tous les deux. Je m'approche à mon tour pour écouter leur conversation, feignant de m'hydrater un peu. Je n'aime pas voir ce mec traîner près de ma partenaire. Surtout après sa soirée.

— Je n'avais pas ton numéro et je voulais te revoir, alors j'ai demandé de l'aide à Kelsie.

— Je vous laisse tous les deux, lance-t-elle avec un clin d'œil explicite à Olivia.

— Je suis content de te revoir, lui avoue-t-il avec un sourire qu'il veut des plus charmeurs.

Pff, tu n'es même pas charmant, mec.

Ça n'empêche pourtant pas Olivia de glousser comme une adolescente. Ça marche vraiment son numéro avec les meufs ?

Pathétique.

— Ça te dirait d'aller dîner ce soir ? Genre un rencard, toi et moi.

— Oh… tu me prends un peu de court, mais d'accord.

— Parfait, on se retrouve à dix-neuf heures au Corinne.

— Oh ? T'es pas le genre à faire les choses à moitié ! glousse-t-elle.

— Je veux faire les choses bien, lui répond-il.

Elle va vraiment aller à un rencard avec McIntire ?

Ma mâchoire se serre. Ce mec est un vrai bouffon, comment fait-elle pour ne pas le voir ? Un voyant rouge s'allume dans mon esprit et affiche « JALOUSIE ». Je ne sais même pas pourquoi ça m'atteint. Ce n'est que ma partenaire après tout.

— Olivia, on reprend, lâché-je sèchement.

— Ouais, j'arrive dans deux minutes.

— Maintenant, insisté-je, la mâchoire serrée.

Elle me fusille du regard. Elle murmure quelque chose à McIntire que je n'arrive pas à entendre, mais qui le fait visiblement rire.

Ma mère nous attend dans la salle de danse, furieuse. Nous troquons nos patins pour des baskets et réalisons quelques assouplissements, toujours sans nous adresser la parole.

— Je ne sais vraiment pas ce qu'il vous arrive, mais il va vraiment falloir que vous collaboriez ! Le championnat national est proche et vous n'aurez pas le droit de vous tromper comme la semaine dernière.

— C'est la faute de…

Ma mère interrompt Olivia en levant son index pour la faire taire. Olivia grogne, mais obéit.

— Je m'en fiche, je ne suis pas là pour faire l'arbitre. Alors maintenant, vous mettez vos différends de côté et vous essayez de vous coordonner. Mettez-vous face à face et reproduisez les mouvements de l'autre en miroir.

— Sérieusement ? demandé-je avec lassitude.

— Au boulot, Sam.

Olivia se met face à moi. Je la domine d'une tête, ce qui me fait légèrement sourire. Au début, nos mouvements sont loin d'être aussi synchronisés que d'habitude. Les siens sont plus rapides et plus brusques que les miens.

— Tu peux ralentir un peu ?

— Tu pourrais plutôt te caler sur mes mouvements, pour une fois ? lâche-t-elle.

— Vas-y, crache le morceau.

— Je te rappelle qu'on est une équipe. Je mérite un peu plus de considération, OK ? Je mérite d'être écoutée. Tu ne peux pas toujours rejeter la faute sur moi dès qu'on se plante.

— Tu parles des Régionales ?

— Évidemment ! Je travaille aussi dur que toi, tu ne peux pas décider de toujours avoir raison.

Elle essuie la sueur sur son front d'un revers de main.

— Tu dramatises.

— Je dramatise ? Excuse-moi de prendre notre discipline au sérieux ! Visiblement, ce n'est pas ton cas, m'accuse-t-elle.

— Les erreurs, ça arrive, on en fera d'autres. Je suis désolé qu'on se soit plantés, et je suis désolé d'avoir passé mes nerfs sur toi. On peut passer à autre chose ? S'il te plaît. Ce binôme compte pour moi. Je nous prends au sérieux, OK ?

Un silence plane dans la pièce. Les mains sur ses hanches, elle me fuit du regard avant de lever les yeux vers moi.

— D'accord… mais c'est bien parce que c'est toi.

Son visage s'adoucit et au bout de quelques minutes, nos mouvements parviennent enfin à se synchroniser. Je la laisse mener le rythme, lui montrant que je lui fais confiance. Ma mère se radoucit également. Nous apprenons la chorégraphie et la travaillons hors glace tout l'après-midi. Olivia est à fond et n'hésite pas à soumettre ses idées que, cette fois, j'écoute. Je retrouve enfin *ma* Olivia.

À la fin de la session, je ne peux pas m'empêcher de repenser à Olivia et à ce rencard avec ce mec complètement pourri.

Elle ne peut pas y aller.

— Tu vas réellement aller à ce rencard avec ce plouc de McIntire ? demandé-je lorsqu'on rejoint les vestiaires.

— C'est impoli d'écouter les conversations des autres, tu le sais ? soupire-t-elle.

— Je sais. Alors ?

— Je n'en sais rien, peut-être. Ça ne te regarde pas.

Je m'approche doucement et me tiens face à elle. Elle penche sa tête en arrière pour pouvoir me regarder dans les yeux. Ses pupilles sont remplies de malice et elle affiche son sourire narquois en coin. Je déteste quand elle fait ça parce que ça m'excite. Je croise les bras contre mon torse, d'un même air défiant.

— Tu n'iras pas à ce rencard, Chucky, la provoqué-je.

Bien sûr, je n'ai aucune prétention de lui interdire d'y aller, mais l'imaginer avec lui me fait grincer des dents.

— Pardon ? Et pourquoi ça, Ballerine ?

— Je t'ai déjà dit à sa soirée que tu n'aurais pas le temps d'avoir un mec. On prépare les Nationales, là !

— C'est vraiment la seule raison ? Attends, tu disais quoi déjà au début ? Ah oui : « le sexe est un super moyen pour relâcher la pression », dit-elle en mimant des guillemets.

Olivia me toise de nouveau du regard, consciente du pouvoir de cette phrase que je lui ai soufflé il y a quelques semaines de cela.

Elle m'a eu à mon propre jeu.

Olivia remporte peut-être cette manche, mais je ne suis pas près de la laisser gagner. Je souris de manière sournoise avant de me pencher vers elle et de chuchoter :

— Après, si c'est aussi un moyen pour toi de te rassurer et de penser que notre baiser ne voulait rien dire, tu te mets le doigt dans l'œil, Championne.

Le rythme de sa respiration a changé, il est beaucoup plus saccadé. Ses joues tournent au rouge et elle se mord la lèvre inférieure, son regard toujours planté dans le mien. J'ai visé juste apparemment.

Cette fille me rend complètement dingue.

Je pourrais rester longtemps à la défier du regard comme elle le fait, mais elle rompt le contact visuel en premier et quitte les locaux.

De retour à la maison, je m'affale dans mon lit, toujours avec Olivia qui vit gratuitement dans un coin de ma tête. C'est bizarre, l'attirance. Bien sûr, je suis attiré par les femmes et j'use de mon charme, mais aucune d'elles ne m'a torturé l'esprit pendant des semaines. *Aucune.* Plus je passe du temps avec Olivia, plus j'ai envie de rester à ses côtés, de la faire rire, de sentir sa poitrine se soulever contre mon torse quand elle respire, de lui enlever ses vêtements et de l'embrasser jusqu'à ne plus pouvoir respirer. D'habitude, les femmes ne résistent pas longtemps avant de finir par me chevaucher. Sauf Olivia. Elle est vraiment canon et je n'arrête pas de penser à elle, à son corps pressé contre le mien, se mouvant contre moi quand on patine ensemble.

En fait, au-delà même de mon attirance physique pour Olivia, c'est le fait de patiner avec elle qui me plaît davantage. Olivia me rend invulnérable, plus compétiteur que je ne l'ai jamais été. Avec elle, j'ai la sensation de frôler les médailles du bout des doigts.

L'eau chaude coule sur mon corps, relaxant mes muscles endoloris par l'entraînement. Je repousse mes cheveux trempés en arrière et trouve Olivia, nue, devant moi. Ma queue durcit immédiatement face à cette vision. Son corps est divin, galbé par ses années de pratique, ses seins sont fermes et arrondis. Elle s'approche comme si j'étais sa proie et m'embrasse à pleine bouche. Mes mains se plaquent sur ses fesses rebondies et je la plaque contre la paroi carrelée. Les gémissements bruyants qu'elle lâche contre mes lèvres font encore plus durcir ma queue qui devient douloureuse. Elle s'agenouille devant moi et ses mains entourent ma queue avant de…

BAM !

La porte d'entrée claque bruyamment et me tire de mon sommeil.

Je viens de faire un putain de rêve torride dans lequel je baisais avec Olivia.

Je grogne et enfonce ma tête dans mon oreiller. Mon érection, elle, par contre, est bien réelle. J'attends quelques minutes que ma queue se calme et descends pour trouver ma mère dans la cuisine.

— Sam, chéri, t'es déjà là ! Je pensais que vous vous entraîneriez encore.

— Non, je suis rentré il y a deux heures. Je dormais un peu.

— J'allais préparer le dîner, tu veux manger quelque chose en particulier ?

Une idée maléfique s'illumine dans ma tête.

— On pourrait aller dîner dehors, non ? Ça fait longtemps.

— Oh ! Oui, je crois que ça peut se faire, mon chéri.

— Qu'est-ce que tu dirais d'aller au Corinne ? Je t'invite.

Je souris, très fier de ce que je m'apprête à faire subir à Olivia ce soir. La mettre dans l'embarras, c'est ce que je préfère.

Chapitre 20

Culotte volante

Olivia

Parker m'attend déjà devant le Corinne lorsque j'arrive. Grâce au miroir situé dans le pare-soleil, j'effectue quelques retouches à mon maquillage, puis quitte mon véhicule d'une démarche assurée. Parker se retourne au son de mes talons sur l'asphalte et sourit en me voyant. Il est toujours aussi beau qu'à la soirée où je l'ai rencontré. Pourtant, je n'ai plus ce frisson que j'ai ressenti ce soir-là. Et les mots de Sam résonnent encore dans ma tête.

« Tu n'iras pas à ce rencard, Chucky. » Non, mais de quoi je me mêle, sérieux ?

Je chasse rapidement mon partenaire de ma tête et souris à Parker en retour avant d'entrer dans le restaurant. L'ambiance est raffinée, une musique d'ambiance jazzy est diffusée et la décoration aux tons neutres, rehaussée par des touches de bleu et de doré, est somptueuse sous les lumières tamisées de la salle. La maîtresse d'hôtel nous amène à une table non loin de la fenêtre. Parker se comporte comme un vrai gentleman et retire mon manteau, puis m'aide à m'installer sur ma chaise.

— Tu es magnifique, me complimente-t-il.

Je porte une robe courte beige à col carré qui met en valeur mon décolleté. Des manches longues, bouffantes sur les poignets, couvrent mes bras. Le tout est sublimé par une paire d'escarpins ouverts de la même couleur et un collier multirangs en argent.

Je le remercie, intimidée, avant de parcourir la carte tendue par la maîtresse d'hôtel.

— Tu as vu les prix, c'est exorbitant ! remarqué-je.

— Ce n'est pas un problème, tant que tu passes un bon moment.

Un serveur prend nos commandes après quelques minutes de réflexion et apporte le vin rouge choisi par Parker.

— Tu fais du patinage depuis longtemps, alors ? me demande-t-il.

— Seize ans, oui. J'ai commencé à l'âge de six ans.

— C'est incroyable.

Je souris timidement. Parker me demande des détails, alors je lui raconte mon parcours, ma blessure au dernier championnat national et mon entrée dans la danse sur glace. Il écoute très attentivement et ça fait plaisir d'être avec quelqu'un qui comprend et vit également de sa passion.

Enfin, c'est bien plus qu'une passion à mes yeux.

Ses mains sont jointes sous son menton alors qu'il me regarde dans les yeux.

— Et donc Sam c'est ton partenaire, c'est ça ?

— Exact.

— Seulement partenaire ?

Sa question me titille. J'attrape mon verre et bois une gorgée de vin pour réfléchir et trouver une réponse à sa question. C'est vrai qu'il est seulement mon partenaire actuellement, mais je ne peux m'empêcher de me demander ce qu'il en est du baiser et de la tension qui réside entre nous. On dirait bien que je craque pour lui plus que prévu.

Non, impossible.

— Uniquement partenaire.

— Tant mieux, répond-il. Je n'aime pas la concurrence.

Carrément ? Ça sent l'ego un peu fragile par ici…

— Aucun risque.

Mon regard balaie la salle du restaurant et se bloque sur une silhouette que je reconnaîtrais entre mille.

Dites-moi que ce n'est pas vrai ?

Sam est là, aux bras de sa mère. La maîtresse d'hôtel leur indique une table qui offre une vue directe sur la nôtre. Je suis complètement sidérée. Il savait qu'on avait rencard ici. Il a tout écouté et a eu le culot de venir.

Je penche la tête et dirige mon regard vers lui et son sourire amusé. Danielle s'assied à leur table tandis qu'il s'approche de la nôtre pour nous saluer, l'air de rien.

— Tiens, Olivia, quel hasard ! lance-t-il, enjoué. McIntire.

Parker lui lance un bref signe du menton en réponse. Je plisse les yeux et lui réponds, consciente de son petit jeu sournois :

— Sam. Effectivement, quel… hasard !

— Oui, on vient fêter l'anniversaire de ma mère. C'est un restaurant qu'elle adore.

Mais quel comédien !

Je sais que cette situation est en train de le faire mourir de rire intérieurement et je dois dire que j'apprécie son audace. Je mords mes joues pour réprimer un sourire naissant.

Ce mec va m'user.

Des papillons s'envolent dans mon abdomen et je déteste le fait que Sam en soit à l'origine.

Son regard brûle ma peau pendant tout notre dîner et je le surprends, parfois, en train de m'observer. Alors, j'en joue. Je suis persuadée que je lui fais tout autant d'effet qu'il m'en fait. Je me cambre sur ma chaise et me penche sur la table en appuyant sur ma poitrine pour la faire ressortir, ce qui le fait sourire derrière Parker qui n'y voit absolument que du feu. J'humecte légèrement ma bouche et mords ma lèvre inférieure. Sam pianote quelque chose sur son téléphone et la minute d'après, le mien vibre.

Je profite de l'inattention de mon *date* pour lire, non pas un, mais deux textos.

Sam
C'est pour lui que tu fais autant d'efforts ?
Il n'a pas l'air de saisir le message...

Sam
En revanche, si t'essaies de me rendre fou, ça fonctionne.

C'est finalement la voix de Parker qui me ramène à l'instant présent.

— Enfin bref, disons que le football est devenu sérieux quand je suis rentré à l'université, et maintenant, je joue pour la NFL, ce qui est totalement dingue. On a figuré dans le haut du classement la saison dernière, et franchement, je ne pouvais pas espérer mieux.

J'ai honte.

J'ai à peine écouté ce qu'il m'a dit. Ce n'est pas comme ça qu'on devrait se comporter avec son rencard.

Je verrouille discrètement mon téléphone et reporte mon attention sur lui.

— D'ailleurs, j'organise une nouvelle soirée bientôt pour fêter le premier match de la saison et ce serait cool de t'y voir.

Au même moment, Sam se lève derrière lui et s'approche de notre table. Il rentre intentionnellement dans celle-ci et renverse mon verre de vin au passage. Le liquide macule la nappe et ma robe beige d'un rouge bordeaux, m'arrachant un hoquet de surprise.

— C'est une blague ? m'exclamé-je.

— Oh merde ! Pardon, je suis tellement maladroit !

— Bah voyons… marmonne Parker.

Mes joues deviennent rouges à leur tour. J'attrape une serviette pour éponger le tissu comme je peux. Sam m'adresse un regard espiègle avant de s'éclipser, me laissant seule avec Parker et ma robe complètement fichue.

J'essaie de me calmer et réfléchis à l'invitation de Parker à sa fête. La dernière aurait pu me coûter ma carrière. Je refuse d'être associée à quelqu'un qui fait circuler et qui consomme peut-être de la drogue. Je décide d'inventer un mensonge qui n'en est pas vraiment un, au bout du compte :

— Il faut que je voie. On a un emploi du temps serré avec Sam. Les Nationales arrivent à grands pas et on doit travailler dur pour que je sois au niveau.

— Je comprends, ne t'en fais pas. Je t'apprécie beaucoup, sache-le. Tu ne me laisses vraiment pas indifférent, Olivia.

Je souris timidement, et étant donné les circonstances, nous mettons fin à notre rendez-vous.

Nous nous quittons devant le restaurant. Après avoir déposé un baiser à la commissure de mes lèvres, il prend la direction opposée à la mienne. Mais aucun frisson, aucune électricité ne parcourt mon corps, contrairement au baiser que j'ai échangé avec Sam dans les vestiaires.

J'arrive presque à hauteur de mon véhicule quand Sam m'interpelle, adossé nonchalamment contre le mur en brique de l'arrière du restaurant. Je lève les yeux en soupirant et lui fais face. La satisfaction se lit sur son visage.

— Alors, ton rencard ? Il ne te raccompagne même pas, je crois que ça en dit long.

— Tu abandonnes ta mère en plein dîner, je ne pense pas que ce soit mieux, rétorqué-je.

— J'ai été bien élevé, je me suis quand même excusé auprès d'elle, ne t'en fais pas. Donc je réitère : comment s'est passé ton rencard ?

— Sérieusement, Sam ? Le Corinne ? Aujourd'hui ?

— L'anniversaire de ma mère. Je lui devais bien ça, prétend-il en haussant les épaules, les mains dans son pantalon de ville.

— Je te connais trop bien pour savoir que tu jouais la comédie. C'est pas du tout son anniversaire.

Il rit et presse sa langue contre sa joue. Aucun de nous n'est dupe. On se cherche tous les deux, on s'adonne à une danse dangereuse qui pourrait bien nous faire déraper au milieu de la glace.

— Tu me faisais du charme, avance-t-il. Pendant ton rencard.

— Tu prends un peu trop tes rêves pour la réalité. Ce n'est pas toi que je visais.

Ses mains se posent sur le toit de mon véhicule et emprisonnent mon corps de part et d'autre de ses bras. Il se penche vers moi, son souffle s'écrasant sur mes lèvres. La pointe de mes seins se dresse contre la dentelle de mon soutien-gorge, et mon bas-ventre se contracte lorsque ses doigts viennent caresser ma joue pour décoller une mèche de mon gloss.

— Tu mens très mal.

— Je draguais Parker et j'aurais dû conclure cette nuit si tu n'avais pas débarqué. T'as bousillé ma robe, putain !

Son corps est à quelques centimètres du mien, et pourtant, c'est comme s'il m'écrasait de tout son poids. Sa mâchoire s'est contractée, ses yeux se sont assombris à la mention de Parker.

Il est jaloux ?

— Je sais que je t'attire beaucoup plus que cet idiot et je ne me trompe jamais, Championne, chuchote-t-il dans mon oreille.

— Ah bon ? Pourtant, on sait très bien tous les deux que j'ai raison pour les twizzles aux Régionales.

Je réduis encore plus l'écart entre nous et soutiens son regard. On est si proches désormais que nos bouches se frôlent d'un rien du tout. Mes yeux passent des siens à ses lèvres dans l'espoir de le faire craquer. Le silence pèse autour de nous, je n'entends plus rien, hormis nos respirations laborieuses et le sang qui pulse dans mes oreilles. Il humidifie ses lèvres sans lâcher les miennes du regard.

— T'es encore dessus ? chuchote-t-il, un sourire en coin.

— Toujours. Jusqu'à ce que tu admettes avoir tort.

Sam a un ego bien trop surdimensionné pour l'admettre, il est bien trop mauvais perdant pour ça. J'aime ce côté borné chez lui, cet esprit de compétition, celui que je retrouve en moi. Son sourire insolent en dit long.

Il s'éloigne et croise les bras sur son torse, faisant ressortir ses muscles sous sa veste, le rendant encore plus imposant qu'il ne l'est déjà.

— D'accord… reconnaît-il. J'admettrais m'être trompé si tu admets que notre baiser n'était pas un moment d'égarement. Voyons voir qui craque le premier.

Sur ces mots, il m'abandonne pour retourner dans le restaurant. Je ferme les yeux pour remettre de l'ordre dans mes pensées. Mon sang bouillonne encore de la proximité de Sam. J'ai déjà de plus en plus de mal à résister à la pression de ses doigts quand ils se posent sur mon corps pendant nos entraînements, mais cela ne va pas aller en s'arrangeant si cette sensation se décuple quand il se tient à quelques centimètres de moi.

Le lendemain à l'entraînement, chacun continue à chercher l'autre. La musique n'aide pas non plus. Chaque pas est amplifié, rendant notre chorégraphie plus qu'intense. Ses doigts s'attardent plus longuement sur ma peau, me faisant frissonner.

Ou peut-être que c'est juste le froid de la patinoire.

Non, c'est évidemment lui. Il n'y a que lui qui me fait frissonner comme ça depuis peu.

Tout ce que ça m'apporte, c'est un excès de confiance pour notre danse rythmique. Sans une once d'hésitation, je m'élance dans notre nouveau porté. Avec l'aide de Sam, je place mes mains sur ses cuisses, puis me renverse pour me retrouver la tête à l'envers, le dos cambré. Sam tient notre position plusieurs secondes avant d'achever notre chorégraphie.

— C'était super vous deux, nous félicitent Danielle et Archie.

— Merci, maman, répond Sam, son bras sur mes épaules.

— Attention quand même, Olivia, il faut bien marquer ton pas de foxtrot arrière. Pense aussi à plier plus tes genoux et à être sur des carres profondes. Bon travail sinon, fin de journée ! conclut-elle.

De l'autre côté de la balustrade, j'observe Kelsie et Andrew qui s'entraînent en même temps que nous. Leur chorégraphie sur la Symphonie n° 9 d'Anton Dvorak est tout simplement divine. Ils ont ce don, celui de sublimer les musiques classiques avec leurs sauts totalement synchrones et leurs pirouettes. Je ne les ai jamais jalousés, mais les voir réaliser tous les deux une combinaison de trois sauts, dont deux triples et un double parfaitement exécutés, me rappelle que je suis incapable de faire le moindre saut.

Je les suis du regard lorsqu'ils s'apprêtent à exécuter un triple twist. Andrew agrippe fermement les hanches de Kelsie et la propulse dans les airs. Telle une toupie, Kelsie tourne trois fois sur elle-même, le corps à l'horizontal. Au moment de la rattraper, mon meilleur ami trébuche et tombe sur la glace, et Kelsie retombe dans un cri de douleur.

Je me précipite vers eux. Andrew est déjà près d'elle et l'examine, tout en s'excusant de toutes les façons possibles.

— Bordel ! Kelsie, ça va ? paniqué-je.

Celle-ci se relève et époussète les résidus de givre sur ses fesses. Mon sang ne fait qu'un tour en la voyant debout.

— Hop, hop, hop ! Tu devrais rester assise, lui conseillé-je.

— Ça va, j'aurai juste un gros bleu sur le cul demain. Et j'ai un super mari qui me doit une semaine de massage maintenant.

Elle embrasse tendrement ce dernier et se tourne vers moi, comme si elle ne venait pas d'essuyer une lourde chute.

— Alors, ton rencard ? demande-t-elle, soudainement surexcitée.

— C'est vraiment tout ce qui t'intéresse ? T'es sûre de pas vouloir aller à l'infirmerie ?

— C'est bon, Oli', je te jure ! J'en aurai d'autres des chutes comme ça. Allez, raconte-moi !

Elle ne compte pas lâcher l'affaire de toute façon.

— C'était… sympa. On a juste dîné au Corinne.

— Quoi ? C'est tout ?

Elle paraît tout aussi déçue que moi. Je repense au dîner et à Sam qui a débarqué en plein milieu de celui-ci, ce qui me fait partir au quart de tour. Et dire que j'aurais pu m'envoyer en l'air pour « relâcher la pression » !

— Sam a débarqué en plein milieu de notre rencard. Ce connard a eu le culot d'écouter ma conversation et de venir au resto. Oh, et bien sûr, il nous a interrompus. Quel mec sain d'esprit fait ça ?

Kelsie et Andrew s'adressent un regard complice. Mes yeux jouent au ping-pong entre mes deux amis.

— Quoi ?

— Ah, Oli'… Un mec, qui n'est censé être qu'un partenaire vient de faire capoter ton rencard et ça ne te dit rien ? s'amuse-t-elle en posant ses mains sur mes épaules.

— Ça pue la jalousie, termine Andrew.

J'éclate de rire. J'avais compris que Sam n'appréciait pas spécialement Parker, en partie à cause de la drogue à sa soirée, mais de là à être jaloux ? Certainement pas. Ce n'est pas le genre de Sam.

— Mais du coup, il n'y a même pas eu de petite culotte qui vole dans sa voiture ou quoi ?

— Sissi ! lance Andrew en pouffant de rire.

Je ne peux m'empêcher de rire à mon tour. Kelsie a toujours été très spontanée, contrairement à Andrew qui est beaucoup plus sur la réserve.

— Bah quoi ? C'est important de faire voler la petite culotte... ou le caleçon, peu importe. Regarde-nous, chéri, t'as fait voler la mienne au prem...

— OK, OK ! Je pense qu'on a compris ! l'interrompt Andrew en plaquant une main sur sa bouche.

Je ris de plus belle. Ces deux-là se sont vraiment bien trouvés. Nos rires sont interrompus par une présence derrière moi.

— Qui a fait voler la petite culotte de qui ?

Je reconnais la voix rauque de Sam dès qu'il commence à parler. Je me raidis à l'idée qu'il ait entendu notre conversation. Il est tellement proche que je sens son souffle chatouiller ma nuque.

— Pas McIntire, visiblement, lâche ma meilleure amie.

— Kelsie ! lancé-je, outrée. Bon, je vous laisse. Et toi, ne t'avise pas de refaire tomber ma meilleure amie ! menacé-je Andrew en quittant la glace.

J'ignore Sam, à côté de moi, qui sourit comme un enfant de huit ans qui va à Disneyland.

— Je peux faire voler ta petite culotte si c'est ce que tu veux, il suffit de demander.

— Ça n'arrivera pas.

— Si tu le dis.

Je roule des yeux, mais au fond de moi, sa phrase m'excite plus qu'autre chose. J'inspire profondément et ferme les yeux pour refouler mes pensées salaces. Je dois absolument le faire craquer le premier. Hors de question que je perde une deuxième fois.

Chapitre 21

« *T'as le patinage dans la peau* »

Olivia

La nuit commence à tomber sur Denver à ma sortie de la patinoire. Au coin du parking, j'aperçois une silhouette familière. La même qu'il y a quelques semaines : des yeux jade, des pommettes saillantes et des joues creusées.

Mon géniteur.

Ma respiration se coupe et je panique. Il fait un pas pour venir à ma rencontre, mais je me réfugie dans le bâtiment que je viens à peine de quitter. Je m'appuie contre les portes en métal en espérant qu'il ne les franchisse pas de force. Je sais qu'il en serait capable ; après tout, il nous a bien battues, ma mère et moi.

Je ferme les yeux et tente de me concentrer sur ma respiration pour garder mon calme.

— Pas lui… murmuré-je.

— Je pensais qu'on avait dépassé l'animosité entre nous, Chucky.

Quand je les rouvre, Sam se tient devant moi. Son regard taquin se teinte d'inquiétude.

— Tout va bien ?

— Mon père est revenu. Il… il est dehors. Il a essayé de venir vers moi et je suis retournée à l'intérieur.

Sa mâchoire se serre. Il jure dans sa barbe et tente de me contourner pour sortir. Il a toutes les raisons de ne pas se mêler de ça, mais mon corps est en train de céder à la panique de me retrouver près de mon géniteur. Dans un geste désespéré, ma main agrippe son biceps.

— Non, Sam, ne t'en va pas. Je t'en prie…

— Je ne comptais pas te laisser, Olivia. Il ne te fera rien tant que tu seras avec moi.

Ses doigts s'enroulent autour de mon poignet et me serrent fort. Ses doigts sont râpeux contre ma peau, mais les sentir me rassure.

Lorsqu'il nous voit sortir, mon père tente encore de m'approcher. Je me presse contre le corps de Sam, comme s'il s'agissait d'un bouclier antiémeute. Sa prise se renforce d'autant plus sur ma main, entrelaçant ses doigts aux miens.

— Olivia, je t'en prie. Laisse-moi te voir, te parler. Tu n'es plus une gamine.

— Vous ne vous approchez pas d'elle, c'est clair ? hurle Sam. Si vous essayez encore de l'approcher, j'appelle les flics.

— Ne te mêle pas de ça, gamin. Olivia, tu viens maintenant.

Son ton autoritaire me glace le sang. Je me raidis en repensant à celui qu'il employait lorsqu'il s'adressait à ma mère et moi. Je me tourne vers lui et explose de rage.

— Si tu t'approches de moi, je te jure que je te crève les yeux. *Tu n'es qu'un monstre,* craché-je dans mon français maternel.

Il s'arrête dans son élan et ne bouge plus. J'étais sûre que cette dernière phrase lui ferait l'effet d'un coup de poing dans la gueule.

Ma mère m'a appris le français plus jeune, c'était notre moyen de communiquer en sécurité quand mon géniteur était dans les parages, sans qu'il ne comprenne au début. Bien évidemment, il a fini par comprendre, il est loin d'être bête. Alors, pour essayer de le rendre moins violent, elle le charmait avec des mots doux en français. Le pire, c'est que ça a marché un temps. Je comprends qu'elle l'ait fait, elle essayait de survivre.

« Tu n'es qu'un monstre. » Cette phrase est la dernière qu'elle ait tenu à lui dire.

Sam, devant moi, me protège toujours. Nous entrons dans ma voiture et c'est lui qui conduit. Son regard ne dévie pas une seconde de la route. Ses mains sont agrippées au volant, comme collées dessus à la glue extraforte.

— On… on devrait aller chez ma mère. Je… je dois la prévenir.

— Tu ne lui as pas encore dit ?

— Non… j'avais trop peur, avoué-je dans un murmure.

Il se contente de secouer la tête, le visage toujours fermé. Je lui mets l'itinéraire sur mon téléphone, qu'il suit attentivement. Sa mâchoire est toujours aussi serrée qu'en sortant de la patinoire, et ses épaules sont remontées.

Une fois chez ma mère, cette dernière m'accueille avec un grand sourire. Un grand sourire qui disparaît quasi instantanément quand elle voit mon visage pâle comme un linge. Sam me tient toujours par les épaules, comme s'il craignait que je m'écroule par terre.

— Qu'est-ce qui se passe ? demande ma mère, inquiète, tandis que l'on s'installe dans le salon. Mon dieu, tu es tombée ?

Je secoue la tête, incapable de répondre verbalement.

— C'est votre ex-mari…

— Il est revenu. C'est la deuxième fois qu'il essaie de me parler, l'interromps-je.

À l'entente de ces mots, ma mère manque de s'effondrer, à son tour. Je vois ses yeux se remplir de larmes, mais elle les lève vers le ciel pour s'empêcher de pleurer. Voilà ce que je voulais éviter. Elle s'est effondrée bien trop de fois à cause de lui. Elle cherche toujours à guérir ses traumatismes, aujourd'hui. Au fond, je ne suis pas sûre qu'on en guérisse complètement. Ils sont juste endormis au fond de nous et attendent le moment propice pour nous abattre de nouveau.

— C'était quand la première fois que tu l'as vu ? me demande-t-elle.

— Un peu avant les Régionales. Je ne voulais pas te faire peur, c'est pour ça que je n'ai rien dit, mais…

— Mon dieu, Olivia, tu aurais dû ! C'est grave ce qu'il fait ! Il sait qu'il n'a pas le droit. *Nom de Dieu*, jure-t-elle en français.

Ma mère déblatère dans sa langue natale sans reprendre sa respiration. Elle est en plein pétage de plomb. Je m'en veux tellement, je n'aurais jamais dû garder ça pour moi.

Je suis tellement une abrutie.

Elle s'immobilise en plein milieu du salon et passe une main dans ses cheveux bruns, avant de détailler Sam, réalisant qu'il est là depuis le début.

— Désolée pour ça. Tu es Sam, je crois ? Ravie d'enfin faire ta connaissance, lance ma mère à l'intention de celui qui m'accompagne.

— Enchanté, madame.

— Appelle-moi Alice, lui dit-elle avec un sourire crispé.

Elle s'excuse avant de s'éclipser vers la cuisine. Je me laisse tomber sur le canapé et ramène mes genoux contre ma poitrine. Sam se tient toujours debout, détaillant les médailles exposées sur le mur et les photos et les coupes sur la cheminée.

— Que de l'argent ou de l'or ? Jamais du bronze ?

— Quoi ? demandé-je, perdue dans mes pensées.

— Tes médailles. Tu n'as aucune médaille de bronze.

Je n'ai jamais remarqué que c'était le cas. Tout ce qui a toujours compté depuis que j'ai commencé le patinage en compétition, c'était remporter les médailles. Que ce soit moi qui le veuille ou que ce soit mon géniteur qui décide pour moi.

Je dois bien avoir des médailles de bronze qui traînent quelque part.

Je me lève et le rejoins.

— Que veux-tu, j'étais trop douée pour ce sport ! lâché-je avec humour.

Trop douée ? Je n'en suis pas si sûre. Conditionnée à l'être ? Assurément.

— Je sais, sourit-il. J'ai regardé tous tes programmes. T'as le patinage dans la peau, Championne.

Je souris à mon tour.

Il a regardé mes programmes.

Cette pensée réveille une nuée de papillons au creux de mon ventre. Ses yeux glissent sur moi tandis que son sourire, lui, ne quitte pas son visage. Il l'illumine, même. Je détourne le regard lorsque ma mère revient avec un plateau de boissons.

— Elle s'endormait avec ses patins dans les mains quand elle avait dix ans, intervient-elle.

— Je suis presque sûr que c'est encore le cas aujourd'hui, surenchérit Sam.

Ma mère et Sam ont donc décidé de se liguer contre moi ?

— Elle installait aussi ses peluches sur le canapé du salon pour leur montrer ses figures. Elle m'a cassé plein de trucs en faisant ça, ajoute-t-elle.

Cette fois, Sam ne se retient pas de rire. Mortifiée, je plonge la tête dans mes mains avant qu'un bras ne m'enlace les épaules et me presse légèrement contre un torse. Le parfum boisé de Sam, mêlé à la lessive de son T-shirt, me parvient. Ses lèvres se pressent contre mes cheveux.

— T'en fais pas, je trouve ça très mignon, chuchote-t-il.

Je lâche un grognement, trop gênée pour croiser son regard.

— Je reviens, je dois passer un coup de fil, nous prévient ma mère.

Elle doit probablement appeler Roy ou bien son avocat. Et je pense que c'est la chose à faire vis-à-vis de la situation. Nous nous rasseyons dans le canapé avec Sam.

— Tu as dit quelque chose à ton… géniteur, quand on est partis.

— Ouais, que j'allais lui crever les yeux.

— Non, l'autre truc, mais je n'ai pas compris ce que t'as dit.

— Ah… oui. Je lui ai dit qu'il était un monstre, en français. C'est ma langue maternelle.

— Tu parles français ? demande-t-il, étonné.

J'acquiesce.

— Ouais. Ma mère est Française de naissance. Elle s'est installée dans le Minnesota après ses études où elle a commencé à enseigner la langue. C'est là qu'elle a rencontré mon… père.

Je grimace en l'appelant ainsi.

— Elle m'a appris à parler français. Et disons qu'on s'en servait pour communiquer sans que mon géniteur ne comprenne tout, au début du moins.

— Je vois. T'es déjà allée là-bas, en France ?

— Ouais, j'y vais dès que possible. Mes grands-parents habitent là-bas, sur la côte atlantique.

Après avoir passé son appel, ma mère nous propose de dîner ici, mais je lui dis que je préfère rentrer. Nous attendons juste que Roy, celui que je considère réellement comme mon père, rentre pour que ma mère se sente enfin en sécurité. Lorsqu'il arrive enfin, il soupire de soulagement en nous voyant toutes les deux et nous serre dans ses bras.

— Mes amours, souffle-t-il.

J'adore Roy. Cet homme est une véritable crème. Il a rencontré ma mère lors des festivités du 4 juillet qui étaient organisées dans notre quartier. Nous étions arrivées à Denver depuis presque deux ans, et lui venait d'emménager. Ça a été un vrai coup de foudre entre eux, mais ma mère avait peur. Compréhensible après ce que l'on a vécu. Mais Roy… il la courtisait comme un vrai gentleman. Il a attendu ma mère tout le temps qu'elle soit prête. Et quand elle s'est rendu compte que Roy était l'homme qu'elle méritait, elle l'a demandé en mariage.

Il a toujours été d'un soutien sans failles pour ma mère et moi. Il m'emmenait aux entraînements et restait du début à la fin. Je me souviens de cette fois où il a même chaussé des patins pour faire le gala de Noël avec moi quand j'avais onze ans. Il était toujours là pour la journée parents-enfants de l'école, pour m'emmener chez le médecin quand j'étais malade. Et même à mon âge, il vient parfois squatter les gradins pour me regarder m'entraîner. Il est mon deuxième fan, juste derrière ma mère.

Il est tout simplement mon père. Et il le restera.

— *Je t'aime jusqu'au parc*, je souffle à ma mère avant de partir.

— *Je t'aime plus loin que ça.*

Sam reprend le volant lorsque nous partons et ne me lâche pas d'une semelle, même lorsque nous arrivons chez moi. Nous sommes accueillis par Sparrow qui, comme à son habitude, se frotte contre mes jambes avant de renifler Sam et de se frotter à lui également. Je suis presque sûre de l'entendre parler à Sparrow comme un gaga de chat.

— Ton chat est borgne ?

— Oui, c'était un chat errant. Je l'ai récupéré il y a quelques années.

— Il est borgne. S'il te plaît, dis-moi qu'il s'appelle Capitaine Crochet ! me supplie-t-il, les mains jointes devant lui.

— Pourquoi je l'appellerais Capitaine Crochet ?

— Il est borgne ! Les pirates, tout ça… Généralement, ils sont borgnes avec un cache-œil.

Je me dirige quant à moi vers la cuisine. Sur mes talons, Sam continue ses explications qui, ma foi, tiennent la route.

— En plus, il était errant. Allez, je t'en prie ! Dis-moi qu'il s'appelle Capitaine Crochet.

— Non, il ne s'appelle pas Capitaine Crochet, réponds-je, agacée.

— Alors, rebaptise-le.

— Non ! Son nom est parfait.

— Rien ne peut mieux aller comme nom à ce chat que Capitaine Crochet.

« Sam l'insupportable », saison numéro… je ne sais plus. J'ai perdu le compte depuis le temps.

— Il s'appelle Sparrow, concédé-je en me tournant vers lui.

— Sparrow comme le fameux Jack Sparrow, j'espère ?

J'acquiesce. Il embrasse alors ses mains et les lève vers le plafond.

— Je ne sais pas si t'existes toi, là-haut, mais merci d'avoir mis cette femme incroyable dans ma vie.

Je glousse pour masquer l'effet de sa phrase sur mon corps, tout en déchargeant mon sac. Ma mère a insisté pour que j'emporte des restes de lasagnes préparées par mon beau-père, à défaut de dîner à la maison.

— J'espère que t'aimes les lasagnes parce que j'ai que ça à t'offrir pour ce soir, déclaré-je en enfournant le plat dans le four.

— Je vis pour les lasagnes, encore plus quand elles sont faites maison !

Sam s'assied sur un des tabourets de l'îlot central et accepte volontiers la bière que je lui propose. Je lui dis de faire comme chez lui et d'allumer la télé s'il le souhaite pendant que je m'éclipse prendre une douche. D'ici là, les lasagnes seront réchauffées.

À mon retour, je le trouve installé sur le canapé parcourant le catalogue Netflix. Je le rejoins avec deux assiettes remplies et m'installe à côté de lui. Je lui concède le film *Spider-Man*, qu'il semble adorer. Je le vois mimer le lancer de toiles par moment, ce qui me fait sourire.

Je m'enfonce sous le plaid orange qui traîne sur le canapé et somnole au bout d'une heure de film seulement.

— Tu peux poser ta tête là, si tu veux, me lance Sam en tapotant le coussin sur ses genoux.

Je ne me fais pas prier. Je pose ma tête à l'endroit qu'il m'a indiqué et allonge mes jambes sur le reste du canapé. Sa main vient nonchalamment caresser mes cheveux. Apaisée, je ne mets que quelques minutes à m'endormir.

Chapitre 22

« *Je ne supplie personne* »

Olivia

Je me redresse d'un bond dans mon lit. Je sue à grosses gouttes, et mon cœur tambourine à une vitesse inhumaine dans ma cage thoracique. Mes poumons se remplissent d'air, autant qu'ils peuvent en accueillir. Je porte les mains à mon cou. J'ai encore la sensation des mains de mon géniteur sur ma trachée.

Foutus cauchemars.

Ça faisait longtemps que je n'en avais pas fait, que je ne laissais plus mon géniteur torturer mes nuits.

Le réveil affiche huit heures. Je lâche un soupir de soulagement et chasse les draps d'un coup de pied pour me dégager de cette chaleur étouffante. Dans le salon, je sursaute en tombant sur une masse allongée sur mon canapé. Mon cœur ralentit en réalisant que ce n'est que Sam. Les cauchemars sont toujours présents, en fin de compte. J'ai d'abord cru qu'il s'agissait de mon géniteur et qu'il me ferait du mal, une bonne fois pour toutes. L'avoir vu aussi proche et aussi déterminé à m'approcher hier m'a retourné l'esprit. Je chasse ces pensées en secouant très légèrement la tête.

C'est vrai. On a passé la soirée ensemble devant la télé et je me rappelle vaguement m'être endormie sur ses genoux. C'est lui qui a dû me mettre dans mon lit, car je ne me souviens pas m'être levée du canapé pour ça. Je m'approche de lui sur la pointe des pieds et le trouve encore endormi, un bras sur ses yeux, et surtout torse nu.

Son corps est magnifique. On dirait presque Bucky Barnes[1] *!*

L'idée que je sois en train de fantasmer sur mon binôme n'est absolument pas professionnelle. J'attrape le plaid qui traîne sur la méridienne et le recouvre avant de baver sur lui.

Assis sur l'accoudoir du canapé, Sparrow observe mon partenaire, intrigué par sa présence. Je suis presque sûre qu'il doit se demander si c'est mon truc de ramener des âmes errantes chez moi. Je me retiens de crier quand je le vois s'approcher avec précaution pour lui renifler le visage. Sam s'agite au contact des moustaches de Sparrow qui déguerpit vers son arbre à chat, me faisant sourire.

---

1. Personnage de l'univers Marvel.

Trouillard.

Rapidement, je prépare un petit-déjeuner que je laisse à disposition sur l'îlot – en menaçant mon chat de ne pas y toucher – et me sers une tasse de café avant de me planter devant la fenêtre. Un épais brouillard recouvre la ville, rendant invisible l'horizon, mais apportant du réconfort. Tout paraît calme. Les klaxons du matin sont presque inaudibles avec l'épaisseur du vitrage. Seul le son de la trotteuse de l'horloge de la cuisine résonne dans l'appartement.

Je suis tellement absorbée par l'épais brouillard blanc que je n'entends même pas Sam se lever et me rejoindre en posant sa main dans le creux de mes reins. Ma température crève soudain le plafond.

— Bonjour, marmonne-t-il.

Sa voix est encore plus rauque que d'habitude, et son visage est marqué par les plis du coussin sur lequel il a dormi. Ses sourcils sont froncés, ses yeux plissés, éblouis par la lumière du jour.

Purée, qu'est-ce qu'il est beau comme ça.

Ses cheveux hirsutes et sa barbe de quelques millimètres provoquent une sensation qui naît du milieu de ma poitrine pour aller se nicher dans mon bas-ventre.

— Il y a du café, des œufs et du pain grillé. Si tu veux du lait ou du jus, c'est dans le frigo.

Il se sert juste une tasse de café noir avec deux sucres, puis s'adosse contre l'îlot central.

— Merci d'être resté hier soir.

Je ne sais pas ce que mon géniteur aurait été capable de faire s'il n'avait pas été là.

Est-ce qu'il m'aurait suivie ? Est-ce qu'il m'aurait frappée de nouveau ?

— Je t'ai dit que je ne te laisserai pas seule. Et puis, tu m'as supplié de dormir avec toi, se moque-t-il.

Quoi ? Non, je m'en souviendrais si je le lui avais demandé.

Ma tasse s'arrête à mi-chemin de ma bouche.

— Très drôle.

— Ah, mais je suis très sérieux ! Tu t'es endormie sur mes genoux. Je t'ai portée jusque dans ton lit et tu t'es accrochée à mon T-shirt en me suppliant de rester avec toi. T'étais trop endormie pour t'en rappeler, ajoute-t-il en haussant les épaules.

— Je ne supplie personne.

Il tente de réprimer un sourire et lève les mains devant lui en signe de reddition.

Je ne l'ai pas supplié, hein ? Pitié, ce serait terriblement gênant.

— Je te rassure, on n'a pas dormi ensemble. Je m'assurerai d'avoir ton consentement quand ça arrivera.

— Aucune chance que ça arrive, avancé-je.

Les papillons qui s'envolent dans mon ventre à cet instant semblent penser le contraire.

— Ta tasse est vide ? demande-t-il en s'approchant de moi.

Je vérifie le contenu et la lui tends, ses doigts s'attardant plus qu'ils ne le devraient sur les miens. Il retourne dans la cuisine et s'active à laver la vaisselle, tout en fredonnant. Je l'observe un petit moment, l'écoutant siffler l'air de la chanson de notre danse rythmique. Je sors de mes pensées lorsqu'il m'adresse la parole :

— Au fait, pourquoi cette obsession pour tes baskets brodées ? Ça m'intrigue depuis le premier jour.

— J'adore les fleurs, le lilas en particulier. Mais ça fane vite, donc au moins, sur mes chaussures, je suis sûre d'avoir toujours des fleurs avec moi. C'est ma grand-mère qui en a eu l'idée et elle m'envoie une paire à Noël ou à mon anniversaire.

— C'est quand ? s'enquiert-il en rinçant la mousse de mon mug.

— Le 18 janvier, pourquoi ?

— Pour savoir.

Je saute sur l'îlot et admire son corps. Sparrow me rejoint. Il sait qu'il n'a pas le droit de monter d'habitude, mais je ne le chasse pas, trop occupée à observer Sam. Ses muscles roulent à chaque mouvement qu'il fait. En plus de fredonner, il se déhanche, tout en sensualité. Sam a la danse dans la peau.

— Parle-moi en français, j'ai toujours aimé cette langue.

— Tu veux que je te dise quoi ? réponds-je en riant.

— Je n'en sais rien, n'importe quoi. Je ne sais rien dire à part *bonjour* et *merci beaucoup*.

Si je pensais déjà qu'il était sexy, son accent a carrément aggravé les choses. Je réfléchis un instant pour trouver une phrase à lui dire. Sachant qu'il ne comprendra rien, je décide alors d'avouer :

— *Notre baiser n'était pas un moment d'égarement pour moi.*

— OK, OK. Tu parles trop vite, je n'ai rien compris. Ça veut dire quoi, du coup ?

— Ça signifie que, si je devais me déguiser en abruti, je porterais un masque avec ton visage dessus.

— Aïe… tu fais mal à mon ego, là.

Il grimace, et moi, je ricane.

Oh, Sam, si tu savais ce que je venais de te révéler.

Chapitre 22

Sur le chemin pour aller à l'entraînement, nous faisons une halte chez Sam afin qu'il se douche et prenne des vêtements propres. Alors que je l'attends patiemment dans le salon à la décoration épurée, mon téléphone vibre. Un numéro inconnu s'affiche sur l'écran. Pensant avoir affaire à du démarchage téléphonique, je décroche, prête à les remballer, mais c'est une femme qui me demande directement.

— Olivia Gray ?

— Oui ?

— Penelope Mendler, coordinatrice du centre olympique de Lake Placid, à l'appareil. Je vous contacte de la part de l'équipe de coaching pour vous proposer un stage. Nos entraîneurs sont très intéressés pour vous coacher en patinage solo à la suite de votre blessure il y a quelques mois.

— Un stage ?

— De perfectionnement. Nous sommes conscients que votre chute a impacté votre carrière. Le but étant de vous permettre de retrouver votre niveau d'avant blessure.

Ça aurait été une superbe occasion si ça s'était présenté avant.

— Oh, euh… eh bien, c'est gentil de le proposer, mais ce stage ne m'intéresse pas.

Mon interlocutrice dit comprendre la situation et que je n'ai qu'à passer un coup de fil si ça m'intéresse toujours. Ça aurait pu arriver. Il y a quelques mois, j'aurais accepté ce stage dans la minute après ma blessure, mais, maintenant, il y a la danse sur glace et mon binôme avec Sam. Il est hors de question que je l'abandonne. On s'en est fait la promesse. Lorsque je raccroche, Sam dévale les escaliers, curieux de savoir à qui je parlais.

— Démarchage téléphonique, rien d'important.

Je sais que je ne devrais pas mentir à Sam, mais est-ce réellement mentir quand ça concerne quelque chose d'aussi futile ?

Ses sourcils se froncent brièvement, puis se détendent lorsqu'il répond :

— Oh, OK !

Nous nous remettons en route vers la patinoire, dans le silence. Sur place, Danielle et Archie nous attendent, accompagnés d'un homme et d'une femme, tous les deux vêtus d'un tailleur gris souris. Nous leur serrons la main lorsqu'ils se présentent comme des membres de la fédération américaine de patinage.

— La fédération organise une soirée privée le 28 octobre avec les patineurs en lice pour intégrer l'équipe américaine à la suite de la prochaine compétition. Nous venons personnellement vous y convier, si vous pouviez vous libérer, nous serions ravis de votre présence.

— Bien sûr, nous serons là, répond Sam avant moi.

Bon… visiblement, c'est lui qui prend les décisions !

Je me contente de sourire, en lui écrasant le pied de tout mon poids, ce qui ne le fait même pas grimacer.

— Je peux savoir pourquoi tu m'as écrasé le pied ? me demande-t-il alors qu'on chausse nos patins.

— « Nous serons là », répété-je en imitant la grosse voix de Sam.

Ce dernier pouffe de rire devant mon imitation clairement ratée.

— Ah, donc c'est comme ça que tu me vois ? Sympa…

— Quoi ? Ce n'était pas réaliste ? me moqué-je à mon tour.

— Non, et encore heureux.

Je me penche pour lacer mes patins, mais les courbatures dues aux entraînements intensifs de ces derniers jours prennent le dessus. Je grimace, ce qui amuse mon partenaire.

— Attends, lance-t-il.

Sam s'agenouille devant moi et me retire les cordons des mains. Je le laisse faire et l'admire lacer mes patins, prenant soin de me demander si c'est trop ou pas assez serré. Ses mains remontent sur mon mollet gauche pour reposer mon pied sur le sol. Qui aurait pu croire que lacer des patins pouvait être aussi sexy ? En tout cas, si c'est Sam qui le fait, c'est très sexy.

— Et voilà, princesse de glace.

— Appelle-moi comme ça encore une fois et je te tranche vraiment les couilles.

— Tu peux arrêter de vouloir t'en prendre à mes couilles ?

Nous rions tous les deux en nous élançant sur la glace. Danielle nous fait un dernier speech avant que l'on travaille notre danse libre.

« De la passion, du rythme, de la tension », répète-t-elle à plusieurs reprises. Je sens le regard brûlant de mon partenaire sur moi, au fur et à mesure que sa mère parle. Les deux musiques mixées donnent un rythme intéressant à notre programme. Et tout le long, Sam joue son rôle à fond. Ses mains caressent mon corps lentement, sensuellement. Chaque toucher fait palpiter mon cœur un peu plus vite.

— Détends-toi, Liv', chuchote-t-il à mon oreille.

C'est la première fois qu'il m'appelle comme ça.

Sauf que c'est presque impossible de se détendre quand j'imagine la main de mon partenaire à des endroits inappropriés. Lors de notre dernier porté, les doigts de Sam se placent très haut sur l'intérieur de ma cuisse, me faisant frémir d'un désir inédit.

Bordel.

Je perds mon équilibre et glisse de sa cuisse. Sam essaie de me rattraper tant bien que mal, mais finit par tomber aussi, m'écrasant de son poids.

— Merde, Olivia, ça va ?

Il est complètement paniqué. Sa main s'est interposée entre l'arrière de mon crâne et la glace pour me protéger tandis que ses yeux verts balaient mon visage et mon corps, à la recherche du moindre signe de panique ou d'une quelconque blessure. Mais rien. Je ris aux éclats face à l'expression confuse de mon partenaire. Le froid de la glace sur mon dos ne m'atteint pas, la chaleur qui émane du corps de Sam pourrait même la faire fondre.

— Je suis tombée. Et je n'ai pas eu peur.

Je n'ai pas eu peur pour la première fois depuis des mois. Non seulement je n'ai pas eu de crises de panique depuis notre tout premier porté, mais je ne suis plus tombée depuis la fois où je me suis forcée à sauter. La crainte que j'avais de chuter, quand j'ai commencé à patiner avec lui, n'est plus qu'une légère appréhension. Maintenant, je sais que je peux lui faire confiance et qu'il me tiendra toujours.

Qu'il ne me laissera jamais tomber.

Son regard s'adoucit immédiatement et il s'esclaffe à son tour. Son rire est tout aussi beau que lui. Et tellement communicatif que je redouble d'hilarité.

N'oublie pas les règles, Oli'.

Il parvient tout de même à me relever et me stabilise en posant ses mains sur ma taille. Son regard est rivé sur mes lèvres. J'arrête de rire quand mes yeux rencontrent enfin les siens dans lesquels brûlent les flammes du désir. Je l'observe un moment. Un long moment.

— Parfait ! C'est excellent ! Si vous nous faites ça aux Nationales, c'est incroyable, jubile Danielle en tapant dans ses mains. Sans tomber, bien sûr.

Sam me tient près de lui, un bras autour de mes épaules. Lui aussi me félicite.

Je le sens bien ce championnat national, je sens vraiment qu'on peut espérer plus que se qualifier pour les Mondiaux. J'espère de tout cœur donner une médaille à Sam. Il est toujours très affecté par le départ de Joanne, et pourtant il continue à s'investir à fond dans la discipline. Il est patient, il me fait rire, il fait tout pour que je m'adapte. Il était exécrable au début, mais maintenant, je le comprends. Sam n'est pas exigeant ou chiant par plaisir, mais bien parce qu'il craint d'être jeté comme un malpropre une nouvelle fois.

Chapitre 23

Sa couleur préférée

Sam

Octobre 2022 – Denver

Il reste moins d'un mois avant les Nationales et, très sincèrement, je vais péter un câble. Je ne sais pas ce qu'a pris Olivia ce matin, mais c'est une vraie pile électrique. Nous avons répété notre danse rythmique une vingtaine de fois – si ce n'est plus – depuis qu'on est là. C'est-à-dire deux heures. Mes pieds sont comprimés dans mes patins, et l'air glacial de la patinoire va finir par faire tomber mes orteils.

Je ne tiens plus. Je m'allonge à même la glace, en étoile de mer, et ferme les yeux, espérant que l'hypothermie me tue. Il n'y a que nous à la patinoire, ce matin. Nous devons être au gala ce soir, alors nous avons décalé notre entraînement.

— Tu veux bien te relever ? On doit travailler notre danse libre, lance-t-elle en freinant brutalement près de moi.

— Je ne pourrai pas m'entraîner si tu me tues avant, soupiré-je.

— Roh… mais quelle petite nature, celui-là !

Elle s'accroupit juste à côté de moi.

— Tu pourrais y mettre un peu plus de motivation, quand même.

— On a répété la danse vingt fois… Je crois que ça suffit pour aujourd'hui.

Olivia tente de me lever, mais malheureusement pour elle, je suis beaucoup plus lourd qu'elle ne l'imagine. Elle essaie à plusieurs reprises, mais je finis par l'écraser contre ma poitrine et la serre pour qu'elle ne bouge plus. Je sens son cœur battre plus fort contre moi, même si elle se débat.

— Lâche-moi, Sam ! geint-elle en se tortillant.

— Seulement si tu jures de ne pas répéter encore une fois.

— *T'es vraiment casse-couilles*. D'accord, on ne répètera plus pour aujourd'hui.

— J'aime mieux ça. Et arrête de m'insulter en français.

Je ramasse un peu de neige créée par nos lames et l'écrase sur son visage, la faisant glousser.

— Alors là, tu vas me le payer !

À son tour, elle racle la neige sur ses lames et la lance sur ma bouche en s'esclaffant.

Bordel, j'adore l'entendre rire.

Olivia à califourchon sur moi, nous nous lançons dans une bataille enfantine qu'elle gagne haut la main lorsqu'elle parvient à glisser une poignée de neige sous mon T-shirt. Je frissonne, mais je suis incapable de dire si c'est à cause de la neige ou à cause de ses mains sur mon abdomen.

Je la relâche malgré moi lorsque les voix des premiers patineurs de la journée résonnent depuis l'entrée de l'espace glace.

— Au fait, on devrait réfléchir à nos costumes pour les Nationales. Il y a une créatrice à Denver qui fait de superbes tenues, ce serait bien d'aller la voir aujourd'hui.

Elle acquiesce et nous partons après nous être douchés et changés. La circulation est encore chargée dans le centre-ville et nous mettons presque une heure pour arriver à destination.

La vitrine de la boutique expose des mannequins portant des robes aux couleurs chatoyantes, au milieu de patins et d'accessoires de patinage. Lorsque nous passons la porte, la créatrice sort de l'arrière-boutique au son de la clochette de l'entrée.

— Bonjour ! En quoi puis-je vous aider ? demande-t-elle, enjouée.

Nous nous regardons avec Olivia pour savoir lequel d'entre nous doit se résigner à parler. D'humeur taquine, je simule une quinte de toux. Elle grogne légèrement et finit par répondre à la propriétaire des lieux :

— Bonjour ! Mon partenaire m'a parlé de vos créations pour le patinage artistique. Je sais qu'on est très en retard, mais le championnat national est dans trois semaines et on a vraiment besoin de vous.

— On va vous trouver quelque chose, ne vous en faites pas. Suivez-moi !

Je souris d'un air satisfait et suis Olivia vers le fond de la boutique. Plus nous avançons dans l'atelier, plus les portants débordent de robes et de tenues en tout genre. Nous nous installons dans le showroom, où la créatrice nous interroge sur nos programmes, nos musiques et ce que nous aimerions.

Elle amène rapidement deux tenues accordées. Nous nous enfermons tous les deux dans deux cabines pour les essayer. Lorsque Olivia sort enfin, quelques minutes après moi, je sens ma queue durcir. La robe choisie par la créatrice est noire avec des empiècements transparents sur les bras et le ventre, ainsi qu'une fente sur la cuisse gauche. Elle est sublime, son corps athlétique est parfaitement mis en valeur par cette robe. Plus je la regarde, plus je me retrouve à l'étroit dans le pantalon que je viens d'enfiler. Je repense à notre baiser torride dans le couloir de la patinoire. Je voudrais la déshabiller et toucher chaque parcelle de sa peau nue, la sentir frémir sous mes doigts. Je place instinctivement ma main devant la bosse provoquée par mon érection et me racle la gorge pour dissimuler mon désir.

— C'est trop, hein, on est d'accord ? demande-t-elle, visiblement gênée.

— Non. C'est juste… Non, rien, la robe est parfaite.

— Mouais…

Sérieux.

On dirait un gamin de douze ans qui mate un magazine *Playboy* pour la première fois. Je détourne le regard quelques instants, mais Olivia semble hésitante. Elle s'observe longuement dans le miroir accroché dans sa cabine.

La créatrice s'éclipse lorsqu'une cliente entre dans sa boutique, nous laissant tous les deux. Je m'approche d'Olivia, assez pour que mon torse touche son dos. Ce simple contact suffit à m'embraser. Je la détaille longuement depuis le miroir et la vois rougir. Elle se tourne enfin vers moi et penche la tête en arrière pour me regarder dans les yeux.

— Tu peux retourner dans ta cabine, je dois me déshabiller.

— C'est quoi le problème avec la robe ?

— Elle me rend grassouillette, finit-elle par avouer.

— « Grassouillette » ? Crois-moi, Championne, il n'y a rien de « grassouillet » chez toi, dis-je en imitant des guillemets avec mes doigts.

Son regard s'adoucit légèrement. Puis, un rictus apparaît sur son visage.

— J'ai pris du poids pendant ma convalescence. Ça se voit.

— Je ne sais pas, je ne te connaissais pas avant. Et puis, même si t'as pris quelques kilos, c'est normal. Le corps change. Même quand on est athlètes, la rassuré-je.

D'autant plus qu'elle est dans la moyenne pour une patineuse de haut niveau.

— Mais…

— Il n'y a pas de « mais », Liv'. T'as vraiment un corps magnifique, et crois-moi quand je te dis que cette robe est parfaite. Ton poids est très, très loin d'être un problème. Tu pourrais faire dix ou trente kilos de plus, tu serais toujours belle et toujours talentueuse. Les chiffres de la balance ne définissent pas une personne.

Un sourire timide s'affiche enfin sur son visage. S'il y a bien un élément toxique dans ce sport, c'est le poids des athlètes féminines. Qu'est-ce que j'en ai entendu des entraîneurs de merde faire des remarques violentes à des athlètes qui étaient déjà en sous poids. Elles ont pratiquement toutes développé des troubles du comportement alimentaire, souffert de blessures qui ont mis fin à leur carrière à cause de l'anorexie. Je les entendais parfois se faire vomir dans les toilettes quand je m'entraînais avec Joanne il y a quelques années. Qui a dit qu'on devait peser cinquante kilos pour pratiquer ce sport ?

J'espère qu'Olivia se rend compte que son poids n'aura aucun impact sur notre discipline et sur nos entraînements. Ni même à mes yeux.

Lorsque la créatrice revient pour nous proposer ses idées de costumes en thème avec notre danse libre, nous mettons plus de temps. Rien ne parvient à nous convaincre, malgré les cinq tenues que nous venons d'essayer.

— Est-ce que vous auriez quelque chose avec des tons violets ? proposé-je. C'est sa couleur préférée.

— J'ai effectivement quelque chose. C'est encore en travail, mais je peux le faire essayer à Olivia.

Nous nous regardons tous les deux et nous acquiesçons. Au point où l'on en est, on est prêts à tout essayer.

On a à peine le temps de la voir partir que la vendeuse est déjà de retour avec une housse. Elle l'ouvre sur une robe en mousseline magnifiquement cousue. Le haut est composé de deux bretelles asymétriques, dont l'une est un plus large que l'autre. Le reste du haut dispose d'un drapé serré qui recouvre tout le buste. La jupe, quant à elle, est très fluide et se raccorde parfaitement au haut de la robe. Le tout est cousu dans un tissu dégradé entre le violet, le blanc, et l'orange pastel, qui se marient très bien entre eux.

Je suis loin d'être une icône de la mode, mais cette robe est un vrai chef-d'œuvre. La couturière entre avec Olivia pour la lui faire essayer, et, quand elle en sort, mes yeux ne voient plus qu'elle. Elle est plus que radieuse. C'est comme si cette robe n'attendait qu'Olivia. Et comme si c'était la seule chose qui lui manquait. Un immense sourire est plaqué sur ses lèvres.

— Je pense que c'est parfait. Elle est parfaite ! lance la créatrice en inspectant chaque détail de sa création, tout aussi ravie.

— Oui, je pense aussi. Elle est parfaite.

Et je ne parle pas de la robe.

Olivia se tourne dans tous les sens pour admirer sa tenue. Son sourire illumine son visage. Elle me regarde et semble vraiment conquise. La créatrice n'a pas encore la tenue masculine associée, mais nous nous mettons tous les trois d'accord sur un haut à manches longues aux mêmes couleurs et un pantalon noir classique.

Je règle l'intégralité des dépenses liées aux costumes. Olivia ne veut pas me laisser faire, mais, honnêtement, je n'en ai rien à faire. Elle râle durant tout le trajet où je la dépose chez elle, faisant de l'habitacle de ma voiture une véritable cacophonie.

Arrivée devant chez elle, je mets fin au débat en l'informant que je passe la chercher ce soir pour aller au gala ensemble avant de repartir sur les chapeaux de roues.

Je me fiche complètement d'avoir payé plus de cinq mille dollars pour nos costumes. Elle les vaut bien.

Son sourire vaut bien plus.

Elle sacrifie beaucoup de choses pour moi, pour être une bonne danseuse sur glace. Elle se donne tellement à fond alors, même si ce matin elle m'a épuisé, je suis content d'avoir une athlète aussi sérieuse comme partenaire. Et comme amie.

Parce qu'elle a admis qu'on était amis.

J'aime vraiment bien cette fille.

Chapitre 24

« *Je suis très observateur, Championne* »

Olivia

Il me reste seulement une heure pour trouver une tenue, me maquiller et me coiffer en vue de la soirée privée. Je déteste Sam d'avoir accepté l'invitation. J'ai fini par appeler Kelsie en renfort. Elle est clairement plus douée que moi pour ce genre d'évènement.

Nous avons sorti de ma penderie toutes les robes à peu près formelles que je pouvais avoir, sans pour autant faire trop guindée. Je les essaie tour à tour, mais ne parviens toujours pas à choisir. Sparrow se tient sagement sur ma table de nuit, profitant abusivement des caresses de Kelsie.

— Sam va débarquer chez moi et je ne serai jamais prête. Il va me tuer, marmonné-je dans ma barbe.

Je me glisse dans une robe rose à imprimé fleuri, bien trop courte pour ce genre de soirée.

— Attends… Comment ça, Sam doit venir ici ? me demande Kelsie, dont la tête se relève à la vitesse de l'éclair.

— Il a dit qu'il venait me chercher pour aller à cette soirée stupide ensemble.

— Hmm… Bien sûr, répond-elle avec un sourire qu'elle tente de dissimuler.

J'arque un sourcil, la fixant du regard comme pour déchiffrer ses pensées les plus profondes. Elle rit toujours quand je fais ça. Et généralement, elle ne tarde pas à comprendre ce que j'essaie de faire. Elle s'assied sur le bord de mon lit, les mains collées sur ses cuisses.

— Tu comptes cracher le morceau ou je vais devoir creuser moi-même ? demandé-je en revêtant mon peignoir.

— Il se passe un truc entre Sam et toi ?

— Pas du tout !

— Ouais, ça doit être ça. Je vois bien les regards que vous vous lancez, hein. Vos chorégraphies sont pleines de tension, comme si vous alliez baiser sur la glace.

— N'importe quoi ! Et puis, ça s'appelle la comédie, se mettre dans le personnage.

Ce n'est pas vrai, hein ? Mon dieu, faites que ce ne soit pas vrai.

Je secoue la tête pour chasser mes pensées et ma bouche s'étire en un léger sourire.

— J'ai établi des règles très claires de toute façon, alors il n'arrivera rien et il le sait.

— Les règles sont faites pour être transgressées, Oli'. Regarde-moi avec Andy, par exemple. Je refusais de coucher le premier soir, et maintenant, lui et moi, on est mariés. Je sais qu'il te plaît. Est-ce que je dois te rappeler l'épisode du restaurant ?

— Ce n'est pas pareil. Sam est mon partenaire.

— En quoi ce serait différent, exactement ?

Kelsie hausse les sourcils et plisse les yeux.

Elle, elle me prépare un mauvais coup.

Elle se tend, à la recherche de quelque chose. D'un coup, sans la voir venir, ma meilleure amie attrape mon téléphone et court s'enfermer à clé dans la salle de bains.

— Kelsie ! Rends-moi ça ! Je te jure que je vais défoncer la porte ! crié-je en tambourinant la cloison.

J'entends seulement les tonalités d'un appel qu'elle a mis en haut-parleur.

Je savais que j'aurais dû changer mon code.

Et là, la voix de Sam me parvient au bout du fil. Je martèle un peu plus la porte pour empêcher Kelsie de dire quoi que ce soit. En vain.

— Qu'est-ce que tu veux, Championne ? Je te manque déjà ?

Je l'entends ricaner à travers le téléphone. Je peux même deviner le sourire narquois qui creuse sa joue. Je le déteste. Je les déteste tous les deux.

— Sam ? Salut, c'est Kelsie ! Dis-moi, il y a ta nana qui panique dans sa chambre parce qu'elle ne sait pas quoi mettre ce soir, un coup de main serait le bienvenu.

Elle n'a pas fait ça ? Par pitié, dites-moi qu'elle n'a pas dit « ta nana » à Sam ?

J'ai envie de m'enterrer. Mon poing continue de cogner contre la porte.

— Sissi, je te jure que je vais te tuer ! Ouvre-moi tout de suite !

Je n'entends plus un bruit, ni de la part de Kelsie ni du téléphone. Puis d'un seul coup, un énorme fou rire de la part de Sam qui me fait sursauter.

— D'accord. Dis-lui que j'arrive dans une vingtaine de minutes.

— Merci, t'es génial ! À tout de suite, conclut-elle sur un ton enjoué.

La porte de la salle de bains s'ouvre enfin et Kelsie en sort, visiblement très fière de son coup. Je me laisse tomber sur mon lit, face contre ma couette.

— Je te déteste, Sissi.

— Oui, je sais, tu me le répètes depuis des années. Mais en attendant, ce mec fonce pour venir à ton secours.

Heureusement que ma couette cache le sourire béat qui se dessine sur mon visage.

« *Dis-lui que j'arrive dans une vingtaine de minutes* ».

— Et je suis ta meilleure amie depuis dix ans, alors ne crois pas que je ne sais pas que tu es en train de sourire dans ta couette.

Pour toute réponse, je lui balance mon oreiller dans la tête et lui adresse mon plus beau doigt d'honneur. Nous rions de plus belle, puis je finis par me relever pour me préparer.

Mes cheveux coiffés, je me tiens toujours devant mes robes disposées sur le sol et sur mon lit. Les mains sur les hanches, je les regarde d'un air désespéré, comme si l'une d'elles allait me sauter dans les bras d'un instant à l'autre. Je les tiens devant moi, demandant même l'avis de Sparrow qui reste silencieux à chacune d'elles, trop occupé à faire briller son pelage.

— Tu ne veux pas m'aider ? Je sais que tu n'as qu'un œil, mais quand même…

Je me raidis d'un coup quand Sam sonne à la porte.

Il ne pouvait pas être en retard ?

Je suis toujours en peignoir, à moitié nue dessous.

— J'y vais ! hurle Kelsie dans mon appartement.

Je ne sais pas quoi faire de mon corps.

Assise ? Debout ?

Je me contente finalement de rester debout et de croiser les bras sur ma poitrine. J'entends la porte se refermer et des voix étouffées parler dans le couloir :

— Elle est où ?

— Dans sa chambre, répond Kelsie. C'est au bout du couloir à gauche.

— Ouais, je sais, répond-il du tac au tac.

J'imagine déjà quelle tête Kelsie doit être en train de faire devant la réponse de Sam. Je vais encore avoir le droit aux interprétations farfelues de ma meilleure amie.

Il ne pouvait pas juste acquiescer ou quoi ?

— Mais quel abruti… marmonné-je en me tapant le front du plat de la main.

Le poing de mon partenaire tape trois coups contre ma porte, puis sa tête apparaît aussitôt dans l'entrebâillement. Autorisé à entrer, il cale son épaule contre le cadre en bois. Il me détaille de la tête aux pieds, prenant soin de passer sa langue sur sa lèvre inférieure. Il tente tant bien que mal de réprimer un sourire.

— Crache le morceau, le menacé-je.

Un sourire en coin apparaît plus nettement sur son visage. Il secoue la tête en riant avant de me regarder dans les yeux.

— Alors, comme ça, ma copine a besoin d'aide ?

Merci, Kelsie, maintenant, il ne va plus me lâcher avec ça.

— Alors, déjà, c'est Kelsie qui m'a appelée « ta nana », pas moi.

— Évidemment, bébé.

Il n'est pas croyable. Je lève les yeux et le sens s'approcher de moi. Il porte un simple pantalon de ville noir, une chemise blanche – avec trois boutons ouverts, laissant apparaître le début de ses clavicules – et une veste de costume noire. Une vague de chaleur se diffuse sur mes joues. Il est vraiment, *vraiment* très attirant. Et qu'est-ce qu'il sent bon ! Un parfum plus prononcé que d'habitude.

Les règles, Olivia.

— Tiens, c'est pour toi, dit-il en me tendant un sac.

— En quel honneur ?

— Je te dois une robe, il me semble. Je ne savais pas quand te l'offrir. Heureusement, Kelsie est là, dit-il avec un sourire provocateur.

Ma main plonge dans le sac et y trouve une robe mi-longue en satin irisé violet et aux reflets orangés. Je le remercie timidement et m'enferme dans la salle de bains pour l'enfiler. Le tissu fluide et légèrement grand tombe sur mon corps. J'ajuste le col bénitier sur ma poitrine avant de sortir. Je retiens mon souffle tandis qu'il me dévore du regard. Mon rythme cardiaque redouble d'intensité.

— Et bah, voilà, parfait !

— Je dois juste me maquiller, tu peux aller avec Kelsie dans la cuisine, si tu veux.

Il s'éclipse en m'adressant un dernier clin d'œil. C'est le moment que choisit Sparrow pour valider le choix de ma robe d'un miaulement approbateur.

— Hé ! Je croyais qu'on était dans le même camp, traître !

J'attrape ma trousse à maquillage, puis les rejoins dans la cuisine quinze minutes plus tard, où nous attendons l'arrivée d'Andrew autour d'un soda.

Sur le parking, Kelsie insiste pour que l'on monte tous les quatre dans la même voiture. Je sais pourquoi elle fait ça, je la connais trop bien.

C'est mort !

— Imaginons qu'on ait un accident ! Ça craint si l'on est tous les quatre dans la même voiture ! avancé-je.

— Et bah, dis donc, t'es optimiste ! plaisante Sam à côté de moi.

— La ferme. On prend deux voitures, point barre.

Je ne lui laisse pas le temps de répondre et tire Sam par le bras, en direction de son véhicule. Je pensais avoir gagné, mais Kelsie décide de me bombarder de messages en signe de revanche. Mon téléphone vibre toutes les trente secondes, chrono en main ! Même Sam remarque que mon écran s'allume beaucoup trop souvent.

— Elle est super bavarde, Kelsie, lance Sam, le regard fixé sur la route.

— Ouais, ça pour l'être, elle l'est...

— Détends-toi, bébé, ça me fait plaisir qu'elle te considère comme ma copine, dit-il avec un sourire narquois.

— Pas moi. Contente-toi de rouler, Ballerine, réponds-je, faussement furieuse.

Ce serait mentir de dire que je ne ressens rien quand il m'appelle *sa* copine. C'est comme un feu d'artifice qui explose dans mon abdomen à chaque fois.

Nous arrivons au bout d'une heure. Mon corps se tend lorsque l'on passe les grilles du complexe olympique. C'est la première fois que j'y reviens depuis ma chute, quand j'étais encore patineuse pour l'équipe américaine. Maintenant, mon avenir en équipe nationale se décide dans quelques semaines et repose à moitié sur mon binôme.

« Incapable ». « Bonne à rien ». « Idiote ».

Tous ces mots avec lesquels mon géniteur m'insultait font toujours écho dans mon crâne. Je me mets à jouer avec mes doigts, anxieuse. Sam le remarque et sa main se pose délicatement sur ma cuisse, me rendant encore plus nerveuse que je ne le suis déjà.

— Détends-toi, Liv', ça va bien se passer. Ce n'est qu'une soirée officielle, alors contente-toi de sourire et de serrer des mains.

Je déglutis avec difficulté. Le froid qui s'écrase sur mon visage me détend immédiatement, bien qu'il soit glacial. Je resserre mon manteau et entre dans l'immense bâtiment aux côtés de Sam. Rapidement, des agents d'accueil nous débarrassent de nos accessoires et nous invitent à prendre part à la soirée.

Le brouhaha des discussions résonne dans mes oreilles, tandis que nous faisons le tour de la salle, une coupe de champagne à la main pour moi, un mocktail pour lui. La grande salle est baignée d'éclairages tamisés, dont les couleurs changent à intervalles réguliers. Dans le fond, une scène a été montée, sur laquelle trône un pupitre. Derrière, un écran géant diffuse des spots publicitaires des sponsors et partenaires de la fédération. Un buffet bien garni et un bar sont aussi mis à disposition des invités, en plus des serveurs qui traversent la pièce, plateaux en main.

— Ils ont sorti le grand jeu à ce que je vois, déclare Sam tout en balayant la salle du regard.

Sam pose sa main sur mes reins, me faisant dangereusement frissonner. Nous déambulons ensemble, prenant le temps de discuter avec les représentants de marques présents, avant de nous arrêter dans un coin pour déguster nos boissons.

— Alors, comme ça, le violet est ma couleur préférée ? l'interrogé-je, repensant à ce qu'il a dit à la créatrice pas plus tard que ce matin.

— J'hésite avec le orange. Ce sont les couleurs que tu portes le plus. Tes protège-lames sont violet et orange, tu as un legging ou un débardeur violet, et le bandeau que tu portes quand t'as trop froid aux oreilles l'est aussi. Mais le plaid dans ton salon est orange. Donc, je l'ai tout simplement deviné.

Les coins de sa bouche se relèvent.

— Je suis très observateur, Championne.

Ses yeux parcourent mon visage avec une étincelle de malice. Nos visages sont tout proches. L'envie de l'embrasser est de plus en plus insoutenable et je dois faire tous les efforts du monde pour ne pas me jeter sur ses lèvres. J'ai peut-être avoué que notre baiser n'était pas une erreur, mais ça, il ne le sait pas. C'est lui qui doit craquer le premier, pas moi.

Sa main ne quitte pas le bas de mon dos lorsque nous continuons notre balade parmi les tables et les invités. Beaucoup d'athlètes sont présents, venant de tout le pays. Nous en saluons certains que nous reconnaissons avant de nous retrouver encerclés par des membres de l'administration de la fédération.

— Quel plaisir de vous voir ici tous les deux, merci d'être venus.

Je reconnais aussitôt l'homme qui nous a invités quelques jours plus tôt. Il porte un costume bleu nuit et une cravate bordeaux. La femme à ses côtés porte une élégante jupe crayon noire qui sublime ses hanches, un chemisier en soie aussi clair que ses yeux bleus et des escarpins vertigineux.

— Merci de nous avoir invités, c'est un honneur d'être considérés parmi les couples les plus prometteurs du pays, répond Sam pour nous deux.

— Quelle surprise tout de même de vous voir en danse sur glace, mademoiselle Gray. Penelope Mendler ne vous a pas contactée pour le stage ? me demande la femme qui l'accompagne.

Mon sang ne fait qu'un tour. Je n'ai pas repensé à ce stage et le fait qu'elle le mentionne devant Sam me met mal à l'aise.

— Euh… non. Et si ça avait été le cas, j'aurais décliné.

Je ne sais pas qui je cherche à rassurer en disant ça. Moi ou bien Sam qui me dévisage ?

Nous discutons encore quelques minutes avant qu'ils nous libèrent. Je souffle lourdement pour relâcher la pression.

— Un stage ? m'interroge Sam, suspicieux.

— Je n'en sais rien, dis-je en haussant les épaules. Ça ne m'intéresse pas de toute façon.

Il m'analyse, cherchant tout ce qui pourrait me trahir. Je parviens même à lire le doute dans le noir de ses pupilles.

— Hum... acquiesce-t-il, peu convaincu. Je reviens.

Sam tourne les talons et se fond dans la foule. Je mords l'intérieur de ma lèvre, consciente d'avoir merdé. Je l'ai blessé en cherchant à mettre cette histoire sous le tapis. Je reste presque immobile sur place, balayant la pièce du regard lorsqu'il se pose sur une blonde que je reconnais parfaitement bien.

— Maddie ?

Mes yeux deviennent aussi gros que deux palets de hockey. Maddison Thorne est là, en chair et en os. Ses lèvres s'étirent en un immense sourire, creusant deux fossettes sur son visage encadré par des boucles souples. Elle tend ses bras dans ma direction et m'enlace. Nous étions rivales seulement le temps d'une compétition. À côté, nous nous entendons super bien. Nous nous sommes toujours motivées l'une et l'autre.

— La grande Olivia Gray fait son grand retour sur la glace pour les Nationales ?

— Oui, mais tu n'as aucun souci à te faire ! dis-je en balayant ma main devant nous. Je suis passée en danse sur glace.

Elle s'étouffe légèrement avec sa boisson. Sam revient au même moment, faisant comme si rien ne s'était passé, alors je décide de faire les présentations.

— Je te présente Sam, mon partenaire. Sam, voici Maddison, mon ancienne plus grande rivale, ajouté-je avec humour. Et surtout la meilleure patineuse de la côte Est.

— Enchantée de faire ta connaissance, répond-elle en lui serrant la main.

— Alors, comme ça, vous étiez rivales ?

Nous acquiesçons toutes les deux silencieusement. Il fronce les sourcils et nous regarde tour à tour.

— Comment ça se fait que vous ne soyez pas en train de vous battre ?

— C'est fini les histoires à la Harding et Kerrigan[1], réponds-je, exaspérée.

Maddison et moi étions les meilleures patineuses de notre catégorie. Si j'avais la médaille d'or, Maddison avait forcément l'argent. Et inversement. Certains peuvent croire que nous nous haïssons, mais ce n'est pas le cas. C'est une amie, même si nous n'échangeons que sur les réseaux sociaux la majorité du temps. Quand nous avions les mêmes stages de préparation ici, à Colorado Springs, nous étions toujours fourrées ensemble, avec Kelsie.

1. Scandale qui a éclaté entre Tonya Harding et Nancy Kerrigan, deux patineuses américaines, dans les années 1990.

— Je reviens, je veux te présenter quelqu'un, m'avoue-t-elle en sautillant d'excitation.

Elle s'éclipse un instant, me laissant seule avec Sam.

Sa main droite dans une poche, l'autre tenant un verre, il me dévisage.

— Je n'arrive pas à croire que vous ne soyez pas en train de vous lancer des piques, se moque-t-il en buvant une gorgée de sa boisson.

— Parce que c'est un truc de gamin, réponds-je en levant les yeux au ciel.

Il secoue la tête avant de finir son verre d'une traite. Maddison est de retour avec une magnifique brune à son bras. Elle semble gênée, alors que Maddison tente de la rassurer. Elle l'attire encore plus vers nous. Les yeux foncés de la brune se posent sur moi avant d'afficher un sourire crispé. Elle regarde autour d'elle, à la recherche d'une porte qui l'emmènerait loin d'ici.

— Oli', je te présente…

— Joanne, l'interrompt Sam.

Je me tourne vers lui, abasourdie. Il a la mâchoire serrée et la veine dans son cou est bombée. Ma main qui s'avance pour saluer la petite-amie de Maddison s'arrête net.

C'est donc *la* Joanne.

Chapitre 25

« *C'est toi que j'ai choisie* »

Sam

Joanne est là. Juste devant moi. Je sens le regard étonné d'Olivia sur moi alors que le mien est rivé sur mon ancienne partenaire. J'aurais pu faire le rapprochement quand Olivia m'a présenté Maddison comme « la meilleure patineuse de la côte Est ».

« Elle a rencontré quelqu'un, une certaine Alison ou Maddison », ai-je dit à Olivia avant les Régionales.

Sombre idiot.

Ma mâchoire se contracte et ma prise se resserre autour de mon verre qui menace de se briser entre mes doigts. Ses yeux marron me regardent enfin, avec une once de tristesse ou bien de culpabilité, je ne saurais dire.

Je dépose mon verre sur une table avant de quitter précipitamment la salle. Olivia essaie de me retenir en m'appelant, mais je ne l'écoute plus, dépassé par les évènements.

J'étouffe.

Je me doutais qu'un jour je l'aurais revue. On est tous les deux danseurs sur glace, nos chemins allaient forcément se recroiser. À commencer par les Nationales, très bientôt. Je me demande d'ailleurs qui peut bien être son partenaire.

Pourquoi il a fallu qu'elle soit là, ce soir ? Putain de merde.

Une fois dehors, le vent me percute violemment, mais me fait du bien. Je penche la tête en arrière pour reprendre mes esprits, en vain.

Joanne avait l'air presque désolée. Elle peut l'être en même temps ! Je ne parviens toujours pas à digérer le coup bas qu'elle m'a fait, et rien que d'y repenser, ça me fout en rogne. Je repère un caillou sur le sol et donne un coup de pied dedans, l'envoyant le plus loin possible. Mon sang bouillonne de rage, si bien que je ne ressens plus le froid. J'ai envie de hurler, mais une voix résonne derrière moi :

— Sam ?

Olivia.

À l'instant où mes yeux se posent sur elle, mes pensées se taisent. Je ne sais pas comment, mais elle arrive à les faire disparaître. D'un pas hésitant, elle me rejoint.

Elle n'a pas pris la peine de remettre son manteau. Son souffle se matérialise dans un nuage de condensation et je peux entendre ses dents claquer. Je retire ma veste et la passe sur ses épaules, ce qui semble la réchauffer un peu.

— Tout va bien ?

— Ouais.

Non, pas vraiment, en réalité.

Elle lève un sourcil, consciente que ma réponse n'est pas celle qu'elle attendait.

— Non. Je… je ne m'attendais absolument pas à la voir ici, avoué-je.

— Tu ne pourras pas toujours l'ignorer, tu sais.

Un rire jaune vibre dans ma gorge, se transformant rapidement en un fou rire sardonique. Olivia fronce les sourcils et me suit du regard alors que je fais les cent pas.

— Rien de tout ça ne serait arrivé si je l'avais suivie à New York. Je ne serais pas à Denver, je continuerais de patiner avec elle, je ne serais pas au point mort dans ma carrière, je…

L'expression d'Olivia change en une fraction de seconde. Les bras qu'elle croise sur sa poitrine tombent le long de son corps. Elle cligne des yeux plusieurs fois, comme pour assimiler ce que je viens de cracher.

— Wow… parvient-elle enfin à articuler.

— Liv', ce n'est pas ce que…

Elle me stoppe dans mon élan en levant une main entre nous. Elle retire ma veste de ses épaules et me la rend.

— Je vais retrouver Kelsie et Andrew et je vais rentrer avec eux.

Elle ne m'adresse pas un seul regard en retournant à l'intérieur.

En fin de compte, c'est peut-être pour ça que les gens finissent par tous me lâcher. Parce que je finis par les décevoir un jour ou l'autre. Mon père, Joanne, et maintenant Olivia. Je devrais vraiment apprendre à fermer ma gueule quand je suis en colère, ça m'éviterait de dire un bon nombre de conneries la prochaine fois.

Je ne suis qu'un imbécile.

Je me décide à retourner à l'intérieur quelques minutes après Olivia et tombe nez à nez avec Joanne et Maddison qui s'en vont.

Évidemment.

Leurs rires s'estompent quand elles me voient. On se croise sans dire un mot, mais à quelques pas de la porte, Joanne m'interpelle :

— Sam, attends !

Je ne devrais pas m'arrêter, mais c'est ce que je fais.

— Tu vas vraiment faire comme si je n'existais pas ?

— Pourquoi pas ? C'est bien ce que tu as fait ces derniers mois, non ? lancé-je par-dessus mon épaule.

— Je suis contente que tu aies trouvé une nouvelle partenaire.

Je pivote vers elle. Maddison se tient à l'écart, ne laissant que Joanne, moi et les restes de ce qui, autrefois, ressemblait à notre amitié.

— Pour ce que ça vaut, Sam… je suis désolée pour tout ce qui s'est passé.

— Stop, arrête-toi là. Ça ne vaut rien. Le mal est déjà fait, répliqué-je d'un ton tranchant.

Elle n'était pas désolée quand elle est partie. Pourquoi le serait-elle maintenant ? Pour soulager sa conscience, probablement.

De retour dans la grande salle de réception, je pars à la recherche d'Olivia. La voyant en sécurité avec ses meilleurs amis, je décide de partir. Quitte à me bourrer la gueule pour oublier le visage de Joanne, autant le faire dans un bar miteux.

Olivia

Il est très tard lorsque je rentre à la maison en compagnie de Kelsie et d'Andrew. Tous les deux ont vu que quelque chose clochait et m'ont ramenée. La colère ne me quitte pas durant tout le trajet, et une fois devant mon immeuble, je saute rapidement hors du véhicule.

— Je vais rester avec elle ce soir, chéri, je l'entends dire à Andrew.

Elle embrasse une dernière fois son mari, puis se lance à ma poursuite.

Sparrow, comme à son habitude, vient se frotter contre mes jambes. Je le soulève et le serre fort dans mes bras. Ce chat est vraiment toute ma vie : ses ronronnements et ses coups de tête me remontent toujours instantanément le moral. Lassé par mes câlins, il se débat en me mordillant le nez et s'en va manger ses croquettes.

Ingrat.

Kelsie me suit en direction de ma salle de bains. Je lui prête un pyjama et nous nous changeons toutes les deux sans échanger un mot.

— Qu'est-ce qui s'est passé avec Sam ce soir ? commence-t-elle tout en se démaquillant.

— C'est juste un sale con.

— Rien que ça ?

Je grogne rien qu'en repensant à ses mots qui m'ont énormément blessée. Visiblement, il est hanté par les regrets. Je claque ma langue, agacée.

— À quel moment tu dis à ta partenaire que tu regrettes de ne pas avoir suivi celle qui t'a abandonné avant l'une des plus grandes compétitions de ta vie ?

Je lui fais un bref récapitulatif de la situation, pour arriver à lui raconter ce qui s'est passé ce soir.

— Il a failli dire que c'était une erreur de faire équipe avec moi.

— « Failli », comme tu dis, souligne-t-elle en frottant un dernier coton sur son visage.

— Ça ne change rien, c'est un vrai connard. C'est lui qui a voulu tout ça à la base, qui a insisté pour que je sois sa partenaire. Je me sens tellement idiote d'avoir dit oui, là, tout de suite. Il m'en fait voir de toutes les couleurs !

— Est-ce que toi, tu regrettes d'avoir tout plaqué pour la danse sur glace ? me questionne-t-elle. Moi, je pense que c'est juste votre colère qui parle pour vous ce soir.

Probablement.

— Je te vois patiner, Oli', je vous vois patiner tous les deux. Vous avez votre propre talent, mais vous êtes faits pour patiner ensemble. C'est indéniable.

Cela fait un moment que j'ai perdu l'espoir de revenir dans mon ancienne catégorie. Et la danse sur glace me plaît de plus en plus à mesure que l'on évolue tous les deux. Quand j'entends Kelsie me dire ça, je sais que je ne regrette pas mon choix.

— Il m'a dit deux choses avant que je sois sa partenaire : que j'adorerais la discipline, et que je l'adorerais, lui aussi. Pour la deuxième, j'y travaille encore.

Mais sur le premier point, il a entièrement raison. Lorsqu'il me porte et que je vois la glace au-dessous, Sam me donne l'impression de voler et d'oublier toutes mes angoisses. Je ne crains pas de tomber parce que je sais qu'il est là. La danse me donne une véritable sensation de légèreté et de liberté que j'avais du mal à trouver en solo. Dans mes programmes, tout était planifié à la seconde près. Je ne m'accordais aucune improvisation pendant les entraînements. Avec lui, c'est différent sur tous les points.

— Je ne lui en voudrais pas trop si j'étais toi. Les regrets nous bouffent tous, Oli', mais ce ne sont que des pensées après tout. Tout comme je suis sûre qu'il regrette de t'avoir blessée. La différence c'est qu'il est ici avec toi, et pas avec Joanne.

Je m'appuie contre la faïence du lavabo et fixe mon reflet dans le miroir.

Est-ce qu'il aurait vraiment pris la peine de tout m'apprendre s'il voulait à tout prix retourner auprès de Joanne ?

Je peux quand même lui attribuer le bénéfice du doute, non ?

Argh, je me déteste.

— Room-service !

Je sursaute, mes jambes nues emmêlées dans mes draps, et manque de tomber de mon lit. Au pied de celui-ci, Kelsie se tient droite comme un i, deux boissons en main. Je pousse un grognement et rabats la couette sur ma tête. Le matelas s'affaisse sous le poids de ma meilleure amie qui rampe jusqu'à moi.

— J'ai été chercher des barres de granola aux pommes et des smoothies.

À la simple mention de ces derniers, je rabaisse la couette juste au-dessous de mes yeux.

— Eh oui, il est bien rose ! Pomme, framboise, fraise, guarana et gingembre. Au bout de dix ans d'amitié, j'ai bien compris que tu refuses d'avaler toute substance verte.

— Je pars du principe qu'une boisson qui contient du concombre et des épinards est une soupe, et non un smoothie, rétorqué-je.

Je m'adosse contre la tête de lit et aspire une grande gorgée de smoothie bien frais, tout en zieutant brièvement mon téléphone. L'écran affiche huit heures et demie et une dizaine de messages de Sam que je préfère ignorer pour le moment.

Au son de nos voix, Sparrow s'invite dans ma chambre et saute sur mon lit – en manquant presque de se rater. Il s'installe sur ma poitrine et ses ronronnements se mettent aussitôt en route. Depuis que je l'ai adopté, c'est notre rituel matinal : il vient, s'installe pendant environ vingt minutes pour avoir des câlins, puis s'en va.

Je n'ai aucune envie d'aller à l'entraînement ce matin. Mais je me prépare par automatisme – ou plutôt forcée par Kelsie. Le championnat national est imminent et Sam et moi devons peaufiner chaque détail de nos programmes. Il n'y aura aucune place à l'erreur cette fois.

J'appréhende juste de retrouver Sam, pour être honnête.

Arrivées au complexe, je fonce droit vers le bâtiment, mais ma meilleure amie me retient par le coude, attirant mon attention sur une silhouette postée plus loin.

— Je t'avais bien dit qu'il regrettait. S'il le voulait vraiment, il aurait suivi Joanne dès le début.

Elle sourit de toutes ses dents et s'engouffre dans le bâtiment en béton beige.

Sam fait les cent pas devant sa moto, un bouquet de fleurs à la main. Et il parle surtout tout seul. Ses lèvres remuent, il secoue la tête, insatisfait, avant de reformuler quelque chose. Je presse mes lèvres entre elles pour réprimer un sourire naissant et rejoins mon partenaire qui remarque enfin ma présence.

— Ce sont des Lys des Incas. Elles symbolisent l'amitié, bafouille-t-il. Enfin, c'est ce qu'Internet dit en tout cas.

Sa remarque me décoche un rire incontrôlé. Visiblement, mon cœur et mon cerveau sont en contradiction, étant donné que l'un a déjà décidé de lui pardonner. Nerveuse, je joue avec la bandoulière de mon sac.

— Je suis désolé pour hier soir, Liv'.

— Cool.

Je ne voulais pas répondre aussi sèchement, mais il faut dire qu'il le mérite quand même un peu.

Pas vrai ?

— Tu n'as pas ton ancienne partenaire à aller récupérer ?

— C'est toi que j'ai choisie. Et que je choisis encore aujourd'hui.

Et hop ! Encore un battement manqué pour mon cœur.

Une bourrasque glaciale me heurte, m'obligeant à m'emmitoufler un peu plus dans mon écharpe. En quelques semaines, la chute des températures a été brutale à Denver. Sam, lui, ne bouge pas d'un poil, tenant toujours aussi fort le bouquet dans ses mains.

— Donne-moi ces fleurs, tu vas finir par les abîmer en les serrant comme un bourrin.

Il sourit timidement avant de me les donner. Je respire leur odeur, puis reporte mon attention sur mon partenaire. Il enfouit ses mains dans les poches de son manteau avant de reprendre la parole :

— Je n'aurais pas dû dire ce que je t'ai dit. Vraiment… Je m'en veux.

— C'était extrêmement blessant.

— J'en ai conscience. Mais je ne regrette en aucun cas de t'avoir choisie comme partenaire. La promesse qu'on s'est faite à Chicago avant la compétition, ce n'était pas du vent.

— Vraiment ?

— Vraiment, Liv'.

Je déteste qu'il m'appelle comme ça. La manière dont ce surnom s'échappe de ses lèvres m'attendrit à chaque fois.

— Est-ce que t'accepterais de faire un truc avec moi ce matin ?

— Quel genre de truc ? demandé-je en déposant les fleurs dans ma voiture.

— Tu verras bien, répond-il avec un sourire narquois.

Sans ajouter autre chose, il se dirige vers l'avenue principale. Nous marchons sans échanger un mot pendant de longues minutes dans les rues blindées de Denver. Je me fais limite emporter par la foule de travailleurs du matin, ce qui amuse Sam. Je darde sur lui un regard noir avant qu'il n'entremêle ses doigts aux miens pour me garder près de lui. Des picotements électriques parcourent l'intégralité de mon corps et me réchauffent instantanément face aux températures négatives.

Sam a un mental d'acier, cela dit. Je passe tout le trajet à lui demander où nous allons, mais il refuse de me donner le moindre indice. Nous arrivons un quart d'heure plus tard devant le studio d'un tatoueur. Sam se plante devant l'entrée et me dévisage, très fier de lui.

— On y est !

— Qu'est-ce qu'on fait là ?

— On va se faire tatouer.

Comment ça « on » ? Il est hors de question qu'une aiguille imprime un dessin sur ma peau.

— Alors là, certainement pas.

— Est-ce que tu aurais peur, Liv' ? pouffe-t-il.

— Moi ? Non, jamais.

— Prouve-le.

Non, mais sérieusement ! C'est lui qui veut se faire tatouer, pas moi !

Je reste silencieuse un petit instant avant de briser le silence.

— OK, alors si tu te fais tatouer, je fais le même ensuite. Mais pas une connerie genre une bite ou quoi, parce que je te tue tout de suite après.

— Fais-moi confiance, bougonne-t-il.

— C'est dur à la longue.

Nous entrons dans le studio et sommes accueillis par un homme d'une trentaine d'années peut-être, les deux bras entièrement tatoués et les cheveux aussi noirs que l'encre qui le parcourt. Je contemple les dessins qui s'étirent sur chaque centimètre de l'artiste et m'ébahis devant la délicatesse de leurs traits. Sam s'avance vers lui et lui donne un morceau de papier que je devine être le dessin qu'il voudrait. L'artiste hoche la tête et le fait s'installer sur le fauteuil.

Lorsque Sam enlève son pull, il m'offre une vue directe sur sa peau couleur pêche. Ses abdos ne sont pas les plus prononcés, mais juste assez développés pour en distinguer les contours. Mes joues s'embrasent. Il paraît encore plus imposant qu'il ne l'est avec ses vêtements. Ses pectoraux tressautent légèrement sous la fraîcheur du fauteuil en cuir.

— Tu vas finir par gober une mouche si tu continues à me regarder comme ça.

Je détourne le regard, inconsciente de le mater depuis plusieurs secondes. Bien sûr, ça le fait marrer.

Son matériel installé, le tatoueur demande à Sam de se tourner sur le flanc afin de déposer le calque sur ses côtes : deux auriculaires crochetés avec le symbole des Jeux olympiques.

Il se fait tatouer notre promesse.

— Je t'ai promis les Jeux olympiques, Liv' ! Et je compte bien nous y amener.

Je ne parviens pas à formuler la moindre phrase, alors je me contente d'observer l'artiste graver son œuvre sur le flanc de Sam. Il grimace légèrement, signe que c'est une zone sensible.

Peut-être une demi-heure plus tard, Sam se relève du fauteuil et admire le travail dans le miroir sur pieds, placé dans le coin. Il se tourne alors vers moi.

— Tu vas te défiler, Chucky ?

— Alors ça, jamais.

À mon tour, j'enlève mon haut, me retrouvant en brassière devant Sam qui dévie le regard, les joues rosies.

— Bordel de merde, marmonne-t-il.

Un sourire narquois étire ma bouche. Je savais que je lui faisais de l'effet. Je m'allonge directement sur le flanc, donnant accès à la zone à l'artiste qui ne tarde pas à commencer son travail. Et…

Putain de merde ! C'est que ça fait super mal, putain !

Je grimace sans retenue en sentant l'aiguille s'enfoncer dans ma peau. J'essaie tant bien que mal de ne pas bouger, je ne veux surtout pas être ratée à cause de Sam. J'ouvre les yeux et le vois assis sur la chaise qu'il a rapprochée.

— Tu peux me tenir la main si tu veux, chuchote-t-il.

Ce que je fais aussitôt. Et plus je sens l'aiguille sur ma peau, plus je la serre.

— Je t'ai dit de la tenir, pas de la broyer, Championne.

— La ferme, tu le mérites.

Ses yeux ne quittent pas les miens tandis qu'il me parle pour détourner mon esprit, son pouce caressant tendrement le dos de ma main. La douceur de son geste efface presque la douleur de l'aiguille qui encre ma peau de ce dessin si symbolique. Ce moment a quelque chose de particulièrement intime. De plus intime encore que des confessions au clair de lune ou qu'une étreinte nue sous les draps.

Après presque deux heures passées dans le salon, nous sortons tous les deux, marqués à vie par la promesse de patiner ensemble encore longtemps. Et je compte bien honorer cette promesse.

Parce que je crois bien que je commence à tomber amoureuse.

Chapitre 26

« Ne viens pas dans ma zone »

Olivia

Novembre 2022 – Denver

Nous faire tatouer quelques semaines avant l'une des compétitions les plus importantes pour nous est la pire idée que Sam ait eue. Vous avez déjà essayé de patiner en couple avec un tatouage en voie de cicatrisation ? Non, parce que c'est un enfer ! On essaie tant bien que mal de ne pas se toucher à cet endroit, mais c'est compliqué, malgré l'aval du tatoueur.

Demain, c'est le grand départ pour New York, là où se déroulent les Nationales, cette année. Nous avons donc décidé de nous accorder une journée de repos avant de partir, histoire de décompresser un peu.

La compétition s'étend sur une semaine et demie, et même si nous ne passons qu'en fin de semaine avant la grande finale, nous partons soutenir Kelsie et Andrew qui concourent dès les premiers jours, et évidemment prendre connaissance du lieu.

Mes parents n'ont pas hésité à venir à l'appartement. Ils m'aident tous les deux à ne pas paniquer et faire mes valises. Des deux, Roy est clairement le calme incarné. Je vérifie tout trois fois. Mes costumes, mon maquillage, mes tenues d'entraînements, des fringues et encore des fringues, ma trousse de toilette, et plus que tout, mes patins.

— T'as du Tylenol ? Des pansements ? s'inquiète ma mère.

— Oui, maman. Et puis, il y a des pharmacies aussi là-bas. Ce n'est pas la première fois que je pars toute seule.

— Je ne serais pas ta maman si je ne m'inquiétais pas à chaque fois que tu pars en compétition.

— On est désolés de pas pouvoir être là, cette fois, regrette mon beau-père.

— Ne vous en faites pas, je vous embrasserai à la caméra, les rassuré-je.

Je leur confie également mes clés pour s'occuper de Sparrow. J'ai même pris soin de tout noter sur une feuille pour qu'ils ne se trompent pas dans la nourriture :

connaissant mon chat, je sais qu'il adore faire le mort de faim, même quand sa gamelle est pleine.

Je me retrouve rapidement à ne rien faire lorsqu'ils s'en vont et que tous mes bagages sont prêts, disposés dans l'entrée. L'anxiété n'est jamais très loin et celle-ci s'installe dès que je ne m'occupe plus. Elle se faufile comme une ombre et assombrit vos pensées, vous draine de toute énergie. Cette fois encore, cette anxiété me fait douter de moi, de mes capacités.

Ai-je assez travaillé les twizzles ? Ai-je bien centré ma pirouette ? « Attention à ne pas tomber, Olivia ! »

Ces pensées m'obsèdent depuis des années. Elles me donnent l'impression d'être folle, anormale. Et depuis mon accident, c'est pire.

Un jour, j'espère que je parviendrai à me débarrasser d'elle, définitivement. Mais jusqu'à ce que ça arrive, je vais refouler cette angoisse au vestiaire et continuerai d'affronter ma peur à chaque pas sur la glace.

Je me vautre dans mon canapé à la recherche d'une série ou d'un film pour chasser l'anxiété, mais rien ne me fait envie. Je lâche un long râle désespéré lorsqu'on toque à la porte, tuant mon ennui par la même occasion. Sparrow bondit de son arbre à chat et fonce à toute allure dans l'entrée en miaulant sans cesse.

— Oui, Sparrow. J'arrive !

Lorsque j'ouvre la porte, Sam se tient devant.

— Tiens, salut... Qu'est-ce que tu fais là ?

— Je m'ennuie et je panique !

Il expire lourdement en finissant sa phrase, comme s'il était soulagé de l'avouer. C'est étrange de le voir aussi angoissé. Sam est toujours très nonchalant, détendu et très sûr de lui à l'entraînement. Je ne l'ai jamais vu paniquer depuis que je le connais. Dans un sens, je suis rassurée qu'il partage les mêmes inquiétudes que moi ce soir. Parce que ça signifie que je ne suis pas aussi folle que je le pense.

— Je venais voir si toi aussi, tu l'étais, finit-il en entrant dans l'appartement.

— Tu n'as même pas idée ! Hé, reviens-là, toi, m'exclamé-je en rattrapant Sparrow qui essaie de s'enfuir. Fugitif !

Sam sourit et profite de la présence de Sparrow dans mes bras pour lui caresser le haut du crâne, le faisant ronronner.

— Je me disais qu'on pourrait aller manger dehors, tous les deux. Genre un fast-food, pour décompresser un peu. Oh, et prends tes anciens patins !

— Euh... ouais, OK, si tu veux. Laisse-moi juste aller chercher mon sac.

Je câline Sparrow une dernière fois avant de verrouiller la porte de mon appartement. Sam me parle d'un lac gelé qu'il a repéré et où l'on pourrait patiner pour se vider la tête une dernière fois avant demain. Nous passons déjà nos journées sur la glace, et pourtant, ça ne nous semble jamais assez.

Nous effectuons un détour par Shake Shack, qui – en toute objectivité – détient le titre de la meilleure chaîne de burgers du pays. Nous roulons ensuite vers notre destination et mangeons dans la voiture de Sam une fois arrivés sur le parking du parc.

— C'est honteux de demander autant de cornichons dans son burger et d'enlever la tomate, dit-il en mordant son burger.

— Dixit celui qui prend un milkshake au café ! réponds-je du tac au tac.

— C'est le meilleur, *bébé*, je n'y peux rien.

Je feins de vomir sur ses goûts désastreux et lui arrache un rire léger. Nous parlons peu, laissant la radio jouer les morceaux en fond. Bordé par quelques arbres dégarnis de leurs feuilles, le lac s'étend au-delà de la ligne d'horizon, offrant une vue à couper le souffle sur les Rocheuses. De plus, un ponton en bois s'avance de plusieurs mètres dans l'eau, idéal pour piquer une tête en été. Rien ne bouge. Le temps semble suspendu, figé par l'hiver.

— T'as toujours voulu être patineuse pro ?

Je réfléchis un instant. Depuis que j'ai commencé à devenir de plus en plus performante, je n'ai jamais vraiment cherché d'alternative. C'était ça ou rien. Malgré les angoisses, la pression, les blessures. Peu importe la difficulté, le patinage reste mon échappatoire. Rien à voir avec ce que je voulais faire quand j'étais plus jeune. Je souris rien qu'en y repensant.

— D'un point de vue rationnel, oui. Mais pas quand j'étais gamine, confié-je en prenant une nouvelle bouchée de mon burger.

— Laisse-moi deviner. T'es du genre têtue et acharnée, donc j'opterais pour pompier ou avocate… ou scientifique !

— T'es loin du compte. Je voulais être une fée, quand j'avais quoi… neuf ou dix ans.

Il éclate d'un rire franc.

— Tu n'es pas sérieuse ? demande-t-il, incapable de s'arrêter.

— Hé, ce n'est pas drôle ! Je prenais ça très au sérieux, je pensais vraiment avoir des pouvoirs. Je le criais sur tous les toits !

— Si tu le veux, demain tu peux, être avec nous[1], chante-t-il.

Et il rit de plus belle de sa connerie, me faisant lever les yeux au ciel.

— Vas-y, dis-moi ce que tu voulais faire quand t'étais petit au lieu de te foutre de moi !

1. Générique de la série d'animation *Winx Club.*

— Non, c'est mort.

— Ce n'est pas juste ! Confidence pour confidence !

— Je voulais conduire des Zamboni, marmonne-t-il en triturant la paille de son milkshake.

— Tu quoi ?

Il me scrute avant de détourner le regard et sourire dans le vide.

— Je voulais être conducteur de Zamboni, concède-t-il.

Outrée, je lui frappe l'épaule à plusieurs reprises.

— Aïe ! Mais tu fais super mal, Chucky ! rouspète-t-il.

— Tu te fous de ma gueule pour avoir voulu être une fée alors que tu voulais conduire une Zamboni à vie ?

Nous éclatons de rire, et je me tartine de ketchup en avalant quelques frites au passage.

— Attends.

Son pouce vient caresser la commissure de mes lèvres, ses autres doigts sous mon menton pour le soutenir. Son visage est si proche que son souffle chaud s'écrase contre mon cou, faisant grimper ma température corporelle. Je me retiens de respirer. Sans rompre le contact visuel, il lèche la sauce sur son pouce, attisant mon désir.

Un long silence s'ensuit. Le parc est vide, à l'exception de quelques personnes qui viennent balader leurs chiens. J'observe la nuit qui s'étend devant nous, la tête en repos sur l'appuie-tête. Je repense au chemin qu'on a fait tous les deux, au fait que demain nous serons officiellement aux Nationales. Mon destin a basculé l'an dernier et pourrait tout aussi bien être chamboulé à nouveau.

C'est un drôle de sentiment qui s'empare de moi à cet instant. Je suis là, quelque part entre la fois où j'ai chaussé des patins pour la première fois et une des compétitions les plus importantes de ma carrière. Quelque part entre hier et aujourd'hui, mes lutz ont été remplacés par des twizzles, mes programmes courts sont devenus des danses rythmiques. Je suis quelque part entre hier et aujourd'hui, où mes compétitions en solo sont devenues des compétitions en couple.

Quelque part entre hier et aujourd'hui, je suis devenue danseuse sur glace.

— À quoi tu penses, Liv' ?

Je tourne la tête vers lui. Son regard me transperce et cherche à lire mes pensées.

— À plein de choses. Rien d'important.

Un nouveau silence emplit le véhicule, seulement brisé par son téléphone qui vibre à plusieurs reprises. Sam rejette chaque appel sans daigner regarder l'écran. Son téléphone sonne une cinquième fois. Il soupire et toise l'écran qui affiche le contact de son père. Il rejette une nouvelle fois l'appel avant d'éteindre son portable.

— Tu veux que je sorte pour que tu puisses lui parler ?

— Si c'est pour qu'il me parle encore de la fac de médecine, ce n'est pas la peine. Allez, Championne, on y va.

Nous récupérons nos patins dans le coffre et les enfilons sur le parking avant de rejoindre le lac. La surface laisse apparaître quelques irrégularités, rendant la sensation sous mes pieds différente de celle à la patinoire. Mon appréhension est vite écartée quand Sam s'assure de la solidité de la glace en sautant dessus comme un bourrin. Nous patinons ensemble pendant une heure, retravaillant quelques éléments de nos programmes de manière aléatoire. Soixante minutes où nous avons le sentiment d'être seuls au monde, dans une bulle impénétrable.

Pas de Nationales. Pas de pression. Pas de médailles en jeu.

Rien que nous deux et notre passion.

Notre alchimie est telle que nous n'avons même pas besoin de musique. Nous suivons le métronome établi par nos cœurs qui battent toujours à l'unisson quand nous patinons ensemble, ou les pressions délicates de ses doigts sur les miens. Je ferme les yeux et laisse Sam m'entraîner dans un dernier stationary lift avant de nous immobiliser.

— On va vraiment assurer aux Nationales, conclut-il dans un souffle erratique.

Nous continuons à glisser doucement, main dans la main, sous le ciel bleu nuit, illuminé par les lampadaires tout autour.

— Raconte-moi tes plus grosses casseroles en patinage, je suis curieux.

— Je n'en ai pas, j'ai toujours été parfaite, le nargué-je en haussant les épaules.

C'est faux. J'en avais juste honte. Mon géniteur m'en a fait avoir honte.

— D'accord, je vais commencer, alors, lance-t-il. Je ne sais pas faire la théière.

Je le regarde faire, mais il s'écrase sur les fesses en quelques secondes à peine, me faisant éclater de rire.

— Tu ne veux toujours pas te confier ? ajoute-t-il. Très bien, j'ai mis plus d'un an à apprendre les croisés arrière.

— Ah ! Tu vois que je faisais bien de corriger ta technique !

— Allez, à toi, Liv' ! Personne n'entendra tes révélations. Ce n'est que moi.

J'hésite. Peut-être qu'en rire lavera la culpabilité que mon géniteur me faisait ressentir.

— OK… J'ai fait pipi sur la glace à ma toute première compétition…

— Alors, celle-là, on ne me l'a jamais faite encore !

Je continue de virevolter sur mes lames, tournant autour de Sam. Les souvenirs de mes premières leçons refont surface, et étrangement, ça me rend heureuse. Je découvrais encore ce sport qui allait faire de moi celle que je suis aujourd'hui, et replonger dans ces souvenirs me rappelle que j'ai le droit de ne pas être parfaite. Que les échecs sont là pour une raison.

Ils nous font grandir et nous rendent tout simplement plus forts.

— Et il m'a fallu deux ans pour apprendre la pirouette sur deux pieds. Deux pieds ! insisté-je.

Ainsi, nous continuons à échanger nos pires boulettes jusqu'à ce que la fatigue nous force à rentrer.

* * *

Je cours partout dans l'appartement, car je suis plus qu'à la bourre. Sam m'a déjà appelée quinze fois depuis six heures du matin et il est actuellement neuf heures. Notre avion décolle dans deux heures et je pars seulement pour l'aéroport. Roy a dû faire demi-tour, car trop stressée, j'ai failli oublier mes patins, ce qui nous a fait perdre énormément de temps.

Lorsque nous arrivons finalement au terminal, Sam me fusille du regard. Il est neuf heures quarante-cinq et nous devions nous retrouver à neuf heures.

— Sérieusement, Chucky ?

— Désolée ! J'ai oublié mes patins, j'ai dû retourner les chercher. Et maintenant, je dois les foutre dans mon bagage.

Après avoir couru dans tout le terminal, nous soufflons enfin quand nous nous installons à nos places. La carlingue est très rudimentaire et la taille de Sam l'empêche de s'installer correctement. Le vol dure quatre heures et je le plains déjà.

— Tu sais, j'ai vraiment eu peur que tu m'abandonnes comme Joanne l'a fait quand je ne te voyais pas. J'ai cru que… je ne sais pas. Que finalement tu ne voulais plus le faire.

Une once de tristesse se ressent dans sa voix. Je dresse mon auriculaire et lui rappelle notre promesse.

— Ça n'arrivera pas. On se l'est promis.

Ma réponse le rassure quelque peu et nous décollons enfin, la tête remplie d'espoir.

L'hôtel dans lequel nous sommes logés n'a vraiment rien à voir avec celui des Régionales. Il est beaucoup plus luxueux. Une odeur entêtante de cannelle nous chatouille les narines lorsque nous atterrissons dans le hall, soigneusement décoré pour la compétition avec des banderoles et tous types de ballons qui rappellent l'évènement, en plus des décorations festives de Noël. Tout est regroupé au sein de l'hôtel.

Nous nous enregistrons pour la compétition et récupérons nos badges. Cette fois, nous devons partager une chambre. Vu le monde présent, l'hôtel a dû être réservé par la fédération pour les athlètes et leurs équipes.

La chambre, située au onzième étage de la tour, est immense. Je tire mes valises avec difficulté dans la pièce et l'observe rapidement avant que mon regard ne se pose sur un élément qui me titille : il n'y a qu'un seul lit. Sam me suit et me bouscule alors que je m'arrête brusquement.

— Euh… Sam ? Il n'y a qu'un seul lit.

— Bravo, Sherlock. T'aurais fait une meilleure enquêtrice qu'une fée, mais ce n'est que mon avis, ironise-t-il.

Je regarde une nouvelle fois la chambre, comme si une pièce secrète allait apparaître si j'y pensais très fort. Mais la seule porte qu'il y a – hormis la porte d'entrée – mène à la salle de bains. Je reviens dans la pièce principale et trouve Sam testant le confort du lit. Je reste droite comme un piquet, les bras croisés sur ma poitrine.

— Ça doit être une erreur, je vais aller voir la réception.

— Vu le monde dans le hall en bas, je pense qu'ils n'ont plus une chambre de libre, réplique-t-il les yeux fermés.

Je claque la langue contre mon palais. Je vais devoir partager le même lit que Sam et il en est hors de question. C'est trop intimidant. Et bizarre.

— Alors l'un de nous devra dormir par terre.

— D'accord, j'espère que le sol sera confortable, répond-il en me lançant un des oreillers.

Parce qu'il pense que c'est moi qui vais dormir sur le sol ?

— Quand on est poli, on laisse le lit à la fille.

— Je suis athlète, Olivia. Et vu le vol que je viens de me taper, je ne vais certainement pas dormir à même le sol.

Qu'est-ce qu'il est détestable !

Je n'ai plus de solution et je refuse toujours de dormir dans le même lit que lui. Je l'entends soupirer bruyamment avant de reprendre :

— Je touche ton corps à l'entraînement tous les jours, Olivia, si c'est ça qui te fait peur. Je pense qu'on peut dormir dans le même lit comme deux adultes responsables et sans ambiguïtés.

Je reste silencieuse.

— À moins que ce soit ambigu pour toi, poursuit-il d'un ton narquois.

Je lui relance l'oreiller qu'il m'a envoyé, le faisant rire.

— Très bien, on va partager ce putain de lit, râlé-je.

— Bien.

Au moins, c'est un lit king size.

Sam se relève et nous nous activons à sortir nos costumes et ranger le reste de nos affaires dans les armoires. Curieuse, j'ouvre le tiroir de ma table de nuit et y trouve une boîte de préservatifs.

— Depuis quand il y a des capotes à disposition dans les hôtels ?

Par-dessus mon épaule, Sam ricane :

— T'es pas au courant ?

— Je t'en prie, éclaire-moi de ta lanterne !

— Pendant les compétitions, les hôtels qui hébergent les athlètes se transforment en véritables baisodromes.

Et moi qui pensais que ce n'était qu'une légende.

— T'as l'air d'en connaître un rayon.

Pour seule réponse, il hausse les épaules et retourne vider sa valise. L'imaginer s'envoyer en l'air avec tout un tas de patineuses m'irrite tout à coup.

Il fait déjà nuit, le léger décalage horaire avec Denver se fait sentir et nous sommes tous les deux fatigués. Pour autant, je ne me suis pas assise sur le lit une seule fois, redoutant le moment du coucher. Je me suis simplement installée sur la chaise près de la fenêtre pour lire.

— Tu n'as qu'à aller te doucher la première, je vais nous trouver à manger en attendant, lâche-t-il en quittant la chambre.

Je me lève enfin de la chaise et pose mon livre sur la table de chevet. Je profite d'être seule dans la chambre pour prendre mon temps et me détendre le plus possible sous la douche. Les gouttes d'eau ruissellent sur mon corps et leur chaleur tapisse les parois vitrées.

« Je touche ton corps tous les jours ».

Les mots de Sam me reviennent en tête, tout comme la sensation de ses mains sur mes cuisses et ma taille pendant nos entraînements, faisant naître un désir intense entre mes jambes. Il touche mon corps tous les jours et celui-ci en redemande.

Ma main divague sur mon corps, finissant à proximité de mon intimité. Mes doigts se fraient un chemin entre mes lèvres pour dessiner des cercles sur mon clitoris. Et si ce sont mes doigts qui se trouvent là, pourquoi j'imagine que ce sont ceux de Sam qui me caressent ?

Tout me revient en tête : ses mains sur moi, notre baiser dans le couloir, notre discussion devant le resto. Mon sang bouillonne d'excitation et je me mords la lèvre inférieure alors que l'orgasme se fait de plus en plus proche.

Fantasmer sur mon partenaire… il ne manquait plus que ça.

Quelques secondes après, je prends appui contre la paroi tandis que mon corps se contracte sous le plaisir et que je jouis en silence.

J'ai à peine le temps de reprendre mes esprits que la porte de la chambre claque lourdement.

— Je suis revenu ! hurle-t-il de l'autre côté du mur.

Je ne réponds pas et finis de me sécher en vitesse. Lorsque je le rejoins, la petite table d'appoint près de la grande fenêtre est dressée avec des plats asiatiques. Sam me détaille de haut en bas, admirant mon pyjama – un T-shirt déformé gris et un short noir – et se racle la gorge en détournant le regard. Les vapeurs qui s'échappent des boîtes en carton me font saliver.

— Oh, c'est tellement bon, soufflé-je en engloutissant une importante quantité de bœuf aux oignons.

Nous faisons abstraction du patinage et de la compétition à venir. On avait besoin de profiter d'un dernier moment de légèreté avant le grand saut. Sam pique dans mes boîtes et inversement, et nous finissons par nous battre pour le quatrième et dernier nem aux crevettes qu'il finit par m'accorder. Repue, je me laisse tomber contre le dossier de la chaise.

— Tu vas aller dans le lit ou bien tu vas rester vissée sur cette chaise ?

— Très drôle, réponds-je en plissant les yeux.

— T'as intérêt à dormir dans le lit, pour le bien de ton dos. Je vais me doucher.

Il s'éclipse à son tour dans la salle de bains. Je débarrasse rapidement les emballages avant d'aller me glisser dans le lit.

Ce qu'il est confortable ! C'est comme un nuage.

Ce serait dommage de dormir par terre. Toujours gênée de partager le même lit que Sam, je récupère les oreillers en trop et construis une digue pour nous séparer avant de disposer mon oreiller à l'autre extrémité du lit, mes pieds vers la tête de Sam. Je m'allonge enfin et reprends la lecture de mon livre.

Lorsque la porte de la salle de bains se déverrouille, j'entends mon partenaire rire. Je me retourne vers lui et le découvre uniquement vêtu d'un pantalon de jogging gris.

Pitié !

— Je peux savoir pourquoi il y a le mur de Berlin dans le lit ? s'esclaffe-t-il.

Il contourne le lit pour s'installer de son côté alors que je continue de l'ignorer. Cependant, mon regard s'attarde un peu trop sur ses abdos et pas assez sur les pages de mon livre.

— Un mariage arrangé avec le chef d'un réseau criminel… Elle tombe vraiment amoureuse de lui ?

— De quoi ?

— Ton livre, m'indique-t-il du menton.

— C'est un peu le but d'une romance.

Une fois glissé dans les draps, il se penche et prend appui sur le mur d'oreiller.

— Tu m'expliques ? demande-t-il en désignant ma construction.

— Tu dois rester à ta place.

Il lève un sourcil, pas sûr de savoir où je veux en venir. Je pose mon livre et plaque mes cheveux humides derrière mes oreilles.

— Ne viens pas dans ma zone. Tu restes dans ta zone. Ici, c'est ma zone, déclaré-je en désignant ma partie du lit.

— D'accord, tant que tu dors dans le lit, ça me va, répond-il avec un sourire en coin.

Je reprends mon livre pour terminer ma lecture, mais mes yeux sont inévitablement attirés par les abdos de Sam. Ce dernier se redresse et se penche vers moi avant de tirer mon livre des mains.

— Il doit être long ce chapitre, vu que tu n'as pas tourné la page depuis dix minutes, Championne.

Cramée.

Je déteste ce petit sourire malicieux qu'il a toujours et qu'il affiche encore ce soir. Rouge de honte, je ferme mon livre en vitesse, le jette sur le sol et me tourne sur le côté pour faire dos à Sam.

Je dois tenir une semaine.

Chapitre 27

Coup de couteau

Sam

Nous sommes dans les gradins pour la première journée de compétition. L'ambiance bat son plein au Madison Square Garden et Olivia est complètement euphorique, ce qui a le don de me taper sur le système. Ce n'est pas à cause d'elle – loin de là – mais le vol d'hier a été une horreur tellement j'étais comprimé, et dormir dans un lit séparé par un *no man's land* n'a vraiment pas amélioré les choses. Mon dos souffre comme jamais et nous n'avons pas encore commencé nos entraînements.

— T'es bien ronchon aujourd'hui…

— J'ai mal dormi et j'ai super mal au dos, râlé-je.

— C'est donc ça la vieillesse.

Sa remarque, accompagnée d'une grimace, parvient à me décocher un demi-sourire.

— Il sourit ! s'exclame-t-elle, les bras en l'air.

— Je ne suis pas si vieux, je n'ai que vingt-quatre ans. Vingt-cinq ans, le 22 novembre.

— Un quart de siècle, c'est vieux.

Elle pivote vers la glace avant de faire volte-face à nouveau.

— Attends, le 22 novembre, comme le jour de la finale ?

— Ouais.

— Oh, merde, mais je n'ai pas de cadeau ! Donc ça veut dire que je dois à tout prix t'offrir la médaille d'or !

Elle émet un hoquet de surprise et s'agite sur son siège.

— Et Noël ? J'ai encore moins pensé à Noël. Je n'ai pas de cadeaux, ni pour mes parents, ni Kelsie, ni toi. C'est la merde, comment je vais… débite-t-elle.

Je plaque une main sur sa bouche pour l'empêcher de continuer à déblatérer.

Sérieux, comment elle peut penser et parler aussi vite ?

Je sens ses lèvres remuer contre ma paume, mais je l'interromps :

— Je vivrais très bien mes vingt-cinq ans même si tu ne m'offres pas de cadeau. Je t'ai toi comme partenaire et c'est le plus important.

Le fait qu'elle soit ma partenaire compte bien plus que tout ce qu'elle pourrait m'offrir. Olivia m'offre l'espoir de nous qualifier pour les championnats du monde, l'espoir de faire décoller nos carrières et de cumuler les médailles.

Elle reste silencieuse. Mais pas longtemps.

— C'est quoi ta couleur préférée ?

La première réponse qui me vient en tête, c'est la couleur de ses iris. Mais je reste vague.

— Le vert, pourquoi ? l'interrogé-je en retour.

— Tu connais la mienne, mais je ne connais pas la tienne. Je ne connais presque rien de toi en dehors de ton passé avec Joanne et de ton père, avoue-t-elle dans un murmure presque inaudible.

— Tu me connais très bien, Liv'. Tu ne rates pas grand-chose, tu sais ?

— Mais on patine ensemble tous les jours ou presque. On a un tatouage commun, qui au passage, me démange affreusement. Ah, et dernière nouveauté… on partage un lit.

Je la regarde, amusé, mais constate qu'elle ne rit absolument pas.

— Tu veux réellement que je me confie maintenant ? demandé-je, on ne peut plus sérieux.

— Oui ! affirme-t-elle sur le même ton.

— Tes amis vont entrer sur la glace, alors concentre-toi là-dessus.

Elle inspire pour parler de nouveau, mais les applaudissements du public l'en empêchent. À vrai dire, je ne sais même pas vraiment par où commencer. Elle connaît l'essentiel. À quoi bon se confier lorsque les gens peuvent réutiliser tout ce que vous leur dites contre vous à la moindre occasion ?

Peut-être que ce n'est pas juste d'agir de la sorte avec Olivia, alors qu'elle m'a montré ses parts les plus sombres, mais Joanne m'a rendu méfiant.

Comme Olivia, elle connaissait mes peurs et mes doutes. Aussi bien dans notre carrière que dans ma vie personnelle. Sauf qu'elle a décidé de s'en servir à son avantage. Je l'ai laissée faire, fatigué de me battre pour sauver quelque chose qui ne méritait pas de l'être.

Les couples s'enchaînent sur la glace. Les qualifications vont être rudes, comme toujours, mais je suis certain que Kelsie et Andrew y parviendront sans encombre. Tous les couples sont appelés et, lorsque ses amis apparaissent enfin sur la glace, Olivia saute de joie et crie à tue-tête pour les soutenir. Je ris sans retenue avant de la rejoindre dans ses encouragements. Quelques spectateurs nous regardent bizarrement, mais Olivia et moi en faisons fi.

— Ce sont nos amis ! répond-elle à une mère et son enfant devant nous.

Nos amis.

Je ne suis peut-être pas si seul, finalement. Je les connais peu, mais ils sont géniaux, aussi bien sur la glace qu'avec Olivia. Ils sont drôles, bienveillants, chaleureux. À l'image de ma partenaire.

Kelsie et Andrew ne passent pas immédiatement. Nous regardons quelques couples, mais jusque-là, ce ne sont que des programmes classiques, même si bien maîtrisés. Enfin, c'est ce que me souffle Olivia, telle une commentatrice sportive.

— Je reviens, je vais nous chercher à boire.

Je me lève du siège, embrasse le sommet de son crâne dans un geste qui me paraît plus que naturel et remonte les gradins à la recherche des comptoirs. L'endroit est immense et pour ne pas faciliter les choses, énormément de spectateurs circulent dans l'enceinte ronde. Je regarde à peine où je vais et bouscule violemment quelqu'un. Je me retourne pour m'excuser et tombe nez à nez avec Joanne.

— Salut…

— Salut, réponds-je, amer.

— T'es venu voir les qualifications, toi aussi ?

J'ai l'impression que le temps s'écoule à une vitesse atrocement lente. Je devrais partir, mais mon corps semble peser trois tonnes et je peine à me remettre en marche.

— Ouais, j'ai des amis qui concourent. Enfin, c'est surtout ceux de… Enfin, bref.

— Cool, je suis contente pour toi. Vraiment.

Ce qu'elle pense ne me fait ni chaud ni froid.

— Je ne t'ai pas trouvé de jus de mangue, mais il y avait du jus multivitaminé, je me suis dit que ça t'irait, intervient quelqu'un dans mon dos.

Joanne grimace et passe d'un pied à l'autre, mal à l'aise. Je me retourne et rencontre un grand brun qui m'est plus que familier. Des yeux de fouine marron, un nez épaté et un visage rond avec une barbe bien fournie.

— Mais c'est le grand Sam Anderson ! Comment ça va, mec ?

— Harris, le salué-je d'un ton tranchant.

Mes yeux voyagent entre les deux patineurs qui échangent quelques mots. Ils portent tous les deux le même survêtement vert et bleu marine, le logo d'un club new-yorkais sur la poitrine. Une douleur vive comprime ma poitrine. Je n'entends qu'un bruit blanc, comme si du coton recouvrait mes oreilles. La gifle mentale que je me prends est d'une violence indescriptible.

— Sérieusement, Joanne ? C'est vraiment ce que je pense ?

Je sais déjà, mais j'ai besoin qu'elle le confirme de vive voix. Qu'elle porte le dernier coup de couteau.

— Je n'en reviens pas que tu m'aies fait ça.

Joanne presse ses lèvres et détourne le regard. Furieux, je rebrousse chemin sans les boissons promises au départ et retourne auprès d'Olivia. J'arrive tout juste avant que le programme d'Andrew et Kelsie ne commence.

Je regarde à peine leur performance, mais les applaudissements qui éclatent dans toute la salle confirment qu'ils assurent. Je suis encore sonné par ce que je viens d'apprendre, incertain de réaliser réellement ce qu'il se passe. Le coup bas qu'elle m'a fait est encore plus dur que ce que j'avais imaginé jusqu'à aujourd'hui.

Olivia se penche vers moi pour me parler, mais je suis tellement hors de moi que je bondis de mon siège et quitte le palais omnisport, fonçant directement à l'hôtel. Je laisse l'air froid brûler mes sinus et mes poumons. La tête penchée en arrière, j'admire quelques secondes les gratte-ciels qui disparaissent dans les nuages ; si hauts que, même d'en bas, j'en ai le vertige.

Mes pas sont mécaniques. La tête en vrac, j'avance parmi la foule dense de la métropole, au milieu des New-Yorkais et des touristes venus de tous les continents. Un des illustres taxis jaunes me klaxonne alors que je traverse à l'arrache, et son conducteur ne manque pas de me fustiger par la vitre, le poing en l'air. C'est presque un miracle que j'arrive dans la chambre sain et sauf.

Allongé sur le lit, je fixe le plafond blanc qui se tient au-dessus de moi. Tout se bouscule dans ma tête : ma carrière avec Joanne, nos disputes à répétition avant les championnats du monde, son départ et la vraie raison de celui-ci.

Olivia ne tarde pas à revenir dans la chambre. Je la regarde brièvement lorsqu'elle passe le pas de la porte, euphorique. Elle sautille sur un pied pour enlever une de ses chaussures alors qu'elle me raconte la performance d'Andrew et Kelsie.

— Je crois que c'est le triple flip le mieux exécuté que j'ai…

Elle s'interrompt lorsqu'elle voit la tête de dix pieds de long que je tire.

— Ça va ? demande-t-elle avec une pointe d'inquiétude dans sa voix.

— Ouais, avoué-je. J'ai vu Joanne aux qualifs et… bref.

Ses lèvres se retroussent. Je sais ce qu'elle pense, que je vais forcément la revoir souvent, mais ça, à la limite, je suis capable de gérer. Mais la voir avec Caleb Harris me donne la nausée. De tous les patineurs avec qui elle aurait pu concourir, elle a choisi de le faire avec notre rival.

— Avant son départ, on se disputait pas mal sur nos programmes. Elle nous mettait une pression de dingue, avoué-je.

Olivia s'appuie de son épaule contre le mur, écoutant attentivement ce que je lui raconte :

— Ce n'était jamais assez bien, jamais parfait pour elle. Il y avait toujours quelque chose qui n'allait pas et l'on se disputait beaucoup à ce propos avant les Mondiaux. Joanne n'arrêtait pas de dire que je ne m'investissais pas assez, que nos chorégraphies étaient banales, sans risques. J'ai beaucoup douté de moi à ce moment-là. Je lui ai dit qu'elle pouvait toujours partir si elle trouvait qu'on n'évoluait pas.

— Arrête de te blâmer pour quelque chose qu'elle a fait.

— Caleb Harris. C'est son nouveau partenaire. Et c'était aussi notre principal rival avant les championnats du monde.

Elle fronce légèrement les sourcils.

— Elle n'est pas seulement partie pour s'installer avec sa copine. En fait, elle est…

C'est dur de mettre les mots sur ce qu'il se passe. Je me sens trahi et profondément vexé. Je repense à tout ce qu'on a construit en douze ans. On s'est entraîné sans relâche, tout ça pour du vent. Les mots peinent à sortir de ma bouche. C'est comme essayer de saisir une réalité qui me dépasse.

— Joanne est partie pour patiner avec quelqu'un de meilleur que moi parce qu'elle me trouvait… nul. Elle a préféré fuir plutôt que de travailler ce qui n'allait pas dans nos programmes.

Lorsque les mots franchissent mes lèvres, un poids descend droit vers mon estomac, me donnant la nausée. Un silence remplit tout l'espace de la pièce avant qu'Olivia ne le brise.

— Je peux toujours lui briser un des genoux avant la compétition, tu sais, lance-t-elle avec humour.

Je laisse sortir un rire franc, ce qui la fait sourire en retour. Elle s'assoit sur le bord du lit et pose sa main sur ma cuisse. Des papillons s'agitent dans mon bas-ventre.

— Elle ne se rend pas compte de ce qu'elle a perdu. Mais je la remercie, parce que moi, j'ai tout gagné.

Mon cœur s'emballe. Olivia peut me traîner dans les pires scénarios : je la suivrai sans hésiter. Elle fait partie de ces gens qui vous font vous sentir bien en un regard, en un mot.

Je tente de me relever, mais grimace sous mon dos encore douloureux. Je place instinctivement ma main dans mon dos. Olivia affiche un rictus narquois.

— J'ai de la pommade, je peux t'en mettre si tu veux ? propose-t-elle.

— Ça m'aiderait grandement, oui.

Elle se dirige vers la salle de bains et revient en moins d'une minute avec un tube de décontractant musculaire.

— Enlève ton pull et allonge-toi sur le ventre, m'ordonne-t-elle.

— On brûle pas mal de règles là, Liv'. Tu ne trouves pas ?

— La ferme.

Je ris et m'exécute sans broncher, la tête enfouie dans l'oreiller. Je frissonne légèrement sous la matière froide qu'Olivia prend soin d'étaler sur ma peau. Ses mains s'attardent sur la zone endolorie jusqu'à ce que la crème pénètre en totalité. Ses doigts fins continuent de glisser sur ma peau, descendent jusqu'au creux de mes lombaires et répètent ce geste pendant plusieurs minutes. Le contact de ses mains me chatouille lorsqu'elle s'approche de mes côtes, mais je gémis de soulagement quand elle termine.

— Et voilà, grand-père ! dit-elle en me claquant les fesses.

Je m'étrangle avec ma propre salive, surpris par son geste plus qu'audacieux.

— Merci.

Nous passons la fin d'après-midi à mettre au point l'entraînement de demain. Nous n'avons pas le droit à l'erreur, nous n'avons qu'un seul passage pour nous qualifier avant les finales et il va falloir tout donner sur la danse rythmique dans quelques jours.

— Au fait, je pensais à un élément intéressant pour notre danse rythmique.

— Tu veux rajouter quelque chose ? demande-t-elle.

— Sur le porté en ligne droite qu'on fait sur la dernière partie, on pourrait ajouter une difficulté. Ça améliorerait considérablement notre note.

Elle me dévisage d'un air perplexe. Je lui propose alors de l'essayer en sécurité, à proximité du lit en cas de chute. Mon dos est encore endolori, mais j'en fais abstraction.

Olivia monte sur ma cuisse et s'installe sur mes épaules comme nous l'avons répété des centaines de fois.

— Là, lui expliqué-je en réalisant notre porté. Au lieu de juste descendre, renverse-toi vers l'avant.

— En gros, comme une souplesse avant chez les gymnastes ?

— Exactement. Fais-moi confiance, je te tiens, la rassuré-je.

Le premier essai ne la met pas à l'aise. Elle réfléchit longuement à la figure avant de se placer. J'acquiesce légèrement pour l'encourager à se lancer.

— Fais-moi confiance, Liv', je suis là.

Elle pince les lèvres, puis se laisse basculer en avant. Un cri étranglé lui échappe, mais je la ramène en toute sécurité sur le sol ferme.

— Tu vois que tu peux me faire confiance. Je te rattraperai toujours, Olivia.

Elle sourit timidement. Nous répétons la figure plusieurs fois avant d'aller nous reposer pour de bon avant demain.

Le soir même, Olivia s'assure toujours de laisser une bonne distance entre nous dans le lit. Je lui souhaite bonne nuit, mais restant sans réponse, je suppose qu'elle s'est déjà endormie.

Chapitre 28

« *Empotée* »

Olivia

Vous savez ce que c'est de dormir avec quelqu'un que vous connaissez depuis presque six mois seulement ? L'Enfer. Et dans le rôle de Lucifer, j'ai nommé Sam Anderson. J'ai passé la nuit à lui donner des coups de pied pour qu'il arrête de ronfler. Et pas un petit ronflement mignon et sexy comme lui. Non… Plutôt le genre à en faire trembler les murs. Je peux même jurer avoir entendu nos voisins frapper contre la cloison qui sépare nos chambres. Au final, Ronflex[1] s'est calmé peu après deux heures du matin, me permettant enfin de m'endormir.

Les rayons du soleil qui s'infiltrent par le fin rideau me réveillent. À mesure que j'émerge, je sens un poids sur ma peau à découvert. Je tourne la tête et trouve

1. Créature de l'univers Pokémon.

la main de Sam posée à l'intérieur de ma cuisse. Le rouge me monte rapidement aux joues et des centaines de papillons volent dans mon abdomen. Sam est déjà réveillé, scrollant sur son téléphone d'une main. L'autre, très haute sur ma cuisse, ne bouge pas d'un poil. Je bouillonne, et pas seulement de rage. Je me redresse sur les coudes à la vitesse de la lumière et lui adresse un regard noir.

— Bonjour, murmure-t-il de sa voix rauque.

— Je peux savoir pourquoi ta main est sur ma cuisse ?

Il lève enfin le nez de son écran pour regarder sa main, puis moi.

— Pour que t'arrêtes de me donner des coups de pied la nuit, Chucky. Sérieux, j'ai cru que t'étais la nouvelle championne de kickboxing.

— Si tu ne ronflais pas, ça n'arriverait pas, lui réponds-je.

Il retire sa main, ne laissant qu'une sensation de chaleur là où elle se trouvait il y a à peine quelques secondes. Aussitôt libérée, je me rue dans la salle de bains. Je jette un œil à ma cuisse, sentant encore les doigts de Sam à cet endroit, comme une empreinte.

— Tu devrais consulter, ce n'est pas normal de ronfler comme tu le fais. T'as déjà entendu parler de l'apnée du sommeil ?

Alors que je commence à me brosser les dents, Sam me rejoint et fait pareil, quand un détail me revient en tête.

Comment sa main a-t-elle pu finir sur ma cuisse cette nuit ?

— Attends, deux secondes… T'en as fait quoi des oreillers ? demandé-je, légèrement irritée.

— Ah ça, je les ai enlevés. Ils me gênaient, déclare-t-il avec son éternelle arrogance.

Mais le toupet de ce mec !

Mes yeux suivent chacun de ses mouvements dans le miroir.

Ne t'énerve pas, Olivia.

Je lève les yeux au ciel tandis qu'il affiche encore et toujours son sale sourire narquois.

Nous descendons tous les deux dans la salle de réception, trente minutes plus tard, pour le petit-déjeuner. Je repère mes meilleurs amis à une table, nous faisant signe de les rejoindre après nous être servis au buffet. Kelsie se lève pour s'installer à côté d'Andrew, laissant à Sam et moi la banquette en velours bleu. Je ne parle pas, me contentant de tartiner mon pain avec du fromage et de le tremper dans mon chocolat chaud.

J'adore faire ça, je vous jure, c'est délicieux !

La main de Sam attrape la mienne avant que je n'aie le temps de le faire.

— Wow, stop ! Tu fais quoi ?

— Je prends mon petit-déjeuner et tu m'empêches de le faire, protesté-je avec un regard noir.

— Tu trempes ta tartine de fromage dans le chocolat chaud, t'es répugnante.

En guise de réponse, je poursuis le trempage de ma tartine dans ma boisson chaude avant d'en prendre une bouchée. Il me regarde avec un air de dégoût plaqué sur le visage.

— Sérieusement, Liv' ?

— Bah quoi, c'est délicieux, je n'y peux rien.

Les yeux de mes amis font du ping-pong entre nous et je surprends Kelsie en train de chuchoter à l'oreille de son mari, sans pour autant comprendre ce qu'elle lui dit, bien que ce dernier sourie et acquiesce.

— Alors, c'est quoi le programme pour vous aujourd'hui ? demande Andrew en passant son bras autour des épaules de sa femme.

— On s'entraîne sur la glace officielle ce matin, et une répèt' hors glace cet aprèm.

— Olivia m'a dit que vous aviez réussi un excellent triple flip, je crois, hier, poursuit Sam.

Kelsie acquiesce. C'est sensationnel ce qu'ils font ensemble. Je pense qu'ils peuvent décrocher l'or deux fois cette saison. Kelsie et Andrew s'entraînent deux fois plus pour y parvenir : ils doivent non seulement savoir réaliser parfaitement les sauts seuls, mais ils doivent aussi les synchroniser pour les séries de sauts parallèles. Et ce, même avec leur talent respectif. Je les admire.

Nous ne tardons pas à rejoindre le palais des sports après le petit-déjeuner. Tous les danseurs sur glace sont réunis avec leurs coachs et leurs chorégraphes. Chaque couple a le droit d'avoir sa musique au moins une fois. Bien évidemment, nous ne pouvons pas répéter l'entièreté de nos deux programmes ce matin, mais nous allons travailler quelques segments. Lorsque nous enfilons nos patins, nous apercevons Joanne et son partenaire qui arrivent en riant dans la patinoire.

Je jette un coup d'œil vers Sam, déjà sur la piste, dont la mâchoire s'est serrée. Je me dépêche de lacer mon second patin avant de le rejoindre. Je saisis sa main et ses muscles se détendent aussitôt. Après notre échauffement habituel, Danielle et Archie nous rejoignent pour retravailler nos placements. J'écoute attentivement Danielle. Je dois être plus expressive, lâcher prise sur la partie chorégraphique. La musique est intense et je ne dois pas hésiter à refléter son caractère.

Joanne et Caleb s'entraînent tout près. Nous les regardons un court instant et je dois avouer qu'elle patine extrêmement bien. Je comprends mieux pourquoi Sam et elle dominaient les classements. J'observe discrètement ce dernier alors que les muscles de sa mâchoire tressautent.

— Regarde-la, à patiner comme si de rien n'était, dit-il en buvant une gorgée d'eau.

— Ignore-la, Sam, on assure nous aussi. Je suis sûre qu'on peut les battre.

Je n'ai aucune confiance quant au fait de les battre, mais je veux donner espoir à Sam, comme il l'a fait avec moi aux Régionales.

Sam me prend délicatement la main et nous commençons à répéter à notre tour. La danse imposée semble maîtrisée, ce qui nous soulage, car c'est un passage extrêmement difficile, même pour les plus grands. Danielle se réjouit, attirant le regard de Joanne et de son partenaire qui observent notre chorégraphie.

Après une pause générale, nous nous remettons tous au travail. Et alors que nous nous élançons sur la partie chorégraphique de notre danse libre, quelqu'un arrive dans mon virage. Je tente au mieux d'éviter la patineuse qui me fonce dessus, mais elle me percute sur un de mes retournements. Je tombe lourdement sur la glace après m'être tordu la cheville.

— Aïe ! hurlé-je en tenant ma cheville droite.

— Liv' ! s'exclame Sam en se précipitant vers moi.

Il freine brusquement et s'agenouille près de moi. Une autre ombre se dresse au-dessus de moi, et je reconnais la chevelure brune de Joanne.

— Merde, merde, je suis vraiment désolée !

— Tu ne pouvais pas faire attention ? s'énerve Sam.

Il est déjà sur les nerfs depuis hier et c'est loin d'aller en s'arrangeant.

— Je vais chercher un médecin, je reviens, nous souffle Danielle.

— Ça va, Liv' ?

— Ouais…

En apparence, seulement.

Ma cheville reste fragile depuis mon accident. Je ne peux pas m'empêcher de penser que ça recommence, que je vais être sur la touche une nouvelle fois. Des larmes perlent au coin de mes yeux et mon souffle se fait court.

Pas ça, pas maintenant. Je ne le supporterai pas.

— Je suis vraiment, vraiment désolée, je ne t'ai pas vue. Je pensais avoir le champ libre, se défend Joanne.

— La sécurité, c'est la première chose qu'on apprend, Joanne. Tu dois toujours vérifier qu'il n'y a personne. Putain !

Sam se tient près de moi alors qu'un médecin nous rejoint pour m'examiner en vitesse et lui demande de s'écarter. D'ici, je peux l'entendre se disputer avec Joanne.

— Si je ne te connaissais pas aussi bien, je pourrais presque croire que tu l'as fait exprès, lui lance-t-il d'un ton amer.

— Bien sûr, ça t'arrangerait bien de m'accuser de tous les maux du monde. Tu devrais peut-être choisir une partenaire moins empotée à l'avenir. C'est ça de choisir des gens qui n'ont jamais fait de danse sur glace de leur vie.

Mais pour qui elle se prend ? Et dire que j'essayais de la trouver sympa à Colorado Springs !

Sam lui adresse un regard aussi noir que la couleur de ses patins et s'apprête à lui répondre, mais Caleb arrive pour temporiser la situation et extirper Joanne de là.

— Ce n'est qu'une petite contusion. Repos complet jusqu'à vendredi soir et pas trop d'appuis sur votre cheville droite avant la compétition, déclare alors le médecin.

Fait chier !

Sam et Archie m'aident tous les deux à me relever et à me sortir de la glace. Mon partenaire s'assied à côté de moi et s'empresse de délacer mes patins, ne pipant pas un mot. Il prend également soin de sécher mes lames et de ranger mes affaires dans mon sac. Lorsque je me lève pour rentrer à l'hôtel, il s'accroupit, dos à moi.

— T'as entendu le médecin ? Repos complet et pas d'appuis. Alors grimpe, conclut-il en regardant par-dessus son épaule.

— Et ton dos ?

— Tu n'es pas lourde du tout, mon dos s'en remettra. Monte.

J'hésite un instant, mais le voyant perdre patience, je me décide finalement à grimper sur son dos. Il se relève sans aucune difficulté tandis que mes bras entourent son cou et qu'il me cale contre lui, passant ses mains sous mes genoux pour me soutenir.

Archie n'est pas loin derrière nous, transportant nos sacs jusqu'à l'hôtel. Le trajet semble sans effort pour Sam, qui maintient une bonne allure sans s'essouffler. Une fois dans notre chambre, ce dernier me pose doucement sur le lit et remercie Archie d'avoir apporté nos affaires. Son visage transpire la colère et je le sens sur le point d'imploser.

— Sam, je vais bien, d'accord ? Le médecin a dit que c'était bénin, je suis sûre qu'elle ne l'a vraiment pas fait exprès.

— Tu peux arrêter de lui trouver des excuses ?

— Et toi, arrête d'être aveuglé par ta colère envers elle !

Il reste planté là, les mains sur les hanches. Je sais qu'il lui en veut, c'est légitime après ce qu'elle lui a fait. Mais continuer d'être en colère ne changera pas ce qu'il s'est passé.

— C'est un accident, d'accord ? Ça aurait pu arriver avec n'importe qui d'autre.

— Excuse-moi d'être contrarié parce que t'es blessée par sa faute !

Les mots de Joanne me reviennent.

« Tu devrais peut-être choisir une partenaire moins empotée ».

Même Sam doit le penser. Après tout, je me suis plantée sur les twizzles aux Régionales. J'ai laissé mon ego parler après notre échec, mais la vérité me rattrape. J'ai toujours prétendu être une championne alors qu'en vérité, je ne suis *rien*.

Mon géniteur avait raison. *Il* a toujours raison.

— Désolée si je suis un peu trop empotée sur la glace.

Il lâche un rire qui sonne faux.

— T'es très loin d'être empotée, Liv'. Crois-moi, tu te débrouilles plus que bien.

Le matelas ploie. Sa main se glisse dans la mienne d'un geste qui semble des plus naturels.

— T'as du talent, Liv', un vrai talent pour la danse sur glace. T'es la meilleure chose qui me soit arrivée ces derniers mois. Ne laisse personne te dire ce que tu vaux, encore moins Joanne. Tu es extrêmement forte et… je suis fier de toi, Championne. Plus que n'importe qui.

Ses mots me surprennent. Ma mère et Roy m'ont déjà dit qu'ils étaient fiers de moi, bien sûr, et je les crois. Mais le fait que Sam le dise sonne différemment. Ça me redonne de l'espoir pour la suite de la compétition. On va vraiment essayer de battre Joanne et Caleb.

Rectification : nous allons battre Joanne et Caleb.

Chapitre 29

Perdre la raison

Sam

J'ai l'impression d'être coincé dans une boucle temporelle depuis la blessure d'Olivia. On ne sort pas depuis trois jours, si ce n'est pour rejoindre la cafétéria. Et le temps commence à se faire long. Très long. Olivia récupère bien et applique attentivement le protocole du médecin. Malgré tout, nous continuons de répéter nos programmes comme on peut, en veillant à préserver sa cheville.

Évidemment, je prends ça très au sérieux, ce qui agace Olivia qui peste toute la journée. Mais les qualifications de danse sur glace ont lieu demain, et ce n'est pas le moment de jouer aux cons.

Nous répétons une dernière fois cet après-midi, en douceur. Elle parvient à s'appuyer un petit peu plus sur sa cheville depuis hier, mais je veille à ce qu'elle ne force pas dessus. Nous essayons tant bien que mal de reproduire des séquences de pas sur un pied, mais hors glace et avec l'espace limité de notre chambre, c'est un peu compliqué. Cette fois, lorsqu'elle pose son pied par terre, je la vois grimacer légèrement.

— OK, on arrête. Il faut que tu te reposes.

— Ça va, Sam, on peut le refaire une fois ou deux, insiste-t-elle.

— J'ai dit stop, Olivia. On a assez répété cette semaine, on est prêts.

Je l'entends marmonner alors qu'elle s'allonge sur le lit, appuyant son dos contre la tête de lit.

C'est dur pour Olivia. Elle a toujours encaissé les échecs et les mauvaises chutes pour en faire sa force, et je sais ô combien ça la frustre de ne pas s'entraîner avant la compétition. Je récupère la pommade qu'elle a appliquée sur mon dos endolori il y a quelques jours et reviens m'asseoir à côté d'elle. Je soulève sa jambe et la dépose sur mes cuisses pour retirer sa chaussette.

— Tu fais quoi, là ?

— Je te masse la cheville, ça va te soulager un peu. Et ensuite, tu te reposes.

— Je peux le faire toute seule.

Elle tente de reprendre le tube de mes mains. Mais je lève mon bras d'un geste vif, l'empêchant d'atteindre la pommade.

— On est une équipe, non ? Alors, laisse-moi prendre soin de toi.

Je soupire lourdement en appliquant quelques gouttes de gel froid sur sa cheville, qui lui arrachent un hoquet de surprise, et commence à étaler la pommade par des gestes circulaires.

Malgré sa réticence, elle se détend petit à petit sous le contact de mes mains. Elle me regarde faire tranquillement, puis me remercie à la fin.

— Je vais aller courir un peu pendant que tu te reposes.

— Quoi ? Hors de question que je m'ennuie toute seule ici, je viens avec toi !

Tiens, ça m'aurait étonné qu'elle m'écoute !

— Non, Liv', tu ne vas certainement pas courir avec moi alors que ta cheville est en vrac. Je te rappelle qu'on doit se qualifier demain.

— Et si tu te blesses, toi ? Je n'aurais pas de partenaire non plus, je te signale.

— Je ne me blesserai pas.

Elle tente de se lever, mais je l'en empêche en appuyant sur ses épaules.

— Tu fais chier, Ballerine.

— Je sais ! réponds-je avec arrogance.

Je l'entends claquer la langue contre son palais.

— Tu n'as qu'à aller voir Kelsie ou faire le tour de l'hôtel si ça te chante, mais c'est tout. On se retrouve ici dans une heure et demie.

— Ouais, c'est ça, marmonne-t-elle.

Je ferme la porte derrière moi, mais reste dans le couloir quelques minutes pour m'assurer qu'elle ne me suive pas.

Elle en est capable.

Je connais assez bien New York. J'y suis déjà venu plusieurs fois pour les compétitions. À défaut de pouvoir m'entraîner avec Olivia sur la glace, je me force à aller courir. Rester enfermé trois jours à ne rien faire m'a presque rendu fou. Pas qu'Olivia soit désagréable comme colocataire, bien au contraire, mais ces derniers jours ont fait remonter des souvenirs, et pas forcément les plus agréables.

Pendant trois jours, j'ai eu l'impression d'avoir quatorze ans à nouveau, lorsque mon père m'empêchait d'aller à la patinoire pour que je puisse m'y défouler. Je restais enfermé dans ma chambre pendant des heures, parfois jusqu'à ce que ma mère vienne me délivrer pour m'y emmener.

Parfois, je me demande comment elle a pu l'aimer aussi longtemps. Comment elle a pu tomber amoureuse de mon père. Lui qui ne me montrait jamais de signes d'amour, qui me méprisait et qui, d'ailleurs, me méprise toujours. Pourtant, malgré sa révulsion pour mon choix de carrière, je le cherche toujours du regard dans les gradins à chacune des compétitions les plus importantes. Je ne m'attends jamais à le trouver dans la foule, mais j'ai toujours un pincement au cœur quand je ne le vois pas ou qu'il ne m'envoie pas de messages pour me féliciter.

Mes foulées m'amènent jusqu'à Central Park où je me lance dans un parcours de dix kilomètres. Musique à fond dans les oreilles, j'évacue toute ma frustration à chaque coup de talon contre l'asphalte.

À mon retour dans la chambre, un peu plus d'une heure et demie après, je tombe sur une scène surréaliste : Olivia s'entraîne seule et saute à cloche-pied sur sa cheville blessée quelques jours plus tôt. Elle se fige, prise en flagrant délit.

— Non, mais dites-moi que je rêve !

Je me précipite vers elle et l'empêche de sautiller une nouvelle fois en l'asseyant de force sur le bord du lit. Têtue comme une mule, Olivia se relève aussitôt et se tient non loin de moi, les bras croisés.

— Quoi ?

Elle feint l'étonnement.

— Il faut bien que je renforce ma cheville avant…

— Ne finis pas cette phrase.

Non, mais sérieusement ? Je n'ai jamais vu quelqu'un d'aussi borné qu'Olivia !

Je me pince l'arête du nez pour retrouver mon calme. Du coin de l'œil, je remarque son petit sourire malicieux plaqué sur ses lèvres.

— Va t'allonger. Maintenant.

— Détends-toi, je vais bien ! éclate-t-elle. Je ne suis pas en sucre, tu sais, ma cheville va mieux et…

— Et justement ! Je ne vais pas prendre le risque de te blesser encore plus !

Si je n'ai pas Olivia, je n'ai plus rien. Depuis les Régionales, elle réussit à me prouver chaque jour que j'ai fait le bon choix en faisant d'elle ma partenaire. Je ne veux pas être l'abruti qui va la faire s'entraîner de force et la surmener, au risque d'aggraver ses blessures. Olivia, au contraire, cherche toujours à repousser ses limites, parfois contre l'avis des médecins ou d'Archie.

Quand je l'ai rencontrée, elle passait des heures sur la glace pour perfectionner ses figures. Elle pouvait recommencer son saut jusqu'à cent fois pour passer au-dessus de son traumatisme. Je l'observais et elle ne s'arrêtait pas avant d'avoir réussi, même quand son coach lui conseillait de passer à autre chose. C'est toujours le cas maintenant, d'ailleurs. Le patinage artistique et son géniteur ont fait d'elle une machine, un automate. Et le pire, c'est qu'elle n'est ni la première ni la dernière victime.

Elle me regarde d'un air incrédule, son regard transperçant mon âme.

— Tu n'as pas besoin de t'entraîner autant pour être à la hauteur et pour être parfaite. Te mettre autant la pression n'arrangera rien. Au contraire, ce sera encore pire.

Des larmes perlent au coin de ses yeux, mais ne coulent pas. Mes mains capturent son visage et le lèvent vers moi.

— Je te connais assez maintenant pour savoir que tu rumines les paroles de Joanne depuis trois jours. Tu n'es pas empotée, bien au contraire.

— Pourtant, je me suis gourrée sur les twizzles aux Régionales, tu te rappelles ? renifle-t-elle en me fuyant du regard.

— Regarde-moi, Liv'.

Je soulève son menton de mon pouce et de mon index et cherche son regard. Après une courte hésitation, ses deux prunelles couleur jade s'ancrent dans les miennes. J'essuie délicatement la larme orpheline qui roule sur sa joue à l'aide de mon pouce. Je ne voulais pas l'admettre par fierté, mais je ne veux plus jouer, pas quand elle tient mon cœur et mes espoirs entre ses mains.

— Liv', on sait pertinemment que c'est moi qui me suis trompé sur les twizzles ce jour-là. Je voulais juste que tu craques la première après notre baiser.

L'air autour de nous est lourd, chargé de tension. Mes mains ne se détachent pas de ses joues, et son regard ne dévie toujours pas. La raison voudrait que je m'éloigne d'elle, mais à l'instant où je me recule, Olivia agrippe le bas de mon T-shirt. Ses ongles griffent la peau de mon bas-ventre, un long frisson me traverse.

— Ce n'était pas un moment d'égarement, tu sais… le baiser, avoue-t-elle.

Je suis presque sûr que mon cœur déraille et ne sait plus comment battre correctement. Les lumières de New York se dessinent sur son visage délicat. Le bout de sa langue humidifie très légèrement ses lèvres. Ses pupilles sont dilatées ; elle a le genre de regard qui vous fait perdre la tête. Ma queue durcit, devenant douloureuse.

Résister est de plus en plus difficile.

— Ne me regarde pas comme ça.

— Pourquoi ? murmure-t-elle.

— Parce que j'ai envie de t'embrasser, Liv'. Et si je t'embrasse maintenant, je serai incapable de m'arrêter.

— Alors ne t'arrête pas.

Le regard rivé sur ses lèvres, je me penche pour l'embrasser comme j'en rêve depuis cette fois-là. Alors que nos lèvres s'effleurent, quelqu'un toque à la porte, nous faisant sursauter.

— Oli' ! Sam ! C'est Kelsie.

Olivia s'éloigne de moi dans un mouvement rapide et frotte ses mains sur son legging. Je me racle la gorge tandis que mes jambes m'amènent à la porte. Kelsie se tient dans le couloir avec Andrew, manifestement prêts à sortir.

— Avec Andy on voulait aller manger une pizza dehors, on s'est dit que vous voudriez peut-être venir !

— Demande à mon chaperon. J'ai le droit de rien faire d'après lui, râle Olivia qui me rejoint à la porte.

— Je n'ai pas dit que tu ne pouvais rien faire. J'ai dit que tu ne devais pas t'entraîner comme une acharnée.

— C'est pareil... On peut aller dîner dehors, ou bien Monsieur pense que ma cheville ne supportera pas le poids d'une pizza ?

— Très bien, on vous rejoint dans dix minutes dans le hall.

Olivia sautille légèrement. Bon... je reconnais que nous avons bien mérité cette première sortie au bout de trois jours de pseudo confinement.

La température de la pièce semble avoir chuté d'un seul coup. Il y a deux minutes, on a failli s'embrasser pour la deuxième fois, et là, plus rien. Même durant le dîner, nous faisons comme si de rien n'était, comme si nous n'avions pas été sur le point de nous embrasser une nouvelle fois. Olivia se contente de discuter avec ses amis qui ont hâte de nous voir en qualifications demain. Et je ne sais pas pourquoi, mais cette situation me frustre. J'ai envie de l'embrasser, j'ai envie d'elle. Pas seulement pour une nuit, je la veux tout entière. Aujourd'hui, demain, et tous les mois qui vont suivre.

Nous rentrons rapidement après notre dîner afin d'être en forme et reposés pour demain. Andrew et Kelsie, eux, décident de continuer leur balade nocturne dans New York.

Dans le hall de l'hôtel, nous attendons l'ascenseur qui se fait désirer. Des rires éclatent derrière nous. Nous tournons la tête en même temps pour tomber sur Joanne, évidemment accompagnée de Caleb et Maddison.

— Génial, murmuré-je.

Olivia me rassure avec un bref coup d'épaule. Le tintement de l'ascenseur se fait enfin entendre et nous nous engouffrons tous les cinq dans la cabine. Mes doigts frôlent ceux de Joanne qui appuient eux aussi sur le bouton du onzième étage.

Fait chier !

Seule la musique d'ambiance retentit dans la cabine. Aucun de nous n'ose parler à son partenaire.

— Il gèle ici, chuchote Olivia.

Sa voix est presque imperceptible, mais elle me décoche un petit rire incontrôlé que je tente tant bien que mal de réprimer. La cabine fait une halte au neuvième étage, laissant sortir Maddison.

— Je te retrouve tout à l'heure, Jo, lui souffle-t-elle. Bonne soirée tout le monde.

Arrivés à notre étage, je ne suis pas au bout de mes peines. Nous prenons tous les quatre les mêmes couloirs pour rejoindre nos chambres.

Ne me dites pas que…

Joanne et Caleb s'arrêtent devant la chambre mitoyenne à la nôtre. Sérieux ? Comment j'ai fait pour ne pas les voir avant aujourd'hui ?

— OK, c'était carrément gênant, lâche Olivia lorsque nous sommes enfin dans notre chambre.

Chacun de nous s'allonge sur sa partie du lit. Olivia se détend sur son téléphone tandis que je me lance dans une série de pompes. Les rires de Joanne et Caleb nous parviennent à travers le mur aussi fin que du papier. Pourquoi je n'arrive pas à l'ignorer ? Elle a l'air tellement heureuse, elle. Comme si nous n'avions jamais rien partagé.

— Tu vas finir par t'éclater le nez si tu fais des pompes aussi rapides, remarque Olivia.

— J'en peux plus d'entendre son rire. Ils pourraient faire moins de bruit, il y a d'autres patineurs qui voudraient se concentrer.

— On a qu'à riposter, propose-t-elle en haussant les épaules.

Je m'immobilise aussitôt. Je m'assieds à même le sol et la dévisage. Sans comprendre où elle veut en venir, je la vois grimper sur le lit et s'approcher du mur qui sépare nos deux chambres. Je fronce les sourcils, me méfiant de ce qu'elle s'apprête à faire.

— Oh… oh oui !

Je rêve ?! Elle simule un rapport sexuel ?

J'écarquille les yeux et me dépêche de venir plaquer une main sur sa bouche pour l'empêcher de continuer.

— Non, mais ça ne va pas ?

— Roh, allez ! Tu t'es envoyé en l'air avec pratiquement toutes tes partenaires avant moi, profites-en.

Nous nous regardons dans le blanc des yeux pendant de longues secondes. Je ris, incitant Olivia à continuer. Elle pousse des gémissements exagérés, entremêlés à mon prénom.

Putain.

Je la rejoins dans ses faux cris de plaisir et jouis à mon tour. Hilare, Olivia étouffe son rire de sa main pour paraître plus crédible.

— Attends, j'ai une idée ! proposé-je.

Je me lève à m'en donner le tournis et me mets à cogner la tête de lit contre le mur avec mes mains. Olivia rit de plus belle et continue à simuler.

— Plus vite, Sam ! Oh oui !

Elle continue à pousser des gémissements de plus en plus rapprochés et bruyants. Le pire dans cette blague puérile, c'est qu'entendre Olivia gémir mon prénom m'excite affreusement. Je sens ma queue durcir un peu plus à chaque cri qui franchit ses lèvres. Plus de deux mois sans m'envoyer en l'air me font délirer et des images indécentes où je fais l'amour avec Olivia se glissent dans ma tête. Je peux facilement imaginer les réactions de son corps sous le plaisir. Je regarde ses lèvres se mouvoir et imagine sa langue dans des scénarios indécents. Ses tétons, qui pointent à travers son T-shirt, me narguent alors que j'imagine les sucer avec avidité. Je chasse rapidement ce fantasme lorsqu'Olivia finit par se laisser tomber dans un faux orgasme.

— Dis donc, c'était intense, pouffe-t-elle.

— Je vais prendre ma douche.

J'ai le feu aux joues. Mon érection se fait à l'étroit dans mon survêtement et je sens l'excitation pulser dans ma queue. Ouais… j'ai clairement besoin d'une douche froide. Glacée même.

C'est officiel, j'ai perdu la raison.

Chapitre 30

Dans ta face, Joanne

Olivia

Jour J.

Jour de qualification.

Le stress est à son comble ce matin. Non seulement j'ai eu du mal à fermer l'œil cette nuit, mais je me suis également réveillée une heure avant l'horaire prévu. Sam, lui, dort encore à poings fermés à côté de moi.

Si les Régionales étaient angoissantes, ce n'est rien comparé à aujourd'hui ; c'est un jour de fête pour mon anxiété ! Si l'on m'avait dit, il y a un an, que je participerais à une des plus grandes compétitions du pays, rétablie et dans une nouvelle discipline, j'aurais ri au nez de la personne. Et pourtant, me voilà.

Je me perds encore une fois dans mes pensées et les pincements que je m'inflige me ramènent à la réalité. Sam ne montre aucun signe de réveil, alors j'en profite pour faire quelques étirements. En grand écart, le buste écrasé contre le sol, je repasse toute la chorégraphie de la danse rythmique dans ma tête, plus d'une dizaine de fois.

Des carres profondes, bien plier les genoux.

Je tente de garder en tête les conseils précieux de Danielle.

J'inspire un grand coup et change de position afin d'étirer mes quadriceps. La compétition commence dans cinq heures et nous devons tous répéter avec nos costumes. Nous ne devons présenter que la danse rythmique pour ce premier tour des qualifications, donc nous n'avons vraiment, *vraiment* pas le droit à l'erreur. La pression monte, tout comme la nausée. Je me relève du sol à toute vitesse et vomis mes tripes dans la cuvette des toilettes, de justesse. Quand mes vomissements s'arrêtent enfin, ils reprennent aussitôt lorsque je repense aux qualifications.

— Tout va bien, Olivia ?

Sam se tient dans le cadre de la porte, la tête encore dans le brouillard, probablement réveillé par le bruit de mes régurgitations. Incapable de répondre oralement, je lève un pouce vers le haut avant de vomir à nouveau.

Son torse brûlant percute mon dos lorsqu'il s'accroupit et retient mes cheveux en arrière pour éviter qu'ils ne se mélangent à mon vomi.

— T'es malade ? C'est à cause du resto d'hier ?

— Non.

— Oh, ce n'est pas vrai… C'est McIntire qui t'a mise en cloque ? panique-t-il.

— Quoi ? Non, ça n'a rien à voir ! On n'a même pas couché ensemble.

Je crois reconnaître un soupir de soulagement qui s'échappe de ses lèvres. Oui, c'est vrai, j'ai eu envie de coucher avec Parker, mais plus maintenant. Encore moins depuis le baiser que Sam et moi avons failli échanger hier.

— Tu ne l'aimes pas, hein ?

— Non, c'est un connard. Il trempe dans des affaires de…

— Je crois que je vais encore vomir, l'interromps-je.

Un nouveau haut-le-cœur me soulève la poitrine, mais mon estomac est tellement vide que je ne régurgite que de la bile.

— Tu veux que j'appelle un médecin ?

— C'est juste le stress, Sam. Ça m'arrive tout le temps en compétition.

Je m'éloigne enfin de la cuvette et tire la chasse d'eau pour écarter cette vision d'horreur et ses odeurs. Sam frotte délicatement mon dos du plat de la main.

— J'ai tellement peur de te ridiculiser. Joanne a raison, je ne suis pas danseuse sur glace. Je fais ça depuis cinq minutes…

— Et ? Laisse parler Joanne, m'interrompt-il.

— Mais si elle avait raison ?

Je lève mes yeux humides vers lui.

— Liv', il n'y a pas une chose que Joanne fasse que tu n'es pas capable de faire à ton tour, dit-il en embrassant le haut de mon crâne.

Sam s'assied sur le sol avant de me caler entre ses jambes et m'enlacer. Le moment est intime malgré l'odeur de vomi. Si ça le dégoûte, il n'en laisse rien paraître.

— Je t'ai détesté, tu sais ? lancé-je de but en blanc.

— J'en avais aucune idée, tiens !

Je souris brièvement devant son sarcasme avant de revenir rapidement là où je voulais en venir :

— Je t'ai détesté après ton double axel. Il m'a fallu presque deux ans pour l'avoir.

Je pensais tout le temps à mon père quand je tombais, je pouvais visualiser son air furieux dans ma tête.

Quand je l'ai enfin réussi, j'étais la gamine la plus heureuse. Ce saut était ma première victoire contre mon géniteur. Après ça, j'ai travaillé dur, je ne voulais pas relâcher mes efforts. Je voulais être la plus performante possible. Je me fixais des objectifs tellement hauts pour ce sport que tout le monde me prenait pour une tarée. Tout le monde disait que je finirais par me blesser.

Je suppose qu'ils n'avaient pas tout à fait tort.

Mais avant ça, j'étais excellente. On vantait mes exploits, j'étais fière de moi parce que j'y arrivais. La vérité, c'est que mon père m'avait tellement maltraitée que je tombais à peine quand je m'entraînais, je me rattrapais toujours pour ne pas avoir à m'étaler sur la glace. Je maîtrisais des sauts à un âge où je n'étais pas censée le faire.

— Alors quand toi tu l'as fait en une semaine, je t'ai détesté, et j'ai haï la moi de dix ans. Parce qu'au fond de moi, j'étais persuadée d'être nulle.

— Mes fesses se souviennent encore des chutes, mais je refusais d'abandonner. Je voulais être digne de toi, d'être ton partenaire. Parce que toi, tu n'as jamais abandonné.

Il voulait être digne de moi ?

— Tu veux que je te dise un truc ? ajoute-t-il.

— Quoi ?

— Rappelle-toi que si tu penses savoir faire un saut difficile, il y a toujours un gamin russe de huit ans qui le fait mieux que toi.

Il a raison. C'est assez triste quand on y pense, les méthodes d'entraînement russes ont largement été remises en question ces dernières années. Certaines patineuses russes que j'ai côtoyées lors de grandes compétitions ont été soumises à une pression accrue de la part de leurs entraîneurs depuis leur plus jeune âge – pour « faire honneur à leur pays », disaient-elles. Elles ont rarement poursuivi leur carrière après leurs quinze ans, tant leurs corps ont été sollicités de manière excessive durant leur développement.

Nous restons assis sur le carrelage quelques minutes, puis ses lèvres se déposent de nouveau à l'endroit où se trouve ma cicatrice.

— Va te rafraîchir un peu, dit-il en se relevant. Et prépare-toi, on a une qualification à assurer.

Sans tarder, je me brosse les dents et me prépare. Je profite de la douche et des gouttes d'eau chaude pour me détendre. Quelques minutes plus tard, je laisse la place à Sam.

Après avoir revêtu des sous-vêtements adaptés, je sors mon costume de sa housse de protection et l'admire. La créatrice a ajouté des strass sur la robe, la faisant briller de mille feux. Je l'enfile rapidement, mais ne parviens pas à faire remonter la fermeture éclair jusqu'en haut. Je me tortille dans tous les sens, sans succès.

La porte de la salle de bains s'ouvre sur Sam qui a également revêtu son costume pour la compétition. Le sien ne porte pas de strass contrairement au mien, mais il est tout aussi magnifique. Ses manches, ainsi que son dos, sont faits du même tissu transparent que le mien. Ses yeux verts ressortent d'autant plus avec la couleur noire et la matière moulante épouse parfaitement chacun de ses muscles saillants.

— Besoin d'aide, peut-être ? s'esclaffe mon partenaire.

— Non, pas du tout, réponds-je avec sarcasme.

Son sourire s'élargit un peu plus alors qu'il s'approche de moi. Ses doigts se referment sur la fermeture éclair et la font remonter jusqu'à ma nuque avant de la sécuriser avec un élastique intégré dans le col intérieur. Ce petit contact me fait frissonner comme jamais.

— Merci bien.

— Alors, c'est parti !

Nous enfilons nos blousons et rejoignons le Madison Square Garden. Alors que nous traversons les galeries pour rejoindre la zone d'échauffement, tout le monde me dévisage et prononce des messes basses.

— C'est Olivia Gray ? s'étonne quelqu'un.

— Elle est passée en danse sur glace, ça veut tout dire. Elle n'a plus le niveau, poursuit une brune qui fait le grand écart. Tant mieux, j'ai envie de dire ! Ça laissera plus de chances aux autres.

— Si j'étais tombée comme elle devant le monde entier, je ne serais jamais revenue ! J'aurais eu trop honte.

C'est vrai qu'il y aura beaucoup plus de caméras aujourd'hui. La compétition est retransmise en direct sur toutes les chaînes de sport nationales. Ma poitrine se comprime douloureusement.

Non… il est hors de question que cette chute me définisse.

Je baisse le regard et presse le pas pour rattraper Sam. Leur jugement ne m'atteindra pas. Pas aujourd'hui.

Après un premier échauffement au sol, nous rejoignons la patinoire. Des couples répètent déjà, alors nous ne perdons pas de temps. Je lace fermement mes patins et m'assure de la stabilité de ma cheville. Nous effectuons quelques tours de glace main dans la main pour nous mettre en jambe.

— Comment va ta cheville ? me demande Danielle après l'échauffement.

— Bien. J'ai bien récupéré.

— Super. On répète une fois la danse imposée, les éléments un peu faibles et ensuite on répète le tout assemblé.

Nous acquiesçons tous les deux et retournons au travail. Danielle crie depuis la barrière pour se faire entendre par-dessus les autres coachs. Nous répétons la séquence de Midnight Blues avec attention. Je m'applique sur mon premier pas de fox-trot arrière, comme le répète Danielle à chaque entraînement. Nous travaillons une dernière fois la séquence de twizzles : aujourd'hui, pas le droit à l'erreur.

À la fin de l'entraînement, nous trouvons Kelsie et Andrew qui s'installent dans les gradins en même temps que les premiers spectateurs. Nous les rejoignons en récupérant nos affaires pour aller nous préparer.

— Hey ! lancé-je, enjouée. Qu'est-ce que vous faites là ?

— On vient vous soutenir, pardi ! déclare Andrew. Mais on ne s'en fait pas trop, la qualification, c'est dans la poche.

— Merci, mec, répond Sam à ma place.

— Putain de merde ! Joanne, tu déconnes ! hurle une voix dans l'enceinte.

Instantanément, tous les regards se rivent sur la glace. Caleb et Joanne se disputent, et de manière assez virulente. Devant tous les regards intrusifs, ces derniers sortent de la piste pour aller discuter à l'abri des oreilles indiscrètes. Sam les suit du regard, intrigué.

— C'est elle, la Joanne dont tu me parlais, Oli' ? me demande Kelsie.

— La seule et l'unique. Bon, on se revoit après, je dois aller me coiffer et me maquiller.

— Je viens ! s'exclame Kelsie.

Je fais rouler mes yeux sous mes paupières et l'entraîne avec moi dans les vestiaires. On s'est toujours préparées ensemble. On se coiffe et l'on se maquille l'une et l'autre à chaque compétition à laquelle on participe.

Elle me coiffe d'un chignon bas déstructuré qu'elle fait tenir avec énormément de pinces et de la laque. Pour le maquillage, elle intensifie mon regard avec des fards à paupières violets qui soulignent le vert de mes iris et couvre ma bouche d'un rouge à lèvres rosé. Quand je me regarde dans le miroir, une fois prête, je me rends compte qu'il y a longtemps que je ne me suis pas trouvée aussi jolie. Je n'ai même pas fait autant d'efforts pour les Régionales.

— Et voilà ! dit-elle en rangeant mes pinceaux à maquillage.

— Merci, Sissi, soufflé-je en l'enlaçant.

— Vous allez vraiment assurer. Vous l'aurez cette médaille avec Sam.

Un ricanement nous parvient dans notre dos. Nous nous retournons toutes les deux sur Joanne qui termine de lacer ses patins.

— Vous pensez vraiment avoir une chance de finir sur le podium ? Ce sera déjà bien si vous vous qualifiez.

Je déglutis avec difficulté.

— Vous patinez depuis moins d'un an tous les deux. Et toi, Olivia, t'as aucune expérience en danse sur glace. Il vous faudra vraiment beaucoup de chance pour nous battre. Et surtout, du talent.

Mon sang bout. Je serre les poings si fort que mes jointures blanchissent.

A-t-elle vraiment si peu d'estime pour celui qui a été son partenaire durant la moitié de sa vie ?

— Oh, le talent, on l'a. Et crois-moi, avec Sam, on compte bien vous battre. Je crois assez en mon partenaire pour remporter les médailles avec lui, rétorqué-je aussi sèchement qu'elle.

Ses paroles font monter l'angoisse en moi, mais je décide de ne pas la laisser me submerger. Mes ongles s'enfoncent dans mes paumes, laissant des marques en demi-lune. Si elle croit qu'elle va m'atteindre, elle se met le doigt dans l'œil. Et si en plus elle s'imagine me faire peur avec son expérience, elle se l'enfonce jusqu'au coude.

Je récupère mes affaires et passe devant Joanne en la bousculant de mon épaule, suivie de Kelsie qui retrouve sa place dans les gradins. Je rejoins Sam, lui aussi apprêté, qui attend près de la glace. Le coup d'envoi de la compétition est imminent, alors nous écoutons les derniers conseils de sa mère et d'Archie.

Mon regard se pose sur les deux patineurs derrière Sam, qui ne sont autres que Joanne et Caleb.

Leurs regards mauvais m'angoissent, en particulier celui de Caleb. Ma respiration est lourde et irrégulière, difficile à calmer. Sam regarde par-dessus son épaule avant de prendre mon visage en coupe.

— Ignore-les. On sait ce qu'on vaut tous les deux. Moi, je sais ce que tu vaux, Liv'.

Ses mains se détachent de mon visage. Je pose ma main sur son torse et il comprend tout de suite. Ses doigts palpent mon cou à la recherche de mon pouls. En quelques minutes, l'angoisse est redescendue.

Après l'échauffement officiel, nous évacuons la glace sur ordre des juges. Les gradins sont pleins à craquer et mes yeux observent la foule présente. Je repère quelques banderoles avec le nom de Sam et le mien.

Des gens sont venus pour nous.

Je donne un coup de coude à Sam pour lui montrer lesdites banderoles et il sourit. Nous tentons de saluer nos supporters depuis notre position.

— Comment ne pas être fan de toi en même temps, dit-il en serrant ma main un peu plus fort.

Ses yeux me regardent avec beaucoup de fierté et c'est comme si des centaines de papillons s'envolaient dans mon abdomen.

L'attente est insoutenable. Les couples s'enchaînent et mon angoisse monte par vagues. Danielle se tient derrière moi et me masse les épaules pour me détendre, mais ça ne fonctionne pas tellement. Je prends de longues inspirations et expire lentement. Vingt couples sont en compétition cet après-midi, et nous ne serons plus que dix après la phase de qualification. L'ordre de passage s'affiche : nous passons dans le dernier groupe, avec les meilleurs. L'attente est insupportable. Sam est assis à côté de moi, sa jambe tressaute. Je tente de le rassurer en plaçant ma main sur sa cuisse, mais c'est surtout parce que ça m'angoisse d'autant plus.

Lorsque vient notre tour, mon cœur loupe un battement avant de tambouriner deux fois plus vite qu'avant. Nous effectuons un tour de la piste pour saluer les juges lorsqu'une voix annonce :

— Merci d'accueillir les prochains concurrents : Olivia Gray et Sam Anderson.

Ce n'est pas le moment de flancher, Olivia.

Je martèle mes cuisses avec mes poings pour chasser la tension qui s'y est installée. Il y a toujours ce silence presque religieux avant un programme, où les applaudissements du public s'estompent, où seul le crissement des lames est audible. Nous nous laissons glisser jusqu'au milieu de la piste, front contre front. Sam crochète son auriculaire au mien et sans que personne ne puisse entendre ce qui se dit, il me murmure :

— Confiance.

— Confiance, répété-je.

Je lui tourne le dos et patiente. La voix éraillée de Kaleo retentit dans l'arène et je m'imagine tout de suite à Denver. Comme Danielle me l'a dit, je fais comme à l'entraînement. Mon dos se cambre, puis revient à sa position initiale pour m'éloigner de mon partenaire. Le début très doux de la chorégraphie laisse vite place à un rythme plus soutenu. J'ignore les milliers de regards des spectateurs et compte les temps de la musique dans ma tête. La séquence de Midnight Blues approche, alors je me prépare.

Des genoux souples, de la flexion, des carres profondes.

Sam plonge son regard dans le mien et j'affiche un sourire en coin pour intensifier le caractère de la musique et mon expressivité qui était encore parfois timide à l'entraînement.

Je me sens tout à coup plus légère après la danse obligatoire et le reste de la chorégraphie est un véritable plaisir. Je me laisse complètement emporter par la mélodie, transmettant toutes les émotions que j'ai enfouies depuis des mois. Nous dansons avec passion, avec rage. Les exclamations du public sur nos portés nous poussent à continuer. Nous passons les twizzles séquentiels sans encombre et, lorsque la musique s'arrête enfin, je jette un regard vers Sam qui lâche un soupir de soulagement. Ses lèvres dessinent un « bravo, Championne » silencieux vers moi avant qu'il ne m'enlace.

Dans ta face, Joanne.

Nous saluons les juges et remercions le public avant de laisser la place à nos adversaires. Danielle me serre dans ses bras et me félicite chaleureusement. Nous attendons la note au *Kiss and Cry* avec beaucoup d'appréhension. Les doigts calleux de Sam sont entremêlés aux miens et caressent le dos de ma main.

81.76 points.

J'enlace Sam en hurlant de joie. Je suis totalement euphorique : nous avons actuellement la meilleure note des qualifications. Danielle nous enlace tous les deux avant que nous nous éclipsions vers les coulisses. Un sentiment de plénitude m'envahit. J'ai le sentiment de pouvoir réaliser tout et n'importe quoi.

Joanne et son partenaire sont les prochains. Ils auront probablement une meilleure note que nous, mais je n'en ai actuellement rien à faire. Notre ascension sur le podium des Nationales n'est désormais qu'à une série de twizzles.

Et je compte bien me battre jusqu'à la dernière seconde de nos programmes pour monter sur la plus haute marche du podium avec Sam.

Chapitre 31

« *Au diable les règles* »

Olivia

Aujourd'hui, les phases finales sont lancées. Tous les scores sont remis à zéro, mais les notes obtenues lors des qualifications donnent l'ordre de passage. Nous avons fini quatrièmes, donc nous passons en septième position. Sur les dix vainqueurs, Caleb et Joanne clôturent l'ordre de passage après avoir terminé premiers. Mon désir d'obtenir une médaille n'a jamais été aussi grand qu'aujourd'hui. Si l'on arrive à les battre dans le classement ce soir, on a toutes nos chances de finir sur le podium demain. Et je crois, corps et âme, qu'on peut les battre. Si l'on parvient à corriger les détails que Danielle et Archie ont pointés ce week-end, on peut récupérer quelques centièmes de point non négligeables.

Je ne sais pas pourquoi cette journée m'angoisse autant. Je stresse avant chaque compétition, c'est normal… mais celle-ci est particulière. Il y a un an, presque jour pour jour, ma carrière a failli connaître un point final. Ce soir, j'ai une nouvelle chance. Je doute encore d'être à la hauteur, bien que Sam me répète que c'est le cas. Il trouve toujours les mots pour me rassurer quand on s'entraîne en séance officielle. Sa main presse toujours ma cuisse ou ma main pour que je n'oublie pas sa présence et pour me ramener à la réalité. C'est fou comme il est devenu un repère pour moi en si peu de temps. Quand on patine, c'est toujours son regard que je cherche pour calmer la tempête qui fait rage dans mon esprit. Et parfois, je le surprends déjà en train de me regarder, comme s'il devinait tout de suite ce que je ressens.

— On y va, Championne ?

Je secoue la tête pour revenir à moi. Je ne l'ai même pas entendu sortir de la salle de bains. Il est tout simplement vêtu d'un T-shirt vert olive Nike et d'un pantalon de survêtement gris. Je détaille furtivement ses muscles qui roulent lorsqu'il embarque tout notre barda de compétition.

Dans l'enceinte du palais des sports, l'ambiance bat d'ores et déjà son plein. Nous présentons nos accréditations à l'agent de sécurité qui nous laisse accéder à la zone réservée aux athlètes. Nous retrouvons Danielle et Archie qui nous font un débrief de l'après-midi à venir, les objectifs à atteindre.

— Tu veux bien arrêter de lever les yeux au ciel, Sam ? le gronde Danielle.

— T'es plus stressée que nous, maman. Détends-toi, on sait ce qu'on a à faire, répond-il d'un ton nonchalant.

Je récupère toutes mes affaires et file dans les vestiaires pour me préparer. Sam m'adresse un clin d'œil et lâche ma main, ne laissant qu'une sensation de vide. Je me retrouve dans le couloir à sourire comme une adolescente qui se fait draguer par le garçon populaire du lycée.

Ridicule.

Je profite d'un instant seule pour effectuer quelques exercices de relaxation avant de retourner dans la cage aux lions qu'est la patinoire. De retour dans les couloirs, je tombe nez à nez avec Joanne qui me détaille d'un air méprisant.

Ignore-la.

Écoutant mon propre conseil, je passe à côté d'elle sans lui adresser un regard, mais elle en décide autrement.

— Vous avez peut-être assuré aux qualifications avec Sam, mais crois-moi, c'était seulement un heureux hasard. Vous ne pouvez pas rivaliser avec nous.

— Si tu crois que tu m'intimides, tu te trompes. On est aussi doués que Caleb et toi. Si t'as besoin de cracher sur les autres pour te rassurer, c'est toi que ça regarde.

— Vous n'avez aucune chance avec Sam, mets-toi bien ça en tête.

Mon sang bouillonne dans mes veines et la colère me brouille la vue. Je m'apprête à lui répondre quand une voix que je reconnaîtrais entre mille résonne derrière moi. Sam a la mâchoire si serrée qu'il pourrait se casser plusieurs dents. La veine sur sa tempe est bombée et ses joues tournent au rouge léger.

— Va-t'en, lui ordonne-t-il.

— Oh, comme c'est mignon ! Tu viens défendre ta petite protégée. Tu la sautes comme toutes les autres ?

Sam ne relève pas sa provocation puérile. Il saisit mon poignet avec une force qui me fait légèrement tituber et m'entraîne vers la glace, où nous attendent Danielle et Archie. Au bout du couloir, à la limite de l'effervescence de la compétition, il s'arrête soudainement et me fait face. Je dois pencher la tête en arrière pour le regarder. Même perchée sur mes patins, il reste plus grand que moi. Ses mains froides entourent mes joues brûlantes. Nos visages se rapprochent dangereusement et mon cœur s'emballe. Ma respiration est saccadée tandis que nos fronts se touchent et que nos nez se frôlent. Je ne sais pas combien de temps nous restons comme ça, sans échanger un mot, mais lorsqu'il s'éloigne, il dépose un long baiser sur le haut de mon crâne.

— C'est toi et moi, Liv'. Rien que nous deux, toujours, murmure-t-il dans mes cheveux.

— Promis, soufflé-je à mon tour.

— Je ne veux que toi, Olivia.

Mon sang ne fait qu'un tour. Comme le jour où j'ai oublié de retirer mes protège-lames avant de monter sur la glace. Je sais qu'il parle de patinage, mais cela n'empêche pas mon cœur d'accélérer. Un autre baiser se dépose cette fois sur ma joue et je me sens rougir sous le contact de ses lèvres. Pourtant, c'est courant, les patineurs ont souvent des marques d'affection de ce genre en public. J'imagine que c'est ce qui se fait quand on passe ses journées à s'entraîner avec son partenaire.

D'un hochement de tête, il me fait signe de rejoindre sa mère et Archie qui nous attendent avant les six minutes d'échauffement officiel. Nous regardons une dernière fois notre programme filmé par Danielle samedi et écoutons les corrections. Nous répétons également notre porté, celui où je me renverse vers l'avant pour redescendre. Je ne peux pas m'empêcher d'agripper le bras de Sam lorsqu'il m'aide à basculer. Je sais qu'il va me rattraper, mais la peur prend toujours le dessus. Cette peur irrationnelle de m'éclater une nouvelle fois la tête contre la glace me colle à la peau comme une sangsue.

Nous sortons tous les deux de la glace en nous chamaillant lorsque nous sommes accaparés par deux personnes.

— Bonjour, nous sommes journalistes pour la chaîne NBC sport. Est-ce que vous accepteriez une interview, tous les deux ? demande l'un d'eux.

Sam et moi tournons la tête l'un vers l'autre au même moment. Son regard cherche mon consentement et je me contente de hausser les épaules pour accepter. Nous sommes escortés dans un coin aménagé non loin de la glace qui sert de décor en arrière-plan. Le staff technique nous équipe de micros et nous installe sur deux tabourets de bar devant les journalistes. Ces derniers nous expliquent le déroulement de l'interview, qui sera majoritairement dirigée par des questions sur notre duo et notre saison actuelle. Ma jambe rebondit avec nervosité, en appui sur le repose-pied, mais elle est arrêtée quelques secondes plus tard par une main que je commence à connaître parfaitement. Son contact m'apaise aussitôt. Tout ce que j'espère, c'est que l'interview ne va pas durer des plombes.

Les journalistes s'installent à leur tour avant de faire signe aux caméramans qui lancent l'enregistrement.

— Bonjour à tous, nous sommes ravis de vous retrouver en compagnie du couple de danse sur glace Olivia Gray et Sam Anderson. C'est un plaisir de vous avoir avec nous, lance la journaliste.

Cette dernière expose rapidement nos deux carrières avant d'enchaîner sur la saison actuelle et notre parcours.

— Certains pensent même que vous êtes le prochain couple Virtue-Moir !

— Eh bien, c'est très flatteur. Nous espérons être à la hauteur de leur talent, répond Sam.

Je me contente de sourire, trop mal à l'aise pour formuler une phrase. Quand le journaliste s'adresse directement à moi, je me raidis comme une flèche sur mon tabouret.

— Olivia, vous avez fait votre grand retour dans la compétition hier, en danse sur glace qui plus est. Autant vous dire que nous avons tous été assez surpris ! Comment avez-vous vécu ce changement de discipline après votre blessure ?

La main de Sam se glisse dans mon dos et le caresse du bout des doigts par-dessus ma veste en lycra à l'effigie du club de Denver.

— Au début, très mal, avoué-je en regardant Sam. Je veux dire, déjà changer de discipline, mais en plus se retrouver à patiner en couple pour la première fois, c'est perturbant. D'autant plus que je refusais d'être sa partenaire !

— Qu'est-ce qui vous a fait changer d'avis ? poursuit-il.

— Elle est tombée sous mon charme, répond Sam avant moi.

Un ricanement incontrôlé s'échappe de ma gorge, le faisant sourire en coin. Pourtant, il dit la vérité. Je suis réellement tombée sous son charme. Il sait me rassurer quand il le faut, me motiver quand j'en ai besoin.

— Quelle a été votre première impression de chacun ?

— Je la trouvais extrêmement prétentieuse ! avoue Sam.

Je le regarde la mâchoire grande ouverte, feignant d'être outrée.

— Je ne suis pas prétentieuse ! Toi, t'étais un vrai trou du cul ! ajouté-je avec humour.

— Elle critiquait sans cesse ma technique, c'était insupportable.

— Ta technique n'était pas bonne, c'est tout !

L'ambiance est devenue plus légère. Les journalistes s'amusent aussi de nos anecdotes. À mesure que les minutes passent, je parviens à me détendre. La main que Sam a glissée dans mon dos au début de l'interview ne quitte pas sa place.

— On a pu voir votre performance aux qualifications, c'était époustouflant ! C'est une toute nouvelle Olivia qu'on a pu voir samedi.

— Eh bien, la danse sur glace, c'est tout autre chose, vous savez. C'est plus chorégraphique que le patinage en solo et c'est loin d'être facile, contrairement à ce qu'on peut penser.

— Oui, mais vous ne pensez pas que vous avez affiché un excès de confiance en vous ? Enfin, pour une débutante, poursuit le journaliste.

— C'est vrai, je débute en danse sur glace, mais j'ai tout de même des années de patinage à mon actif, ça aide. Sam est de loin le meilleur danseur sur glace que je connaisse. C'est un partenaire génial, j'ai beaucoup de chance de l'avoir. Et notre coach a aussi une longue carrière en danse sur glace derrière elle.

— Ce que je veux dire, c'est que vous êtes loin de votre style habituel. Vous êtes plus dévergondée lors de ces Nationales, comparé à l'année dernière.

J'ai bien entendu ?

— Dévergondée ? répété-je.

— Oui, vous avez une tenue beaucoup plus osée, le style de musique est très différent du côté classique et parfois enfantin de vos anciens programmes. Que pensez-vous de l'image que vous pouvez transmettre à vos jeunes supporters ?

Sur le point d'exploser, je laisse échapper un hoquet d'exaspération.

C'est comme ça qu'ils me voient ?

— Vous diriez ça si j'étais un homme ?

Sam fusille les journalistes du regard. Ces derniers attendent toujours ma réponse, toutefois déroutés. Je relève la tête et réponds avec assurance :

— Pour être honnête, je préfère la Olivia d'aujourd'hui. Je suis déterminée et c'est ce que je veux montrer sur la glace. J'espère transmettre l'image d'une patineuse qui travaille dur et avec passion pour ce sport, qui sort de sa zone de confort. J'espère être celle qui encouragera chaque patineur et chaque patineuse à se relever après une chute, après une blessure. Leur dire que ce n'est pas grave, qu'on se relève.

Je ne me laisserai plus jamais piétiner. Mon géniteur, les exigences de ce sport m'ont toujours façonnée à leurs manières. Je veux être la patineuse qui me ressemble vraiment : talentueuse, confiante, libre et passionnée. Je veux être une artiste, je veux être *moi*.

Sam me dévisage avec une certaine fierté qui se lit sur le sourire plaqué sur ses lèvres.

— J'ai vingt-deux ans et je ne suis plus une enfant. Si certains n'aiment pas l'image d'une adulte qui a confiance en elle, ça m'est égal.

— Sam, est-ce que vous reconnaissez la patineuse prétentieuse que vous nous avez confiée ?

— Je pense que ce n'est pas une mauvaise chose d'être prétentieux. Olivia a toutes les raisons de l'être. Elle était la meilleure patineuse de sa catégorie, ses sauts étaient les meilleurs. J'ai la chance d'avoir cette légende à mes côtés. Je ne connais aucune patineuse qui a eu assez de cran pour tenter le quadruple axel. Elle est résiliente, et c'est ce que j'admire le plus chez elle.

Je me tourne vers lui. Ses yeux ne me quittent pas lorsque ses pensées franchissent ses lèvres. Un sourire timide est plaqué sur mon visage tandis que je détourne le regard vers le sol.

— Très peu de patineurs auraient été capables de relacer leurs patins au bout de huit mois. De travailler aussi dur pour revenir en force dans la compétition, encore plus dans une tout autre discipline. Je n'en aurais pas été capable, en ce qui me concerne. Et je suis persuadé qu'elle deviendra l'une des meilleures danseuses sur glace du pays. En tout cas à mes yeux, elle l'est. Olivia dit qu'elle a de la chance de m'avoir, mais je crois bien que je suis le plus chanceux de nous deux.

Ses mots me font énormément de bien. Je le remercie silencieusement tandis qu'il coupe court à l'interview. Il est grand temps pour nous d'assurer le premier tour de la finale.

— Ils ont dit que j'étais dévergondée !

— Ils ont dit ça pour te déstabiliser, me rassure Sam en me massant les épaules avant notre passage.

— Ils veulent du dévergondé, ils vont en avoir, murmuré-je pour moi-même.

Alors que nos noms sont appelés et que le public est en transe, nous entrons en trombe sur la glace. Je fais abstraction de tout l'environnement qui nous entoure et me concentre sur le son de nos lames sur la glace.

« Classique et enfantin. » C'est donc ça l'image que je renvoie ?

Il est temps de montrer que l'ancienne Olivia n'existe plus. Je prends ma pose de départ devant Sam et attends que la musique se lance. Je garde en tête toutes les corrections de Danielle et d'Archie et me laisse complètement porter par la musique. J'accentue tous mes gestes et n'hésite pas une seconde à être « dévergondée » comme ils le disent si bien. Je me presse contre Sam, effleure ses lèvres des miennes et caresse son corps comme jamais avant ça. C'est en partie pour ça que j'aime tellement la musique de notre danse rythmique, elle enterre complètement l'ancienne moi et me permet de me dévoiler sous un nouveau jour. Sur ce programme, je veux être ambassadrice de la grâce et de la puissance qui se trouve dans la danse sur glace.

Nous sommes à bout de souffle avec Sam lorsque la musique s'arrête, mais les acclamations du public nous font sourire. Danielle et Archie se serrent tous les deux dans les bras à l'autre bout de la glace, Sam et moi également. Nous adressons tous les deux des signes à la caméra qui retransmet en direct la compétition alors que nous attendons impatiemment la note de notre danse. Sam serre ma main tellement fort qu'il pourrait la broyer. Danielle, assise à ma gauche, saute du banc quand la note s'affiche. Ma bouche s'ouvre en grand alors que Sam m'enlace d'un bras.

Premiers. Nous sommes premiers après notre passage avec la note de 83.47. Sam se lève et m'attire dans ses bras pour me faire tourner dans les airs.

J'essaie de me réjouir comme je peux, mais l'euphorie est remplacée par l'angoisse lorsque Joanne et Caleb s'élancent à leur tour pour clôturer l'épreuve de danse rythmique. Ils ont fait un meilleur score que nous aux qualifications et il n'y a pas de raison qu'ils ne réussissent pas à nouveau.

Je retiens mon souffle tout le long de leur programme, incapable de me rappeler comment respirer correctement. Lorsqu'ils sortent de la glace, ces derniers nous lancent un regard mauvais. Sam me tient par l'épaule tandis que j'enfouis ma tête contre son torse, n'osant pas regarder le tableau des scores. J'entrouvre un œil lorsque la voix des juges résonne.

Deuxièmes.

Leurs deux visages se décomposent devant les résultats tandis que le mien se fige d'étonnement. On a été meilleurs qu'eux, aujourd'hui. Un sentiment de fierté m'envahit alors qu'ils quittent la patinoire, furieux.

L'euphorie ne nous quitte pas pour le reste de la soirée. Nous sommes excités comme des puces sur le chemin de notre chambre d'hôtel. Nous sommes à la première place et en bonne voie pour être sur le podium. J'ai déjà hâte d'être demain.

Nous rions à gorge déployée alors que nous avançons dans le couloir qui mène à notre chambre.

— « Vous n'avez aucune chance », répète Sam en imitant Joanne.

Je ris de plus belle, m'arrêtant devant notre chambre. Je lui fais face et manque presque de le percuter tellement il est proche.

— Non, mais t'as vu sa tête après leur note ! Elle était dégoûtée ! Bordel, c'était…

Je n'ai pas le temps de finir ma phrase que Sam me fait taire. Mon cœur accélère subitement et une explosion de chaleur se diffuse dans mes veines quand il écrase ses lèvres contre les miennes. Mon corps se tend alors que ses mains emprisonnent mes joues, le baiser devenant plus passionné.

Il s'éloigne brutalement et me regarde avec un profond désir qui dilate ses pupilles. Le feu me monte aux joues.

— Désolé, je… j'ai enfreint les règles, s'excuse-t-il en passant une main dans ses cheveux.

Il me fuit du regard, tandis que j'épie son visage. Sa mâchoire parfaitement dessinée, son regard, ses lèvres charnues, rosies par le baiser. Ma peau brûle de désir. Tout ce que je veux, c'est sentir ses lèvres sur les miennes et ailleurs, sentir son parfum infiltrer mes narines. Je le veux, lui.

Oh, et puis merde.

— Au diable les règles, soufflé-je.

J'attrape sa nuque pour l'embrasser de nouveau. Ses mains se posent sur ma taille et me collent à lui. Mes tétons se dressent au contact de son torse. Ce deuxième baiser est plus franc, plus électrique. Ses lèvres dévorent les miennes, son souffle se mélange au mien alors que sa langue part à l'assaut de la mienne.

L'air quitte mes poumons lorsque ses mains passent sous mes cuisses pour les enrouler autour de sa taille. D'une main, il déverrouille la porte de notre chambre et nous y fait pénétrer, nos lèvres toujours scellées entre elles. Nous avançons maladroitement dans la pénombre de la pièce avant que sa main ne trouve l'interrupteur. Un nouveau hoquet de surprise étouffé par ses lèvres m'échappe lorsque mon dos se retrouve plaqué sur le matelas. Ses mains s'aventurent sous mon T-shirt et caressent délicatement la peau juste en dessous de ma poitrine. L'effet laissé par leur passage est transcendant.

Électrisant.

Incandescent.

Ses lèvres dévient pour tracer des baisers sur ma mâchoire, mon cou, puis mes clavicules. D'un geste maîtrisé, il me fait rouler et me place à califourchon sur lui. Un sourire enjôleur étire mes lèvres tandis que mes hanches ondulent sur son érection. Mes doigts caressent son torse, parcourent le tracé de ses abdominaux, le faisant frissonner.

— Sensible ?

— Oui, mais ne t'arrête jamais de me toucher, Olivia. Touche-moi comme tu l'as fait devant tout le monde.

Je griffe son ventre avec délicatesse, lui arrachant d'abord un soupir d'aise, puis son T-shirt, accompagné du mien. Ses caresses, plus franches, me font tourner la tête. Ma respiration est lourde et saccadée par les gémissements silencieux qui s'échappent de ma bouche. Si j'ai l'habitude de sentir ses mains pendant nos entraînements, les sentir sur ma peau nue ce soir dépasse tout ce que j'ai pu ressentir avant.

— Bordel… susurre-t-il en mordillant mon épaule.

Ses lèvres s'écrasent cette fois dans le creux de ma poitrine et y déposent des baisers humides avant de se diriger sur mon sein gauche pour le sucer délicatement, l'aspirer avec passion à travers le coton de mon soutien-gorge qu'il finit par dégrafer. Je glisse ma main à l'intérieur de son caleçon et masturbe sa queue tendue, le faisant grommeler. De nouveau, je me retrouve plaquée contre le matelas. Il verrouille mes poignets au-dessus de ma tête et fait aller et venir ses hanches contre moi, créant une friction si délicieuse que je pourrais en jouir.

— Sam…

— On ne fait plus semblant, Liv' ? murmure-t-il contre ma bouche.

Ses baisers descendent de plus en plus bas, couvrant ma taille et mon bas-ventre de plusieurs points chauds et humides partout où ses lèvres douces se posent. Les papillons dans mon abdomen se multiplient et s'envolent par milliers. À genoux devant moi, il retire mon legging et son pantalon qui rejoignent le reste de nos vêtements quelque part dans la chambre.

— Je peux ?

Ses doigts jouent dangereusement avec l'élastique de mon sous-vêtement. J'acquiesce avant de sentir ses doigts effleurer mon sexe toujours couvert par mon string. L'intégralité de mon corps s'embrase quand il se met à dessiner des cercles sur mon clitoris, par-dessus le coton. Sam alterne avec des pressions plus ou moins fortes, et mon corps se cambre pour appuyer le contact avec ses doigts.

— Sam, je t'en supplie…

Je gémis en agrippant le drap d'une main.

— Je croyais que tu ne suppliais personne, Liv'.

Bordel.

Sa tête disparaît entre mes jambes afin de déposer des baisers sur le tissu de mon string. Il écarte délicatement l'élastique qui couvre mon sexe et fait glisser deux doigts le long de mon intimité, intensifiant mon désir. Sam me torture quelques minutes avant que ses doigts ne se referment sur l'élastique de mon sous-vêtement et le fassent glisser le long de mes jambes.

Je me retrouve désormais nue, à la merci de Sam qui se lèche les lèvres devant mon sexe. De nouveaux baisers recouvrent l'intérieur de mes cuisses et remontent avant de couvrir mon intimité. Un frisson de plaisir parcourt toutes mes terminaisons nerveuses lorsque sa langue entame des cercles sur mon clitoris et que sa bouche se referme dessus. Il s'applique, me goûte pleinement jusqu'à me laisser à bout de souffle. Une nouvelle plainte s'échappe de ma gorge lorsqu'il introduit un doigt, puis un deuxième en moi. Mes yeux se révulsent et mon corps se cambre sous l'effet que ses doigts, mêlés à sa langue, me procurent. Les gémissements qu'il lâche font vibrer tout mon corps et accentuent le plaisir qui pulse sous sa langue.

— Regarde-moi, Liv', ordonne-t-il.

Je m'exécute tandis qu'il reprend ce qu'il a initié. Je commence à perdre le contrôle et me laisse emporter dans la plus agréable des chutes. Je flotte sous ses caresses, je ne sais plus où donner de la tête face à son assurance, aussi bien dans son toucher que dans les mots qu'il emploie. Personne ne m'a fait gémir comme Sam le fait actuellement. Ses yeux brillent de luxure et s'ancrent dans les miens pendant que sa langue et sa bouche continuent de m'infliger leur délicieuse torture. Mes doigts tirent ses cheveux, agrippent les draps, puis ses bras qui s'enroulent autour de mes cuisses pour me maintenir en place.

— Je te rassure, je n'ai pas terminé, souffle-t-il.

— Sam…

Alors que je suis sur le point d'exploser, sa bouche quitte mon sexe pour revenir sur la mienne. Il ouvre la table de nuit, puis revient face à moi et déroule un préservatif sur son sexe bandé. Il se glisse à nouveau entre mes jambes et m'embrasse comme si nos vies en dépendaient. Des baisers à la fois tendres et urgents. La passion que nous exprimons sur la glace n'a plus rien d'innocent. Nos corps inventent une nouvelle chorégraphie, sans musique, mais toujours avec la même évidence.

Nous lâchons tous les deux un soupir d'aise lorsqu'il s'introduit en moi. Je joue avec mes hanches pour m'adapter à son sexe, le faisant gémir.

— Bordel, Olivia.

Sa voix rauque fait trembler tout mon corps à mesure qu'il entame ses va-et-vient. Ses coups de reins sont lents, mais assurés jusqu'à ce qu'ils s'intensifient, me faisant gémir plus fort. Sa main passe sous mon genou et ramène ma jambe contre ma poitrine pour mieux me pénétrer.

— Je ne veux que toi, Liv', chuchote-t-il contre mes lèvres.

Ses coups de reins deviennent plus rapides et plus profonds, plus brutaux. Mes ongles s'enfoncent dans la peau de son dos pour l'inciter à continuer. J'adore la manière dont il bouge sur moi, dont nos corps moites s'ajustent parfaitement.

Mes cris de plaisir emplissent la pièce, haletant parfois le nom de Sam. Lorsque ses doigts s'ajoutent pour dessiner des cercles sur mon clitoris, mon corps se contracte et une boule de chaleur éclate depuis mon intimité pour se diffuser dans chacun de mes membres. Sam jouit quelques secondes après moi.

Dans un dernier effort, il roule sur le côté et s'allonge tout près de moi. Je tourne les yeux vers lui et le trouve déjà en train de me regarder, un sourire en coin. De son bras, il m'attire vers lui et m'enlace. La tête posée sur son torse, je peux sentir sa respiration encore rapide et son cœur battre à l'anarchie.

Tout se bouscule dans ma tête. Peut-être que c'était une erreur ou peut-être pas. Peu importe. L'instant présent est bien trop intense pour que je me soucie du lendemain. Sam est devenu mon saut préféré, et je suis prête à affronter toutes les chutes pour lui.

Chapitre 32

Joyeux anniversaire

Sam

Olivia est addictive. Comme une drogue, je deviens accro à elle, malgré moi. Nous nous sommes endormis comme des masses hier soir, après avoir couché ensemble. Nos corps qui bougent en rythme l'un contre l'autre, elle qui gémit mon prénom… Ma queue durcit rien qu'en y repensant. Je ne voulais pas craquer pour ma partenaire, mais ça m'est tombé dessus comme ça.

Les sentiments qu'elle suscite en moi sont nouveaux, mais je veux lui offrir le meilleur. Dans son regard, je suis la plus belle version de moi-même.

Olivia dort encore. À moitié sur moi, sa cuisse posée sur la mienne, sa tête repose contre mon torse. Ma main effectue machinalement des arabesques sur son bras qui m'enlace. Sa peau douce et chaude sous mes doigts me fait frémir. Je l'observe dormir et souris devant ses sourcils froncés ; même en dormant, elle a un air sérieux.

Elle est tellement belle.

Lorsqu'elle s'agite légèrement, mes caresses s'arrêtent.

— Pourquoi tu t'arrêtes ? grogne-t-elle, à moitié endormie.

— T'es réveillée ?

— Non, c'est mon subconscient qui te parle.

Elle lève la tête vers moi avant de se replacer telle qu'elle était.

— Joyeux anniversaire, Ballerine.

Je lui embrasse les cheveux en guise de remerciement.

— Bien dormi ? lui demandé-je.

Elle fait mine de réfléchir un instant.

— Ouais, on peut dire ça.

Mes mains agrippent ses hanches et la font monter à califourchon sur moi. Ses doigts se baladent sur mon torse et je tressaute légèrement à leur contact. Nos deux sexes se pressent l'un contre l'autre, uniquement séparés par nos sous-vêtements.

— Ce ne serait pas mon T-shirt d'hier, ça, par hasard ? l'interrogé-je en passant mes mains dessous.

— Si, mais je ne trouvais pas le mien hier soir pour aller faire pipi, et puis je trouve que la couleur me va bien au teint, réplique-t-elle.

— Je trouve aussi.

Elle glousse et frissonne légèrement quand mes mains frôlent sa taille. Elle me fuit du regard et joue avec ses doigts, mal à l'aise.

— Tu regrettes ? demande-t-elle, anxieuse.

— Je regrette bien des choses. Coucher avec toi n'en fait pas partie.

— Et si ça changeait quelque chose ? Dans nos entraînements, je veux dire.

— Je ne changerai pas de partenaire, Liv'. T'es la seule que je veux, la seule en qui je crois.

Je replace une mèche de cheveux derrière son oreille et la penche vers moi pour l'embrasser lorsqu'on toque à la porte.

— Ils vont sûrement partir si on ne fait pas de bruit, chuchoté-je.

Mais on frappe une deuxième fois. Olivia laisse tomber sa tête sur mon épaule avant de descendre en grommelant. Je la suis sur les talons lorsqu'on toque pour la troisième fois d'affilée.

— Oli', t'es là ?

La voix de Kelsie résonne de l'autre côté. Olivia s'immobilise et, d'un geste brusque, elle me plaque contre le mur derrière la porte, la main sur ma bouche pour m'empêcher de parler.

— Rien de tout ça n'est arrivé, me menace-t-elle.

— Tout ce que tu voudras.

J'aurais été étonné du contraire. Elle est bien trop fière pour admettre avoir craqué. Même si je crois bien que c'est moi qui ai succombé le premier.

Elle ouvre la porte, juste assez pour être aperçue et me cacher derrière par la même occasion. Sa main toujours pressée contre ma bouche, elle sourit à Kelsie.

— Salut, Oli' ! Dis-moi que tu seras là pour nous voir, je ne peux pas le faire si tu n'es pas là.

— Sissi ! Salut… Euh, ouais, ouais. Bien sûr que je serai là, comme d'habitude !

— Merci… souffle-t-elle de soulagement. Attends, il n'est pas à toi ce T-shirt ? l'interroge son amie, d'un ton suspicieux.

Je laisse échapper un rire contre la main d'Olivia qui fait tous les efforts du monde pour me garder caché. Elle baisse les yeux vers mon T-shirt avant de rediriger son regard vers son amie. J'adore le spectacle. Olivia danse sur ses deux pieds pour chercher une réponse crédible.

— Ouais… Je n'ai pas pris assez de pyjamas dans ma valise et Sam m'a gentiment prêté ça.

C'est qu'elle ment plutôt bien. Je me mords la lèvre pour réprimer un fou rire. Olivia rougit et je décide d'en jouer. J'attrape sa main et la fais glisser sur mon torse avant de la déposer sur mon érection matinale. Olivia se raidit, je peux voir ses pommettes s'empourprer d'ici. En représailles, elle effleure mon sexe bandé à travers le tissu de mon caleçon… puis elle retire sa main, au moment où je pensais qu'elle allait céder. Elle est douée pour toujours m'avoir à mes propres jeux. Ma frustration ne fait que grandir alors que sa main rejoint l'autre sur la porte, et qu'elle discute avec sa meilleure amie.

— Sam dort encore ? lui demande-t-elle.

Si elle savait.

— Non. Il… il est parti se doucher, je crois, bafouille-t-elle.

— T'es bizarre ce matin, Oli', remarque Kelsie.

— Non… tout va très bien ! rit-elle nerveusement. Tu m'as juste réveillée en toquant. Et Sam n'a pas dû entendre avec l'eau qui coule.

Kelsie paraît peu convaincue, mais elle balaie rapidement la conversation avant de s'en aller. À peine la porte refermée, Olivia fait volte-face, se presse contre moi, un éclat de défi au coin des lèvres.

— Ça t'amuse ? lance-t-elle d'un ton enjôleur.

Ses mains parcourent sensuellement mes abdos, mon torse et poursuivent leur chemin jusqu'à mes épaules. La pointe de sa langue caresse le creux de ma clavicule et remonte le long de ma gorge pour lécher le lobe de mon oreille. Je ferme les yeux, renverse la tête en arrière, cherchant à maîtriser l'effet de ses baisers sur ma peau. Hissée sur la pointe des pieds, son bassin se frotte contre le mien alors que sa bouche se rapproche de la mienne. Je me penche en avant pour l'embrasser, mais elle recule d'un pas.

Un sourire cruel illumine son visage tandis qu'elle recule encore. Je la suis du regard jusqu'à ce qu'elle disparaisse dans la salle de bains dans une démarche lascive. Il y a une invitation dans ses yeux et lorsque j'entends l'eau couler, je décide de la suivre. Une chaleur étouffante emplit déjà la pièce. Derrière la paroi vitrée, Olivia manque de faire griller mes derniers neurones lorsqu'elle me demande :

— Tu comptes me rejoindre, oui ou non ?

Je me débarrasse de mes derniers vêtements et me glisse derrière elle. Je me rapproche d'elle et me place sous la colonne de douche. Nos corps nus et mouillés se touchent presque, suffisamment pour m'enflammer. L'eau ruisselle sur son corps tandis qu'elle plaque ses cheveux trempés en arrière. Je la détaille, un sourire en coin, avant de fondre sur sa bouche. Elle répond immédiatement à mon baiser et nos langues s'entremêlent dans une danse aussi rythmée que nos programmes. C'est fou comme je ne me lasse pas de l'embrasser et de la sentir contre moi. Elle pose ses mains sur mon torse pour rompre le baiser.

— N'oublie pas qu'on doit assurer la finale aujourd'hui.

— Je sais. Je connais justement le meilleur moyen pour relâcher la pression, souligné-je.

Nos lèvres se retrouvent, à son initiative, plus avides cette fois. D'humeur vengeresse, je décroche la douchette et change la pression du jet.

— Tourne-toi, lui ordonné-je.

Je la plaque contre moi. La courbe de ses fesses presse ma queue durcie tandis que je fais courir l'eau tiède sur son corps. Je laisse une traînée de baisers humides sous son oreille, dans ce petit creux qui la fait subtilement trembler et dirige le pommeau vers ses tétons rosés. Un soupir d'aise s'évapore dans le nuage chaud et humide de la salle de bains. Par esprit revanchard, je glisse ma main autour de sa taille pour atteindre son clitoris. Un gémissement résonne contre le carrelage de la douche à l'italienne. J'interromps aussitôt le mouvement de mes doigts.

— Pas de bruit. Je veux que tu saches comment c'est frustrant de ne pas pouvoir jouir, n'est-ce pas ?

Elle acquiesce en silence.

— Bien. Lève la jambe.

Olivia s'exécute. Je passe la main tenant la douchette sous son genou pour la maintenir et serre son cou d'une pression délicate de l'autre.

— T'es OK avec ma main autour de ton cou ? m'assuré-je.

— Oui, souffle-t-elle d'une voix lascive.

— Parfait.

Je fais voyager le jet d'eau sur la fine peau de ses cuisses, remonte vers son intimité en prenant soin d'éviter son sexe chaud et humide dans un premier temps. Ses ongles se plantent dans mon bras lorsque je la délivre de ma délicieuse torture et incline le jet contre son clitoris. Tout son corps se cambre contre le mien alors qu'elle mord sa lèvre pour taire son plaisir.

Elle glisse une main derrière elle et masturbe ma queue bien trop douloureuse. Je faiblis et grogne de plaisir, la faisant gémir en réponse. Moins de deux minutes après, son orgasme éclate. Ses jambes se dérobent sous son poids, mais je la maintiens contre moi.

Un sourire aguicheur illumine son visage alors qu'elle s'agenouille devant moi et fait courir ses mains sur mes cuisses. Ma queue se dresse fièrement devant elle.

Bordel, c'est encore mieux que dans mes fantasmes.

Sa main s'enroule à la base de mon sexe, entamant un lent mouvement alors que sa langue vient caresser mon gland et essuyer la goutte de liquide pré-séminal qui perle au bout.

Mon cerveau court-circuite lorsque ses lèvres se referment autour de moi. Par réflexe, mes mains attrapent ses cheveux mouillés.

— Bordel, Olivia, ne t'arrête pas…

Je me contracte lorsqu'elle soutient mon regard tout en enfonçant mon érection dans sa bouche chaude et qu'elle me suce sensuellement. Mon corps s'électrise à chaque coup de langue, à chaque succion intense qu'Olivia m'accorde. Je gémis bruyamment et perds le contrôle de mes hanches lorsque mon sexe tape le fond de sa gorge.

Je me retire de sa bouche, au bord de l'extase, et laisse le fruit de mon orgasme se déverser sur sa poitrine. Je l'aide à se relever et la ramène contre moi pour profiter encore un peu du calme avant le tumulte de cette finale. Je la savonne, lui vole quelques baisers, çà et là, faisant durer ce moment avec elle.

— Moi aussi, j'aimerais bien rester là avec toi, mais on va finir par être en retard, me souffle Olivia.

Nous nous lavons en vitesse, après quoi, nous sommes fin prêts à aller rafler notre médaille.

J'ai l'impression qu'il y a beaucoup plus de monde pour ce dernier jour que les jours précédents. Toute cette finale va s'enchaîner à un rythme fou. Les couples ont déjà entamé leur programme libre lorsque nous arrivons au Madison Square Garden pour soutenir les amis d'Olivia. Nous arrivons tout juste au moment où Kelsie et Andrew s'élancent avec le dernier groupe de compétiteurs. Après les six minutes d'échauffement officiel, ils nous repèrent dans les gradins et s'approchent de nous. Olivia s'accroupit près du garde-corps pour serrer leurs mains, à défaut de les enlacer. Ils passent en dernier et sont donc en lice pour obtenir la meilleure note – et accessoirement, la médaille d'or.

Olivia a raison quand elle dit qu'ils sont exceptionnels ensemble. Ils réalisent leurs sauts parallèles avec une telle aisance qu'ils semblent flotter. Olivia les regarde avec énormément de fierté.

Sans surprise, ils parviennent à la première place du classement et remportent la médaille d'or. Olivia sautille partout et hurle à en percer des tympans.

Qu'est-ce que j'aime quand elle est comme ça.

Elle saisit ma main et nous hâte dans la zone accréditée pour retrouver ses amis. Olivia les félicite rapidement et admire la médaille d'or autour de leurs cous.

Masqués sous sa mine enthousiaste, ses yeux pétillent d'envie. Je donnerais tout pour lui offrir la même.

Nous ne tardons pas à les laisser, car nous avons moins d'une heure pour nous préparer avant notre finale. J'aperçois ma mère dans un coin avec Archie et presse le pas vers eux.

— Joyeux anniversaire, mon chéri ! s'exclame-t-elle en m'enlaçant.

— Merci, maman. Papa n'a pas appelé ?

— Pas encore, il le fera sans doute ce soir.

Bien sûr.

Je ne sais même pas pourquoi je demande, je suis déçu à chaque fois. Je pince les lèvres en guise de réponse, mais je connais pertinemment son expression. Je sais qu'il ne le fera pas. Du moins, pas directement à moi. C'est toujours comme ça.

Olivia, à côté, m'observe d'un air triste. Je lui adresse un sourire rassurant avant de disparaître dans le vestiaire. Caleb s'y trouve déjà en train de se vêtir de son costume.

— Bonne chance, mec, que le meilleur gagne !

— Ouais, c'est ça, grommelé-je.

Il sort en ricanant.

Putain, qu'est-ce que je les déteste ces deux-là !

J'attends patiemment Olivia devant les vestiaires des femmes. Quand elle sort enfin et que je vois la robe choisie pour la danse libre, je tombe raide. Le tissu blanc mélangé au dégradé d'orange et de violet tombe à la perfection sur son corps. La fente sur sa cuisse gauche me donne juste envie de lui retirer sa robe. Je passe ma langue sur ma lèvre inférieure en l'admirant.

— On y va ? lance-t-elle.

Je sors immédiatement de mes pensées. J'attrape sa main sans plus tarder avant de nous élancer vers la patinoire.

L'après-midi passe à une vitesse folle et nous clignons à peine des yeux que notre tour arrive. Je jette un dernier coup d'œil dans les gradins, à la recherche de mon père, en vain. Même pour mon anniversaire, il n'est pas présent… J'ai mal au cœur, mais je ne laisse pas mes pensées s'égarer, et attends nerveusement le lancement de notre programme libre.

Nous avons gardé *Run Boy Run* de Woodkid, la chanson à laquelle Olivia pensait pour les Régionales. C'est probablement notre meilleur choix. La première partie de la musique lance le programme avec vigueur. Nous réalisons nos twizzles avec succès. Le public nous acclame en rythme avec la musique. Olivia est à fond depuis l'interview d'hier, son expressivité s'est décuplée. Encore plus sur la partie lente obligatoire. Elle s'applique et réalise les pas avec brio, parfaitement en rythme sur la musique. Je reconnais là la patineuse pour qui j'ai eu le coup de cœur immédiat il y a cinq mois. Nos lames ne font presque aucun bruit. J'ai l'impression de faire voler Olivia, tant elle est légère dans ses mouvements. Lorsque la fin de notre programme repart sur un rythme rapide, nous puisons dans nos dernières forces. Nous terminons sur notre curve lift. Je fléchis la jambe droite et allonge Olivia en équilibre contre moi, la retenant uniquement d'un bras autour de la taille.

Nous nous en sortons plus que bien. En additionnant la note de notre danse rythmique et de notre danse libre, nous obtenons un total de 206.85 points. Le plus dur maintenant est de garder cette première place. Les deux couples qui précèdent Caleb et Joanne réalisent un bon programme, mais ne parviennent pas à nous détrôner.

C'est désormais au tour de Joanne et Caleb. Ils doivent réaliser un sacré score pour rattraper leur danse rythmique d'hier. Et visiblement, ils cochent toutes les cases. Ils font un sans-faute. Le public les applaudit chaleureusement quand ils quittent la piste.

Mon cœur tambourine dans ma cage thoracique dans l'attente de leur note. Olivia me serre la main si fort qu'elle s'engourdit.

Nous finissons deuxièmes, devancés par Caleb et Joanne de six points. Mais pour autant, je ne suis pas déçu. Nous venons de prouver que nous sommes aussi bons qu'eux.

Quand nous montons sur la deuxième marche du podium et qu'on nous décore de la médaille d'argent, Olivia l'admire longuement.

— Déçue ? lui demandé-je.

— Pas du tout, c'est encore mieux que tout ce que j'espérais. Et puis, c'est la nôtre, donc c'est parfait.

Elle me regarde, les yeux remplis d'étoiles, et un sourire des plus beaux parmi ceux qu'elle a pu m'offrir aux lèvres.

— Encore joyeux anniversaire, Sam.

Je m'attarde sur ses lèvres, toujours étirées dans un large sourire.

Oh, et puis merde.

— Désolé pour ça, murmuré-je.

Je l'attire vers moi et l'embrasse spontanément devant tout le monde.

Au diable les règles.

Chapitre 33

Affaire d'État

Olivia

Depuis notre retour de New York, je suis sur un petit nuage. Je n'arrête pas d'admirer la médaille d'argent qui ne quitte pas mon cou. Elle est bien plus précieuse que toutes les médailles d'or que j'ai remportées jusque-là. Quelque part, elle est synonyme d'espoir et de revanche sur moi-même.

J'ai déjà hâte de reprendre l'entraînement pour les championnats du monde. Je n'arrive pas à me dire que, dans quelques mois, j'y serai, après les avoir rêvés pendant des années. Tout ça grâce à Sam. Avec lui, c'est comme être sur une montée sans fin. Si je n'avais pas accepté son compromis, je n'en aurais peut-être jamais eu l'occasion. Mais je m'accorde quand même un peu de mérite pour ces derniers mois. J'en ai bavé : remonter sur mes patins, apprendre de nouvelles règles, de nouveaux éléments. Finalement, je suis peut-être plus forte que je ne le pensais, il y a cinq mois.

Arrivée à mon appartement, j'y retrouve Roy et Sparrow, allongé dans son panier qui miaule à peine en me voyant.

— Je ne sais pas ce qu'il a. Il est comme ça depuis quelques jours, m'informe Roy.

— Oh, il doit bouder. Il fait toujours ça quand je m'en vais plusieurs jours.

Je m'accroupis et le caresse pour le saluer, même s'il me fait la gueule. Un vrai caractère de cochon, ce chat ! Je me redresse et fais face à Roy. Il admire ma médaille et la fait tourner autour de ses doigts. Un énorme sourire est plaqué sur son visage. Il m'embrasse le front avec douceur, comme un père le ferait avec sa fille.

— Je suis fière de toi, Olivia.

— Merci, papa, dis-je en le prenant dans mes bras.

Je sais qu'il est toujours ému quand je l'appelle comme ça. Je l'entends renifler dans mon dos. Il m'a toujours montré un soutien sans faille, un amour paternel qui dépasse les liens du sang. Je lui serai toujours reconnaissante pour tout. Il m'aide à ranger mes affaires avant de s'en aller à contrecœur.

Qu'est-ce que ça fait du bien de se retrouver enfin seule !

Je saute en étoile de mer sur mon lit et savoure la sensation de pouvoir étirer tous mes membres après avoir partagé le lit avec Sam pendant une semaine. Sparrow me rejoint d'un pas traînant.

— Allez ! Viens là, monsieur chat !

Sparrow se laisse faire lorsque je le soulève et l'installe contre moi pour le caresser tendrement.

Je m'endors presque lorsque mon téléphone vibre dans ma poche, réveillant par la même occasion mes muscles engourdis. Un message de Kelsie s'affiche sur l'écran :

Sissi ♥
J'arrive chez toi !

Je n'aime pas trop ça. Enfin, si, c'est ma meilleure amie, j'adore passer du temps avec elle. Cependant, je pensais qu'elle aurait aimé profiter de sa médaille d'or avec Andrew. Et le fait qu'elle débarque maintenant ne me dit rien qui vaille.

Lorsqu'elle arrive enfin, elle se hâte vers mon chat qui daigne à peine la regarder avant de se rendormir. Penchée sur l'îlot, en appui sur ses avant-bras, ma meilleure amie scrute chacun de mes mouvements. Dos à elle, je peux sentir son regard me fusiller.

— Parle, lui ordonné-je.

— T'es sur la défensive. T'as quelque chose à te reprocher.

Je ricane. Je suis persuadée qu'elle ferait une bonne psychologue si elle mettait fin à sa carrière.

Je me retourne vers elle, les bras croisés sur ma poitrine.

— Alors… avec Sam… commence-t-elle.

J'en étais sûre.

Je souffle du nez avant de me tourner vers mon frigo pour éviter le sujet. Si je la regarde, elle va tout deviner.

— Il n'y a rien du tout.

— Bien sûr, c'est pour ça que vous vous êtes embrassés devant tout le monde, hier.

Je m'étouffe avec ma propre salive et lui fais face. C'est vrai, le baiser qu'il m'a volé a été diffusé partout. Et puis Kelsie et Andrew nous regardaient depuis les gradins, aux premières loges !

Oh putain !

Je manque de faire tomber les bières et me ressaisis juste à temps.

— Ça ne voulait rien dire, vraiment. C'était dans le feu de l'action, me défends-je en lui tendant une bouteille.

— Le feu de l'action ? suspecte ma meilleure amie.

— Oui, tu sais, comme quand t'embrasses un inconnu le soir du Nouvel An ou à une soirée…

Je m'appuie contre la cuisinière et avale une gorgée de bière bien fraîche pour apaiser le feu qui me monte aux joues. Kelsie me scrute toujours, les yeux plissés.

— On a remporté une médaille, Kelsie. Ça arrive, tu sais, que les patineurs s'embrassent. L'euphorie, tout ça...

Je pince les lèvres pour tenter de cacher mes mensonges. D'un coup, elle fronce les sourcils et laisse échapper un hoquet de surprise exagéré, sa bouche formant désormais un grand O. Le goulot à la bouche, je m'apprête à boire, mais les paroles de ma meilleure amie m'en empêchent.

— Vous avez couché ensemble ! s'exclame-t-elle. C'est ça, tu sens le sexe à plein nez !

Grillée, Olivia !

Je tente de répondre, mais je bégaie. Je peux sentir mes joues chauffer instantanément. Je m'éclipse en direction de ma chambre, Kelsie à mes trousses.

— Olivia Romy Gray !

Quand elle m'appelle comme ça, ce n'est jamais bon signe. Je m'allonge sur mon lit, fixant le plafond quand son visage apparaît au-dessus de moi.

— Vous avez couché ensemble et tu ne m'as rien dit ! s'offusque-t-elle.

— Ce n'est pas une affaire d'État non plus !

— Bien sûr que si !

Elle sautille comme une enfant. Je ne peux pas m'empêcher de sourire. Elle me connaît tellement bien qu'elle devine tout de moi.

— Oh ! réalise-t-elle. C'est pour ça que tu portais son T-shirt !

— T'es perspicace !

Elle s'allonge à côté de moi et me demande plus de détails. La tête soutenue par sa paume, elle attend fermement mes explications. Je me retrouve à sourire malgré moi en repensant à cette nuit torride, à ses mots doux.

— Putain de merde, t'es amoureuse de lui !

— Non !

Je rougis davantage. Le suis-je vraiment ? J'aime quand il est près de moi, j'aime ressentir ces papillons quand on patine ensemble. J'aime son ambition et sa rigueur dans notre sport, parce qu'on a les mêmes objectifs. Sa créativité et sa sensibilité quand il danse m'impressionnent toujours. Il me rassure et croit en moi, en *nous*.

En fait, si, je crois bien que je le suis.

— Merde…

Je réalise les faits tout en passant mes deux mains sur mon visage. J'ai bâti un mur autour de mon cœur, de mes sentiments pour ne pas compromettre mes ambitions, et Sam vient tout déconstruire. Brique par brique.

— Quand je vais dire ça à Andy ! Il me doit cinquante dollars maintenant, j'avais raison, jubile-t-elle.

— Ah bah d'accord.

C'est ce qu'elle avait parié avec Andrew le matin où l'on a déjeuné tous ensemble. Que Sam et moi, on finirait par coucher ensemble avant la fin de la compétition.

Les fumiers !

Nous passons toute la fin d'après-midi et le début de soirée ensemble, durant lesquels je lui fais découvrir *Grey's Anatomy*. Je surveille Sparrow de temps à autre, qui ne bouge définitivement plus de son panier, pas même pour aller manger. Il a aussi délaissé son arbre à chat.

Kelsie me sort de mes pensées en posant le sujet des championnats du monde sur la table.

— Faut que je te dise un truc. À propos des Mondiaux.

— Tu me fais peur.

Je mets notre série en pause et me tourne vers elle. Elle joue avec ses doigts, puis elle m'avoue, dans un soupir lourd :

— On travaille sur le triple axel en parallèle avec Andy, depuis notre stage à Lake Placid. On voulait le faire aux Nationales, mais je lui ai dit non parce que je ne voulais pas te saboter.

Me saboter ? Mais de quoi elle parle ?

Elle m'adresse une mine triste avant de détourner le regard de nouveau.

— C'est un de tes meilleurs sauts en compétition et…

— Attends, attends, Sissi. Je n'ai pas le monopole du triple axel ! Et aux dernières nouvelles, j'ai changé de discipline !

— Cinquième, lâche-t-elle soudainement.

— Quoi, cinquième ?

— T'es la cinquième et dernière Américaine à ce jour qui maîtrise le triple axel en compétition. J'avais peur que tu le prennes mal si Andy et moi on le travaillait à notre tour…

Mon cœur se brise au son de ses révélations. Quel genre de personne suis-je pour que ma meilleure amie pense qu'elle me saboterait en présentant un des sauts les plus difficiles de ce sport ? Je me sens tellement mal à l'idée de penser qu'ils s'interdisaient de le faire à cause de moi.

Mes yeux brûlent sous l'effet des larmes qui montent. J'enlace Kelsie pour la rassurer et la soutenir. Et par la même occasion, m'apaiser aussi.

— Je t'aime, Sissi. Faites-nous voir le plus beau triple axel du monde.

Nous reprenons l'entraînement aujourd'hui, après deux jours de repos. Les championnats du monde vont très vite arriver et nous allons devoir nous entraîner ici et à Colorado Springs – au centre olympique –, donc nous n'avons pas de temps à perdre.

Sam m'attend déjà près de la glace, les patins déjà lacés. C'est tout naturellement qu'il m'enlace quand il me voit. Nous n'avons pas énormément parlé depuis notre retour des Nationales. Des choses – beaucoup de choses – se sont échappées de nos bouches, mais c'était loin d'être des mots…

Nous descendons sur la moitié de la glace libre, l'autre étant occupée pour la préparation du gala de Noël. Main dans la main, nous nous échauffons comme à notre habitude : croisés avant, croisés arrière, twizzles et retournements de l'avant vers l'arrière.

Nous sommes interrompus par Danielle et Archie qui nous rappellent près de la balustrade.

— Vous faites le gala de Noël ? nous demande Archie. T'adores le faire, Olivia.

Rectification : j'adorais.

C'était le moment où je pouvais faire rêver les plus petits, où j'étais complètement libre.

— C'est vrai ? interroge Sam en me dévisageant.

— Je ne sais pas, on verra avec le temps qu'on a, éludé-je.

Nous discutons quelques instants de nos programmes et de ce que l'on va changer pour les Mondiaux. Danielle descend avec nous pour retravailler certains points. Elle possède la même douceur qu'Archie et la même créativité que Sam. Je sais maintenant d'où vient le talent de ce dernier. Ses mouvements sont tellement plus fluides que les miens malgré son âge. Elle est une véritable inspiration avec sa technique irréprochable. Je rêve de devenir comme elle. Elle est de ces patineuses que j'ai toujours enviées et admirées.

Nous faisons un point sur Colorado Springs avant notre pause. Grâce à notre classement, nous sommes un des deux couples qui s'envoleront pour les championnats du monde au Japon, en avril. Et pour ça, nous serons encore une fois observés et jugés par les entraîneurs de Colorado Springs. Je crois que c'est le plus difficile dans ce sport, en général. Toute ma vie, j'ai été scrutée, observée et jugée. Constamment.

Est-ce que je suis sur la bonne carre ? Est-ce que je fais un Lutz ou un flip ? Est-ce que je suis bien en rythme sur la musique ? Ne suis-je pas assez expressive ou bien suis-je trop dévergondée ?

Les deux doigts de Sam me tapent le front, pile entre mes sourcils. Je claque ma langue contre mon palais avant de relever la tête.

— À quoi tu penses, Championne ?

— Ça me fait juste chier qu'on soit encore scrutés à Colorado Springs. On est médaillé d'argent, ça devrait leur suffire, non ?

Nous sortons de la glace et enlevons nos patins.

— C'est pour ça que j'adore le gala de Noël. Au moins, je peux m'exprimer comme je le veux vraiment sur la glace, et pas toujours écouter les exigences de la fédération.

— Alors, tu veux le faire ? me demande-t-il.

— Ouais, et puis ce serait l'occasion de mettre en avant la danse sur glace. On n'a pas de section pour ça, ici. Je me dis que ce serait bien que ça se mette en place.

Il me dévisage, un sourire en coin.

— Qui aurait pu croire que Chucky défendrait aussi bien la danse sur glace ?

— La ferme, Ballerine.

Kelsie et Andrew préparent également le gala de Noël. Leur tableau va être magnifique, je le sens. Ils glissent main dans la main avant de prendre leur élan et de réaliser tous les deux un triple axel à la perfection, de l'envol jusqu'à la réception.

La culpabilité remonte dans ma gorge. Je les ai privés de réaliser une figure qui aurait pu faire d'eux l'un des meilleurs couples de patinage du pays par leur difficulté. J'aimerais tellement être à leur place, pouvoir moi aussi refaire mon quadruple axel. Ou n'importe quel autre saut.

Je dévie le regard et me reconcentre sur le séchage de mes lames.

— Tu vas finir par t'étouffer avec ton envie, me provoque Sam.

— Je ne suis pas envieuse.

— Je n'ai pas dit que c'était une mauvaise chose.

J'essuie mes lames et mes bottines avec encore plus de vigueur, avant de claquer la langue contre mon palais.

Il a touché la corde sensible.

— C'est frustrant, c'est tout. Je ne les ai jamais jalousés, jamais.

— Mais ?

— Mais j'aimerais être aussi capable qu'eux. De pouvoir, moi aussi, faire les sauts pour lesquels j'ai consacré tellement d'heures d'entraînement. Des fois, je voudrais juste en refaire un. Juste pour ma satisfaction personnelle.

— Tu vas y arriver, je te le promets, Championne. Et tu n'es pas moins capable qu'eux.

Ce qui est bien avec Sam, c'est qu'il sait toute la frustration que je peux ressentir. Il comprend et partage tout ce que j'ai pu traverser : les doutes, les peurs, les peines. Mais il comprend aussi mes joies, mes réussites, *nos* réussites. Il est tout aussi passionné que moi. Et désormais, je refuse de vivre mes prochaines victoires sans Sam. J'étais excellente sans lui, mais il a rallumé la flamme en moi qui s'était éteinte à Saint-Louis.

Ensemble, nous sommes la meilleure version de nous-mêmes.

Il s'approche davantage et se penche vers mon oreille. Ses yeux sont teintés de malice.

— J'ai envie de t'embrasser.

Je me redresse et le fixe intensément.

— T'es accro, Sam ?

— T'as même pas idée, souffle-t-il, son regard glissant vers mes lèvres.

Je me retourne vers la glace, imperturbable, alors que mon cœur martèle ma cage thoracique. Je fais tous les efforts du monde pour réprimer un sourire quand Kelsie nous dévisage tout sourire depuis l'étendue gelée devant nous. Sam regarde dans la même direction que moi et se ravise aussitôt.

— Elle sait.

— Tu lui as dit ? demande-t-il, perplexe.

— Elle a deviné toute seule.

— Très bien, dans ce cas, je ne vais pas me gêner.

Ses doigts se referment autour de ma mâchoire et m'attirent à lui avant qu'il écrase sa bouche sur la mienne. Je bascule légèrement en avant et me rattrape en m'appuyant sur son genou, intensifiant la pression sur ses lèvres par la même occasion.

Sam vient de m'embrasser devant tout le monde, pour la deuxième fois.

~~*Je le déteste.*~~

Chapitre 34
Tomber, c'est apprendre
Sam

Ce soir est celui de ma mort. Avec l'idée que j'ai en tête depuis hier, il est fort probable qu'Olivia me tue sur le champ.

J'aurais dû dire à mère que je l'aimais, une dernière fois.

J'ai exceptionnellement demandé à avoir la patinoire jusque très tard cette nuit pour que l'on travaille notre chorégraphie du spectacle de Noël. Sans personne pour nous regarder ou nous mettre la pression. Surtout pour Olivia et ce qui l'attend.

Nous avons décidé de partir sur une semi-improvisation. Si l'on veut attirer des patineurs en danse sur glace, on doit toucher le public. Atteindre leurs émotions et leur sensibilité. Et pour ça, je crois que l'on doit d'abord exprimer nos sentiments à nous. Notre histoire en danse sur glace.

Son histoire.

Sa rédemption.

Quand sa voiture se gare enfin sur le parking du complexe, mon cœur bat plus vite et je souris. Je me dirige vers elle et l'embrasse tout naturellement. Je ne sais pas ce qu'on est, si tant est que nous soyons quelque chose. On n'en a pas parlé depuis New York, mais j'aime être avec elle, près d'elle. Je me sens entier à ses côtés.

— Pourquoi tu nous fais venir aussi tard ? Il n'y a plus personne, remarque-t-elle.

— Justement, je voulais que personne ne voie notre danse avant le gala.

— Et mes anciens patins ?

— Je t'expliquerai, esquivé-je en enlaçant ses doigts aux miens.

Je commence vraiment à penser que c'est une mauvaise idée de lui proposer ça. Je déglutis difficilement, tentant d'ignorer la boule dans ma gorge.

La patinoire est bel et bien vide. Je me dirige aussitôt dans la loge du gardien, à la recherche de la commande des éclairages. Un grésillement électrique bourdonne lorsque j'appuie sur le bon interrupteur.

Olivia se trouve déjà près de la piste de glace, derrière la vitre. Elle me scrute, me rendant mal à l'aise. Je m'apprête à lui avouer le projet, mais elle me coupe la parole :

— Tu vas me dire ce que tu mijotes, maintenant ?

— D'accord, mais promets-moi de pas me tuer avant !

Elle fronce les sourcils. Ma bouche s'ouvre et se referme à la recherche des mots adéquats. Je suis incapable de la regarder dans les yeux en lui donnant mon idée.

— Je voudrais que tu fasses un saut. Pour notre représentation.

Je débite ma phrase à une vitesse phénoménale. Curieux, je redirige mon regard vers elle. Un voile recouvre ses yeux. Sa respiration s'est légèrement accélérée. Elle secoue la tête à plusieurs reprises et me tourne le dos, essayant d'atteindre la sortie. Mes longues jambes me permettent de la rattraper avant qu'elle ne quitte le bâtiment.

— Je le savais. Je n'en reviens pas que tu me fasses un coup pareil, putain !

— Attends, Olivia !

— Non, Sam. Tu sais à quel point j'ai peur. C'est mort ! s'exclame-t-elle. Je ne veux plus sauter.

— Ce n'est pas sauter qui te fait peur. C'est tomber.

Je ne veux pas sous-estimer son traumatisme. On est tous différents. Personne n'aime tomber, c'est vrai. C'est souvent embarrassant et, dans le cas d'Olivia, elle a l'impression d'échouer. On le lui a tellement répété qu'elle l'a intériorisé malgré elle.

Mais on tombe depuis notre plus jeune âge. On tombe quand on apprend à marcher, on tombe quand on apprend à patiner, on tombe amoureux et parfois, au milieu de tout ça, on se fait mal. Le fait est qu'on se relève et qu'on s'en remet.

C'est OK de tomber. Parce que tomber, c'est apprendre.

Je m'approche et tends la main pour attraper son bras, mais elle recule de deux pas.

— Kelsie et Andrew voulaient faire un triple axel aux Nationales. Ils ne l'ont pas fait à cause de moi parce qu'ils avaient peur que je le prenne mal.

Un rire étranglé s'échappe de sa gorge. Olivia lève les yeux au ciel. Ses mains pressent ses paupières pour empêcher les larmes de couler.

— Quel genre d'amie je suis, hein ? Quel genre de connasse je suis pour que mes amis pensent me saboter en faisant à leur tour un triple axel, alors que je suis incapable de refaire un saut depuis des mois ?

Un air de dégoût se lit sur son visage. Elle fait les cent pas avant de s'immobiliser et de fondre en larmes. Je réduis l'écart et la serre dans mes bras. Ses sanglots bruyants s'intensifient et me tordent l'estomac.

— J'ai tellement cherché à être la meilleure, à battre tout le monde, que je ne me suis même pas rendu compte que ça pouvait blesser mes meilleurs amis. J'ai écrasé tout le monde sur mon chemin vers la perfection. J'ai été tellement égoïste.

— Tu sais très bien que c'est faux, tenté-je de la rassurer.

— Ils doivent tellement me détester. Je suis vraiment une putain d'idiote.

Mes bras se resserrent autour de ses épaules, mon menton posé sur le haut de son crâne. Olivia s'arrête de pleurer au bout de plusieurs minutes, mais je ne la lâche pas. J'aimerais qu'elle se voie de la manière dont je la vois : une patineuse résiliente et passionnée. Une championne. Celle que j'ai vue dès le premier soir.

Ma Championne.

Ce ne sont ni les chutes ni les blessures qui nous achèvent, c'est le perfectionnisme. Être le ou la meilleur pour penser valoir quelque chose.

— Kelsie et Andrew sont vraiment loin de te détester, crois-moi. Tu es exceptionnelle, Olivia Gray, et chaque jour, je me lève et je me dis que j'ai une putain de chance d'avoir croisé ta route.

Elle s'écarte et essuie les dernières larmes qui coulent sur ses joues avec la manche de sa parka.

— Même avec tous les efforts du monde, on ne pourrait pas te détester. Tu donnes tellement pour qu'on réussisse tous les deux, je n'appelle pas ça être égoïste. S'il le faut, on a toute la nuit pour s'entraîner. Il n'y a que toi et moi. Rien que nous deux. Pas de fédération, pas de juges, pas de spectateurs.

Je prends son visage en coupe et embrasse l'une de ses paupières humides en murmurant :

— Tu es forte.

Je dépose un autre baiser sur son œil gauche.

— Déterminée.

Puis sur sa joue droite.

— Résiliente.

Et la gauche.

— Talentueuse.

Je termine mon voyage en déposant un baiser chaste sur ses lèvres salées.

— Tu es tout simplement incroyable, Olivia.

Ses épaules retombent aussitôt, comme si la pression s'envolait enfin. Olivia rêve de refaire les sauts qu'elle a travaillés pendant de nombreuses années. Il est difficile d'ignorer la façon dont elle admire Kelsie et Andrew enchaîner les leurs à chaque entraînement.

Elle reste silencieuse quelques minutes, avant d'enfin s'asseoir pour enfiler ses anciens patins de patinage artistique. Elle noue, défait et rattache ses lacets plus de trois fois. Ses doigts tremblent sous ses gestes. Je descends le premier sur la glace, tandis qu'elle reste vissée sur le banc encore plusieurs minutes avant de descendre à son tour.

Je laisse Olivia s'échauffer en douceur : citrons avant, arrière, slaloms sur un pied et petits sauts. Elle est dans son élément, elle est vraiment née pour ce sport. J'aime la voir s'épanouir sur la glace malgré ses traumatismes. J'admire tellement sa force mentale après tant d'années dans cette discipline qui a abîmé nombre d'entre nous.

Lorsqu'elle ralentit, je la rejoins au milieu de la glace.

— Comment tu te sens ? m'enquiers-je.

— Terrorisée. Et impatiente de réessayer.

— On va y aller étape par étape. On va commencer par quelques sauts de valse, d'accord ?

Elle acquiesce et s'exécute. J'enchaîne les sauts de valse avec Olivia, histoire qu'elle prenne confiance en elle.

Au bout d'un moment, elle parvient à en enchaîner une dizaine d'affilée. Elle sourit, fière d'elle.

— Tu te sens prête pour autre chose ?

— Ouais, je crois, répond-elle, haletante.

— C'est quoi ton saut préféré ? Celui que tu trouvais le plus satisfaisant à faire.

— Le triple axel, annonce-t-elle après une courte réflexion.

Pendant que nous faisons un tour de piste, elle me raconte en détail les sensations que ce saut lui procure : l'impression de voler, les vibrations dans son genou à la réception, l'euphorie. Ses yeux brillent quand elle explique la première fois qu'elle l'a réussi en compétition, devenant la cinquième patineuse du pays à le maîtriser. Nous revoyons ensemble les éléments du saut qu'elle maîtrisait.

— OK, Liv'. Enchaîne-moi saut de valse, triple pirouette arrière et sortie.

Je la regarde faire plusieurs fois. Je n'y connais pas grand-chose en saut, mais je la soutiens du mieux que je peux.

Finalement, elle finit par se lancer. Ses premières tentatives sont encore timides, avec peu de rotations et des réceptions sur deux pieds.

— Ton corps est doté d'une mémoire musculaire ! L'axel est ancré dans chacune de tes fibres. Tu dois juste prendre confiance en toi, Liv'.

C'est sa peur de tomber qui la bloque. Je le vois à ses réflexes pour ne pas s'étaler sur la glace, à sa façon dont elle cherche à se rattraper sans tomber. Elle se tient debout, les mains en repos sur ses hanches. Elle souffle un bon coup, les yeux fermés, et revient vers moi.

— Allez, Oli', tu sais faire ce saut, se murmure-t-elle à elle-même.

— Exactement, Liv'.

Elle ouvre un œil et me regarde fixement.

— Tu l'as dit. Tu sais le faire. Éteins ton cerveau, ne pense à rien, ne réfléchis pas à la technique. Laisse faire ton corps.

Je lui adresse un léger signe de tête pour l'encourager. Ses nouvelles tentatives sont plus affirmées et confiantes, même si elle tombe chaque fois sur sa hanche. Elle réfléchit encore trop à comment le faire et finit par s'énerver, tapant son poing contre la surface gelée après une énième chute.

— J'en ai marre, j'abandonne. Ce n'était pas une bonne idée, Sam.

Elle reste assise sur la glace, désespérée. Je la rejoins et m'accroupis près d'elle. Des larmes roulent sur ses joues rosies par le froid et par l'effort.

— Tu te souviens de la première chose que tu appris en patinage ? lui demandé-je.

Elle renifle en levant son regard vers moi. Elle fronce ses sourcils, fouillant parmi les souvenirs de ses premières leçons.

— Freiner ?

— Non.

— Glisser en avant ? retente-t-elle.

Je secoue la tête négativement. Elle réfléchit encore et encore, alors je décide de lui donner la réponse :

— Tomber. Tu as appris à tomber.

Son visage s'adoucit. À notre âge, on oublie souvent les toutes premières choses que l'on a apprises. Tout simplement parce que les éléments de bases sont devenus des éléments naturels dans notre glisse. On les exécute sans réfléchir, instinctivement.

— Et tu sais ce que tu as appris ensuite ? continué-je.

— Me relever.

— Te relever.

Ce qu'elle fait sans tarder. Mes mains entourent son visage, nos fronts en appui l'un contre l'autre.

— Tu es Olivia Gray. Tu t'es toujours relevée, même quand tu ne pensais plus pouvoir le faire. Quand personne ne t'en croyait capable.

— Je peux le faire.

— Je sais. J'ai toujours cru en toi, Championne.

Je la pousse légèrement vers la glace et l'encourage tant bien que mal. Elle tombe toujours, mais elle ne se décourage pas pour autant. Un, cinq, dix… vingt-cinq sauts. Vingt-cinq chutes, mais elle se relève. Encore et encore, bien déterminée à le faire. Elle se lance à nouveau, mais cette fois, lorsqu'elle tombe, elle ne se relève pas. Mon sang ne fait qu'un tour et mon cœur se comprime d'inquiétude.

— Merde !

Je fonce vers son corps immobile. Je m'accroupis près d'elle et prends sa tête entre mes mains. Mes yeux l'inspectent à la recherche de la moindre blessure. Rien. Je l'appelle, espérant qu'elle ne soit pas inconsciente. La panique s'empare de moi. Je n'aurais pas dû l'emmener ici, de nuit, sans personne pour nous aider.

Toujours les yeux fermés, elle me répond enfin.

— Si je n'étais pas aussi crevée, je t'aurais déjà tranché les couilles.

Je soupire lourdement, soulagé qu'elle n'ait rien. Je la fusille du regard lorsqu'un sourire narquois apparaît sur son visage.

— Putain de merde, Chucky !

— Quoi ?

— Je t'interdis de me faire peur comme ça. J'ai vraiment cru que je t'avais blessée !

Mon regard s'adoucit en la voyant saine et sauve. Je m'en veux de l'avoir forcée à refaire un saut stupide.

— Désolée, souffle-t-elle en prenant ma main dans la sienne. Je ne voulais pas te faire peur.

— Ça ne fait rien, Liv'. Allez, on rentre.

Chapitre 35

« Avec toi, toujours »

Olivia

Décembre 2022 – Denver

Sparrow est mort cette nuit.

Ce que je redoutais le plus est finalement arrivé.

Et ça fait encore plus mal que tout ce que j'avais pu imaginer.

Je l'ai trouvé inanimé dans son panier ce matin. Je suis complètement dévastée. J'aimais ce chat plus que tout : ses ronrons, ses excès de folie, ses câlins le matin. Mes pleurs redoublent en y repensant. Je n'ai rien vu venir.

Quand on sonne à l'entrée, je ne sais pas du tout comment je parviens à me lever de mon lit pour aller ouvrir. Roy se tient sur le pas de la porte. Il lâche aussitôt la cage de transport et m'enlace aussi fort qu'il peut. Je sais qu'à cet instant, il essaie de me prendre le plus de douleur possible.

— Je suis désolé, ma puce.

Quand je l'ai appelé, j'ai à peine prononcé le nom de Sparrow qu'il s'est mis en chemin. Les larmes inondent mes joues lorsque je le vois prendre son petit corps et le déposer dans sa cage. Je le caresse et l'embrasse une dernière fois avant qu'il s'en aille pour toujours, loin de moi.

Je dépose à côté de lui tous les jouets avec lesquels il aimait s'amuser et la peluche avec laquelle il dormait souvent. Comme s'il en avait besoin là où il est.

— Tu es sûre que tu ne veux pas venir l'enterrer avec moi ?

— Non, je suis incapable de le laisser partir.

Ma voix se brise sur le dernier mot, mais je ravale les larmes qui tentent de s'échapper.

— D'accord. Mais tu viens le voir quand tu veux, d'accord ?

J'acquiesce en silence. Je le regarde s'éloigner dans le couloir et disparaître dans l'ascenseur avec mon chat. *Mon* Sparrow.

C'est désormais dans un silence assourdissant que je me retrouve. Plus de miaulements incessants pour réclamer sa pâtée matinale, plus de galipettes pour me demander des caresses…

Je balaie le salon du regard. C'est si étrange. Il est à la fois partout dans cet appartement, et en même temps, plus là. J'erre sans but dans mon propre salon. J'effleure les étages de son arbre à chat et ramasse la balle de tennis avec laquelle il me rendait dingue. Je suis tellement au ralenti que j'ai l'impression d'avoir fait une journée complète. Et pourtant, l'horloge de la cuisine affiche seulement huit heures trente. Anesthésiée, j'envoie un bref message d'excuses à Sam pour mon absence, éteins mon téléphone et retourne me coucher.

Que les gens aillent se faire foutre à la fin !

Je ne comprends vraiment pas cette manie de déranger les gens en fin d'après-midi. Surtout quand on veut rester seul. Je saute de mon lit, plus énervée que jamais, et surtout bien décidée à envoyer chier la personne qui sonne et toque en boucle depuis presque dix minutes.

Furieuse, j'ouvre la porte d'un geste brusque et tombe nez à nez avec Sam, dont l'inquiétude se devine très clairement sur son visage.

— Qu'est-ce que tu fais là ?

— Sérieusement, Liv' ?

Il sort son téléphone et lit à voix haute le message que je lui ai envoyé quelques heures plus tôt.

— « Pas là aujourd'hui, désolée. ». Et tu réponds à aucun appel ou message, pas même ceux de Kelsie.

— J'ai envie de ne voir personne, c'est encore mon droit, non ?

— On est juste inquiets, Olivia.

Je détourne le regard. Mes yeux piquent à cause des larmes qui ne cherchent qu'à couler. Je me mords la lèvre pour les en empêcher. Ma gorge se noue lorsque j'essaie de parler, déformant ma voix.

— Va-t'en, Sam. Je serai là demain.

C'est toujours plus simple de craquer quand il n'y a personne pour vous voir au plus bas. J'avais besoin d'une journée pour me morfondre et faire comme si de rien était le lendemain. Comme je l'ai toujours si bien fait.

Je tente de lui claquer la porte au nez, mais il la bloque avec son pied.

— Pas avant que tu me dises ce qui se passe, insiste-t-il. On est partenaires, même plus que ça d'ailleurs. Que tu ailles bien ou mal, ça me regarde.

Cette fois, je ne parviens pas à retenir mes larmes et je me laisse aller. Sam profite de ce moment de faiblesse pour pénétrer dans mon appartement et fermer la porte d'un coup de pied avant de me serrer dans ses bras.

— Sparrow est mort…

— Je suis désolé, mon ange…

Sam m'escorte jusque dans mon canapé. Il ne me lâche pas une seule fois. Même lorsqu'il s'allonge, en me gardant contre lui. Mes larmes coulent dans son cou et trempent son pull. Sa main caresse délicatement mon dos jusqu'à ce que je m'arrête de sangloter. À vrai dire, nous restons comme ça – moi, allongée sur lui – un très long moment.

— Tu n'as pas à affronter ça toute seule, Liv'. On est une équipe : si tu t'effondres, je te rattrape. Tout le temps. Kelsie et Andrew sont aussi là pour toi. Ne nous rejette pas.

Je reste silencieuse, appréciant la douceur de ses mots qui me réconfortent. Je peux me reposer sur lui sans avoir à le lui demander. Et ça fait un peu de bien à mon cœur.

Ma tête me fait affreusement mal à force de pleurer. Mes paupières sont lourdes et mes muqueuses brûlent, irritées par les larmes. La respiration de Sam sous ma poitrine m'apaise, bien que son cœur batte à une vitesse phénoménale.

— Par contre, j'apprécierais que tu n'essuies pas ta morve sur mon pull, Chucky.

Un rire incontrôlé m'échappe. Pour le faire rager, je frotte mon nez dégoulinant sur son pull, le faisant rire à son tour. J'en profite pour humer son parfum. Une odeur de bois ambré, mélangé à une note plus douce de caramel. D'un mouvement maîtrisé, il nous fait rouler et je me retrouve plaquée entre lui et le canapé. Sa main brosse quelques mèches de cheveux derrière mon oreille.

— Ça t'amuse peut-être ?

— Hm… plutôt oui, avoué-je en enlaçant mes bras autour de sa nuque.

Sa main parcourt mon corps avant de se caler sur ma taille. Un délicieux frisson m'envahit lorsque sa bouche trace une ligne de baisers le long de ma mâchoire. Il se redresse sur un coude et m'observe, un sourire en coin.

— Merci d'être venu.

— Toujours. Je ne te lâche pas, Liv'.

Le froid m'accapare lorsqu'il se lève et se dirige vers la cuisine. Je le suis et observe les mouvements de son dos sous son pull à mesure qu'il fouille mes placards. Il attrape un verre à la volée qu'il remplit d'eau et me le tend avec un sourire timide.

— Bois, ça te fera du bien.

Je bois mon verre d'une traite. La fraîcheur de l'eau atténue aussitôt la douleur qui pulse dans mes tempes.

Sam est déjà en train de s'affairer à nouveau dans mes placards et dans mon réfrigérateur. Je le scrute, sceptique, tandis qu'il se déplace, complètement à l'aise dans ma cuisine.

— Tu as faim ? demande-t-il en déposant ses trouvailles sur l'îlot central.

— « Je meurs de faim » serait plus approprié.

— Assieds-toi et observe le chef.

Il tire un des tabourets de bar et m'invite à m'asseoir. Il est tellement investi dans ses mouvements que j'en ris. Il fait sauter les ingrédients dans la poêle – enfin, surtout à côté – et s'assure de la bonne cuisson des pâtes dans la casserole. Incapable de rester assise, je décide de dresser la table pour deux. Sam ne tarde pas à servir deux assiettes de pâtes avec du blanc de poulet en tranche et du brocoli. « Une recette de sa mère », m'explique-t-il.

Mouais.

Il jette un œil au semblant de table dressée sur l'îlot central et prend avec dégoût le fromage que je viens de déballer.

— Je crois que ton fromage a moisi, Liv'.

— C'est du bleu. C'est de la moisissure qui se mange.

Il mime un haut-le-cœur. Je nous coupe tous les deux un morceau pour l'inviter à goûter. Tandis que je dévore le mien, Sam analyse le fromage sous tous les angles avant d'en croquer un morceau. Le dégoût ne quitte pas son visage.

— Tu n'aimes pas ?

Il se contente de secouer la tête et de me donner son morceau. Je ne peux pas m'empêcher de rire alors qu'il passe sa tête sous le robinet pour se débarrasser du goût persistant sur la langue.

Sam réussit à me distraire tout le reste de la soirée, au point que je ne vois même pas l'heure tourner et que nous nous endormons tous les deux dans mon canapé, lovés dans les bras l'un de l'autre.

Si la perfection avait un nom, elle porterait celui de Sam. Il n'a pas quitté mon appartement ces trois derniers jours. M'endormir et me réveiller dans ses bras sont devenus mes moments préférés. Je me sens à ma place.

Même ranger les affaires de Sparrow a été moins douloureux avec lui à mes côtés.

Aussi, je reçois la visite de mes amis et de mes parents qui me remontent tous le moral autant qu'ils le peuvent. Les trois derniers soirs de cette semaine, j'ai eu le droit à des petits plats réconfortants, soigneusement préparés par ma mère. Roy a apporté les DVD de mes exploits qu'il a essayé de reproduire, ce qui nous a tous bien fait marrer.

Ce soir, Kelsie, Andrew, Sam et moi sortons dans un bar branché du centre-ville. Non seulement je vois autre chose que les murs de mon appartement et de la patinoire, mais c'est l'occasion de nous défouler avant d'entamer la préparation pour les Mondiaux.

La musique du bar résonne jusqu'à l'extérieur. Les basses martèlent déjà nos oreilles, à peine entrés dans l'établissement. Des néons multicolores illuminent la salle principale, où les gens dansent déjà sous les lumières stroboscopiques. Nous nous dirigeons vers le bar pour commander nos verres. Les mecs ne boivent pas ce soir et commandent deux mocktails tandis que je commande deux shots de tequila pour Kelsie et moi. Soudain, les yeux bleus de ma meilleure amie s'écarquillent : je reconnais aussitôt les premières notes de la chanson *California Gurls* de Katy Perry.

— Oh non… marmonne Andrew.

— Oh si ! m'exclamé-je en même temps que Kelsie.

Sam nous dévisage tous les trois.

— Mec, si elle te drague avec cette chanson, fuis dans la direction opposée, plaisante Andrew, les mains de part et d'autre des épaules de Sam.

— C'est si grave que ça ?

— Regarde par toi-même, mec.

Après autant d'années, je n'arrive toujours pas à croire que Kelsie ait réussi à séduire Andrew avec cette chanson – et surtout cette danse. Elle me tire par le poignet et m'entraîne sur la piste. Et le pire dans tout ça, c'est qu'on s'en souvient parfaitement toutes les deux.

Face aux garçons, nous commençons à reproduire la chorégraphie du fameux jeu vidéo *Just Dance*. Je ris à m'en faire pipi dessus quand je vois la mine dépitée d'Andrew. À côté, la mâchoire de Sam se décroche, ahuri par notre spectacle. Les deux s'adressent un regard complice avant d'éclater de rire.

Bien après la fin de la chanson, nous continuons à nous déhancher sur la piste, au rythme des dizaines de musiques pop, pendant qu'Andrew et Sam se lancent dans une partie de billard durant laquelle mon partenaire met une raclée à celui de ma meilleure amie. Mon regard glisse sur son corps, en particulier sur ses fesses moulées dans son jean. Penché sur la table, il prépare son prochain coup. Il remonte les manches de son haut, laissant apparaître les veines saillantes sur ses bras tandis qu'il stabilise la queue de billard. Comme s'il sentait que je le mate, il regarde par-dessus son épaule, m'adresse un sourire en coin et tire sans rompre notre contact visuel.

Boom ! C'est un putain de brasier qui s'enflamme dans toutes les cellules de mon corps.

— Karaoké ? me propose Kelsie, me sortant de ma stupeur.

— Évidemment !

Aucune de nous ne sait réellement chanter, mais nous prenons d'assaut la petite scène. *Bring Me to Life* d'Evanescence est alors lancée sur l'écran, suivie de *Wannabe* des Spice Girls. Nous avons toujours cette tradition avec Kelsie : elle fait la voix principale et moi les *backups*.

Les clients nous encouragent, Sam et Andrew évidemment aux premières loges. Nous mettons toute notre énergie dans ce duo, jusqu'à en perdre nos voix.

Inévitablement, j'attire Sam sur la scène pour la chanson suivante.

— Non, Liv, je ne sais pas chanter !

— Moi non plus ! On s'en fiche, on est là pour s'éclater ! répliqué-je en lui donnant le micro.

Il m'adresse un regard noir quand les notes de *Breaking Free* sont lancées, me faisant rire. Au début timide, il se prend rapidement au jeu.

Troy Bolton a du mouron à se faire.

Après cette chanson, nous décidons de rentrer.

Ce soir encore, Sam reste avec moi. Après une douche pour nous débarrasser de notre sueur, aucun de nous n'est fatigué, alors nous nous installons sur mon canapé pour regarder un film. Je me surprends à le regarder amoureusement et à sourire comme une idiote tandis qu'il imite Peter Parker dans le deuxième volet de ses aventures. C'est dingue comme sa simple présence parvient à m'apaiser.

Mon ventre fait des sauts périlleux lorsqu'il me cale contre lui pour regarder un nouveau film. Il se fait très tard, mais l'excitation monte doucement en moi alors que ses doigts descendent et remontent le long de mon bras. Il hante mes pensées et pourtant… ça ne semble pas assez pour mon cœur.

Rapidement, mon attention n'est plus rivée sur l'écran, mais sur Sam. Sentant mon regard insistant sur lui, il se tourne vers moi.

— Qu'est-ce qu'il y a, Championne ?

Ma main se pose sur sa joue mal rasée et je romps les centimètres restants. Ses lèvres sont toujours aussi douces, et ses baisers toujours aussi délicats. Je monte à califourchon sur lui et entreprends un baiser plus franc. Nos langues se rencontrent et se livrent à une danse rythmée. Ses mains se calent sous mes fesses et me rapprochent de lui. Sa respiration est lourde et je l'entends gémir lorsque mes lèvres s'attaquent à sa mâchoire.

— Liv'…

Mon bassin se meut contre lui à un rythme régulier. Il penche sa tête en arrière et m'offre un meilleur accès à son cou. J'y dépose un baiser tendre sous l'oreille, ce qui le fait gémir aussitôt.

Je m'arrête et plonge mon regard dans le sien. Le désir dilate ses pupilles, ses joues sont rosies et je peux sentir son sexe dur contre mon intimité. Sa main se glisse dans ma nuque et m'attire à lui avec force, m'embrassant avec fougue. Nos deux hauts ne tardent pas à rejoindre mon tapis. Mes doigts parcourent ses abdominaux pendant que mes lèvres tracent des sillons humides sur son torse.

Rapidement, je me retrouve à genoux devant lui. Je baisse son survêtement gris et son caleçon pour libérer son érection qui se dresse fièrement devant moi. Un sourire lubrique se dessine sur mon visage lorsque j'entreprends de le masturber avec lenteur. Je m'attarde sur son extrémité sensible, le faisant jurer entre ses dents. Ma main court sur sa cuisse tout en prenant soin de couvrir son membre de mes lèvres. Un nouveau gémissement, guttural cette fois, franchit ses lèvres. Son bassin se soulève et sa queue s'enfonce un peu plus dans ma bouche. Je l'aspire au maximum, masturbant la partie que ma bouche ne peut accueillir. Ses plaintes lascives m'excitent à tel point que mon sexe palpite.

— Putain, Olivia…

Je me recule de son sexe trempé par ma salive et le regarde dans les yeux tandis que je continue de le masturber. Il siffle entre ses dents et rejette sa tête en arrière.

— Qu'est-ce qu'il y a ?

— Ah… gémit-il. Rien…

— C'est bien ce qu'il me semblait.

Quand je le reprends en bouche cette fois, Sam entortille mes cheveux autour de sa main et me guide avec autorité. Je le suce avec avidité, appréciant ses plaintes sensuelles et le plaisir qui pulse le long de son sexe. Sam se retire avant de se lever du canapé et d'échanger nos places.

Plaquée contre le dossier, il s'attaque aussitôt à mon legging et à l'élastique de ma culotte. En deux temps trois mouvements, je me retrouve nue devant lui et aussitôt déshabillée, sa tête disparaît entre mes cuisses, mes genoux calés sur ses épaules. Ses bras s'enroulent autour de mes cuisses pour me maintenir en place tandis que sa bouche brûlante se referme autour de mon clitoris sensible. Je n'ai pas le temps de sentir la jouissance venir qu'elle explose dans mon bas-ventre.

Nous ne disons rien, mais la chaleur de son corps contre le mien, l'électricité qui parcourt ma peau lorsque ses doigts me touchent… tout ça fait exploser mon cœur.

— Préservatif, murmuré-je entre deux baisers.

— Dans mon sac, dit-il en fouillant dedans.

Ses gestes sont maladroits, pressés. Je récupère l'emballage bleu métallisé, le déchire et déroule le latex sur sa queue.

— Je ne sais pas si je dois être ravie que tu transportes des capotes dans ton sac de sport ou énervée, soufflé-je en me plaçant à califourchon sur lui.

— J'ai ma petite idée, dit-il avec un sourire en coin.

Sam place le bout de sa queue à l'entrée de mon intimité et d'un regard, me demande la permission d'entrer en moi. J'accepte d'un léger hochement de tête en m'enfonce sur lui, centimètre par centimètre, nous arrachant tous les deux un soupir lascif. Il me faut quelques secondes pour m'adapter à la position. Ne tenant plus, je fais lentement rouler mes hanches.

— Bordel, Liv', tu me tues.

Ses mains agrippent mes fesses et les font rebondir sur lui, me faisant gémir quand il atteint mon point sensible. Pressée contre son torse, je m'accroche fermement à ses épaules. Nos respirations erratiques se confondent dans des baisers ardents. Je tire sur ses cheveux trempés de transpiration et plante mon regard dans le sien.

— Plus fort, Sam. Je t'en prie.

— Puisque tu me le demandes si gentiment…

Mes cris deviennent plus intenses, tout comme les mouvements de Sam en dessous de moi. Son pouce s'insinue entre nous pour caresser mon clitoris et me faire sombrer dans un second orgasme puissant. Mon sexe se contracte autour de Sam qui jouit presque aussitôt.

Nous restons un moment sans bouger : lui, toujours à l'intérieur de moi, et moi, lovée dans ses bras ; là où je me sens le mieux depuis quelque temps. Ses doigts caressent la peau nue de mon dos de manière délicate.

— Est-ce que ça va ? murmure-t-il contre mes cheveux.

— Avec toi, toujours.

Chapitre 36

Ma propre sauveuse

Olivia

Sam avait raison l'autre soir. Je peux refaire mon triple axel pour le spectacle de Noël.

Je vais le faire.

Je n'ai jamais renoncé dans ma carrière. Ou bien un peu trop vite. Mais je veux me battre comme je l'ai toujours fait, me surpasser comme chaque fois.

Je vais le faire.

Et pour ça, je dois éteindre mes pensées intrusives. Ce qui s'annonce plus compliqué que prévu. Chaque fois que je chute, des souvenirs de mon enfance me reviennent et défilent devant mes yeux. Je revois mon père m'attraper par le bras pour me relever et m'obliger à me tenir droite avant de me gifler, ou pire. Je l'entends m'insulter d'idiote, d'incapable. Quand je tombe, je me dépêche de me relever, de peur qu'il débarque de nulle part. Mais à mon plus grand soulagement, il n'y a que Sam qui m'observe.

Le spectacle est ce soir et je suis toujours bloquée. À ce stade, je devrais probablement abandonner et me rabattre sur autre chose, mais je veux me prouver que je peux y arriver, que je peux passer enfin à autre chose. J'ai toujours eu tendance à penser que le patinage artistique était un sport d'ego ; la fierté et la frustration flirtent toujours ensemble sur la glace. Seule une des deux remportera la bataille mentale. Je suis frustrée de ne toujours pas avoir réussi à poser ce saut, mais la fierté de le réussir comme la première fois n'est pas très loin. Elle fait encore partie de moi.

Lorsque je chute pour la cinquantième fois ce matin, je m'attarde plus longtemps sur la glace. Je ferme les yeux et profite de la surface gelée pour soulager ma hanche droite endolorie. Je ne sais pas ce qui bloque. Sans doute la réception. J'arrive à prendre mon impulsion et à effectuer mes rotations, mais lorsque je dois me réceptionner, je panique. Les souvenirs de mon accident me reviennent et la peur me crispe.

— On va faire une pause, Liv'.

Je ne me fais pas prier. Peut-être qu'en reprenant des forces, j'y arriverais mieux. En tout cas, je l'espère. Je veux y arriver.

Sam m'aide à me relever pour la énième fois et me sourit avant de déposer un baiser sur la commissure de mes lèvres.

— Tu t'en sors bien ce matin, je suis fier de toi.

— Mais je n'ai toujours pas fait le moindre saut et le spectacle est ce soir.

— Et ? Je suis quand même fier de toi, Liv'. T'avais mille raisons d'abandonner, mais t'en as fait mille raisons de continuer. Pour ça, je suis fier de toi.

Il m'embrasse directement sur les lèvres, cette fois. J'approfondis le baiser et sens son sourire contre ma bouche.

Nous sortons du complexe, mon bras autour de sa taille. Notre relation a pris un virage serré, mais, pour autant, je ne sais pas ce qu'on est. Il n'est pas du genre relation sérieuse. Du moins, je l'ai connu comme ça, alors je préfère ne pas m'enflammer. Quoi qu'il en soit, il me fait sentir bien. Nous marchons à peine quelques mètres lorsqu'on m'interpelle.

Cette voix, encore.

Je me retourne et tombe nez à nez avec mon géniteur. J'ai un léger mouvement de recul et la nausée m'irrite la gorge. Mon cœur s'agite, un réflexe presque inné face à sa silhouette.

— Olivia, s'il te plaît, tente-t-il. Je veux juste parler.

— Tu n'as pas le droit de nous approcher et tu le sais.

Il me regarde avec de grands yeux tristes. Les mêmes que les miens. C'est la seule chose que nous partageons encore. Pour preuve, j'ai choisi le nom de famille de Roy après son mariage avec ma mère.

Mon géniteur a vieilli, mais il ressemble toujours à l'homme qui nous battait, il y a des années. Ce n'est plus la colère qui marque son visage désormais, mais bien les signes de l'âge. Je l'observe longuement. Il frotte ses mains entre elles pour les réchauffer et trépigne d'impatience. Pourquoi revenir me parler maintenant ? Lui qui n'a jamais vraiment cherché les mots pour s'adresser à nous…

— Un café, Olivia. Je te demande juste une discussion autour d'un café.

Sam me regarde, prêt à intervenir. Je suis tiraillée entre l'idée de rejeter mon géniteur encore une fois, et lui accorder la discussion qu'il veut. La « moi » adulte se retrouve face à la « moi » enfant, celle qui baissait les yeux et se faisait toute petite. Les souvenirs affluent : les coups, les cris, la peur. Toujours la peur.

— D'accord. Un café, rien de plus.

— Oh, Olivia…

— Mais il vient avec moi, ajouté-je en désignant Sam.

Nous marchons en silence. Mon cœur martèle ma poitrine à une vitesse phénoménale, et mon ventre se tord de douleur. J'ai du mal à respirer et je dois reprendre mon souffle plus souvent que d'habitude. Sam, qui me tient par l'épaule, me demande tout du long si je veux vraiment le faire. J'acquiesce simplement. C'est le meilleur moyen d'en finir.

Une fois chez Danny's, je m'installe sur la banquette face à mon père, Sam à côté de moi. Ce dernier serre les poings et fixe mon géniteur avec un regard noir, presque meurtrier. Je m'empresse de serrer la tasse fumante de café lorsque le serveur nous les apporte. Sous la table, ma jambe rebondit contre le carrelage dans un tic nerveux. Un café et ce sera terminé.

J'épie chacun de ses mouvements. Mon géniteur est mal à l'aise et ses gestes sont maladroits. Il sort un morceau de papier froissé de la poche de son manteau et se racle la gorge.

— Je ne sais pas trop par où commencer, déclare-t-il, la voix tremblotante.

Mon géniteur déplie ledit papier et regarde furtivement ses notes. Mon visage reste impassible tandis que le sien cherche à susciter ma compassion. Chose que je n'aurai jamais pour lui.

— Je sais que je ne pourrais jamais effacer ce que je vous ai fait à toi et à ta mère, mais je me devais de te présenter mes excuses. D'après ma thérapeute, c'est la première étape.

— D'accord, réponds-je, apathique.

Il semble un peu dérouté par ma réponse aussi brève, mais il poursuit. Je n'ai qu'une envie, c'est d'engloutir le contenu de ma tasse d'une traite pour mettre fin à la conversation au plus vite. Mais la boisson est tellement chaude que je ne peux même pas me dérober.

— J'ai commis des erreurs.

— Des erreurs ? Vraiment ? Nous battre, t'appelles ça une « erreur » ? Quand on commet des erreurs, on ne le fait pas exprès.

— Crois-moi, Olivia, je regrette absolument tout ce qui s'est passé. Si je le pouvais, j'effacerais tout le mal que je vous ai fait.

Ma mâchoire se contracte avec force et mes poings se serrent tellement que je peux sentir mes ongles s'enfoncer dans mes paumes. Je le hais, du plus profond de mon âme.

— J'ai changé. Je me fais soigner depuis cinq ans, et quand je suis sorti il y a un an, j'ai évidemment continué la thérapie.

— Si ça t'aide, c'est… tant mieux pour toi, ajouté-je, la plus indifférente possible.

— J'ai suivi ta carrière de loin. J'ai été très inquiet après ta blessure.

Foutaises.

Je laisse échapper un rire jaune. C'est lui qui me torturait. Il n'en avait rien à faire de si j'étais blessée ou malade. Il lève les yeux vers moi, comme si ma réaction était étonnante.

— Si tu me le permets, j'aimerais revenir dans ta vie. Et, éventuellement, être un père pour toi.

Cette fois, il dépasse les bornes. Je claque mon poing sur la table, interpellant les autres clients du restaurant. Je mords ma lèvre inférieure pour me calmer, à défaut de me pincer les biceps. Un goût métallique tapisse ma langue.

— Un père ?

— Olivia...

— Tu ne seras jamais un père pour moi. Tu m'as donné la vie, mais t'es loin d'être un père.

Mes yeux brûlent. Les larmes s'apprêtent à couler, mais je me retiens. Je ne veux plus pleurer à cause de lui, je ne veux plus avoir peur à cause de lui. Mon sang bouillonne et je tremble. La rage que j'ai nourrie dans l'ombre pendant des années est prête à exploser.

— Tu te souviens comment tu nous maltraitais avec maman ?

— Olivia, s'il te plaît...

— Non, laisse-moi parler maintenant. Je te hais. Pour tout ce que tu m'as fait ressentir. Je pense tout le temps à ce que tu me faisais subir quand je me plantais, parce qu'encore aujourd'hui, t'arrives à me faire sentir comme une merde alors que tu n'es plus là. Tu ne me laissais jamais le droit à l'erreur. T'as fait de moi une machine.

Cette fois, mes larmes coulent et je ne les retiens pas. Et bordel, ce que ça fait du bien.

La libération. Comme une vague qui déferle et qui emporte tout sur son passage.

Sam dépose une main sur ma cuisse et la presse légèrement. Son contact me ramène à la réalité et me rassure.

— Pendant longtemps, j'ai pensé que, si j'étais douée pour ce sport, c'était parce que tu me poussais aux extrêmes. Tu faisais tout pour me forcer à faire des éléments compliqués et battre les records, à repousser mes limites. J'avais huit ans, putain !

Je n'étais qu'une enfant.

Je reprends une inspiration et poursuis :

— T'as été un monstre. Et devine quoi ? Dans la vie, les monstres comme toi ne deviennent jamais les gentils. Alors, tes excuses trouvées dans le tiroir de ta psy, je n'en veux pas.

Toute la rage que j'éprouve pour lui depuis des années s'évacue enfin. Je ne regrette pas cette confrontation, finalement. Il m'aura fallu des années pour réaliser que je suis la seule maîtresse de mon talent et que ces tortures ne représentent qu'une infime partie de mon parcours d'athlète. Si je fais quoi que ce soit, c'est que je suis capable d'y arriver par moi-même et non parce qu'on me force à le faire.

— Oh, et puisqu'on parle de père ! J'en ai un depuis que j'ai dix ans. J'ai un père qui me soutient à toutes mes compétitions. Un père qui débarquerait à trois heures du matin pour me réconforter si je le lui demandais. C'est lui qui m'emmenait chez le médecin, qui s'assurait que je ne me faisais pas trop mal à mes entraînements. Il irait décrocher les étoiles pour les mettre dans mes yeux si c'est ce que je voulais. Tu ne l'as jamais fait. Alors non, je ne veux pas de toi dans ma vie. Plus jamais.

J'avale le contenu de ma tasse d'une traite et claque violemment la céramique sur la table, mettant fin à la conversation. Je me lève, le menton bien haut, et toise une dernière fois mon géniteur. Cette fois, c'est lui qui baisse le regard. C'est *moi* qui ai le pouvoir.

— Tu ne me feras plus jamais peur.

Je me lève, sans me presser, car je n'ai plus besoin de fuir.

Le vent glacial m'agresse en sortant, mais je respire pleinement. Pour la première fois depuis longtemps. Je reste plantée devant le restaurant, le visage tourné vers le ciel, laissant les flocons de neige s'échouer sur ma peau. Mon corps tremble encore, mais cette fois, il tient debout. Une douce chaleur remonte le long de mon échine. Sa voix, ses coups ne m'atteindront plus, ne me définiront plus. C'est un soulagement que je n'osais pas espérer.

Sam me rejoint et saisit ma main entre ses paumes chaudes.

— Est-ce que ça va ?

— Oui.

Pour la première fois, je suis enfin *moi.*

Aujourd'hui, je décide enfin de mettre mes traumatismes derrière moi. À partir d'aujourd'hui, je ne me tiens plus sur la carre qui m'a fait chuter bien trop de fois. Comme sur la glace, je me redresse, je change de direction, et trace une nouvelle trajectoire faite de passion et de résilience.

Du monde s'est déplacé pour le spectacle de Noël. Les gradins se remplissent de parents qui viennent voir leurs enfants, mais également de visiteurs curieux. La présence des champions nationaux de patinage en couple a dû s'ébruiter. Mais ça nous convient. Si l'on veut mettre en œuvre une section danse sur glace, il faut attirer de nouveaux licenciés.

Sam et moi avons revêtu les costumes de notre danse libre et attendons le moment de notre représentation.

— Qu'est-ce qu'on fait, du coup ? Sur la fin de la chorégraphie ? demande Sam.

— Je vais le faire. Je vais faire le saut.

— T'en es sûre ?

Je hoche la tête à plusieurs reprises. Non seulement pour le convaincre, mais surtout pour me rassurer.

— Tu l'as dit, je peux le faire. J'ai enfin réussi à éteindre mon cerveau.

Il me dévisage, perplexe. Ce que je vais faire ce soir est complètement insensé, mais ce ne serait pas moi si je ne le tentais pas. C'est ma façon de tourner la page.

— Qu'est-ce qu'il pourrait m'arriver, au pire ? Frôler la mort ? Ça ne sera pas la première fois, ironisé-je.

Je ris, mais mes mots ne font pas sourire Sam, qui n'est toujours pas convaincu par mon idée. Je serre sa main dans la mienne. Je ne dois pas paniquer. Je ne vais pas paniquer.

Tout ce que je ressens, c'est un frisson d'adrénaline. Mon inconscient me souffle que j'en suis capable. Je n'ai plus rien à *lui* prouver, je n'ai plus à *le* craindre. Ce soir, je ne vais sauter ni pour lui ni pour le public, mais pour moi.

À notre tour, nous descendons sur la glace sous les applaudissements du public. Je repère ma mère et Roy dans les gradins, enlacés. Lorsque nos regards se rencontrent, ils croisent les doigts dans ma direction et m'encouragent de loin. Je souris.

Mes premiers sauveurs.

Je ne serais pas la patineuse que je suis sans eux.

Ce soir, j'improvise. Seuls nos twizzles en couple et nos portés sont planifiés. Tout le reste naîtra de notre interprétation. Y compris mon saut.

— Souviens-toi : ta seule limite, c'est toi-même, chuchote Sam dans le creux de mon oreille.

Il m'embrasse le front et se place sur la glace. Nous sommes pratiquement dans le noir. Quand les premières notes de *Salvation* de Gabrielle Aplin retentissent, le premier spot lumineux se braque sur Sam pendant quelques secondes alors qu'il virevolte délicatement, puis s'éteint. Je m'élance dans une pirouette Biellmann juste avant qu'il ne m'éclaire à mon tour. Le public applaudit. Sam et moi repartons tous les deux en même temps lorsque les paroles résonnent. Nos mouvements sont une nouvelle fois totalement accordés l'un avec l'autre, me rappelant la première fois que nous avons patiné ensemble. Même quand nous nous éloignons à l'autre bout de la piste, nous revenons inévitablement l'un vers l'autre.

Sous la chaleur du spot, j'enchaîne les pas et les pirouettes, le tout au rythme de la musique. Les gens applaudissent lorsque nous patinons à l'identique sur les twizzles. Je souris et me sens réellement bien. Vivante.

Notre chorégraphie de couple s'achève sur notre curve lift qui provoque l'admiration du public alors que Sam, en parfait équilibre sur ses carres, me tient contre lui et me donne l'impression de voler.

La musique touche presque à sa fin, révélant le moment de mon saut. Sam m'adresse un dernier regard complice et hoche très délicatement la tête avant de s'arrêter et de me laisser poursuivre seule.

Mon deuxième sauveur.

Je réalise à quel point la danse sur glace a été salvatrice. À quel point Sam m'a sauvée, à quel point il a cru en moi dès le premier jour. Je fais de cette chorégraphie une catharsis pour toutes mes blessures, aussi bien physiques qu'émotionnelles. Le rythme de la musique fusionne avec les battements de mon cœur, et je m'abandonne totalement à la danse. Le patinage est peut-être ce qui m'a le plus abîmée, mais c'est aussi ce qui guérit mes cicatrices les plus profondes. Je me suis perdue en cherchant à décrocher les médailles, au point d'oublier qu'il s'agit avant tout d'une passion.

Je réalise une parfaite arabesque que je tiens sur une carre extérieure pendant plusieurs secondes. Je me redresse au moment où le rythme devient plus intense.

C'est maintenant ou jamais.

Un dernier pas, quelques croisés arrière pour récupérer de la vitesse. Je fais abstraction de tout, prends mon élan et effectue les trois rotations et demie avant de me réceptionner.

Debout, parfaitement droite.

Je suis ma propre sauveuse.

J'écarquille les yeux et me retourne vers Sam qui applaudit, un large sourire aux lèvres. Je me fiche complètement du reste de la musique. Je patine à toute vitesse vers mon partenaire qui me soulève de la glace avec aisance, sans trébucher. Dans les gradins, je vois mes parents et mes amis stupéfaits par ce que nous venons de faire. Je ris légèrement avec Sam, qui m'embrasse la joue.

— Personne n'a besoin de mettre des étoiles dans tes yeux, murmure-t-il contre ma joue.

Je me souviens alors ce que j'ai dit à mon géniteur plus tôt dans la journée. Sam se recule de quelques centimètres et nos nez se frôlent. Il plonge son regard dans le mien, coinçant une mèche de cheveux derrière mon oreille.

— Crois-moi, Olivia, les étoiles pourraient briller deux fois plus que je ne les remarquerais même pas. Tu brilles bien plus qu'elles.

Je souris à en avoir mal aux joues. Je resserre mes bras autour de son cou et l'enlace encore plus fort.

Il dit que je brille, mais en vérité, nous brillons tous les deux.

Kelsie me saute immédiatement dans les bras alors que nous libérons à peine la piste. Elle s'écarte et me dévisage avant de fondre en larmes.

— Mais t'es malade ou quoi ? m'engueule-t-elle.

— Ce qu'elle veut dire, c'est qu'elle est fière de toi, ajoute mon meilleur ami. Et moi aussi.

Sam et moi rions tandis que je console ma meilleure amie.

— Oli', c'était incroyable ! J'ai cru me faire pipi dessus en te voyant prendre ton élan. Bordel… t'es toujours aussi exceptionnelle… Je peux avoir un autographe ?

Je ris davantage. Soudain, un raclement de gorge nous interrompt. Nous nous retournons tous les quatre et découvrons un adolescent dont les joues s'empourprent face à autant d'attention, accompagné d'un homme d'âge mûr que nous devinons être le père.

— Excusez-moi de vous déranger. Je… euh… je…

Il se tait et se tourne vers son père qui l'encourage.

— Est-ce que je peux avoir une photo avec vous deux, monsieur Anderson ? demande-t-il, toujours intimidé.

— Bien sûr, mon grand. Et appelle-moi Sam. Tu t'appelles comment ?

— Elijah.

Nous posons tous les trois devant le papa fier et ému. Elijah repart vers sa mère, un grand sourire aux lèvres.

— Veuillez l'excuser. Mon fils a adoré votre spectacle, complimente le père. Il voudrait bien prendre des cours ici et je souhaiterais avoir quelques renseignements.

— Pas de souci, venez avec moi, répond Sam.

Je perçois d'ici le nœud dans la gorge de Sam et devine ce qu'il doit ressentir. Il m'embrasse une dernière fois sur le haut du crâne et s'éloigne avec le père de famille et son fils.

Les compliments de mes meilleurs amis me vont droit au cœur. Ils me disent à quel point ils sont fiers de moi et surpris par mon saut, que je considère comme un véritable exploit personnel. Je ne cache pas non plus ma propre fierté. J'ai réussi là où tout le monde pensait me voir échouer. Là où l'on m'a dit que je ne serais plus jamais la patineuse d'avant.

C'est vrai, je ne suis plus la même. Je suis bien meilleure qu'avant.

Mon attention dévie sur une silhouette postée derrière mes amis. Je reconnais rapidement la chevelure blonde de Parker. Je me fige. On ne s'est pas vus depuis… les Régionales.

Merde.

Je suis de plus en plus mal à l'aise à mesure que ses pas l'amènent jusqu'à moi. Il passe une main dans ses cheveux, également gêné par la situation.

— Salut, lance-t-il timidement.

— Salut…

Kelsie s'éclipse avec Andrew après m'avoir adressé un regard suspect. Nous nous fixons dans le blanc des yeux. Aucun de nous n'ose prendre la parole.

— C'était magnifique, finit-il par dire.

— Merci.

C'est embarrassant de se retrouver seule avec lui. Le summum de la gêne. Après tout, notre « relation » n'a été qu'éphémère.

— Tu vas bien ? On ne s'est pas reparlé depuis…

— Depuis la fin des Régionales.

— Ouais…

— On a eu énormément de travail avec Sam, avec les Nationales, et maintenant avec les Mondiaux.

Je ne sais pas pourquoi j'essaie de me justifier. Parker et moi n'avons jamais vraiment exploité le potentiel d'une éventuelle relation amoureuse. On se plaisait, certes, mais je ne suis pas certaine qu'on ait énormément de points communs. Et surtout, Sam occupait déjà mon esprit sans le vouloir.

— C'est lui, hein ? dit-il en désignant mon partenaire derrière moi.

Par-dessus mon épaule, Sam est en train de fusiller Parker du regard. Je réprime un sourire devant sa jalousie.

— Je comprends. Je vous ai vus sur la glace, j'ai remarqué les regards que vous vous lanciez. Et je m'en doutais déjà un peu.

— Je suis désolée, grimacé-je.

— Ne le sois pas. On ne contrôle pas les sentiments qu'on éprouve. Bon courage pour la suite de ta carrière.

Il claque une très légère bise sur ma joue et quitte les lieux, me laissant seule avec mes pensées et mes sentiments à l'égard de Sam que je ne refoule plus.

Chapitre 37

Colorado Springs

Sam

Décembre 2022 – Colorado Springs

— Putain de merde, on y est vraiment, hein ? Dis-moi que je ne rêve pas !

Olivia s'excite sur le siège passager alors que je roule au pas sur les chemins du centre d'entraînement olympique. Il est tombé une grande quantité de neige ces deux derniers jours et des agents du centre s'affairent dans les allées pour les déblayer. Ses yeux brillent et s'attardent sur tous les athlètes et les bâtiments couverts de neige qui nous entourent.

Je m'esclaffe légèrement. Je ne savais pas qu'il était possible d'être euphorique à ce point-là. On dirait une enfant qui déballe ses cadeaux. Probablement normal à trois semaines de Noël.

Une fois stationnés, Olivia s'empresse de sortir de l'habitacle et saute sur place. Elle est emmitouflée – presque absorbée – dans sa doudoune qui bruisse à chacun de ses mouvements. Un épais bonnet en tricot crème recouvre ses longs cheveux. C'est la première fois qu'elle revient pour s'y entraîner officiellement depuis son accident. Et ça me met en joie de la voir aussi heureuse.

Sur notre chemin, un faux podium trône devant les énormes anneaux des jeux. Olivia m'attrape par la main et nous y conduit de force. Elle monte sur la première marche du podium et m'invite à la rejoindre, mais je lâche sa main avant.

— Je suis presque sûr que ça porte malheur.

— Et moi, je suis persuadée du contraire, rétorque-t-elle.

Elle me tend sa main, le regard insistant. Je claque ma langue contre mon palais et la rejoins, pour son plus grand bonheur. Elle dégaine son téléphone et nous prend alors en photo devant les cinq anneaux emblématiques.

— Tu me l'enverras !

Tout au long de notre parcours vers la patinoire, elle déblatère en continu, me raconte des tas d'anecdotes sur le lieu et les athlètes qui l'ont fréquenté. Elle ne prête même pas attention aux autres sportifs qui se trouvent sur son passage. Je connais déjà toutes ces anecdotes, mais entendre Olivia les raconter me donne l'impression de les découvrir pour la toute première fois.

Je ris spontanément tellement elle rayonne. Je ne pensais pas que ça arriverait, mais… je crois que je commence sérieusement à ressentir de plus en plus de choses pour elle. Mon cœur palpite dès qu'elle passe les portes de la patinoire, je cherche son contact à chaque seconde…

— Liv', tu vas finir par rentrer dans quelqu'un si tu marches à reculons.

— T'inquiète ! Je suis une vraie pro ! J'assure aussi bien en avant qu'en arri…

Au même moment, elle percute quelqu'un de plein fouet.

Qu'est-ce que je disais…

Elle s'excuse et aide la jeune athlète à ramasser les affaires qu'elle vient de faire tomber.

— Je suis vraiment désolée !

— Aucun problème, on est tous surexcités à l'idée d'être ici ! la rassure la rousse, visiblement nerveuse.

Olivia lui tend alors une main polie.

— Olivia Gray, danse sur glace. Et voici mon partenaire, Sam Anderson.

— Charlotte Miller, gymnastique. Oh… vous savez où je peux trouver le centre de gymnastique ?

— La gymnastique, je crois que c'est tout droit, lui indique Olivia.

— Merci beaucoup ! À bientôt.

Après une brève poignée de main, nous reprenons nos chemins respectifs.

— Une pro, hein ?

— Sans commentaire.

— Rageuse.

Je l'attire par la taille pour l'embrasser alors que nous entrons dans le bâtiment.

Ouais, j'adore l'embrasser dès que j'en ai l'occasion.

La patinoire n'a pas changé en un an. Je reconnais le fameux mur vert sur lequel est exposé le logo de l'équipe olympique américaine. Des patineurs s'affairent déjà sur la glace, travaillant leurs programmes.

Ça fait vraiment du bien d'être là. Je me sens complet. J'ai une partenaire géniale, des objectifs en tête et un chemin tout tracé vers ces mêmes objectifs. Je glisse ma main dans celle d'Olivia et entremêle mes doigts aux siens. J'en suis là grâce à elle. Et pour rien au monde, je ne voudrais faire ça avec quelqu'un d'autre, maintenant.

Nous sommes vite rejoints par Joanne et Caleb, également qualifiés pour les championnats du monde. Après tout, ils sont médaillés d'or, ça paraît logique. Je me force à leur serrer la main, étant donné qu'on fait partie de la même équipe maintenant, mais ça n'empêchera pas la rivalité d'être toujours là quand on se battra pour la médaille d'or dans un peu plus de trois mois.

— Bienvenue au centre olympique. Je suis Chris, c'est moi qui supervise les entraînements. Voici Grace.

La concernée lève la main.

— Elle sera votre chorégraphe et Andrea, juste à côté, sera votre coach technique.

Alors que les entraîneurs nous expliquent tour à tour notre futur planning d'entraînement, mon téléphone n'arrête pas de vibrer. Je le sors furtivement et trouve quatre appels manqués de mon père. Je fixe l'écran un peu trop longtemps, ne comprenant pas vraiment pourquoi il m'appelle. Olivia me donne un coup de coude dans les côtes pour me ramener au moment présent. Chris, l'entraîneur en chef, me lance un regard noir.

— Monsieur Anderson. Je ne doute pas de vos compétences en danse sur glace, mais je vous prierais d'être attentif. Sinon, d'autres couples seraient ravis de prendre votre place.

Je range mon portable en vitesse et reporte mon attention sur leurs explications. Joanne et Caleb me regardent d'un air méprisant. Ils aimeraient bien qu'on ne soit pas là, mais je ne compte pas laisser ma place à qui que ce soit ici. Nous avons travaillé trop dur pour ça.

Après ce discours de bienvenue, je m'écarte quelques instants pour rappeler mon père. Il décroche au bout de la troisième tonalité.

— Tu m'as appelé ?

— Oui, je n'arrive pas à joindre ta mère. J'ai besoin de savoir ce qu'elle veut que je ramène pour le dessert à Noël.

Le réveillon de Noël.

Je me tape le front du plat de la main, me rappelant qu'il vient dîner avec nous chaque année.

— OK. Je lui dirai de te rappeler.

Et sur ces derniers mots, je raccroche. Les années précédentes, Joanne avait l'habitude de réveillonner avec nous et aidait à temporiser la situation. Mais là, ce sera sans elle. Et je ne suis pas sûr de pouvoir gérer.

Olivia remarque ma contrariété. Elle me sonde du regard et il me suffit de planter mes yeux dans les siens pour que mon visage s'adoucisse.

Je suis vraiment piqué, hein ? « Pas de sentiments », tu parles !

— Père merdique ?

— Ouais, réponds-je en ricanant légèrement.

— Tu n'as vraiment pas l'air bien, s'inquiète-t-elle.

— Ça va… c'est juste que mon père sera à la maison pour Noël et…

J'ai toujours l'espoir qu'il accepte ce que je fais. Noël est censé rapprocher les gens, normalement.

Normalement.

Mais il faut croire que je m'éloigne de mon père un peu plus chaque année. Et cette soirée marquera encore une année où je vais devoir écouter comment je foire mon avenir, que je devrais songer à un *vrai* métier.

— Je peux venir si tu veux… propose-t-elle.

Mon cœur bondit.

Elle ferait ça ?

Bien sûr qu'elle le ferait. Olivia ferait tout pour aider ses proches. Je la regarde probablement un peu trop longtemps, car elle devient soudain mal à l'aise.

— Quoique… Je ne veux pas m'imposer. Désolée, c'était très déplacé.

— Non ! Ça m'aiderait beaucoup si tu venais en fait. Et j'en serais très heureux, Liv'.

Olivia glisse sa main dans la mienne et s'invite contre moi.

— Tu étais là quand j'ai confronté mon géniteur. Ce serait normal que je sois là, moi aussi.

— Merci, dis-je en embrassant sa tempe.

Plus apaisé, nous retournons auprès des entraîneurs pour la suite de cette première journée de notre prochaine aventure.

Chapitre 38

Est-ce trop demandé ?

Sam

Mon père ne va plus tarder.

J'ai passé ces trois dernières semaines à appréhender ce repas, entre deux entraînements.

Je trépigne d'impatience dans ma chambre. Assis sur mon lit, ma jambe tressaute nerveusement en attendant l'arrivée de mon père et celle d'Olivia. Je fixe la cravate dans ma main, le regard absent. En fait, c'est surtout que je suis incapable de faire un nœud de cravate… mais je veux faire bonne impression auprès de mon père.

Toujours cette foutue quête de validation.

C'est la sonnette de la porte d'entrée qui me sort de ma rêverie. Ma mère accueille chaleureusement Olivia, dont j'entends la voix depuis le rez-de-chaussée, avant de lui indiquer le chemin vers ma chambre. Elle monte les escaliers et, avant même qu'elle ne toque, je lui dis d'entrer.

— Salut... souffle-t-elle.

Elle porte une robe en satin vert émeraude à manches longues qui lui arrive mi-mollet, et une paire d'escarpins noirs à bout pointu, le tout recouvert d'un long manteau noir qu'elle dépose sur mon lit, ainsi qu'un paquet cadeau. Elle s'approche et se glisse entre mes jambes. Ses mains se posent sur mes épaules, tandis que les miennes entourent ses cuisses à travers le doux tissu de sa robe.

— Merci d'être venue.

— C'est normal.

Son regard glisse sur la cravate que je tiens toujours dans ma main. Elle glousse doucement.

— Tu veux bien m'aider à l'attacher ?

— Désolée, je ne sais absolument pas nouer une cravate.

— À quoi ça sert d'avoir une copine si elle ne sait pas nouer vos cravates ? la taquiné-je.

— Je suis ta copine, maintenant ?

Je me rends compte que ce mot m'a échappé. Pour moi, ça coule pratiquement de source, mais je n'ai jamais posé de mots sur la nature de notre relation.

J'ai fréquenté pas mal de femmes avant elle, mais la question ne s'était jamais posée pour moi. Je savais déjà que je tenais à elle, mais l'avoir vue avec McIntire le soir du gala a rendu ce sentiment impossible à ignorer.

— Tu pourrais l'être.

— Eh bien… Je dois peser le pour et le contre, d'abord, plaisante-t-elle.

— Je vais t'aider. Pour : je suis beau, charmant, talentueux, drôle et… beau.

— T'as dit « beau » deux fois, remarque-t-elle.

— Oui, je sais. C'était pour que tu ne l'oublies pas. Et pour les contre… je n'en ai pas, je suis parfait.

— J'en ai un : t'es insupportable.

Elle lève les yeux au ciel et s'écarte. Je la retiens par le poignet et la fais s'asseoir sur mes cuisses.

— Continue d'être insolente et ce ne sera pas autour de mon cou que j'attacherais cette cravate.

Elle me tape l'épaule avant de se relever. Elle fait le tour de ma chambre, curieuse, et s'attarde quelques instants sur la paire de patins qui trônent sur ma commode. Ceux que j'ai achetés exprès pour réaliser son défi, il y a quelques mois.

— Tu les as gardés ? s'étonne-t-elle.

— C'est quand même grâce à eux que t'es ma partenaire, puis qu'on a gagné la médaille d'argent. Évidemment que je les garde.

Elle revient s'asseoir à mes côtés, puis me tend le paquet cadeau.

— J'ai pensé à toi.

— Tu n'étais pas obligée, Liv'.

Je défais minutieusement le papier cadeau satiné, révélant une boîte à chaussures. J'ouvre cette dernière et découvre une paire de Converses couleur crème, brodées. Je ne peux m'empêcher de rire devant cette attention si particulière. Des patins noirs, identiques aux miens, et des médailles d'argent ont été brodés dessus.

— C'est ma grand-mère qui les a faites.

— Merci, Liv'.

— Je lui ai peut-être dit que t'aimais Spider-Man, donc t'en auras probablement une autre paire, grimace-t-elle. C'est un cercle vicieux.

Je m'esclaffe. Une des premières choses qui m'a étonné chez Olivia, c'est sa collection de baskets brodées. Aujourd'hui, ça fait partie de ces petites choses que j'aime chez elle.

Je dépose un dernier baiser sur sa joue avant que l'on ne descende dans le salon, où ma mère s'affaire à préparer la soirée. Olivia et moi décidons de l'aider, même si elle refuse qu'Olivia fasse quoi que ce soit. Ma partenaire rit aux anecdotes de mon enfance que raconte ma mère lorsque la sonnette retentit une nouvelle fois. Je me redresse soudainement en sachant que mon père se tient, cette fois, sous le porche.

Ma mère décide d'aller ouvrir. Je me tiens aux côtés d'Olivia qui me rassure. Je frotte mes mains moites contre mon pantalon et accueille mon père comme il se doit quand il arrive dans le salon.

— Bonsoir, papa.

— Bonsoir, Sam.

Un sourire se dessine sur son visage. Timide, mais il est bien là. Assez en tout cas pour me mettre mal à l'aise. Son regard se porte derrière moi, là où se trouve Olivia.

— Je te présente Olivia, ma partenaire et ma petite-amie.

— Enchantée de vous rencontrer, monsieur.

— Appelez-moi Richard.

Elle lui tend une main polie qu'il serre vigoureusement. Ma mère nous invite alors à nous installer à table. L'ambiance est un peu lourde, personne n'ose parler et seul le bruit des couverts contre nos assiettes retentit dans le salon.

— Au fait, c'était très beau votre… truc, la dernière fois, pour le spectacle de Noël, dit-il pour briser la glace.

Ma fourchette s'arrête à mi-chemin de ma bouche. Il était là ? Ma mère ne m'a rien dit, et je ne l'ai même pas vu dans les gradins.

Il était là.

— Notre danse. Ce n'est pas un gros mot, tu sais, tu peux le dire.

— Oui, bon… ça reste de la danse, quoi.

Voilà, nous y sommes. Je lève les yeux au ciel et lâche un soupir bruyant. Moi qui pensais qu'il allait enfin dire quelque chose de positif.

— Il y a toujours de la place à la fac de médecine de Yale, tu sais que je peux t'y faire rentrer. Tu feras quoi après, hein ? Olivia, avez-vous un plan de carrière ?

— Ne mêle pas Olivia à ça ! m'opposé-je.

La tête d'Olivia oscille entre mon père et moi, ne sachant pas quoi répondre.

— Dans quel domaine avez-vous fait vos études ? Médecine ? Ou bien littérature, peut-être ?

— Rien de tout cela, à vrai dire. J'ai passé une certification athlétique pour devenir entraîneuse.

Et tac !

Sam et Olivia mènent le jeu. Mon père s'enfonce dans sa chaise, jouant avec la nourriture devant lui. Un nouveau silence s'ensuit. La colère monte en moi ; chaque année c'est pareil, il essaie de me convaincre de m'inscrire à l'université, mais ça n'a jamais marché.

— Le sport, ce n'est pas quelque chose de sérieux, Sam. Tu crois que te… dandiner sur de la musique va t'apporter quelque chose ? Réfléchis un peu à ton avenir, à ce que les gens vont penser ! Ce n'est pas une vie.

— Richard… essaie de temporiser ma mère.

— Non ! Tu sais très bien que ce n'est pas le sport le problème, mais le fait que ce soit de la danse. Parce que, pour toi, un garçon ne fait pas de danse. Il fait forcément du football ou je ne sais quoi !

Je jette ma serviette sur la table et fais racler la chaise contre le parquet.

— Allez vous faire voir, toi et tes préjugés à deux balles.

Je quitte la table et monte dans ma chambre, complètement irrité. Olivia essaie de me retenir, mais je retire mon bras. Je regrette aussitôt mon geste, mais je ne fais pas marche arrière.

J'aimerais que mon père comprenne que la danse sur glace me passionne autant que la médecine le passionne, lui. C'est blessant. Je pensais qu'en grandissant, ce sentiment disparaîtrait, mais il est toujours là. Et je crois qu'il est même plus fort en vieillissant. Je ne lui demande même pas d'être un supporter inconditionnel. Juste un peu de reconnaissance pour ce que je fais depuis toutes ces années. Est-ce trop demandé ? Est-ce trop demandé de la part de l'enfant que j'étais à quatorze ans et qui voulait rendre son père fier ?

Est-ce vraiment trop demandé ?

Je mets quelques minutes à me calmer, puis je redescends. En passant devant la cuisine pour retourner dans le salon, je surprends une bribe de conversation entre mon père et Olivia.

— Je veux qu'il réussisse dans la vie.

— Mais la réussite ne repose pas sur un métier prestigieux. Pour moi, c'est transmettre des capacités sportives aux futurs patineurs. Je ne conçois pas de passer une minute loin de la glace. C'est ce que je suis. Et c'est pareil pour Sam.

Mon père ne répond pas. Les mots d'Olivia, eux, me touchent directement en plein cœur.

— La danse sur glace, c'est ce qui le définit. Vous avez pourtant vu comment il s'exprime sur la musique, c'est époustouflant.

— Il a beaucoup de talent, dit-il avec un sourire perceptible dans sa voix. Parfois, j'aimerais faire les choses différemment avec lui. Je ne sais juste pas comment.

— Il n'est pas trop tard pour ça et je suis sûre que vous trouverez comment. Il a besoin de son père.

Leurs pas se rapprochent du couloir. Je me hâte alors dans le salon et me réinstalle à ma place, en face de ma mère. Olivia et mon père sortent tous les deux de la cuisine, avec chacun une bûche glacée dans les mains.

Olivia m'adresse un clin d'œil complice. Je ne sais pas tout ce qu'ils se sont dit, mais mon père tente de s'intéresser un peu plus à ce que je fais à la fin du repas. Peut-être de manière hypocrite, mais ça me rend heureux le temps d'une soirée.

Chapitre 39

Le prix de la perfection

Olivia

Janvier 2023 – Colorado Springs

Les entraînements à Colorado Springs sont hyper intenses. En plus de ceux qu'on a à Denver. Les coachs du centre olympique sont extrêmement sévères et rigoureux. On a clairement l'impression de faire de la merde en boîte. À côté, Joanne et Caleb assurent et ça met la pression.

Je désespère.

Chris, l'entraîneur en chef, nous épie tous les quatre. Dans sa grosse parka rouge, il n'a aucune pitié à nous faire suer, comme si nous traversions le désert de l'Arizona en plein été. Si j'entends encore une fois son « recommencez »… rien, en fait. Je crois que je serais trop épuisée pour tenter quoi que ce soit contre lui.

Cela fait maintenant trois semaines qu'on enchaîne le rythme effréné des préparations pour les Mondiaux. Nous avons à peine eu le temps de nous reposer et nos corps commencent à saturer. Je suis de plus en plus fatiguée, mes jambes peinent à supporter mon poids et à la fin de la journée, je termine l'entraînement avec d'énormes migraines. Ça ne présage rien de bon. Il va vraiment falloir que je ralentisse. Ce n'est pas le moment de risquer une blessure.

Cette semaine de pause tombe à pic. Je vais pouvoir me reposer. Même si Archie et Danielle nous ménagent un peu quand on s'entraîne à Denver, je suis vraiment épuisée.

— Ça va ? demande Sam, inquiet.

— Ouais. J'ai juste mal au crâne, c'est rien.

Il reste encore une heure d'entraînement avant que l'on retourne à Denver. Nous sommes tous les quatre exténués et cela se ressent. Nous faisons tarder nos pauses un peu plus longtemps, grattant une minute de plus aux toilettes, on remplit nos gourdes plus souvent, refaisons nos lacets à des moments aléatoires. Les entraîneurs ne sont pas dupes, ils sont passés par là bien avant nous.

La perfection a un prix. Les médailles ne nous tombent pas autour du cou sans travailler dur. Et tout athlète vous dira la même chose : on vit pour notre sport, on se dépasse, on repousse les limites de notre corps pour lui. On s'entraîne jusqu'à ce que nos muscles brûlent sous l'acide lactique, jusqu'à ce que l'intensité nous fasse vomir.

Le talent, c'est une chose, mais c'est notre capacité à faire de notre performance une priorité qui fait de nous des champions.

Sam m'embrasse une dernière fois sur la tempe pour me motiver et nous reprenons. Près de nous, Joanne et Caleb haussent légèrement le ton. Sam et moi les regardons, intrigués. Caleb replace les bras de Joanne de manière un peu brusque et cette dernière ne cache pas son mécontentement.

— T'es flasque là, Joanne, bordel ! Ce n'est pas compliqué d'être tonique !

— Et moi, je maintiens que c'est plus joli si on fait comme je le dis !

— Je te signale que t'as décidé de patiner avec moi parce que je suis parmi les meilleurs, alors on fait comme je dis.

Sam le fusille du regard. Bien que Joanne et lui se soient séparés en mauvais termes, elle a été son amie pendant plus de dix ans et je comprends parfaitement son inquiétude. Joanne, elle, se contente d'acquiescer en silence et se remet au travail avec son partenaire. Mais, tout le reste de l'entraînement, elle semble ailleurs. Triste, même.

Quelque chose ne va pas, je le sens.

Je la retrouve dans les vestiaires après notre journée intensive. Lorsqu'elle se déshabille, ses pieds sont couverts d'ampoules, ses bras parsemés de plaques rougeâtres et violacées par endroits. Des bleus couvrent également ses cuisses et ses genoux, conséquences des chutes qu'ils ont faites avec Caleb ces derniers jours.

— Est-ce que ça va ?

Joanne lève un sourcil. Je montre du doigt toutes ses blessures qu'elle balaie du regard avant de hausser les épaules.

— On s'y habitue. C'est le prix de la perfection, répond-elle nonchalamment.

— Caleb a l'air plutôt brutal, non ?

Ma remarque m'échappe. Je ne peux pas ignorer cette idée qui me dit que Caleb lui fait du mal. Mon géniteur faisait pareil, je sais reconnaître la violence. Et la manière dont il lui parle aux entraînements amplifie mes doutes. Elle me fixe, puis se met à ricaner.

— Ah ! Je vois… Bien essayé, mais non.

Elle secoue la tête, limite incrédule.

— Tu peux arrêter ton petit jeu, Olivia. Essayer de faire la gentille avec moi pour m'amadouer et m'évincer, ça ne marche pas.

Elle s'apprête à partir, alors je décide de me confier à mon tour. C'est peut-être le meilleur moyen de lui montrer qu'elle peut compter sur moi. Peut-être un peu trop naïvement.

— Je crois que les séquelles de ma blessure sont de retour. C'est comme si ma tête allait exploser. Confidence pour confidence…

— Laisse tomber, Gray, je n'y crois pas une seconde.

Elle ramasse toutes ses affaires et sort du vestiaire à toute vitesse. Elle pense que je suis une hypocrite et que je me sers d'elle ? C'est officiel, je la déteste.

Je ne tarde pas non plus à ranger mes affaires et me hâte vers la sortie, mais lorsque je me lève, je vacille et manque de tomber. Mon cœur accélère brutalement, conscient du danger. Ma tête tourne et je dois me rasseoir pour retrouver l'équilibre. Ma vue périphérique se rétrécit et s'assombrit. Je dois cligner des yeux à plusieurs reprises pour y voir clair.

Ouais, je suis vraiment épuisée.

Je fête mes vingt-trois ans, aujourd'hui. Après trois jours complets à l'état de larve dans mon lit, je suis plus énergique que jamais et bien décidée à faire la fête avec mes amis. La douleur sourde qui pulse dans mon crâne est cependant toujours là et seuls les anti-inflammatoires me soulagent. Je tente tant bien que mal de l'ignorer. Cette douleur ne gâchera pas ma journée. Je n'ai pas eu l'occasion de fêter dignement mon anniversaire l'an dernier à cause de la rééducation, je compte bien me rattraper.

Je jette un œil aux derniers messages reçus sur mon téléphone. Mes parents me souhaitent tous les deux un joyeux anniversaire. Ils me manquent depuis qu'ils sont en vacances chez mes grands-parents en France – cela fait une semaine déjà. Avec le décalage horaire, on arrive difficilement à se joindre, mais je sens tout leur soutien et leur amour dans leurs messages dès que je les lis.

Kelsie, quant à elle, me tanne pour être prête pour dix-neuf heures.

Sissi ♥
19 h pétantes, championne ! Sinon, je ferai en sorte que vous ayez une glace pourrie pendant vos entraînements.

Les menaces de Kelsie sont particulières, mais après plus de dix ans d'amitié, je m'en méfie toujours. Elle serait capable de saboter la Zamboni, la connaissant. Je me souviens d'une session d'entraînement lorsqu'on avait seize ans. Archie et notre autre entraîneur de l'époque nous avaient placées sur le triple boucle piqué, autrement dit la bête noire de Kelsie. Elle refusait catégoriquement de s'entraîner. Ce matin-là, elle a marché sans protège-lames sur l'esplanade bétonnée du complexe pour émousser ses lames. Au bout du compte, elle les a tellement bousillées qu'elle les a fait changer dans la semaine.

Je souris en y repensant. Cette époque me manque parfois. J'ai toujours ce plaisir de patiner évidemment, pour rien au monde je ne voudrais arrêter. Mais quelque chose change quand on grandit, et on ne sait pas toujours quoi. On fait juste avec.

Kelsie débarque comme prévu à dix-neuf heures pile. Et heureusement pour moi, je suis prête. Je m'installe à peine sur le siège passager qu'elle fait vrombir le moteur de son véhicule. Andrew et Sam sont censés nous retrouver dans un bar du centre.

— On doit juste récupérer Sam, avant ! me lance-t-elle en s'insérant dans la circulation.

— Pourquoi ? Il ne peut pas venir tout seul ?

— Sa moto est en panne.

OK. Elle me cache quelque chose. Ses mains agrippent fermement le volant, ses épaules sont crispées. Kelsie est rarement tendue, c'est ça qui m'alerte. Il ne nous faut pas plus de vingt minutes pour arriver devant la maison de Sam, plongée dans le noir.

— T'es sûre qu'il est chez lui ? l'interrogé-je.

Kelsie klaxonne un coup pour prévenir de notre présence, mais aucun signe de Sam.

Il se fait désirer, en plus ?

Nous sortons alors toutes les deux de la voiture et avançons sous le porche. La porte s'ouvre sur Sam qui nous dit d'entrer. Seule la lumière du porche éclaire son profil.

— T'es en sobriété énergétique pour rester dans le noir ? lui fais-je remarquer.

À cet instant, la lumière du séjour s'allume et révèle mes proches.

— Surprise ! crient-ils tous en chœur.

— Joyeux anniversaire ! me souffle Kelsie en me poussant vers eux.

Je reste bouche bée. Archie, Andrew, Danielle et même mes parents sont là, dans le salon de Sam. Je souris de toutes mes dents, ravie de les voir. Je les enlace un par un et les remercie de cette surprise qui me réchauffe le cœur.

— *Joyeux anniversaire, ma puce*, me souffle ma mère.

— Vous êtes là…

Les larmes me montent aux yeux alors que j'enlace mes parents.

— Ma fille fête ses vingt-trois ans, je ne voulais pas rater ça, continue Roy.

Sa fille.

Je les aime tellement fort. Pour rien au monde, je n'aurais espéré de meilleurs parents. Ils m'offrent tous les deux une boîte en velours bleu marine, révélant un magnifique pendentif en argent, orné d'une petite pierre émeraude, que j'attache aussitôt autour de mon cou.

— Comment se passent vos entraînements ? demande Roy.

— C'est crevant. J'étais super fatiguée cette semaine, j'avais tout le temps mal à tête.

— Tu devrais faire attention.

— Je vais bien, maman. Je fais attention, la rassuré-je.

Elle est toujours inquiète. Même si elle me soutient, je sais qu'elle angoisse et qu'elle n'approuve pas toujours le fait que j'ai voulu reprendre l'entraînement. Mais je lui assure que ce ne sont que de simples migraines de fin de journée et que ça passera. Du moins, je l'espère.

Ma mère me tend une autre boîte, cette fois un cadeau de mes grands-parents. Je sais déjà ce que je vais y trouver. J'ouvre la boîte et découvre une nouvelle paire de Converses brodées, mais cette fois, ce ne sont pas des fleurs. Ce sont des médailles et des patins. Je suis complètement fan. Le fait qu'elles soient totalement raccord avec celles que j'ai offertes à Sam à Noël me fait sourire davantage. Ma grand-mère a tout prévu.

Je les enlace une dernière fois avant de retrouver mes meilleurs amis près de la cheminée allumée. Kelsie met la musique en route, tandis qu'Andy me tend un gobelet que j'apporte à mon nez pour sentir la boisson.

Vodka et jus de pomme.

Je porte le verre à mes lèvres et laisse l'alcool irriter ma gorge et enivrer mes sens.

— Merci pour la fête ! Ça me fait trop plaisir de vous voir.

— C'est Sam qui a organisé ça, avec l'aide de Kelsie, me souffle Andrew.

Kelsie nous offre son plus beau sourire, accompagné d'une révérence, qui fait sourire les autres en retour. Mon regard se porte plus loin derrière eux. Sam est adossé contre l'arche du salon, un bouquet de fleurs en main. Je m'excuse auprès de mes amis et le rejoins, m'adossant également dans l'encadrement, face à lui.

— Alors, comme ça, c'est toi qui as organisé ça.

— C'est Kelsie qui en a eu l'idée, j'ai seulement mis le plan à exécution.

Il se penche vers moi, prenant appui avec sa main droite au-dessus de ma tête. Sa hauteur me surplombe et je dois pencher la tête en arrière pour le regarder.

— Joyeux anniversaire, Liv', souffle-t-il en me tendant les fleurs.

Je récupère le bouquet dont les senteurs se glissent jusque dans mes narines. Alors qu'une nouvelle musique se lance, Archie élève la voix pour se faire entendre, interrompant notre conversation.

— Et si vous nous faisiez une petite danse, tous les deux ?

— La moitié des gens dans cette pièce nous voit danser tous les jours, Archie.

— Pas nous, lance Roy.

Le traître.

Je reporte mon regard vers Sam qui me tend sa main.

— Est-ce que tu m'accordes cette danse, Liv' ?

Je n'ai pas le temps de riposter que Sam m'entraîne déjà au milieu de la pièce. Je tends les fleurs à Kelsie et m'agrippe à Sam. Je retire à la hâte mes talons avant de me retrouver plaquée contre mon partenaire. Sa main se cale sur ma hanche, l'autre attrape ma main, et nous entamons un balancement lent au rythme d'Ed Sheeran. Des sifflements parviennent d'Andrew et Kelsie que je fusille du regard.

Rapidement, c'est comme s'il n'y avait plus personne autour de nous et nous nous laissons emporter dans une chorégraphie au rythme de *Thinking Out Loud.* Nos corps fondent l'un dans l'autre, se répondent. Sam me fait tournoyer, me fait basculer en arrière, me porte, pour le plaisir des yeux de ceux qui nous regardent.

Comme sur la glace, je peux me perdre dans ses bras et m'abandonner à la musique. Chaque fois que nos regards se croisent, une étincelle se diffuse dans mon corps.

La musique s'arrête enfin, nous laissant complètement haletants, souriants. Nos souffles se mélangent tandis que tout le monde nous applaudit, me ramenant à la réalité. De toutes les danses que j'ai partagées avec lui, c'est celle-ci qui m'a fait me sentir la plus vivante. Essoufflée, je m'approche de la table pour me servir à boire, Sam sur les talons. Ses mains se calent de part et d'autre de ma taille, me collant à son torse.

— J'ai des cadeaux pour toi, me souffle-t-il dans le creux de l'oreille.

Il crochète ses doigts aux miens et me tire vers l'escalier. La musique n'est plus qu'un brouhaha étouffé au rez-de-chaussée lorsqu'il ferme la porte de sa chambre. Je m'assieds sur le lit et inspecte la pièce. Rien n'a bougé depuis la dernière fois, mais mes yeux cherchent assurément les fameux cadeaux.

— Tu n'étais pas obligé, tu sais.

— Je sais. Mais j'y tenais, répond-il avec un sourire timide.

Il me tend une première boîte que j'ouvre hâtivement. J'y découvre une nouvelle paire de Converses brodées : la toile est lilas et des branches de lilas blanc et violet foncé sont brodées autour du logo.

Mes fleurs et ma couleur préférées.

— Sam…

— T'en as pas des comme ça, c'était l'occasion. J'ai trouvé un artiste qui en fait à Denver.

Je souris devant cette attention particulière.

— Attends-moi là, je vais chercher les autres cadeaux.

— T'abuses, Ballerine.

Il sort de la chambre et revient presque aussitôt avec deux paquets rectangulaires, plutôt légers. Il les dépose sur mes genoux et me fait signe de les ouvrir. Je fronce les sourcils, me demandant bien ce que je vais y trouver. J'ouvre le plus grand d'abord et découvre une carte du monde, sur un tableau en liège, avec une boîte de punaises. Plusieurs villes apparaissent déjà : je reconnais Saitama au Japon, San José en Californie, Montréal et Milan. Je tourne la tête vers Sam, intriguée.

— Ce n'est pas grand-chose, mais… ce sont les villes où auront lieu les prochaines compétitions de patinage. Et si tu le veux, j'aimerais bien valider le plus de villes possible, avec toi.

— Sam, je… je ne sais pas quoi dire.

Le fait qu'il se projette avec moi pour les trois prochaines années, jusqu'aux Jeux olympiques de Milan, m'émeut. Mes yeux picotent et mon ventre fait des cabrioles.

— Dis-moi juste que t'es partante.

— Tu te rends compte que c'est trois ans de travail, de stress, d'imprévus…

— Et trois ans de toi. Crois-moi, ça me va très bien.

Ses doigts caressent ma joue et viennent coincer une mèche derrière mon oreille.

— Je pense qu'on peut déjà en valider une, tu ne penses pas ?

J'ouvre la boîte contenant les punaises et en saisis une. La main de Sam recouvre la mienne, et ensemble, nous la plantons sur Saitama, au Japon. Fière, j'expose le tableau en liège sur sa commode et retourne à côté de mon partenaire pour ouvrir le dernier cadeau : un cliché de nous au championnat national, après la remise de médailles. Je me souviens de ce moment, c'est Danielle qui a pris la photo. Je souris fièrement, tenant la médaille d'argent à hauteur de mon visage. Sam a son bras autour de mes épaules, mais ce que je remarque davantage, c'est l'intensité avec laquelle il me regarde.

— Chaque fois que tu douteras, promets-moi que tu regarderas cette photo et que tu te souviendras de ce qu'on a accompli pour le réaliser à nouveau.

Mon cœur va exploser. Je dépose le cadre sur le lit, saisis le visage de Sam entre mes mains et l'embrasse passionnément. Tout mon amour et ma gratitude s'expriment dans ce baiser. Je me détache de lui, sans aucune intention de redescendre. La soirée d'anniversaire peut attendre. Dans sa chambre, plus rien n'existe en dehors de nos rêves d'avenir et de nos espoirs partagés.

Chapitre 40

Des mensonges, encore

Olivia

— Encore ! ordonne Grace, la chorégraphe.

Le retour à l'entraînement est plus difficile que je ne l'aurais imaginé. Même avec du repos. Ma tête me fait encore plus mal que la semaine d'avant, et ça fait seulement une journée qu'on a repris. Nous travaillons notre séquence chorégraphique depuis le début de l'après-midi. Autrement dit, nous en avons ras le cul.

Grace, la chorégraphe, avait pourtant l'air sympathique quand nous l'avons rencontrée le premier jour. En réalité, elle est impitoyable.

Je suis incapable de réaliser une pirouette sans avoir de gros vertiges au bout de six rotations et je manque de vomir dès que je tourne un peu trop vite. Sam remarque mon malaise et m'oblige à m'arrêter à plusieurs reprises dans la journée. À chaque pause, il me dévisage, inquiet.

Après notre dernière pirouette combinée qui me vaut un énième vertige, je m'assieds à même la glace, le temps de me réorienter. Une ombre se dresse au-dessus de moi. Chris se tient droit, le regard sévère. Je lève les sourcils pour l'inciter à parler.

— Est-ce que tout va bien, Olivia ?

— Oui, ça va. Je n'ai juste pas pris mes repères pour la pirouette.

— C'est déjà la huitième pirouette que tu rates. Tu as mangé aujourd'hui ?

— Oui, ne vous inquiétez pas.

Je balaie une main entre nous pour le rassurer. Je me lève, tremblante, et inspire un bon coup. Joanne se tient derrière l'entraîneur, le regard mauvais. Je rassure à nouveau notre entraîneur, et quand celui-ci se retourne, Joanne s'approche de nous et ne peut s'empêcher de faire une remarque.

— Ta tête va mieux ? Tu m'avais dit que t'avais peut-être des séquelles de ta chute… C'est inquiétant.

C'est comme si quelqu'un venait de glisser un glaçon dans mon dos. Je reste bouche bée. Nous sommes très loin d'être amies, et pourtant, je me sens trahie. Je la dévisage, abasourdie. Elle affiche son sourire narquois, fière de son coup. Je sais que l'environnement de ce sport est mauvais, toxique. Que certains sont prêts à tout pour vous écraser. Mais appuyer sur les blessures des autres, c'est petit.

— De quoi parle-t-elle ? demande l'entraîneur.

— Ce n'est rien. J'avais un peu mal au crâne juste avant notre semaine d'arrêt, c'est vrai. Mais ça va mieux, je me suis reposée.

Je mens par obligation. La douleur est toujours présente, plus sournoise, plus oppressante. Mais il est hors de question que je m'efface maintenant. Je supporterai ce mal tant que je le pourrai et je me reposerai après les championnats du monde.

— Tu es en bonne santé ? Tu vois ton médecin régulièrement ?

Ses questions m'angoissent. Je voyais mon médecin deux fois par semaine pendant ma convalescence. Mais depuis que j'ai repris l'entraînement, j'ai délaissé mon suivi. Je n'aurais probablement pas dû, mais l'appel de la médaille était plus fort que tout. Je ne voulais pas perdre une minute de plus dans les couloirs de l'hôpital. Je réponds à nouveau par un mensonge. Hors de question d'être sur la touche.

Chris est peu convaincu par mes réponses, mais n'insiste pas plus. L'angoisse me tord l'estomac et assèche ma bouche. Les séquelles de mon accident sont mon pire cauchemar. Je pensais que le pire était derrière moi après ma convalescence, mais peut-être que je me trompe.

— C'est quoi ce bordel, Liv' ? s'étonne Sam.

Son ton est posé, calme. Mais quand je me tourne vers lui, la colère teinte ses yeux. Je vois les muscles de sa mâchoire tressauter. Je bégaie en cherchant à lui expliquer. Je ne veux pas lui mentir, mais je ne peux pas l'inquiéter. Pas maintenant.

— Je vais bien, Sam, je te le jure.

Des mensonges, encore.

Chris ne me quitte pas des yeux de tout le reste de l'après-midi. Nous répétons notre danse libre plusieurs fois. Même bien trop de fois, selon moi. Mon corps devient de plus en plus lourd. Mes jambes flageolent et je vois des taches lorsque je cligne des yeux. Ma tête tourne dangereusement et la douleur me vrille les sens. Ma vue s'obscurcit et je me raccroche à Sam pour retrouver mon équilibre alors que nous terminons un de nos portés.

— Liv', on devrait s'arrêter, tu…

Sa voix me vient de loin. Tellement loin que je ne l'entends pas finir sa phrase. Tout devient sombre et sans même avoir le temps de comprendre ce qui m'arrive, je perds connaissance.

Chapitre 41

Besoin d'elle

Sam

Le moniteur cardiaque ne cesse de biper au rythme régulier des battements du cœur d'Olivia, toujours inconsciente.

Cela fait quarante-huit heures qu'elle dort. Son état est stable selon les médecins, qui ne semblent pas plus alarmés que ça. Sauf que moi, j'ai vraiment cru que mon cœur allait s'arrêter quand elle s'est effondrée dans mes bras.

Deux jours plus tôt

Sa respiration est bien trop lente et son teint pâle. Je tente de la réveiller, sans succès. Elle est comme une marionnette à qui l'on a coupé les fils dans mes bras. Les patineurs et les entraîneurs s'affolent et l'un d'eux se décide à aller chercher un médecin. Mon cœur bat à un rythme effréné alors qu'elle est évacuée de la glace. Tout le monde nous regarde d'un œil inquiet. Je ne peux rien faire, mais j'aide comme je peux. Je retire ses patins, la couvre pour qu'elle ne prenne pas froid. Quand les ambulanciers arrivent pour l'emmener à l'hôpital, je ne lâche pas sa main jusqu'à ce que j'en sois contraint. Mes doigts s'attardent autant qu'ils le peuvent avant qu'elle ne passe les portes battantes en compagnie des médecins.

Je ne sais pas depuis combien de temps j'attends. Vingt minutes ? Ou quarante-cinq ? Une heure ? Beaucoup trop longtemps, ça, c'est certain.

Assis sur les sièges décrépits de la salle d'attente des urgences, je prends mon mal en patience. Ma tête en appui sur mes mains, je tire mes cheveux. Ma jambe rebondit à toute vitesse contre le sol. Chaque fois que les portes mécaniques se mettent en marche, je me redresse en espérant voir un soignant qui s'occupe d'Olivia.

Tout est ma faute. J'aurais dû l'arrêter quand j'ai commencé à voir qu'elle était mal. C'est moi qui l'ai blessée, ses maux de tête auraient dû m'alerter dès le départ. Je ne suis qu'un abruti. Et maintenant, je fais les cent pas en espérant qu'elle aille bien.

Mon cœur et ma gorge se serrent douloureusement à l'idée que je puisse la perdre.

J'entends une femme demander son nom à l'accueil. Je me retourne et trouve sa mère, son beau-père et Kelsie, inquiets.

— Madame Gray.

La mère d'Olivia se retourne vers moi. Son visage s'adoucit légèrement en me voyant là, mais je parviens à déceler la panique dans ses yeux.

— Qu'est-ce qui s'est passé ?

— Elle a perdu connaissance. Elle avait des migraines depuis quelques jours, visiblement c'était pire aujourd'hui.

Je n'arrive pas à regarder sa mère dans les yeux. Je m'en veux, je suis responsable.

— Je suis désolé, madame Gray, j'aurais dû faire attention.

— Oh, Sam…

Là, au milieu de la salle d'attente des urgences, son geste me surprend. Je m'attendais à ce qu'elle me hurle dessus, mais ses bras se serrent autour de moi et m'enveloppent d'une chaleur maternelle réconfortante. Rapidement, la grande main de son beau-père se pose sur mon épaule. Nous restons comme ça quelques secondes.

— Rien n'est ta faute, ça aurait pu lui arriver n'importe quand.

— Elle est têtue, tu n'aurais pas pu l'arrêter, souligne Roy.

Il a raison sur ce point. Olivia est une vraie tête de mule. Depuis que je la connais, elle ne s'arrête jamais, à moins d'être épuisée. Aujourd'hui, elle en paye le prix.

La présence de ses parents me rassure, mais l'attente est de plus en plus insupportable. L'ignorance de son état m'inquiète plus que tout. Je ne peux pas la perdre. Je refuse de la perdre.

Je passe mes mains sur mon visage pour me ressaisir. Le cuir du siège à côté de moi grince. Je relève la tête et trouve Kelsie à mes côtés. Le fait qu'elle soit aussi là, avec les parents d'Olivia, me réconforte. Sa main prend la mienne de force. Il ne manque qu'Andrew, mais tous ses proches sont là, morts de trouille.

— Ça va aller, c'est Olivia. Elle est forte.

Je sais qu'en disant ça, elle veut nous rassurer tous les deux. Elle est tout aussi paniquée pour sa meilleure amie. Elle l'a déjà vue dans un lit d'hôpital, presque morte. C'est là que je me rends compte de l'impact qu'Olivia a dans nos vies.

Nous attendons encore de longues minutes lorsque les portes automatiques s'ouvrent sur le médecin qui a pris en charge Olivia à son arrivée. Son expression est neutre et je suis incapable de déchiffrer si elle va bien ou si…

Non. Elle va bien. Elle va forcément bien. Elle ne peut pas s'être battue pendant plus d'un an pour rien.

— Olivia Gray ?

Ses parents se lèvent d'un bond vers le médecin. Je reste en retrait pour écouter les nouvelles, Kelsie à côté de moi. On se cramponne l'un à l'autre en attendant les réponses du médecin.

— Votre fille va bien. Son scanner est revenu sans anomalie, il n'y a aucune lésion cérébrale. Je pense qu'elle souffre de migraines post-traumatiques, d'où les maux de tête et les vertiges. C'est un effet secondaire assez courant chez les patients qui ont déjà eu un traumatisme crânien. Dans son cas, ses analyses montrent une légère déshydratation, ce qui a amplifié les symptômes. J'aimerais la garder en observation quelques jours pour écarter tous les risques, mais elle va devoir se reposer quelques semaines.

Nous soupirons tous de soulagement. Les parents d'Olivia remercient le médecin qui les escorte vers sa chambre.

Kelsie me saute dans les bras, remerciant le ciel. Je la serre aussi fort que je peux et laisse couler une larme de soulagement.

Je n'ai pas quitté sa chambre depuis que j'y suis autorisé. Je ne suis pas censé rester, le service étant surtout réservé à la famille proche des patients, mais j'ai usé de mes charmes sur l'infirmière de l'accueil qui me laisse camper ici. Est-ce que c'est mal ? Probablement. Mais j'ai besoin d'être près d'Olivia pour mieux respirer et pour ne pas avoir l'impression de sombrer. J'inspecte minutieusement le moniteur, comme si j'y connaissais quelque chose, et surveille le moindre mouvement de sa part.

Olivia est paisible, ses traits sont relâchés. Je me retrouve à sourire bêtement en la regardant dormir. Plusieurs tubes et fils partent de son corps ; l'un la relie à une perfusion pour la maintenir hydratée et lui injecter les médicaments dont elle a besoin, les autres la relient au moniteur.

Quelqu'un toque et entre dans la chambre. Je me redresse aussitôt en apercevant mon père dans l'entrebâillement de la porte.

— Qu'est-ce que tu fais là ? m'étonné-je.

— Je viens voir comment tu vas. Et Olivia aussi. C'est ta mère qui m'a dit ce qui s'était passé.

— Je croyais qu'ils ne laissaient entrer que la famille proche ?

Il pénètre dans la chambre et s'assied sur le fauteuil de l'autre côté du lit, ne me lâchant pas du regard.

— N'est-ce pas, monsieur le fiancé d'Olivia ?

Bon, j'avoue, j'ai peut-être abusé en disant que j'étais son fiancé, mais c'était pour la bonne cause.

Je rougis légèrement. Ça fait bien longtemps que je n'avais pas eu de moments de complicité avec mon père. À son tour, il observe le moniteur, surveille le débit de la perfusion et examine Olivia. Son métier reprend vite le dessus, mais ça me rassure. Il aura peut-être les réponses aux questions que je me pose depuis trois jours.

— J'ai vu son dossier. Il n'y a pas d'hémorragie cérébrale, ce qui est positif. Ce genre de maux de tête fait surtout peur parce qu'elle a eu une blessure similaire.

— Alors pourquoi elle n'est toujours pas réveillée, papa ? Ça fait deux jours.

— Elle devait être épuisée, déshydratée et probablement en hypoglycémie. Elle a besoin de se reposer pour récupérer.

Je lui adresse une moue, peu convaincu. C'est un bon médecin, malgré tout, alors je lui fais confiance. Il parvient même à détourner un peu mes pensées en s'intéressant à moi.

— Bientôt les championnats du monde, c'est ça ?

— Ouais, normalement.

Si Olivia peut reprendre.

Je ne veux pas patiner si elle n'est pas ma partenaire. J'ai besoin de son talent, j'ai besoin d'elle. C'est elle qui m'a aidé à remonter la pente après Joanne, c'est elle qui nous a qualifiés à chacune des étapes.

C'est elle.

Nous discutons encore quelques instants avec mon père. Pour la première fois depuis des années, aucun de nous n'a haussé le ton. Pour une fois, j'ai eu l'impression qu'il avait fait un pas vers moi.

— C'est une chouette fille, déclare-t-il avant de partir.

— Elle est bien plus que ça.

Je souris timidement en reprenant la main d'Olivia.

Je suis tellement crevé que je finis par m'endormir en posant ma tête sur le bord de son lit.

Je ne sais pas combien de temps je me suis assoupi, mais la nuit commence à tomber derrière la fenêtre. Je papillonne des yeux, essayant de bouger le moins possible pour ne pas déranger Olivia, mais sa voix résonne dans la pièce. Mon cœur rate un battement.

— T'es en train d'écraser ma perf', dit-elle d'une voix rocailleuse.

Je me redresse à la vitesse de la lumière pour m'assurer que je ne rêve pas. Elle m'offre son petit sourire en coin malgré ses yeux lourds de fatigue.

Elle va bien.

J'appuie sur la sonnette pour appeler un infirmier qui arrive aussitôt. Ce dernier relève ses paramètres vitaux et fait boire une gorgée d'eau à Olivia. Quelques minutes plus tard, le neurochirurgien entre à son tour pour examiner Olivia.

— Tout est correct, votre dernière IRM est revenue normale et votre pression intracrânienne est dans les normes. Comment vous évaluez la douleur ? demande-t-il.

— Aucune douleur, Doc'. Est-ce que je pourrais reprendre l'entraînement bientôt ?

— Votre état est stable, mais j'aimerais vous garder en observation encore quelques jours pour écarter tous les risques. Si le médecin du sport vous l'autorise à son tour, vous pourrez reprendre dans quelques semaines.

Un grand sourire étire alors ses lèvres. Le médecin nous adresse un léger hochement de tête avant de s'éclipser avec son collègue.

— J'ai dormi combien de temps ?

— Deux jours.

— Et t'es resté là tout le temps ? demande-t-elle en me regardant, étonnée.

— Où voulais-tu que je sois ?

Je suis là où elle est. Elle s'entraîne, je suis là. Elle pleure, je la prends dans mes bras. Dans un lit d'hôpital ? Je lui tiens la main. C'est elle et moi, comme je lui ai dit aux Nationales.

J'attrape sa main, la glisse dans la mienne et y dépose un baiser.

— On est ensemble dans cette histoire, je ne te lâche pas.

Je meurs d'envie de la serrer dans mes bras, sentir la chaleur de sa peau sous mes doigts. Je suis en manque d'Olivia. Alors, je me glisse délicatement à côté d'elle et la love dans mes bras. Sa tête vient se nicher dans le creux de mon cou et me fait frissonner.

— Ne me fais plus jamais ça, d'accord ? Je n'y survivrai pas.

— Est-ce que ça va ? demande-t-elle.

Comme une évidence, je réponds la même chose qu'elle il y a quelques semaines :

— Avec toi, toujours.

Chapitre 42

Personne d'autre

Olivia

Février 2023 – Denver

C'est ma quatrième semaine à l'écart d'une patinoire. J'ai eu le feu vert pour reprendre l'entraînement en douceur il y a deux semaines déjà, mais Sam, Archie et Danielle m'ont interdit d'approcher mes patins. Nous travaillons nos chorégraphies en douceur dans la salle de danse, moins de deux heures par jour et pas tous les jours.

Ma stratégie se joue à l'usure. Chaque jour, je pousse un peu plus Sam à m'emmener sur la glace pour qu'on s'entraîne et je ne vais pas tarder à arriver à bout de sa patience. Depuis ma sortie de l'hôpital, Sam squatte mon appartement, ce qui est loin de me déranger. Au début, je l'avoue, ça m'a fait du bien de me reposer, de ne rien faire d'autre que prendre soin de moi.

J'ai découvert de nouvelles séries, Sam m'a traitée comme une vraie princesse, mais le sport me manque terriblement.

Penchée sur l'îlot de la cuisine, ma tête en repos sur mes paumes, j'épie les mouvements de mon partenaire avec un sourire exagéré sur le visage.

— Tu vas avoir des crampes si tu continues de sourire comme une psychopathe.

Il referme le réfrigérateur et dépose la bouteille de jus de fruits entre nous.

— On peut aller s'entraîner à la patinoire, aujourd'hui ?

Il soupire, exaspéré par mes demandes répétées, et plante son regard dans le mien, puis contourne l'îlot et fait pivoter mon tabouret vers lui avant de déposer un baiser sur le bout de mon nez.

— Tu ne vas pas lâcher l'affaire, hein ?

— Ça fait quatre semaines, Sam. Je me liquéfie, bientôt je ne ferai plus qu'un avec le canapé.

— Tu n'abuses pas un peu ? ricane-t-il.

— Pas du tout ! Regarde-moi, je suis littéralement en train de fusionner avec cette chaise. Si tu me laisses encore une semaine ici, il va falloir me décoller au pied de biche.

Je croise les bras en signe de protestation tandis qu'il verse son jus dans un verre. Je quitte mon tabouret et me plante devant lui avec ma meilleure tête de chien battu.

— Allez, s'il te plaît !

— Tu es invivable quand tu ne patines pas, soupire-t-il à nouveau.

— Non, je suis juste passionnée.

Il secoue la tête, un sourire en coin. Il est en train de céder, lentement, mais sûrement. Je ne perds pas mon sourire alors que nous nous regardons en chiens de faïence. Son air sérieux se fissure, et avant même qu'il ne dise quoi que ce soit, je lève les bras en signe de victoire.

— Oui !

— D'accord, mais seulement une heure, ce soir, quand il n'y aura personne, ajoute-t-il.

— Parfait ! Tout ce que tu veux ! concédé-je.

À la nuit tombée, lorsque nous sommes sûrs que plus personne n'est dans le bâtiment, j'entraîne Sam avec moi à l'arrière de la patinoire afin d'entrer par la porte dérobée.

Mes jambes me démangent. Je n'attends que de mettre mes patins, mais Sam insiste pour un échauffement long, alors j'obéis avant qu'il ne revienne sur sa décision et décide de rentrer à l'appart'. À la fin de celui-ci, je peux enfin lacer mes patins, mais Sam me retient avant que je ne monte sur la glace.

— Attends. Approche et lève les bras devant toi à la même hauteur, m'ordonne-t-il.

Je grommelle, mais m'exécute, sinon il ne me laissera pas y aller. Depuis que nous avons repris l'entraînement hors glace, Sam s'assure que je vais bien. J'ai le droit à deux check-up par jour : un avant l'entraînement, l'autre à la fin de journée.

Je tends les bras devant moi pour la énième fois et fusille mon partenaire du regard tandis que je dois repousser ses mains qui appuient sur les miennes pour tester ma force.

— Je vais bien, Sam.

— Tu disais la même chose la dernière fois et tu t'es évanouie dans mes bras.

Son ton est amer, son regard fuyant et sa mâchoire crispée. Je ne saurais dire s'il est énervé contre moi ou inquiet. Depuis mon séjour éclair à l'hôpital, Sam se montre un peu plus distant et je ne comprends pas pourquoi.

— Ce n'était rien. Seulement des migraines normales chez une personne qui a déjà eu un trauma crânien. J'étais déshydratée, ça aurait pu m'arriver n'importe où, n'importe quand.

— Et c'est censé me rassurer ? C'est bon, tu peux y aller.

Je décide de le laisser et monte sur la glace sans lui. Dans sept semaines, nous serons à Saitama, au Japon, pour tenter de décrocher le titre mondial. Malgré notre léger retard, je me souviens des derniers éléments que nous avons travaillés avec Danielle et Archie et les enchaîne avec fluidité sur la glace. Pour mon plus grand plaisir.

Sam reste accoudé à la barrière et me surveille, plutôt que de s'entraîner avec moi. Je reste raisonnable, ne répétant qu'une fois nos deux programmes.

— Vas-y doucement, tu veux ?

— Allez, viens avec moi !

— Non, il faut qu'on y aille de toute façon, l'heure est presque écoulée.

Je glisse vers lui, essoufflée. Sam tente de fuir, mais je le retiens par le bras. Il détourne le regard et je dois me racler la gorge pour lui faire comprendre que nous ne partirons pas avant d'avoir parlé.

— C'est quoi le problème ? Tu ne me parles presque pas depuis qu'on est là, t'oses à peine me toucher pendant les entraînements. Je vais bien, combien de fois je vais devoir te le dire ?

— Laisse tomber, Liv'.

— Non ! T'as été d'une humeur de chien avec moi. Et pas qu'aujourd'hui, d'ailleurs.

— Ce n'est pas contre toi que je suis énervé, Liv', et tu le sais.

— Ce n'est pas l'impression que ça donne, dis-je en croisant les bras sur ma poitrine.

Il soupire lourdement. La dernière fois que je l'ai vu aussi torturé, c'est quand il m'a parlé de son père pour la première fois. Je revois la même tristesse dans le fond de ses pupilles. Il secoue la tête avant d'aller s'asseoir dans les gradins. Je le suis sur les talons, ne comprenant pas sa réaction. Je me plante devant lui et attends qu'il se confie.

— Quand t'as perdu connaissance, j'ai eu la peur de ma vie. Tu… t'étais avec moi et la seconde d'après, tu ne bougeais plus. Ta respiration était tellement lente. Et t'étais froide. Tu n'imagines même pas à quel point je me sens responsable.

— Ce n'est pas ta faute, Sam.

Je m'agenouille devant lui pour le rassurer, lui montrer que je suis là, en bonne santé. Je prends sa main et la pose sur ma joue. La chaleur de sa peau me réchauffe entièrement. Sentir la pulpe de ses doigts contre ma peau m'avait manqué. Sam soupire lourdement avant d'avouer :

— J'ai fait tomber Joanne, une fois.

Je m'écarte pour le regarder et décèle mieux l'angoisse qui gît dans le noir de ses pupilles. Il souffle lourdement et m'indique le banc en bois pour que je m'y assoie à mon tour.

— J'ai relâché ma prise… Elle est tombée tellement fort qu'elle en a eu la respiration coupée pendant plusieurs secondes. Je voyais ses lèvres devenir bleues alors qu'elle cherchait désespérément de l'air. Et même plusieurs minutes après, elle était encore essoufflée, même si elle voulait reprendre.

Un silence flotte dans l'air pendant un court instant.

— Je me suis juré que ce serait la première et dernière fois que je blessais ma partenaire. Alors, quand t'as perdu connaissance après le porté, j'ai cru que j'avais merdé, encore une fois.

— Viens là, finis-je par dire.

Je lui attrape la main et le tire de force. Il pèse beaucoup plus lourd que moi et je manque presque de tomber à la renverse quand il se lève enfin. Sam peste dans le vide alors que je nous dirige droit vers la glace, vide de ses athlètes depuis longtemps.

— Liv'… qu'est-ce que tu fais ?

— Tu te souviens la première fois que tu m'as portée ? Quand tu m'as fait patiner à l'aveugle ? Jamais tu ne m'as fait tomber. La seule fois où c'est arrivé, c'est moi qui ai glissé, et t'as tout fait pour me rattraper.

Tu as cru en moi dès le début, alors laisse-moi croire en toi.

Je lâche sa main et monte sur la glace. Ses yeux me suivent alors que je me mets à patiner frénétiquement, réalisant les différents pas de couple de notre programme. Il me suit sans grand enthousiasme avant de pester à nouveau.

— Tu veux bien t'arrêter ? Tu t'es assez entraînée pour aujourd'hui.

— Pourquoi tu réagis comme ça ?

— Parce que si je te perds, je n'ai plus rien, Liv' !

Sa voix fait écho tout autour de nous. Ses mots ricochent sur les murs, partout. En particulier dans ma tête. J'ai l'impression d'avoir une hallucination auditive, l'impression que mon cœur va exploser.

— Si ce n'est pas toi, ce ne sera personne d'autre, d'accord ?

— Si on perd, t'y penseras à deux fois, réponds-je avec sarcasme.

— Mais je me fiche de perdre, je me fiche des médailles. Tout ne tourne pas autour de ça ! Gagner, perdre, si ce n'est pas avec toi, ça n'a aucun putain de sens.

Nous nous regardons, hébétés. J'ouvre la bouche pour le contredire, mais il m'interrompt :

— Oh, et puis merde !

La seconde d'après, ses lèvres s'écrasent sur les miennes. Je me rattrape à ses bras pour ne pas trébucher en arrière. Il me fait glisser lentement jusqu'à la rambarde où son corps presse le mien.

— Tu me rends complètement dingue, Championne, murmure-t-il entre deux baisers. Dans tous les sens du terme.

La chaleur de nos souffles qui se mélangent contraste avec la brise fraîche de la patinoire qui fait frissonner mes bras nus. Ses mains se posent sur ma taille et m'approchent encore plus de lui. Je ne me fais pas prier et passe mes mains autour de son cou pour approfondir notre baiser. Il m'avait manqué.

— Touche-moi, Sam. Je ne suis pas fragile. Je veux que tu me touches comme tu le fais d'habitude.

Je rêve de sentir ses mains sur moi, de ses lèvres qui embrassent chaque parcelle de peau qu'elles trouveront.

— Touche-moi. S'il te plaît. Je ne veux que toi.

Il me fait sortir de la glace et me plaque aussitôt contre la rambarde de sécurité.

— J'avais besoin que tu sois stable, dit-il d'un ton amusé.

— Pour quoi faire ?

Sa seule réponse est un nouveau baiser brûlant. Nos langues s'entremêlent comme si nos vies en dépendaient. Je m'abandonne complètement à ce mélange : la douceur de ses lèvres, son baiser passionné et le désir ardent qui flotte autour de nous. Sa bouche s'écarte de la mienne pour s'attaquer à la ligne de ma mâchoire, puis mon cou, m'arrachant un soupir lascif. Mes mains glissent dans ses cheveux épais pour l'inciter à continuer. Ses doigts divaguent et effleurent la peau nue de mon abdomen, entre mon legging et ma brassière, libérant un énorme frisson le long de mon échine.

— Je peux ?

Ses doigts jouent dangereusement avec l'élastique de mon legging. Ses yeux sont pleins de désir et cherchent l'approbation dans les miens.

— Quoi, ici ?

— Tu voulais que je te touche, non ? C'est ce que je fais. Si tu veux que j'arrête, dis-le-moi.

Ses mains reviennent sur mes hanches et me collent à lui. Je peux sentir son sexe dur contre mon ventre. Le plaisir pulse ardemment dans mon clitoris et grandit davantage.

Ce mec va me conduire à ma propre perte.

Pour répondre à sa question, je fonds sur sa bouche et le sens sourire contre mes lèvres. Ses doigts continuent de jouer avec la ceinture de mon legging avant de se glisser à l'intérieur.

— Regarde-toi. Tu es trempée, Liv'.

Ma tête se renverse lorsque ses doigts caressent mon clitoris gonflé, à travers le coton de mon sous-vêtement.

Maudite soit cette culotte.

Je lève mon bassin pour chercher le maximum de contact avec les doigts de Sam. Il sourit légèrement avant de répondre à ma demande et de passer outre le tissu restant.

— Bordel, Liv'… murmure-t-il.

Ses doigts glissent aisément le long de ma fente et m'arrachent un gémissement lorsqu'ils me pénètrent. Soudain, il les retire pour les fourrer dans sa bouche sans rompre le contact visuel. Mes cuisses s'écartent un peu plus, permettant à Sam de s'agenouiller devant moi. Il agrippe la ceinture de mon legging en même temps que l'élastique de ma culotte et les fait glisser le long de mes cuisses. Son sourire lubrique en dit long.

— Tu es si belle…

Mes yeux se révulsent en sentant ses baisers brûlants le long de ma cuisse jusqu'à rencontrer mon point le plus sensible. Sa bouche entoure mon clitoris, l'aspire, et sa langue le caresse. Mes jambes défaillent quand il introduit à nouveau ses doigts en moi et jouent au même rythme que sa langue. Il passe une de mes jambes sur son épaule pour me soutenir et s'offrir un meilleur accès à mon entrejambe.

— Putain, Sam, dis-je en m'agrippant à ses cheveux.

Il plonge son regard droit dans le mien, tout en continuant à me donner du plaisir. Mes mains agrippent la barrière avec force et mes doigts blanchissent alors que mes cuisses se referment autour de son visage. Je suis sur le point de céder au désir qui gonfle dans mon bas-ventre quand Sam s'écarte.

— Qu'est-ce que tu fais ?

— Je fais durer le plaisir, me nargue-t-il.

Je m'apprête à protester lorsque sa langue entre à nouveau en contact avec mon clitoris pour le sucer avec avidité. Il lâche un gémissement dont les vibrations se diffusent dans toute mon intimité. Je tire les cheveux de Sam dès l'instant où il recourbe ses doigts pour atteindre mon point G, faisant exploser mon orgasme.

Les jambes tremblantes, je reviens doucement à la réalité et me rhabille pendant que je le vois s'essuyer le coin de la bouche.

Bordel, je viens de jouir et il m'excite encore ?

Sam se penche vers moi et ses lèvres frôlent mon oreille.

— Crois-moi, si j'avais eu un préservatif sur moi, j'aurais adoré te prendre contre cette barrière, Liv'.

— Dommage… Mais si jamais, j'en ai un tiroir plein à la maison.

Je hausse les épaules, bien décidée à le provoquer, alors que je marche à reculons vers les vestiaires. Son regard s'assombrit. Il fonce vers moi, m'attrape et me fait basculer sur son épaule.

— On rentre.

Chapitre 43

Je t'... ?

Sam

Mars 2023 – Denver

Nous y sommes. Dans moins de deux semaines, nous partons au Japon. Après les rebondissements de ces dernières semaines avec Olivia, nous avons fini par trouver le bon équilibre entre nos entraînements et son repos. Pour l'occasion, nous avons tous été conviés au centre olympique pour une nouvelle rencontre, une sorte de soirée des champions avant notre départ pour les Mondiaux.

J'ai encore du mal à réaliser le chemin parcouru depuis juillet dernier. Le temps est passé à une vitesse phénoménale et je n'ai rien vu venir. Aussi bien dans ma carrière que dans ma vie personnelle. Je me suis fait des amis, j'ai une copine merveilleuse et une carrière qui nous tend les bras. Il ne manque plus que la médaille d'or aux Mondiaux. Celle que je convoite depuis des années, depuis mes débuts en danse sur glace.

Après les nombreux discours du président de la fédération, des entraîneurs et autres, nous pouvons enfin profiter de la soirée. Olivia est dans un coin en train de se défouler comme jamais avec Kelsie sur une chanson d'Harry Styles. Mon verre de champagne à la main, je la regarde bouger au rythme de la musique et souris comme un idiot. Andrew se glisse à côté de moi et s'appuie contre le mur derrière nous.

— Elles sont inépuisables. Je suis fatigué rien qu'à les regarder.

Je ris, mais il a raison. Elles dégagent toutes les deux la même énergie. Il faut croire qu'elles ne sont pas meilleures amies pour rien. Je sais qu'elles partagent tout. Est-ce qu'Olivia lui parle de moi ? J'aimerais me faufiler dans sa tête pour savoir ce qu'elle pense, m'insinuer dans son cœur pour savoir ce qu'il ressent.

Ma poitrine se pince légèrement alors que les souvenirs de mon amitié avec Joanne défilent dans ma tête. Elle a été un vrai coup de foudre amical. On se confiait toujours l'un à l'autre. J'ai été la première personne à qui elle a fait son coming-out, elle m'aidait à tenir tête à mon père. Elle aurait été la première à qui j'aurais parlé d'Olivia et de ce qu'elle me fait ressentir…

Si les choses étaient différentes, on aurait pu rester amis, même si elle voulait changer de partenaire. Ce sont des choses qui arrivent dans ce sport, pour tout un tas de raisons, c'est normal. J'aurais fini par l'accepter. Mais la manière dont elle l'a fait m'a brisé. A brisé tout un tas de choses en moi. Elle a pris ma confiance et l'a écrasée sans pitié.

C'était sans compter sur Olivia qui réussit à plus ou moins me faire oublier la déception et la colère à l'égard de Joanne. Et qui surtout m'a redonné confiance.

L'attention d'Olivia se porte sur moi. Elle m'adresse son magnifique sourire, tout en continuant à chanter les paroles à tue-tête. Je crois bien que je délire parce que *je l'aime*. Ce sont les trois mots qui me viennent en tête quand je la vois ou que je pense à elle. Elle s'est insinuée à l'intérieur de moi, sans que je ne m'en rende compte, et occupe toute la place.

Si l'amour a longtemps été un mystère, Olivia apparaît de plus en plus comme une évidence.

Mes pas m'amènent mécaniquement à elle.

— Salut, je t'ai vue danser et je suis à la recherche d'une nouvelle partenaire.

Elle laisse échapper un rire franc, me faisant rire également.

— On en a fait du chemin depuis, remarque-t-elle.

— Je ne te le fais pas dire. Et j'ai réussi à garder mes couilles dans toute cette histoire.

Elle rit davantage. Moi, j'espère que cette histoire n'en est qu'à ses débuts. Mes yeux ne la quittent pas. Ses joues sont rougies par l'alcool ingéré et ses karaokés répétés avec Kelsie. Sa beauté me trouble. Elle me trouble de tout son être.

— Je t'…

Je m'arrête aussitôt, réalisant ce que je m'apprêtais à faire, à dire.

Est-ce que j'allais dire des mots que je n'ai jamais dit ?

Je devrais la fermer ou je risque de tout gâcher. Olivia remarque ma confusion.

— Tu ?

— Ah, vous voilà ! lance une voix près de nous.

Sauvé par le gong !

Nous nous retournons tous les deux sur un membre du comité. Je reconnais Penelope Mendler, la coordinatrice officielle de la fédération américaine de patinage artistique.

— Prêts pour les Mondiaux ? s'enquiert-elle.

— Plus que prêts ! On s'est entraînés pour ça, répond Olivia avec confiance.

— C'est dommage que vous ne soyez plus en solo, Olivia, vous auriez fait des étincelles, cette année.

Donc, ce sont des encouragements ça, pour elle ?

J'étouffe un rire nerveux.

— Je n'ai aucun regret à avoir quitté le patinage solo.

— Ne laissez personne minimiser votre talent, dit-elle en m'adressant un regard en biais.

— Ce n'est pas le cas. Au contraire, ajoute-t-elle fièrement.

Visiblement vexée, Penelope Mendler tourne les talons sans ajouter un mot. Olivia l'insulte entre ses dents lorsqu'elle est assez loin pour ne pas l'entendre.

Cette fixation sur l'ancienne carrière solo d'Olivia m'angoisse. Cela fait un moment qu'elle y a renoncé, qu'elle fait ses preuves en danse sur glace. Du moins, je crois.

Elle se retourne vers moi et claque un baiser sur ma joue.

— Tu voulais me dire quelque chose ?

— Rien d'important, esquivé-je. Je voulais juste te demander si je te ramène ce soir ?

— Avec plaisir.

— Ils nous ont blindés de trucs ! râle Olivia.

La soirée touche enfin à sa fin. Le comité nous a donné tout un tas de produits aux couleurs du pays : survêtements officiels, protège-lames, produits de sponsors. Nous déposons le tout dans le coffre de ma voiture lorsqu'une discussion houleuse nous parvient depuis l'autre bout du parking. Nous levons tous les deux la tête pour voir Caleb et Joanne se gueuler dessus une nouvelle fois.

— Je suis le meilleur, Joanne, que ça te plaise ou non. Crois-moi, si on ne gagne pas l'or, ce n'est pas la peine de revenir t'entraîner à New York.

— T'es tellement dramatique ! Sérieusement, fais dégonfler ton ego, Caleb, je suis aussi bonne que toi.

— Tu n'es rien sans moi, ne l'oublie pas, siffle-t-il entre les dents.

— Ah bon ? Et qu'est-ce que tu serais si je n'avais pas accepté ton offre, hein ?

Il attrape le bras de Joanne avec force. Je n'entends plus ce qu'il lui dit, mais la terreur qui recouvre le visage de mon ancienne partenaire me fait réagir immédiatement. Sans réfléchir, je fonce sur Caleb et le pousse avec deux mains pour le forcer à la lâcher.

— Hey ! C'est quoi ton putain de problème, Harris ?

— Mêle-toi de ton cul, Anderson.

— On est tous les quatre dans la même équipe, donc ça me regarde.

— Laisse tomber Sam, ça va, intervient Joanne.

Caleb lâche enfin sa prise du bras de Joanne. Cette dernière se masse légèrement pour atténuer la douleur. Elle me remercie du regard alors que Caleb quitte les lieux, nous laissant tous les trois. Je me tourne vers Olivia et d'un regard, elle comprend.

— Je t'attends dans la voiture, souffle-t-elle avant de s'éloigner.

Ni Joanne ni moi ne parlons, mais pour autant, aucun de nous ne s'en va. L'ambiance est pesante.

— Ça va aller pour rentrer ? demandé-je à Joanne.

— Ouais, je vais rentrer avec Maddison.

Elle lève enfin le regard vers moi.

— Merci, Sam, tu n'étais pas obligé, ajoute-t-elle.

— On a été amis pendant douze ans, Joanne. Je n'allais pas te laisser comme ça.

Je ne suis pas un monstre. Sous prétexte qu'on ne se parle plus, j'aurais dû la laisser comme ça ?

Jamais.

Mais je lui en veux toujours, et j'aimerais que ce ne soit plus le cas. Je ne peux pas effacer d'un coup d'éponge toutes les années d'amitié et les souvenirs qu'on partage.

— Pourquoi ? lancé-je subitement.

Cette question, je me la suis posée pendant des semaines. Ce « pourquoi » m'a tenu éveillé des nuits entières. Douze ans de mouvement répétés, pour ne jamais savoir ce qu'elle pensait vraiment.

— Pourquoi t'es partie du jour au lendemain ?

— Sam… je suis désolée.

— Je le sais. Ce n'est pas pour autant que je te pardonne. Je veux juste savoir pourquoi tu as subitement décidé de partir.

Elle soupire et baisse la tête avant de déclarer :

— J'avais besoin de plus ! J'avais le sentiment qu'on ne gagnerait jamais, on stagnait et je ne supportais plus d'être sur la deuxième marche du podium à chaque compétition.

— T'aurais dû me le dire, Joanne ! J'aurais compris !

— Non, justement ! Tu me répétais toujours que tu voulais atteindre les Jeux olympiques, ou concourir aux Mondiaux, mais jamais tu n'as utilisé le mot « gagner », pas avec moi en tout cas. Et si je t'en avais parlé, tu m'aurais convaincue de rester et je serais restée.

Joanne a toujours été douée pour lire les émotions afin de mieux les éviter.

— Je voulais gagner.

Ses mots me blessent dans un premier temps, puis font remonter une colère ancienne.

— Et c'est le cas ? Tu gagnes maintenant ?

— Avec Caleb, c'est en bonne voie, oui.

Quelque part dans la profondeur de ses yeux et dans la lourdeur de l'air, il n'y a plus de rancœur. Seulement une lucidité que je refusais de voir jusqu'à aujourd'hui.

— Je ne te croyais pas capable d'agir comme ça, avoué-je.

— Tu m'as toujours sous-estimée. C'est ça le problème.

À ce stade, je ne sais plus si je suis toujours en colère ou si Joanne me fait pitié.

Elle passe près de moi, sans un mot de plus.

Tout a été dit, mais rien n'a été réparé.

Je ne laisserai pas les paroles de Joanne me décourager. Je rejoins Olivia qui m'attend patiemment sur le siège passager. Je m'installe au volant, mais je ne démarre pas aussitôt. Je saisis sa main et joins nos doigts.

On perdra ou on gagnera, c'est un fait. À nous de montrer ce qu'on vaut, de quoi nous sommes capables. Nous avons mérité notre place comme tous les autres. Et si on perd, ce ne sera que partie remise. Avec elle, j'avais déjà tout gagné, mais j'ai la ferme intention d'éliminer en bonne et due forme tous nos adversaires pour aller décrocher l'or qu'Olivia et moi convoitons depuis tant d'années, chacun de notre côté.

Il faut croire que le destin fait bien les choses. Il nous a réunis.

Chapitre 44

On survivra

Olivia

Avril 2023 – Saitama

Sam et moi avons foulé le sol japonais il y a trois jours. Le temps de nous acclimater au décalage horaire et nous voilà déjà à l'Arena où va se tenir la compétition d'ici peu. Mes yeux balaient l'immense salle aménagée du sol au plafond. La glace est en train d'être lissée, les gradins montent tellement que je suis prête à parier qu'on a le vertige là-haut. Des techniciens règlent une dernière fois les écrans géants sous nos yeux émerveillés.

— C'est la plus grande arène que j'ai jamais vue, remarqué-je.

— Arène ? T'as cru qu'on allait jouer à *Clash Royale ?* pouffe Sam à côté de moi.

Je lui lance un coup de coude dans les côtes, le faisant gémir de douleur. Du coin de l'œil, je le vois grimacer et se masser le flanc. Je souris, satisfaite de mon coup.

Kelsie et Andrew arrivent à leur tour et s'émerveillent devant l'immensité de l'endroit où l'on se trouve.

— Bordel, c'est la plus grande arène que j'ai jamais vue ! s'étonne Kelsie à son tour.

— Ah ! Tu vois !

Je lui tends mon poing qu'elle tape contre le sien d'un geste complice. Sam lève un sourcil et nous regarde toutes les deux, tour à tour.

— Mais c'est quoi votre obsession pour les combats ?

— C'est les Hunger Games, mec ! On va tous se battre pour avoir le titre, répond Kelsie.

— Hmm… je peux déjà sentir l'odeur des larmes, du sang et de la sueur ! Ça va être génial ! exagéré-je volontairement.

— Vous êtes complètement tarées, toutes les deux. Je crois qu'on est foutus, mec, lâche Andrew.

— On s'y habitue, hein ? lui demande Sam.

Andrew grimace pour seule réponse. Je glousse avec Kelsie alors qu'on déambule tous les quatre près de la glace. On prend peut-être ça à la rigolade avec Kelsie, mais les faits sont là : c'est une compétition mondiale, avec quatre médailles d'or à la clé ; une par catégorie en compétition. Les autres sont aussi bonnes à prendre, évidemment, mais personne ne veut se contenter de l'argent ou du bronze. À nous tous de prouver que nous sommes les meilleurs.

Quoi qu'il en soit, j'en sortirai grandie.

— Vous avez fini de plaisanter tous les quatre ? s'impatiente Danielle. Sam, Olivia, mettez-vous au travail !

J'accorde une dernière œillade complice à mes amis qui s'éclipsent à leur tour. Sans tarder, nous enfilons nos patins et descendons sur la glace. Nous n'avons plus une minute à perdre. Le programme est intense : répéter, peaufiner, répéter. Encore et toujours. Un mécanisme bien ancré en nous, mais il n'en reste pas moins épuisant. Et, cumulé au stress, les erreurs et les blessures peuvent vite arriver dans une compétition de cette ampleur.

La main de Sam qui se pose sur mon épaule me ramène à l'instant présent.

— Ça va ? Ça fait deux fois que je t'appelle.

— Ouais, je réfléchissais à nos programmes, c'est tout.

J'accompagne mes mots d'un sourire timide. Sam m'embrasse encore et toujours au niveau de ma cicatrice, avant que nous ne retournions à notre échauffement. Caleb et Joanne sont également de la partie dans ces répétitions. Nos discussions s'estompent lorsque tous les coachs qui nous ont encadrés cette saison débarquent derrière la balustrade.

— Bien. Aujourd'hui, l'exercice est un peu spécial. Vous allez vous évaluer tous les quatre, dit Chris. Olivia, Joanne, Sam et Caleb, venez par ici.

Nous nous regardons tous, perplexes. Face à notre incompréhension, les entraîneurs poursuivent.

— Notre erreur a été de vous entraîner séparément. Vous n'avez le droit qu'à un passage. Je veux que vous vous mettiez à la place des juges. Identifiez les points faibles et les points forts de chacun.

— Vous êtes dans la même équipe avant même d'être concurrents. On doit assurer nos places pour l'an prochain, et plus loin encore pour les Jeux olympiques, conclut Grace.

Leur discours me donne plus un sentiment d'angoisse qu'autre chose. Je suis familière de la pression écrasante de ce genre de compétition internationale, mais être jugée par Caleb et Joanne qui font ça depuis des années tous les deux ? Ça, ça craint.

Joanne détourne le regard, comme si elle craignait de ne pas être à la hauteur. Pour être honnête, c'est tout le contraire. Je l'envierais presque. Sa queue de cheval se dégage de son cou, laissant une légère marque rouge, semblable à un coup de soleil, apparaître sur sa peau. Je fronce les sourcils et cligne des yeux à plusieurs reprises pour m'assurer de ce que j'ai vu, mais la voix de Caleb me sort de mes pensées.

— Prêts à voir ce qu'est le véritable talent ? lance-t-il avec insolence.

— Monsieur Harris, moins d'arrogance et plus de démonstration. Puisque vous semblez si enclin à commencer, allez-y.

Le coach lui désigne la glace. Caleb répond d'un sourire narquois avant d'aller se placer avec Joanne. J'ai déjà vu leurs programmes aux Nationales, et ils ont assuré. Mais l'enjeu de cette session, c'est de penser comme des juges internationaux qui vont évaluer les meilleurs couples du monde entier.

Sam et moi les suivons attentivement et échangeons sur ce qui nous semble important. Joanne s'en sort très bien, elle a un excellent sens du rythme et son interprétation m'impressionne. Elle est légèrement freinée par la pointe de sa lame sur leur dernière pirouette, mais cela se remarque à peine. Caleb et Joanne reviennent près de la barrière, à bout de souffle. Je vois les lèvres de ce dernier bouger près de l'oreille de Joanne, qui lève les yeux au plafond.

— Bien. Écoutons ce que vos coéquipiers ont à vous dire. Olivia ?

Sa requête me surprend, je suis loin d'être experte. Le regard de Joanne se pose sur moi, me suppliant presque, et celui de Caleb est probablement en train de m'assassiner. Et je ne sais pas pourquoi, malgré le coup de crasse qu'elle m'a fait, je me retrouve à prendre parti pour elle.

— Joanne a été excellente, je n'ai rien à dire.

Sam acquiesce à côté de moi. Joanne, elle, dessine un « merci » silencieux avec ses lèvres.

— En revanche, Caleb est trop en avance sur la musique. Et ses gestes sont un peu trop précipités, il ne va pas au bout du mouvement.

Je l'entends jurer entre ses dents, mais je feins de ne pas avoir entendu. L'un des coachs leur donne des axes d'amélioration, puis c'est à notre tour. Nous n'échappons pas aux remarques acides de Caleb qui semble avoir les miennes en travers de la gorge, mais Sam me rassure lorsque nous répétons avec Danielle :

— N'écoute pas Caleb, il est juste de mauvaise foi. Tu t'en sors plus que bien, même les coachs le disent. Concentre-toi là-dessus.

Cette matinée est éreintante. Je ne sais pas combien de fois nous avons répété la partie technique de notre danse rythmique, mais mes pieds me donnent l'impression d'avoir marché toute une journée pieds nus sur le bitume. Un gémissement de soulagement m'échappe quand je les enlève enfin. Je remue mes orteils quelques secondes pour désengourdir mes pieds.

Chapitre 44

Je jette un dernier coup d'œil à la salle qui se dresse devant moi. Dans quelques jours, elle sera remplie de spectateurs venus de tous les continents. Mon estomac se retourne à plusieurs reprises, réveillant une sensation de nausée. Je me lève brutalement et cours en direction des toilettes les plus proches. J'arrive de justesse devant une cuvette avant de régurgiter mon déjeuner.

Tout est à la fois différent et exactement pareil qu'il y a un peu plus d'un an. Cette compétition, j'en ai rêvé pendant des années. La nourriture qui me remplissait est rapidement remplacée par l'angoisse. Tout me ramène à cette soirée où ma vie et ma carrière ont effectué un flip. Je déteste ce sentiment de ne pas me sentir à ma place. Et les regards noirs que m'adressait Caleb quand je lui faisais mes remarques n'aident pas.

— Est-ce que ça va ?

La voix de Sam me parvient. Je sors de la cabine, me rince la bouche et m'asperge le visage pour me rafraîchir.

— Ouais, c'est juste la pression.

Il entre dans les toilettes et me serre dans ses bras. Son étreinte m'apaise aussitôt. Je laisse mes bras s'enrouler autour de sa taille et l'attire au plus proche de moi, sa main caressant délicatement mes cheveux.

— Ne laisse pas Caleb et ses remarques t'atteindre. On s'est entraînés pour ça.

— Je sais… ça fait juste peur.

— On survivra, Championne.

Sa tête se décale pour déposer ses lèvres contre ma cicatrice. Celles-ci sont rapidement remplacées par ses doigts qui effleurent la ligne dissimulée dans mes cheveux.

— Pourquoi tu m'embrasses toujours au niveau de ma cicatrice ?

— J'aime croire que cette cicatrice nous a réunis. Sans elle, je ne serais probablement pas là où je suis aujourd'hui.

Je m'éloigne un peu plus cette fois, et plonge mon regard dans le sien.

— Tu n'imagines même pas à quel point je suis fier de toi, Championne. T'as fait de ta douleur une détermination et tu t'y es raccrochée. Je t'embrasse ici pour que ta cicatrice ne soit plus qu'un mauvais souvenir. Pour te rappeler à quel point tu es forte.

Je me hisse sur la pointe des pieds pour déposer un baiser chaste sur ses lèvres.

— On va gagner.

— Un peu qu'on va gagner, Championne ! s'amuse-t-il.

Ses lèvres pressent les miennes à nouveau avec plus de force et de passion, cette fois. Et quelque chose dans ce qu'il m'a dit provoque une explosion dans ma cage thoracique.

Je l'aime.

Profondément.

Il me pousse dans tous mes retranchements, me pousse à aller jusqu'au bout des choses. Il m'aide chaque jour à me dépasser. Il a réussi à me rappeler que ce n'est pas le nombre de fois où je tombe qui compte, mais bien le nombre de fois où je me relève.

Et moi, tout ce que je souhaite à présent, c'est lui donner tout ce que je suis. Lui donner absolument tout.

Il restera à jamais ma plus belle chute.

Chapitre 45

Mon dernier espoir

Olivia

C'est le grand jour. La compétition est déjà lancée depuis quelques jours, et à peine avons-nous le temps de cligner des yeux que c'est déjà à notre tour de nous lancer dans le concours.

Hier soir, nous avons assisté au programme court des couples. Kelsie et Andrew ont déjà conquis les juges et le public. Leur triple axel en parallèle a fait sensation, tout le monde était estomaqué. Est-ce que j'ai versé ma larmichette ? Évidemment. Je suis si fière d'eux.

Toutefois, nous n'avons pas le temps de tout célébrer. Dans quelques heures, ce sera à notre tour de montrer au monde entier de quoi Sam et moi sommes capables. L'angoisse monte progressivement. Je n'arrête pas de penser que quelque chose va foirer. D'une manière ou d'une autre. J'ai le ventre tordu de douleur depuis le réveil.

Allongée sur le lit, les mains croisées sur mon abdomen, je ferme les yeux et effectue quelques exercices de respiration pour défaire le nœud dans mon estomac. En vain. Je sens le matelas plier à côté de moi. J'ouvre les yeux pour y trouver Sam.

— On doit y aller.

Il laisse un baiser tendre sur mes lèvres avant de se relever. Je fais de même, attrape mon costume, mes patins et quitte la chambre à ses côtés. L'angoisse me suit comme si je traînais un boulet à mes chevilles, devenant de plus en plus lourd à mesure qu'on approche de l'Arena. Je respire profondément pour calmer mon cœur et ses battements frénétiques. Peut-être que tout ça, c'est juste dans ma tête.

Nous passons la sécurité et présentons nos accréditations. Quand nous arrivons près de la glace, le public commence à s'installer dans les gradins. Des drapeaux de nombreuses nations sont présents et renforcent la pression de l'évènement. Je souffle un bon coup, essayant de me convaincre que ça va aller et que nous allons y arriver.

— Stressée ? demande Sam en claquant un baiser sur ma joue.

« Morte de trouille » conviendrait mieux.

Je me contente d'acquiescer. Nous nous asseyons pour chausser nos patins, sous les derniers tests de sons et de lumières réalisés par les techniciens.

— Tu veux que je te raconte une blague ? sourit-il, fier de lui.

Je hausse les sourcils.

Sam ? Raconter une blague ?

— Que fait un poussin de 90 kilos ?

Je plisse les yeux, réfléchissant à la question.

— Piou Piou ! répond-il d'une voix exagérément grave.

C'est nul. Et pourtant, je fuis du regard parce que je sais que, si je le regarde, je vais exploser de rire.

— Oh allez… je sais que t'as envie de rire, Championne, dit-il en me pinçant la joue.

Je gonfle les joues avant d'échouer lamentablement.

— OK, bien joué. Mais j'en ai une meilleure !

— Puisque tu veux la jouer comme ça, je t'écoute ! me défie-t-il en croisant les bras.

Je réfléchis quelques secondes à la meilleure blague possible avant d'en trouver une.

— Pourquoi le poulet traverse la route ?

— Je n'en sais rien.

— Pour aller chez l'idiot.

Sa seule réponse est un éclat de rire. Il cache son visage dans ses mains avant de reprendre :

— C'est quoi le rapport ? Franchement, c'était d'une nullité !

— Dommage, j'étais persuadée d'en avoir une bonne.

Sa main dans la mienne, il m'entraîne sur la glace. Nous glissons en rythme, réalisant quelques slaloms pour nous mettre en jambes.

— Tiens, j'en ai une autre, ajouté-je. Toc-Toc !

— Qui est là ?

— Le poulet.

Il me regarde un instant avant de saisir la chute de la blague.

— OK, plus de blagues pour toi, répond-il faussement vexé en plaquant une main sur ma bouche.

Je ris. Ces quelques minutes ont suffi à défaire le nœud dans mes intestins. Sam est comme ça, il fait tout pour que vous vous sentiez à l'aise, détendue, confiante. Il est toujours le calme quand je suis un ouragan. Il fait de toutes mes petites victoires quelque chose d'extraordinaire. À chaque fois.

Les sentiments me percutent de plein fouet. Je suis amoureuse de Sam Anderson. Éperdument amoureuse. Je veux dire… je sais que je l'aime depuis un certain temps déjà. Mais je ne savais pas encore que c'était à ce point. Il avait raison, l'autre fois : peu importe les médailles tant que je l'ai lui.

Après cette ultime répétition, nous nous hâtons vers les vestiaires pour revêtir nos costumes. Joanne est également en train de s'habiller de sa robe bordeaux. Mes yeux ne manquent pas les coups sur ses bras. Pire encore, une marque rouge vif est plaquée sur sa joue. Nos regards se happent, ses yeux sont rougis et irrités par les larmes. Elle m'a rejetée une fois, mais je ne peux pas laisser couler à nouveau.

— Joanne…

— Je vais bien. Ne te mêle pas de ça, Gray.

— Quelqu'un vient de te frapper. Et je suis prête à parier que c'est Caleb.

Elle soupire lourdement. Elle reste plantée devant moi, les mains sur les hanches.

— Il n'est pas tout le temps violent. Il a dérapé, ça arrive. Il s'est excusé.

— Mon père dérapait aussi. Tu n'as pas à subir ça.

Elle me regarde, attristée. Tiraillée entre l'idée de se défaire de ses chaînes et sa soif de gagner.

— Si c'est ma chance pour obtenir une médaille, alors si. Je vais subir ses sautes d'humeur…

— Aucune médaille ne vaut d'être maltraitée.

Je l'ai compris bien trop tard malheureusement.

— Si jamais tu décides d'en parler, tu peux être sûre que Sam saura t'écouter. Peu importe tout ce qui s'est passé entre vous.

Sans un mot de plus, elle quitte les vestiaires. Je sais que c'est dur de sortir de cet engrenage. Et bien qu'elle soit ma rivale, j'espère qu'elle finira par ouvrir les yeux. Personne ne devrait avoir à subir ça. Je tente tant bien que mal de refouler tout ça et continue de me préparer.

Quand je sors des vestiaires à mon tour pour rejoindre la glace, mon portable vibre dans la poche de ma veste. Je décroche en voyant le nom de Sam sur l'écran.

— Allô ?

— T'es où ? demande-t-il.

— Euh… dans un couloir, près des vestiaires.

— Quelle couleur ?

— Hein ?

— Le couloir, il est de quelle couleur ?

Je lève les yeux pour vérifier :

— Bleu. Je suis dans le couloir bleu.

Il ne dit rien de plus, mais je l'entends ouvrir une porte de l'autre côté du fil.

— Retourne-toi !

Je m'exécute et le trouve dans l'encadrement d'un placard à balais. Je raccroche et trottine pour le rejoindre. Sam referme la porte derrière nous et nous emmène au fond du local technique, derrière des étagères métalliques. Comme lui, je me laisse glisser contre le mur et m'assieds à ses côtés. La pièce est fraîche, un peu poussiéreuse, mais étrangement rassurante.

— Qu'est-ce qu'on fait là ?

— Je me suis dit qu'on méritait un moment tranquille, rien que tous les deux.

À ces mots, il sort de ses poches deux barres chocolatées d'une marque de sponsor et une bouteille de Gatorade.

— Tu n'as pas mangé grand-chose ce matin, tiens. Le chocolat est bon pour le stress.

— T'es doué pour rendre un placard romantique ! plaisanté-je.

— Oh, je suis sûr qu'une ou deux araignées se sont jointes à notre *date* improvisé.

Nous avalons quelques morceaux avec notre boisson isotonique dans un silence réconfortant. C'est tout ce dont j'avais besoin, un moment hors du temps, et Sam l'a facilement deviné. Nous restons là, à parler de tout, de rien, à évoquer des souvenirs et à savourer le calme.

Sam ramène ma main sur ses cuisses tandis que je pose ma tête sur son épaule. Je ferme les yeux quelques instants lorsque le portable de Sam nous fait sursauter.

— C'est ma mère, elle nous cherche partout.

Il m'aide à me relever et dépose un baiser sur mon front.

— Prête à y retourner ?

— Allons-y.

À l'instant où Sam ouvre la porte, la chaleur nous assaille. Nous approchons de la glace lorsqu'une voix féminine m'interpelle. Nous nous retournons tous les deux pour découvrir Penelope Mendler. Je regarde Sam, qui m'encourage à aller la voir tandis qu'il va chercher nos vestes. Je supporte de moins en moins cette femme. Après avoir dit non trois fois, il serait peut-être temps de lâcher l'affaire.

— Je n'ai pas changé d'avis si c'est ce que vous voulez savoir, lâché-je acerbe.

— Dommage. J'espérais vraiment vous convaincre cette fois.

Elle ouvre une pochette qui révèle une tablette. Pendant qu'elle pianote sur l'écran, je la détaille. Ses cheveux noirs sont rassemblés dans un chignon serré. Le tailleur gris tombe parfaitement sur ses formes sublimées par les escarpins au bout de ses jambes. Elle tourne alors l'écran vers moi et fait défiler une série de photos.

— Lake Placid est prêt à vous financer le stage dans sa totalité. On vous offre l'hébergement et le transport jusqu'à nous et vous serez également rémunérée à hauteur de 50 000 dollars pour votre présence d'un mois. Nos partenaires sont même prêts à doubler cette somme. Vous n'avez qu'un mot à dire.

Dans le sport, en général, il suffit aux agents d'agiter un énorme chèque devant le nez des athlètes pour obtenir ce qu'ils veulent. Et dans énormément de cas, ça fonctionne. Mais tout ce que je veux, c'est patiner. Et je veux le faire avec Sam.

— L'argent ne m'intéresse pas.

— Où est passée la Olivia Gray ? Celle qui voulait à tout prix remporter la médaille d'or l'an dernier ?

Je secoue la tête, à la fois amusée et agacée par son entêtement.

— Il n'y pas que les médailles qui comptent.

— Mademoiselle Gray, les sponsors se bousculent pour vous avoir. Si vous craignez de sauter, on est prêts à engager un psychologue pour travailler avec vous sur votre traumatisme. Vous serez accompagnée du début à la fin.

— Vous arrivez trop tard. J'aime ce que je fais, et pour rien au monde je ne voudrais revenir en arrière. Vous devriez choisir quelqu'un d'autre.

Elle soupire et dépose les armes, constatant que sa tentative de manipulation ne fonctionne pas.

— Vous êtes une dure à cuire, c'est admirable. Dans ce cas, je n'ai plus qu'à vous souhaiter bonne chance.

Elle ouvre sa pochette et me tend une carte de visite.

— Si jamais vous changez d'avis.

Je saisis la carte par pure politesse, en épinglant une note mentale de la jeter dès que j'en aurais la possibilité. Je tourne les talons et pars retrouver mon partenaire. Sam m'accueille avec un grand sourire avant de passer ma veste sur mes épaules.

— Tout va bien ?

— Parfaitement bien. Allons gagner notre médaille.

Il y a quelques mois, Sam représentait mon dernier espoir. Il s'est révélé être le meilleur de tous.

Ce sera lui et moi contre le reste du monde.

Chapitre 46

Tout est possible

Sam

Fin de notre danse rythmique. Immobiles sur la glace, nous attendons quelques secondes avant de bouger. Notre respiration est erratique. Lorsque la dernière note a résonné dans l'Arena, Olivia et moi nous sommes regardés, à la fois fiers et soulagés. Un regard laissant entendre que nous l'avons fait, nous avons franchi la première étape. Tout du long de notre performance, nous pouvions entendre Archie et ma mère exploser de joie quand nous réalisions parfaitement les figures imposées.

Les applaudissements et les cris du public éclatent de tous les côtés, au point où ne savons plus où donner de la tête.

— T'as été parfaite, soufflé-je dans le cou d'Olivia.

— On l'a été tous les deux.

Nous reprenons doucement notre respiration alors que nous quittons la glace. Les caméras sont braquées sur nous alors que nous remettons nos protège-lames. Olivia prend rapidement le temps de saluer les télé-spectateurs avant de rejoindre Danielle et Archie au *Kiss and Cry* :

— Je pense que vous avez la meilleure note, souffle ma mère tandis que nous essayons de prendre notre mal en patience.

La compétition est extrêmement serrée, mais je suis tout aussi confiant. Nous avons fait notre meilleure danse de la saison.

Celle des Nationales ? Du pipi de chat.

Et quand la note tombe, ça confirme mon intuition.

86.43. Ma première réaction est de sauter sur place. Nous avons battu notre propre record ! J'enlace Olivia, si fier de ce qu'elle a accompli.

— Je suis tellement fier de toi, Liv' ! Je t'aime, putain. Je t'aime tellement.

Les mots s'échappent de mes lèvres, incapables de les filtrer. Ne lui laissant pas le temps de répondre, j'emprisonne son visage de mes mains et l'embrasse passionnément. Je ne veux même pas me décrocher de ses lèvres. Pour mon plus grand bonheur, elle passe ses bras autour de mon cou et me rend mon baiser. Elle m'a donné la force de croire que tout est possible. Parce que ce soir, tout est possible.

Elle est l'or que j'ai convoité toute ma carrière.

Lorsque cette journée touche à sa fin et que nous restons premiers, je ne réalise absolument pas. C'est encore mieux que tout ce que j'ai pu imaginer dans ma carrière. Et si je pensais que rien ne pouvait encore plus illuminer cette journée, c'est là que j'aperçois une silhouette familière dans les gradins les plus proches.

Mon père.

Mais pas n'importe quelle image de mon père. Il sourit et il applaudit. Je n'en reviens pas. Mon regard se bloque sur sa silhouette, cherchant à être sûr que c'est lui. D'un geste de tête, il indique le hall de l'Arena que je m'empresse de rejoindre pour le retrouver. Je suis encore en costume et en patins, mais ça m'est égal.

Il est venu.

Pour la deuxième fois, il est venu. Quand je le vois se tenir là, dans le couloir, ses yeux brillent d'une fierté insoupçonnée. Moi qui ai longtemps cherché cette fierté, je la vois enfin. À chaque pas qui me rapproche de lui, mon cœur se remplit un peu plus d'un sentiment que je suis incapable d'expliquer. Probablement la joie de savoir qu'il a réussi à dépasser ses préjugés et accepter ce que je fais. C'est si inattendu que ça me déstabilise.

Ce qu'il fait ensuite dépasse toutes mes espérances. Il me serre dans ses bras. Les gens quittent les lieux autour de nous, mais notre étreinte est figée dans le temps. Cette accolade ne répare pas tout, évidemment, mais elle ouvre le champ des possibles.

— Je suis fier de toi, mon fils.

Les années de tensions et de désaccords semblent s'évanouir dans l'air. Les mots de mon père résonnent comme une mélodie dans mon cœur, effaçant les années d'amertume et de frustration.

— Ça te dit d'aller marcher, tous les deux ? propose-t-il. Je crois qu'on a pas mal de choses à se dire.

— Ouais, ça me ferait plaisir. Laisse-moi juste aller me changer.

Il acquiesce. Le sourire m'accompagne jusqu'aux vestiaires. Je suis sur un petit nuage.

Je m'assieds lourdement sur le banc, prenant le temps de réaliser tout ce qui s'est passé en l'espace d'une heure. Il ne reste que quelques patineurs, dont Caleb. Je l'ignore et me débarrasse de mon costume avant de le ranger dans sa housse. Je peux sentir son regard dans mon dos et entendre son ricanement.

— Tu comptes faire quoi après les championnats du monde, mec ?

— Qu'est-ce que ça peut te foutre ? lâché-je, acerbe.

— Bah rien. Je me demande juste contre qui je vais concourir l'année prochaine.

Je me retourne pour mieux cerner où il veut en venir. Mes sourcils froncés doivent être témoin de mon incompréhension puisqu'il répond :

— Je ne savais pas qu'Olivia partait, c'est pour ça.

— Ce n'est absolument pas prévu.

— Ah bon ?

C'est quoi ce bordel ?

Est-ce qu'il dit ça juste pour me provoquer à la suite de nos résultats ou est-ce qu'il est sérieux ? Olivia ne ferait pas ça, je le sais. Et vu sa tête, je suis presque sûr qu'il dit ça pour me déstabiliser.

— Je ne te savais pas aussi mauvais perdant, Harris. Olivia ne part pas.

Avec un rictus, il ajoute :

— Tu devrais voir ça avec elle, parce que Penelope Mendler lui a proposé un paquet de fric pour qu'elle vienne à Lake Placid et qu'elle reprenne sa carrière solo. Et vu l'offre que j'ai entendue, ce serait insensé de refuser.

Je n'en crois pas un mot. Olivia s'investit bien trop en danse sur glace pour revenir dans son ancienne discipline. Pourtant, le doute s'installe tranquillement dans un coin de ma tête. Olivia a déjà été approchée pour ce même stage et me l'a caché. Puis il y a cette Penelope Mendler qui semble déterminée à rallier Olivia à sa cause. Je secoue la tête pour chasser cette idée saugrenue.

— Si ça te donne confiance, tant mieux pour toi, mais ça ne marche pas. À demain, Harris.

Je prends mes affaires à la hâte et remonte vers l'entrée principale de la Saitama Super Arena. Olivia discute avec Maddison, qui a remporté la médaille de bronze hier soir. Je la rejoins et embrasse le sommet de son crâne.

— On y va ? suggère-t-elle.

— On… on peut se retrouver plus tard à l'hôtel ? Mon père est là. Il veut me voir, lui confié-je, ne réalisant toujours pas.

Elle se hisse sur la pointe des pieds et presse fermement ses lèvres contre les miennes, me permettant de goûter la saveur sucrée de ses lèvres.

— Vas-y. Fonce le retrouver, Champion.

Je lui vole un dernier court baiser et retrouve mon père sur l'esplanade de l'Arena qui se vide toujours de sa foule compacte. En me voyant arriver, il écrase sa cigarette dans un cendrier public et recrache un dernier nuage de nicotine.

Nous longeons le bâtiment en silence, avant de nous arrêter sur un pont qui enjambe la voie ferrée et relie le palais des sports à un autre quartier de la ville. Les rails grincent au passage d'un train sous nos pieds. Je frotte mes mains moites entre elles et dévisage mon père du coin de l'œil.

— Comment se passe la compétition ? ose-t-il enfin demander.

— Bien. Super bien même. On aura peut-être une médaille demain, avec Olivia.

Un sourire niais étire mes lèvres en mentionnant son nom. La provocation de Caleb me revient en tête, mais je repense au tatouage que je partage avec Olivia.

Tant que je l'ai, elle, tout ira bien.

— Je suis désolé si j'ai mis autant de temps à… accepter ton choix de carrière. Mais je comprends maintenant, et je vais essayer de faire des efforts. On pourrait se voir les week-ends ?

— On pourra, oui.

Il nous faudra un peu de temps pour renouer nos liens brisés, mais s'il me tend la main, je suis prêt à la saisir. En moi, l'enfant de quatorze ans peut enfin guérir, car il a tout ce qu'il a toujours espéré.

Nous continuons de parler, de démêler les nœuds de notre relation, et décidons de rentrer au bout d'une heure.

— Merci d'être venu, papa, soufflé-je dans une dernière accolade.

Nos chemins se séparent devant mon hôtel, mais je sais que, cette fois, ils se croiseront de nouveau.

En pénétrant dans la chambre, Olivia lève le nez de son bouquin et m'interroge du regard. Je jette mon sac au sol, retire mes baskets à la hâte et me glisse entre ses jambes, ma tête contre sa poitrine. Mes bras encerclent sa taille tandis que ses mains caressent la base de mon crâne et l'os de ma mâchoire.

— Il a dit qu'il était fier de moi.

— C'est vrai ?

Elle s'écarte légèrement et me dévisage, curieuse. J'acquiesce, ce qui la fait sourire davantage.

— Sam, c'est génial. Je suis contente pour vous.

— Ouais. Je pense que c'est le bon moment pour te dire que j'ai écouté votre conversation dans la cuisine à Noël. Je pense que tu lui as ouvert les yeux, donc… merci.

— Je pensais être allée trop loin. J'ai eu peur de faire mauvaise impression.

— Non… au contraire. Il t'aime bien.

Ses lèvres atteignent les miennes et y déposent un baiser furtif.

« Parfois, j'aimerais faire les choses différemment avec lui. Je ne sais juste pas comment », avait-il dit. Ce soir, il a parfaitement trouvé comment faire. J'ai eu raison de persévérer pour chercher à le rendre fier. Et lorsque l'adrénaline et l'euphorie de cette journée retombent, je m'endors le ventre vide, mais le cœur plein.

Deux choses me réveillent ce matin : mon estomac que je n'ai pas nourri hier soir en rentrant et la voix d'Olivia. Elle chuchote tant bien que mal pour ne pas me réveiller, mais c'est raté. Encore dans les vapes, je perçois seulement quelques bribes de sa conversation.

— Je ne sais pas… Quand on rentrera des Mondiaux, je verrais si c'est possible que je parte. On n'aura pas de compétitions importantes avant plusieurs mois.

Sa phrase me réveille brusquement, me met en alerte.

Partir ? Partir où ? Caleb avait raison ?

Je reste immobile, feignant de dormir et continue d'écouter.

— Je dois juste le dire à Sam… Pourquoi je refuserais ?

Pour nous, pour moi.

Quelque chose se fêle doucement en moi. La blessure de Joanne qui s'est enfin fermée s'ouvre de nouveau. Mon cœur palpite, d'angoisse cette fois.

— Oui, maman, je vais la rappeler… Non, je n'oublierai pas. Attends, je note ça quelque part.

Je l'entends fouiller dans ses affaires, puis griffonner quelque chose sur un papier. Je lutte pour garder les yeux fermés et ne pas éclater de rage.

— Sam dort encore, mais je dois te laisser. Kelsie a besoin de moi pour sa coiffure et son maquillage.

Elle embrasse sa mère à travers le téléphone et quitte la chambre. Je me retourne sur le dos au bout de quelques minutes, replaçant la conversation dans un contexte qui m'échappe. Mes yeux fixent le plafond, cherchant la moindre explication rationnelle. Elle ne partirait pas, c'est impossible. On s'en est fait la promesse.

Mes yeux balaient la pièce et tombent sur le papier qu'elle vient de griffonner sur la table d'appoint près de la porte d'entrée. Une carte de visite, avec les coordonnées de Penelope Mendler. Je lis les quelques mots qui suffisent à me briser entièrement.

« Penser à rappeler P. M. »

Mon cœur éclate en mille morceaux.

Je lis les mots en boucle pour être sûr de comprendre, mais chaque relecture m'anéantit un peu plus. Ma confiance a encore été brisée, je me sens utilisé, une nouvelle fois. Personne ne reste jamais pour moi.

Ma tête tourne. Je me rassieds sur le lit et analyse la carte. Encore et encore. Une part de moi ne veut pas y croire, mais, dans ma tête, je n'entends que la voix d'Olivia murmurer les mots que Joanne m'a dits il y a un an.

« *Je m'en vais, Sam.* »

Ce n'est pas le couteau dans le dos qui fait mal. C'est se retourner et voir qui le tient.

Chapitre 47

Dernière danse

Olivia

— Maman, tu ne pouvais pas me rappeler plus tard ? Il est sept heures trente, ici, chuchoté-je.

— J'ai eu tes grands-parents au téléphone. Tu leur manques.

Pitié, ne me dites pas qu'elle m'appelle pour parler de mes grands-parents ?

Je les adore, vraiment ! Je sais que je ne les vois pas aussi souvent que je le voudrais, mais je les appelle dès que possible. D'ailleurs, je les ai appelés pour les rassurer après mon malaise. Il est juste un peu tôt pour discuter de vacances.

— Oui, maman, je sais. Mais ce n'est pas le bon moment pour en parler là !

— *Mamie* insiste pour que tu viennes passer deux semaines de vacances, ce ne serait pas une mauvaise idée. Je te rappelle que tu as eu un malaise il n'y a pas si longtemps ! T'as bien un moment de libre, non ?

— Je ne sais pas… Je dois voir quand on rentrera des Mondiaux. Je verrais si c'est possible que je parte. On n'aura pas de compétitions importantes avant plusieurs mois.

Je jette un coup d'œil à Sam qui dort encore à poings fermés. Je parle le plus doucement possible pour ne pas le réveiller. J'aime le regarder dormir et me retrouve à sourire bêtement en observant son dos se soulever sous sa respiration lourde et ses cheveux lui tomber devant les yeux.

— Je dois juste le dire à Sam.

— Tu sais qu'on ne peut rien refuser à *papi et mamie*, pas vrai ?

— Pourquoi je refuserais ?

Des vacances au calme chez mes grands-parents qui vont me traiter comme une reine, loin de la folie de Denver et dans le cadre presque idyllique d'une campagne française ? Personne ne dirait non.

— Tu la rappelleras, hein ! me tanne ma mère. Tu as tendance à oublier les choses.

— Oui, maman, je vais la rappeler… Non, je n'oublierai pas. Attends, je note ça quelque part.

Je fouille mes affaires à la recherche d'un stylo et d'un bout de papier, puis griffonne quelques mots pour m'en souvenir. Je raccroche après avoir embrassé ma mère, puis quitte la chambre pour aller aider Kelsie à se préparer dans la sienne. Comme à notre habitude.

Andrew et Kelsie sont extrêmement stressés ce matin, cela se ressent dans l'air de leur chambre. Ils vont retenter leur triple axel en parallèle, aujourd'hui. Ils l'ont parfaitement réalisé pour leur programme court, donc il ne devrait pas y avoir pas de risques pour eux. Sans grande surprise, notre conversation tourne autour de la compétition.

— Elle te voulait quoi, Penelope Mendler, hier ? s'enquiert ma meilleure amie.

— Elle insiste pour que je reprenne ma carrière solo. Elle est venue sur son cheval blanc, son plateau en argent couvert de liasses de billets et plein de sponsors pour me soudoyer, expliqué-je en appliquant les dernières épingles de sa coiffure.

— Quelque chose me dit que tu l'as envoyée balader, ricane Andrew.

Je ris à mon tour.

— Ce n'est pas la première fois qu'elle essaie ! Il fallait bien que je lui dise qu'il n'y a pas moyen que j'abandonne Sam. Quand je m'engage dans un truc, je le fais jusqu'au bout. Je n'aime pas sa manière de faire.

J'avais l'air d'une grosse idiote en disant que j'allais pratiquer la danse sur glace, et si son offre était arrivée juste après mon accident – et bien avant que je rencontre Sam – j'aurais peut-être dit mille fois oui.

Puis, je réalise. Ils n'ont pas été là quand j'étais en rééducation, quand le souvenir de ma chute me provoquait un blocage pour sauter. Sam, oui. Il a cru en moi, même lorsque je doutais. Ils n'ont pas voulu de moi quand j'étais la patineuse déchue, alors ils n'auront pas la nouvelle Olivia.

— Et voilà, dis-je en appliquant la dernière touche de rouge sur les lèvres de Kelsie.

Je les enlace sur le pas de leur chambre, leur souhaite une dernière fois bonne chance et retourne dans la mienne pour me préparer à mon tour. J'ouvre à peine la porte que Sam me saute à la gorge.

— Tu comptais m'en parler quand ?

— Bonjour à toi aussi. Te parler de quoi ?

— De ça !

Il tient le bout de papier entre ses doigts, puis me le colle sous les yeux.

La carte de visite de Penelope Mendler.

— « Penser à rappeler P. M. ». C'est bien de Penelope Mendler qu'on parle, pas vrai ?

— Quoi ? Non, absolument pas !

— Alors pourquoi t'as sa carte dans tes affaires, hein ? Caleb m'a dit qu'elle t'avait fait une proposition, hier. Impliquant énormément d'argent.

Caleb.

Comment est-il au courant de ma conversation avec Penelope Mendler ? Je suis hébétée, incapable de répondre pour me défendre. Pourquoi il croirait Caleb, son principal rival, plutôt que moi ? Il est le premier à me dire de ne pas l'écouter et c'est le premier à le faire ?

— Je t'ai entendue parler avec ta mère, tout à l'heure. Apparemment, tu prévois de partir.

Mon cœur tombe dans mon estomac.

Partir oui, mais pas là où il pense.

Tout à coup, je suis frigorifiée, incapable de bouger, de parler. Il pense que je l'abandonne, comme Joanne. Son visage passe de la tristesse à la déception, puis à la colère.

— Sam, ce n'est pas…

Il secoue la tête et m'interrompt :

— Pourquoi tu ne m'as pas dit que Penelope te voulait depuis un moment déjà ? Je sais qu'elle t'a déjà contactée avant aujourd'hui.

— Quand ?

— Quand tu m'as menti en disant que c'était du démarchage téléphonique. Eh ouais, je t'ai entendue au téléphone, ce jour-là.

Les mensonges les plus anodins se révèlent parfois être les plus destructeurs.

Le ton monte. L'air autour de nous est lourd, électrique et me pèse sur les épaules. Mes yeux brûlent à cause des larmes qui perlent en leurs coins. Je me sens idiote.

— Mais quel genre de connasse crois-tu que je suis ?

— Je n'en sais rien justement, Olivia. Tu m'as dit que tu ne m'abandonnerais pas comme Joanne.

— Et toi, tu m'as dit que tu m'aimais.

— Il faut croire qu'on est tous les deux des menteurs, alors, rétorque-t-il aussitôt.

Les mots nous échappent l'un et l'autre, nous déchirant au passage. C'est à celui qui parviendra à abattre l'autre le premier.

— C'est ce que t'as toujours fait, non ? finit par demander Sam. Écraser les autres pour décrocher les médailles. Faut croire que pour ça aussi, t'es douée.

Dans le mille.

Une douleur vive naît dans ma cage thoracique avant de se diffuser partout. Une goutte d'eau salée roule jusqu'à mes lèvres et je l'essuie aussitôt. Il est cruel et ne me laisse même pas l'occasion d'expliquer quoi que ce soit.

— On se voit à l'Arena.

J'essaie de le retenir, mais il m'évite d'un mouvement d'épaule. Lorsque la porte claque derrière lui, je me laisse tomber sur le lit.

C'est le stress de la compétition…

Caleb et Joanne cherchent à nous déstabiliser depuis les Nationales. Mêlée avec la pression d'une compétition internationale, on n'a plus les idées claires.

On ne va pas jeter tous les efforts qu'on a faits ensemble à la poubelle… si ?

Mon cœur se raccroche à l'infime possibilité que Sam revienne sur ses pas, mais rien. Seul le silence continue de me tenir compagnie.

Sam ne revient pas de la matinée et ne décroche pas son téléphone. Quand le moment arrive pour moi de rejoindre l'Arena, je quitte la chambre avec un poids énorme dans l'abdomen. L'hôtel se trouve juste en face du palais des sports, mais j'ai l'impression de marcher pendant des heures. Je me pince de nouveau les biceps pour calmer l'angoisse qui grandit un peu plus en moi.

Je ne m'étais plus pincée depuis un moment. Parce que Sam me faisait me sentir bien.

Je me glisse dans les gradins pour regarder les derniers passages des couples au programme libre et essayer de me détendre. Kelsie et Andrew passent dans quelques minutes, je les vois se préparer près de la glace. À défaut de chercher Sam dans l'enceinte de la patinoire, je me concentre sur les figures réalisées en face de moi. Le dernier couple vient de rater son saut lancé ; la patineuse était trop sur sa carre arrière à la réception, ce qui l'a déséquilibrée.

Le programme d'Andrew et Kelsie est beaucoup plus régulier, et quand ils réalisent parfaitement leur triple axel une nouvelle fois, le public éclate dans un énorme brouhaha de joie. À mon tour, j'applaudis leur prestation et assiste à leur remise de médaille : de l'or et un record du monde en poche.

Je ne tarde pas à me préparer à mon tour. Le planning de la finale étant serré, nous enchaînons dans peu de temps. Je retrouve Danielle, Archie et Sam près de la glace. La colère et la déception sont toujours marquées sur le visage de mon partenaire. L'ambiance est glaciale, nous échangeons à peine. Je veux prendre sa main pour le rassurer, mais il retire la sienne quand mes doigts le frôlent.

Première entaille sur mon cœur.

Danielle et Archie nous donnent leurs derniers conseils et encouragements avant de nous laisser sur le bord de la glace, attendant que le couple qui nous précède finisse son programme. Nous avons tous les deux le regard rivé sur nos concurrents qui glissent de manière fluide sur toute la surface lisse.

C'est quelques secondes avant d'entrer sur la glace que Sam me parle enfin.

— Après les championnats du monde, c'est terminé. Toi et moi, notre binôme, assène-t-il sans me regarder.

Et dans toute l'euphorie de l'Arena, malgré la musique qui martèle nos oreilles, je peux entendre mon cœur se briser à l'intérieur. La douleur est si vive que je ne ressens rien d'autre. Je tourne la tête vers lui. Sa mâchoire est serrée et les veines de son cou ressortent. Des larmes perlent au coin de ses yeux, mais il les refoule.

— Si tu veux faire ce stage, vas-y. Depuis le début, tu regrettes de pas pouvoir faire tes sauts. Alors, fonce.

— Sam…

Ma vue se brouille à cause des larmes qui menacent de couler, mais je les ravale lorsque la voix annonce notre tour. Sam m'adresse un regard triste avant de prendre ma main et de nous entraîner une dernière fois sur la glace, pour l'ultime représentation.

Quand nous prenons notre pose de départ, je réalise que tout va rimer avec « fin ». Une dernière danse, une dernière combinaison de pas, de twizzles. Les premières notes résonnent et je voudrais qu'elles s'éternisent, parce que je ne veux pas que ce soit la fin de ça, de *nous.*

Si cela s'annonce être la dernière chose qu'il restera de notre binôme, alors je veux au moins qu'on donne tout. Le public applaudit en rythme avec la première partie de notre musique. Sur nos portés, Sam me tient plus fort que d'habitude, tout comme je m'accroche à son cou aussi fort que je le peux.

Rien qu'une minute de plus. Jusqu'à la dernière seconde.

À l'issue de notre performance, il me regarde enfin. Ses yeux sont tout aussi remplis de larmes que les miens. Il place une mèche de cheveux derrière mon oreille avant de me serrer dans ses bras. Ça fait d'autant plus mal que je sais qu'il le fait pour les juges et le public.

— Merci pour cette dernière danse, Liv'.

Une nouvelle larme glisse sur ma joue et je ne sais pas comment je fais pour ne pas éclater en sanglots. Sam enroule son bras autour de mes épaules et embrasse ma cicatrice. Je voudrais lui crier de ne pas me laisser, mais je suis incapable de prononcer le moindre mot.

Aucun de nous ne lâche la main de l'autre jusqu'à l'annonce des scores finaux. L'angoisse monte. Je ne sais pas du tout à quel résultat m'attendre. Caleb et Joanne ont fait une très bonne prestation, mais ils ne nous ont pas dépassés. Le couple britannique suivant non plus. Il ne reste plus que le couple italien. Danielle nous avait dit qu'ils étaient redoutables. Je me dis qu'obtenir la médaille d'argent serait déjà bien, puis les résultats tombent.

Premiers.

Médaillés d'or.

Les Italiens sont deuxièmes, à quelques centièmes de points. Ma bouche s'ouvre en grand à l'annonce des résultats.

Je l'ai fait.

On l'a fait. Sam et moi. Et même si ce soir signifie la fin de tout ça, je me dis qu'au moins une chose de bien est arrivée.

Lorsque Sam et moi montons sur le podium, je ne réalise toujours pas. Je suis enfin dessus, à cette place que j'ai convoitée pendant des années. Si c'est bel et bien une médaille d'or qu'on nous passe autour du cou, celle-ci semble rouillée quand je l'admire. Je ne retiens plus mes larmes.

J'ai tout ce que j'ai toujours voulu ou presque. Cette médaille d'or ne vaut rien si je ne la célèbre pas avec la seule personne avec qui je voudrais la partager. Même les applaudissements et les éclats de joie du public ne parviennent pas à me combler.

Je tourne la tête vers Sam qui me regarde déjà. Ses yeux sont tout aussi humides. Il m'enlace, encore plus fort cette fois. Mon cœur se serre douloureusement lorsque sa bouche presse la mienne, me rappelant tout ce qu'on a vécu. Des gouttes d'eau salées s'insinuent entre nos lèvres. Et quand il se recule, cette fois, c'est vraiment terminé.

Chapitre 48

Sans elle

Sam

J'ai pris un vol différent de celui d'Olivia pour rentrer à Denver. Juste après la remise de médaille, j'ai fait mes valises et je suis parti pour l'aéroport, sans regarder derrière moi. Je n'ai pas souhaité écouter ce qu'elle avait à me dire. Je n'avais pas besoin de l'écouter se justifier si c'était pour qu'elle me fasse encore plus de mal.

Mais… j'aurais peut-être dû.

Qu'est-ce qui me différencie de Joanne en l'abandonnant de la même façon, alors qu'on s'apprêtait à monter sur la glace ? Je vois encore ses larmes rouler sur ses joues lorsque nous avons reçu notre médaille d'or. Je sens encore ses lèvres salées, pressées contre les miennes.

Le pire dans tout ça, c'est que je lui ai dit que je l'aimais la veille, avant de lui balancer toutes mes horreurs parce que j'étais en colère, triste. Alors que je ne mentais pas : je suis putain d'amoureux d'Olivia Gray. De cette fille qui a sauté dans l'inconnu en choisissant la danse sur glace, qui a surmonté ses traumatismes et ses peurs. De cette fille qui m'a absolument tout donné : son talent, sa confiance et son amour. Mon cœur brûle quand je pense à elle, parce qu'elle me manque.

Je voudrais être avec elle.

Je fixe son contact dans mon téléphone et meurs d'envie de lui envoyer un message, de l'appeler, mais j'éteins l'écran avant d'oser le faire. Ça fait moins d'une semaine que nous n'avons pas échangé, mais j'ai l'impression que plusieurs mois se sont écoulés.

Les jours passent et se ressemblent. Affreusement longs et fades. Je n'ai même plus le goût d'aller patiner. Sans Olivia, ça n'en vaut pas la peine. Je passe mes journées à me morfondre en silence sur le canapé, à regarder des matchs de basket-ball ou tout ce qui pourrait me sortir Olivia de la tête, sans succès.

Je n'arrête pas de me demander si elle est déjà partie, si elle est encore là. Une part de moi espère qu'elle viendra toquer à la porte alors qu'elle n'a aucune raison de le faire.

C'est moi qui ai tout fait voler en éclats.

Le canapé plie sous le poids de ma mère qui s'installe à côté de moi. Elle me fait face, la tête soutenue par son poing, et me fixe tandis que je tente tant bien que mal de l'ignorer.

— Généralement, les athlètes sont beaucoup plus heureux que ça quand ils gagnent une médaille d'or.

— Je suis très content.

C'est en partie vrai : cette médaille d'or est inestimable, mais j'ai perdu bien plus.

Elle me dévisage en haussant les sourcils.

— Je suis ta mère, je sais quand tu me mens. Et quelque chose me dit que ça a à voir avec Olivia.

Je grommelle. Mon cœur s'emballe en entendant son prénom et une nuée de papillons s'envole dans mon ventre. Je me racle la gorge pour chasser ces sensations.

Pourquoi tu m'as fait tomber amoureux de toi, Olivia ?

— Bingo, murmure ma mère. Qu'est-ce qui s'est passé ?

— Rien.

— Bien sûr. C'est pour ça que tu as pris le premier vol pour les États-Unis après la remise de médailles et qu'elle, elle ne faisait que pleurer ?

— Elle s'en va, d'accord ? avoué-je finalement. Elle veut reprendre sa carrière solo.

Ma mère reste silencieuse un instant, puis éclate de rire, bruyamment. Je me tourne enfin vers elle.

— Je ne vois pas ce qu'il y a de drôle.

— Et c'est elle qui te l'a dit ?

— C'est Caleb qui me l'a dit. Il a entendu une conversation qu'elle avait avec Penelope Mendler avant la danse rythmique.

Je me concentre de nouveau sur la télé, mais ma mère l'éteint, me forçant à la regarder.

— Wow, attends ! Raconte-moi tout.

Je soupire lourdement et déballe toute l'histoire à ma mère. À l'issue de mon récit, elle me regarde un instant, puis sa main vient claquer l'arrière de mon crâne une première fois. Elle me dévisage encore, puis me remet une claque derrière la tête. Je m'éloigne d'elle avant qu'elle ne recommence.

— Mais aïe ! Maman, arrête !

— Désolée, je pensais que mon fils était un peu plus intelligent que ça ! Caleb Harris ? Tu as préféré écouter ce petit rat arrogant plutôt que ta partenaire ?

C'est clair qu'elle marque un point. Je repense à Olivia et la conversation qu'elle a eue avec sa mère le matin de la finale. Je ne lui ai même pas laissé l'occasion de parler. J'ai tellement eu mal quand Joanne est partie un an plus tôt que je n'ai même pas laissé le bénéfice du doute à Olivia. Sauf que la conversation avec sa mère ce matin-là était claire.

Et si je me trompais ?

La confiance, c'est comme les rouages d'une horloge. Le moindre grain de sable et tout se dérègle. Le moindre doute vous fait tout remettre en question.

— Je vais à la patinoire, annoncé-je.

Je me lève du canapé, récupère mon sac dans l'entrée et enfourche ma moto direction le complexe. Peut-être que patiner m'aidera à me vider la tête et à y voir plus clair, comme d'habitude. Quand je passe les portes, mon corps s'immobilise.

Olivia est là. Elle discute avec Kelsie et Andrew près de la barrière. Je peux sentir mon cœur battre plus vite lorsqu'elle rit. Mes yeux ne la quittent pas : ses yeux verts qui sont devenus ma couleur préférée au fil du temps, son sourire…

Puis son regard se porte derrière ses amis et se connecte au mien. Elle se mord la lèvre et tourne la tête lorsque ses yeux se mettent à briller à cause des larmes naissantes. Je voudrais la prendre dans mes bras et la consoler.

Ça me demande un effort monstre de passer près d'elle et l'ignorer. Son parfum à la noix de coco s'infiltre dans mes narines, me donnant envie de la serrer dans mes bras pour le sentir encore et encore. Nos corps se frôlent et ce semblant de contact me rappelle tous ceux échangés sur la glace, entre autres. Je m'assieds sur les gradins du bas et enfile mes patins. Je l'entends se racler la gorge.

— Je vous laisse, j'ai un avion à prendre et Roy m'attend, annonce-t-elle en enlaçant ses amis chacun leur tour.

— Profite bien, lui répond Kelsie.

Et elle s'en va.

Je relève la tête et fixe sa silhouette disparaître derrière les portes. Cette fois, j'ignore ma fierté. Je retire mes bottines et cours pour la rattraper. Elle est déjà partie lorsque j'arrive dans le hall. Sur le parvis, aucune trace d'elle.

— Et merde !

Je retourne dans les gradins, enfile mes patins et descends sur la glace pour danser jusqu'à bout de souffle, jusqu'à ce que mes muscles brûlent sous l'acide lactique. Les musiques s'enchaînent et je laisse mon cœur et mes sentiments pour Olivia parler au rythme des paroles et des instruments. Mais rien n'y fait. Je me sens toujours aussi lourd, impuissant, comme une merde. Patiner n'a plus la même saveur sans elle.

Quand je m'arrête, le soleil est déjà couché derrière les grandes vitres. Il n'y a plus personne en dehors du gardien qui m'indique qu'il est temps de quitter les lieux.

À la maison, je monte directement dans la salle de bains pour me laver et me dirige droit dans mon lit que j'évitais soigneusement jusque-là, au profit du canapé du salon. La dernière fois que j'ai dormi dans ces draps, Olivia était dans mes bras. J'enfouis un peu plus ma tête dedans, pour me rappeler sa présence. La fatigue a raison de moi et je m'endors en quelques minutes.

À mon réveil, je tâte la place à côté de moi : vide et froide. Sur mon téléphone, toujours aucun message. C'est mon fond d'écran qui ravive la douleur : elle et moi, sur le podium olympique de Colorado Springs, et la façon dont je la regarde. Transi d'amour.

Je sors de mon lit, encore anesthésié par le manque que je ressens. Mon pied s'écrase sur un morceau de plastique au sol, envoyant une décharge de douleur dans toute ma jambe.

— Putain de merde, fait chier !

Je remarque immédiatement l'objet responsable du crime : la paire de protège-lames fétiche d'Olivia. Ceux qu'elle hésitait à mettre dans nos valises, parce qu'elle avait peur de perdre sans eux. Il y a également trois paires de chaussures lui appartenant qui trônent près des miennes, aux pieds de ma commode. Je les admire pendant de longues minutes, ne sachant pas quoi en faire. Je devrais probablement donner tout ça à Kelsie pour qu'elle les lui donne dès qu'elle la reverra. Ou peut-être que je devrais quand Olivia reviendra. Ce serait l'occasion de la revoir.

Voilà où ça mène, le « pas de sentiments ».

En me rendant à la patinoire, je décide de prendre ses affaires avec moi pour les donner à Kelsie. C'est sa meilleure amie, elle préfèrera la voir plutôt que moi. Cette dernière est en train de travailler un porté hors glace avec Andrew. Ils s'arrêtent quand je m'approche d'eux pour les saluer.

— Salut, Sam. Tout va bien ?

Non. Olivia me manque.

— Ouais. Euh… tu revois Olivia bientôt ?

— Ça dépend, c'est pour quoi ? Tu comptes t'excuser ou pas ? contre-t-elle.

Je la regarde, hébété.

— Eh oui, je suis au courant ! Non, mais qu'est-ce qui ne va pas chez toi ?

Elle me dévisage de la même manière qu'Olivia quand elle est énervée contre moi. Ses yeux sont prêts à m'assassiner.

— J'ai merdé, pas vrai ?

Qu'est-ce que j'ai fait, bordel ?

Andrew nous rejoint. Lui aussi a clairement envie de me tuer. Ils veulent protéger leur amie, ça se comprend.

— Oh, mec, t'as sacrément merdé, là ! grimace Andrew.

— Elle vous en a parlé…

— Évidemment qu'elle nous en a parlé. Olivia n'a jamais eu l'intention de partir pour un stage. Elle nous en a parlé le matin de la finale, ajoute-t-elle. Et elle a dit mot pour mot qu'elle ne te trahirait pas.

— Je devrais te péter la gueule, mec, renchérit Andrew.

— Andy prône toujours la non-violence. C'est dire à quel point t'as été un gros con.

Si ça me permet de récupérer Olivia, je suis prêt à le laisser faire.

— Je ne rendrais pas le coup si tu m'en mettais un, lancé-je à Andrew.

Je regarde Kelsie, incrédule. Si elle ne suit pas de stage, je me demande où elle est allée. Kelsie remarque mon interrogation.

— Elle est chez ses grands-parents, en France. Elle voulait prendre des vacances après les championnats du monde.

Mon cœur se serre. Ce n'est pas Olivia qui m'a trahi, c'est moi qui l'ai fait. J'ai totalement merdé. J'ai été aveuglé par l'angoisse d'être abandonné une nouvelle fois alors qu'au fond de moi, je savais qu'Olivia ne l'aurait jamais fait. On se l'était promis et elle a toujours honoré cette promesse, contrairement à moi. Je dois absolument la voir pour tenter d'arranger les choses. Et si je dois traverser la moitié de la planète pour ça, je le ferais sans hésiter. Je passe une main dans mes cheveux, estomaqué par la vérité.

— Elle est amoureuse de toi, tu sais ? Ça crève les yeux même si elle ne me l'a jamais réellement avoué.

— Tu penses qu'elle me pardonnera ?

— Tu ne le sauras pas si tu n'essaies pas. Si tu l'aimes vraiment, tu sais ce qui te reste à faire.

Je la remercie et m'élance vers la sortie, mais Andrew m'interpelle. Je m'arrête, une grimace sur le visage.

— Tu vas me frapper ?

— Non.

Je me retourne lentement et lui fais face. J'attends le coup, mais il ne vient pas. À la place, Andrew serre le poing et le cogne contre mon épaule sans aucune violence.

— C'est tout ce dont je suis capable, donc… tu peux faire genre que je t'ai fait mal ? demande-t-il.

— Je souffre le martyre, joli coup, ironisé-je.

Si Olivia est chez ses grands-parents, il n'y a que deux personnes qui peuvent m'aider à y aller. J'enfourche ma moto et fonce en direction de la maison de ses parents.

Je ne veux plus perdre une minute sans Olivia à mes côtés.

Chapitre 49

« *La seule partenaire que je veux* »

Olivia

Être chez mes grands-parents me fait plus de bien que je ne l'aurais pensé. Ma mère avait raison, j'avais clairement besoin de ça. C'est peut-être l'air frais du petit village ou bien la cuisine de ma grand-mère.

Mais je pense à Sam tout le temps. Et notre dernière discussion me retourne l'estomac dès qu'elle me traverse l'esprit. Je ne peux pas abandonner les sentiments que j'ai pour lui en un claquement de doigts. De toutes les chutes que j'ai vécues en patinage depuis mes six ans, aucune d'elles n'a fait aussi mal que tomber amoureuse de Sam. J'aurais aimé que ce soit aussi simple que de se relever sur la glace. Il faut croire que celui qui a dit qu'il ne me laisserait jamais tomber l'a fait d'une certaine manière.

Il me manque beaucoup et le fait qu'il m'envoie des messages sur WhatsApp depuis que je suis ici ne m'aide pas à me sentir mieux.

Sam
Je suis désolé. J'ai merdé !
J'ai été un vrai imbécile.

Ça, c'est clair !

Je laisse tous ses messages en « lu », histoire qu'il comprenne que je lui en veux. J'ignore la petite voix dans ma tête qui me dit de lui répondre. Sam a vraiment été un sale con, ce soir-là. Il est celui qui m'a dit que le patinage, c'est une histoire de confiance mutuelle, et pourtant, il ne m'a pas fait confiance, à moi. Il ne m'a laissé aucune chance pour expliquer de quoi il était question.

Et je me déteste parce que je n'arrive même pas à lui en vouloir complètement. Est-ce qu'il a eu tort de réagir comme ça quand Joanne lui a fait un coup similaire l'an dernier ? Pas totalement. En plus, Sam a été le partenaire parfait ou presque pendant des mois : patient, passionné, tendre. Et notre couple sur la glace était excellent.

Je suis vraiment une putain d'idiote de l'aimer plus que le détester.

Il faut croire que j'aime me faire du mal.

Je jette un œil sur mon téléphone qui affiche presque dix heures trente. Entre le décalage horaire, l'adrénaline des Mondiaux qui redescend et inévitablement mon cœur brisé, j'ai tendance à traîner au lit. Après un brin de toilette, je descends dans la cuisine, attirée par l'odeur des viennoiseries chaudes et du café frais.

— Ah, voilà la marmotte ! dit ma grand-mère en m'embrassant.

— J'ai le droit d'être une marmotte, ici. En plus, je l'ai mérité, mamie.

Elle me lance une œillade complice tandis que je m'assieds devant la table de la cuisine. Recroquevillée sur ma chaise, je me délecte d'un bon café au lait et d'une tranche de brioche vendéenne préparée par ses soins.

— Tu vas me dire quel garçon t'as mis dans cet état ? me demande-t-elle dans son français parfait.

Décidément, rien n'échappe aux grands-mères !

— Qu'est-ce qui te fait dire que c'est un garçon ?

— Je suis passée par là avant toi.

Mon grand-père arrive au moment où je m'apprête à tout raconter, les bras chargés de courses. Je me précipite pour le décharger et l'embrasser par la même occasion.

— Ma championne préférée !

— Bonjour, papi !

— Quoi de prévu aujourd'hui ? demande-t-il comme tous les jours.

La même chose qu'hier et les jours d'avant. C'est-à-dire pas grand-chose ou bien me morfondre. Le choix est large. Je donne un sourire à mon grand-père et invente quelque chose.

— Je ne sais pas, j'irais probablement faire un tour en vélo pour prendre l'air.

Ça pourrait me faire du bien. Ou je pourrais retourner à la patinoire de Nantes, comme hier. J'y fais mes sauts : parfois je les réceptionne, parfois je les rate exprès pour ressentir une autre douleur que celle de mon cœur brisé.

À cet instant, mon téléphone vibre à nouveau sur la table en bois. Je regarde la notification qui vient de s'afficher : un nouveau message.

Sam
On peut se parler ?

Moi
On n'a rien à se dire,
t'as été clair sur le sujet.

Et sur ce, je verrouille mon téléphone.

Non, mais ce culot !

Je râle bruyamment en reposant mon téléphone, l'écran tourné vers la nappe, cette fois. Mes grands-parents me dévisagent, un sourire en coin.

— C'est ton petit-copain ? me sonde mon grand-père.

— Non. C'est qu'un sale con.

— Ta grand-mère disait la même chose et maintenant elle est folle de moi.

Je laisse échapper un léger rire lorsqu'elle le fouette avec son torchon. Ces deux-là me font rire. Quarante ans de mariage et ils s'aiment toujours comme des adultes de vingt ans.

— Sam n'est pas mon copain.

— Mais il t'envoie des messages tous les jours. Ce garçon tient à toi.

— Je n'en suis pas si sûre, mamie.

Finalement, je troque ma balade à vélo contre un après-midi en cuisine avec ma grand-mère. Nous profitons des provisions apportées par mon grand-père pour préparer une tarte aux fruits. Je réalise à quel point ça m'avait manqué de passer du temps avec elle. Elle me pousse à me confier à propos de Sam, alors je lui raconte tout : de notre rencontre jusqu'à la finale des Mondiaux. Parfois, je me retrouve à rire en repensant à cette aventure de dingue qui m'est tombée dessus.

— Oh, je sens que le sexe est torride entre vous ! lâche-t-elle subitement.

— Mamie !

J'éclate de rire. Ma grand-mère et sa franchise sont toujours surprenantes. Je continue de glousser, finissant d'éplucher les pommes. Ma poitrine se comprime douloureusement.

— Il te manque ?

Affreusement.

— Ouais, mais il m'a brisé le cœur.

— Et il tente de réparer les morceaux. Tu n'as pas envie de savoir ce qu'il veut te dire ?

Si. Je ne comprends juste pas pourquoi il le réalise seulement maintenant.

Je réponds d'un simple sourire à ma grand-mère. Après avoir déposé notre préparation dans le four, nous tâchons de ranger et de nettoyer la cuisine, jusqu'à ce que ma grand-mère remette Sam sur le tapis.

— Dis-moi, Sam est plutôt beau, non ?

— Il est un peu trop jeune pour toi, mamie ! pouffé-je. Mais oui, il est beau.

— Du genre grand, brun, les yeux verts et musclé ?

Je fronce les sourcils.

— Euh… ouais, enfin, tu nous as vus à la télé. Pourquoi tu me demandes ça ?

— Et il serait du genre à prendre l'avion jusqu'ici et attendre devant la maison ? m'interroge-t-elle, le regard fixé vers la fenêtre.

C'est plus fort que moi, j'éclate de rire.

Je finis de laver le fouet et avance jusqu'à la fenêtre devant laquelle elle est plantée.

— Non, Sam n'est pas du tout comme…

Je regarde à mon tour par la fenêtre, prête à la contredire, et me fige instantanément. Ma respiration se coupe. Sam se tient devant la maison de mes grands-parents, un bouquet de fleurs dans les mains.

— Qu'est-ce que c'est que ce bordel ? murmuré-je.

— Tu sais, ton grand-père était aussi un sale con à l'époque. On se chamaillait tous les jours. Mais chaque soir, quand on rentrait du lycée, il suivait mon bus avec sa mobylette et finissait par me raccompagner de l'arrêt de bus jusqu'à ma porte.

J'adorais toujours cette anecdote que me raconte régulièrement ma grand-mère.

— Il a pris l'avion jusqu'ici. Si ce garçon n'est pas amoureux, je ne sais pas ce que c'est. Avec des fleurs, en plus.

— Les fleurs n'arrangent pas tout, mamie.

— Certes, mais écoute au moins ce qu'il a à te dire.

Je reste plantée là une bonne minute, sans savoir quoi faire. Mais grand-mère a raison. Il vient de traverser la moitié de la planète pour tenter de me parler.

Je claque une bise sur la joue de ma grand-mère avant de sortir de la maison. Je deviens nerveuse tout à coup. Je ne devrais pas pourtant, c'est juste Sam…

— Salut.

Il se retourne aussitôt. Mon cœur se met à accélérer en le sachant tout près.

— Salut, Liv'…

Je souffle un coup avant de m'avancer vers lui. L'air est doux en cette fin du mois d'avril, plus chaud que dans mes souvenirs. Je resserre mon gilet, plus par nervosité qu'autre chose.

— J'ai cru que je m'étais trompé de maison, dit-il en se grattant l'arrière du crâne.

— Qu'est-ce que tu fais là ?

J'essaie tant bien que mal de cacher le tremblement de ma voix. Malgré les deux mètres que je maintiens entre nous, je peux sentir mon corps faiblir à cause de sa présence.

— Aux Nationales, tu as dit que tu ne connaissais presque rien de moi et tu voulais que je me confie.

Il fait un pas vers moi.

— J'ai eu une coupe au bol de mes trois à mes quatorze ans. Mon premier animal de compagnie était un cochon d'Inde qui s'appelait Attila, sauf qu'il était loin d'être aussi redoutable. J'ai perdu ma dernière dent de lait à douze ans et je ne sais pas faire de vélo. Je t'ai dit que ma couleur préférée était le vert parce que c'est la couleur de tes yeux. Je ne suis tombé amoureux qu'une seule fois, et c'est de toi.

Mon cœur accélère encore plus et des vaguelettes dansent dans mon abdomen.

Stupides sentiments.

— Tu veux te racheter une conduite ?

— J'essaie. J'ai merdé avec toi et j'en ai pris conscience bien trop tard.

— Je ne te le fais pas dire.

Mes yeux fixent ceux de Sam à la recherche de sincérité pendant que je lutte dans une bataille intérieure entre la colère et les sentiments que j'éprouve pour lui. Je me retiens de lui sauter dans les bras. Mes yeux l'examinent, puis se posent sur le bouquet de fleurs qu'il tient à la main. Des lilas. Mes fleurs préférées.

Il s'en souvient.

Mon visage s'adoucit légèrement.

— Tu m'as fait énormément de mal.

— Je sais. J'ai commis une erreur.

— Ce n'est pas qu'une question d'erreur, Sam. C'est une question de confiance. On est censés être partenaires, se soutenir tous les deux.

Il baisse les yeux et mord l'intérieur de ses joues. Je n'ai même pas remarqué qu'on s'est rapprochés de plusieurs centimètres, comme deux aimants inévitablement attirés l'un vers l'autre.

— Je sais…

— Ça ne t'a pas empêché d'aller croire Caleb et de me balancer que j'étais une horrible personne.

— J'ai laissé ma peur d'être abandonné à nouveau prendre le dessus. Je m'en veux, terriblement. Et tu me manques. Vraiment beaucoup. Ça a été la semaine la plus horrible de toute ma vie.

— Je suis sûre que tu trouveras une nouvelle partenaire dans pas longtemps.

Je n'ai aucune envie qu'il trouve une nouvelle partenaire, je veux juste le faire ramer un peu.

— C'est toi que je veux. Je ne pense qu'à toi depuis la finale et je ne supporte plus de ne pas t'avoir à côté de moi, Liv'. Je te l'ai dit : gagner ou perdre, si ce n'est pas avec toi, ça n'a aucun sens.

Mes défenses commencent à faiblir. Bien malgré moi.

— S'il te plaît, reviens-moi.

— Pour qu'on mette les choses au clair, j'ai toujours refusé l'offre de Mendler. Et quand j'étais au téléphone avec ma mère, je parlais de partir en vacances chez mes grands-parents. « Rappeler papi et mamie », c'est ce que voulait dire le mot. Espèce d'abruti.

Sam frotte sa chaussure contre le gravier, ne prononçant pas un seul mot. Il porte la paire de Converses que je lui ai offerte à son anniversaire. Il lève sa tête vers moi et affiche son sale sourire narquois.

— Si tu savais comme j'ai envie de te trancher les couilles, là, maintenant.

— Comme au bon vieux temps, hein ?

Je souris malgré moi.

Non, non, c'est trop facile.

Son sourire s'élargit davantage. Je fonds complètement. Il me tend le bouquet de lilas aux nuances de mauve.

— En quel honneur, cette fois, les fleurs ?

— Ce sont tes fleurs préférées, si je me souviens bien.

— Vrai.

— Est-ce que tu connais la signification du lilas, Liv' ? susurre-t-il.

Ce surnom, cette voix rauque. Des pensées indécentes s'immiscent dans ma tête alors que je suis censée être énervée contre lui.

— Non. Mais je suis tout ouïe.

— Le lilas, mauve en particulier, symbolise l'amour. Il est idéal pour déclarer ses sentiments à la personne qu'on aime, ajoute-t-il en s'approchant encore plus de moi.

— Oh, et t'as vu ça sur Internet, je suppose ?

— Non, cette fois c'est une fleuriste qui me l'a dit.

Je pouffe de rire. Sa main glisse dans le creux de mon dos et m'attire contre lui. Mon cœur bat la chamade et ma peau brûle face à notre proximité soudaine.

— Je t'aime, Olivia. Je suis amoureux de toi depuis… je sais même plus en fait, je sais juste que je le suis.

Mon rythme cardiaque crève le plafond. Mes yeux s'ancrent dans les siens. J'y cherchais la sincérité au début, et cette fois, je la devine dans le fond de ses pupilles.

— T'es la seule partenaire que je veux, Liv'. Parce que même les défaites seront belles à tes côtés. Et les victoires le seront encore plus.

— Mais encore ?

— Quoi ? Je suis en train de dire que je suis éperdument amoureux de toi, Olivia. Qu'est-ce qu'il te faut…

Je romps les centimètres restants et écrase mes lèvres contre les siennes, le faisant taire. Honnêtement, je crois que c'est le meilleur baiser qu'on a échangé, tous les deux. Sa langue vient caresser la mienne et toutes les deux s'adonnent à une danse passionnée. Je me retrouve à sourire comme une idiote contre ses lèvres. Il s'écarte de quelques centimètres et regarde derrière moi.

— Je crois qu'on a des spectateurs.

Je me retourne et vois mes grands-parents planqués derrière la porte d'entrée. Quand ils captent qu'on les a vus, ils sursautent et s'en vont. Je me reconcentre sur Sam et passe mes bras autour de son cou.

— Tu m'as manqué. Vraiment manqué.

— Peut-être que je peux te donner une deuxième chance, soufflé-je tout près de ses lèvres.

— Donc, tu m'aimes, avoue-le ?

— Je t'aime.

Il sourit, puis m'embrasse à nouveau, plus délicatement cette fois.

— Ne crois pas t'en tirer comme ça, Ballerine. La prochaine fois que tu oses me faire un coup pareil, je te tranche les couilles pour de vrai.

— Si je te fais encore du mal, je te laisserai faire, Championne.

Épilogue
Sam

Denver, un an et demi plus tard

Debout près de la glace, les bras croisés contre ma poitrine, j'observe les élèves de tous les niveaux qui s'attèlent à différents exercices avec les initiateurs.

— Bonjour, Sam.

Elijah déboule à côté de moi. Ses boucles, blond cendré, sont retenues en arrière par un fin serre-tête.

— Salut, mon grand. Bravo pour votre médaille de bronze avec Tania, le week-end dernier !

Je suis ce gamin depuis qu'il s'est inscrit au club. Lorsque son père et lui sont venus me parler lors de ce spectacle de Noël, Elijah avait des étoiles plein les yeux. J'ai répondu aux questions de son père et lui, je l'ai rassuré. Quand il s'est inscrit, j'ai été surpris et heureux qu'il suive ses rêves. Elijah progresse à une vitesse phénoménale et a intégré le groupe compétition cette saison. Ce garçon va aller loin, c'est certain. Il est bourré de passion et d'ambition. Il me rappelle moi, au même âge.

— Merci, souffle-t-il, le sourire aux lèvres.

Je lui donne une tape sur l'épaule et l'envoie à l'échauffement. Du coin de l'œil, j'aperçois Olivia avancer vers moi, en équilibre sur ses patins.

— Tu peux le prendre deux minutes ? Je reviens !

J'ouvre les bras dans la direction d'Olivia qui me tend le bébé de quelques mois qu'elle porte comme s'il était une bombe à retardement, prête à exploser. Elle dépose le sac à langer à mes pieds et enlève ses protège-lames avant de monter sur la glace. Elle se pose de l'autre côté de la barrière, et, je ne sais pas pourquoi, je sens que je me suis fait piéger.

— Tonton Sam va bien s'occuper de toi, mon ange. Il vient de lâcher une *cacastrophe*, tu peux t'en occuper ? T'es génial.

— Quoi ? Hé, mais c'est toi la marraine de ce bébé !

— Merci, je t'aime ! termine-t-elle avant de s'élancer sur la glace.

Je n'ai même pas le temps de répliquer qu'elle est déjà en train de prendre en charge un groupe en plein milieu de la glace.

Nous avons ouvert une section danse sur glace il y a quelques mois et nous avons été surpris de son succès. Les enfants la regardent comme moi je la regarde : avec admiration. Elle s'accroupit et leur explique l'exercice du jour. En plus de nos entraînements, elle fait une super initiatrice. Elle me jette des œillades complices par moment, et je me surprends chaque fois à me répéter combien je l'aime. Je ne serai jamais assez reconnaissant d'avoir une femme comme elle dans ma vie.

Un nouveau gaz malodorant me rappelle le bébé que je porte. Je tends les bras devant moi et le dévisage alors qu'il m'accorde un gazouillis et un sourire.

— Quand tes parents reviennent, p'tit gars, je te jure que je les tue.

Miles, le bébé de Kelsie et Andrew, me sourit à nouveau. C'est une vraie star au club, comme ses parents qui sont actuellement en pleine interview. Je m'installe dans un vestiaire et prépare le matériel nécessaire. Je me suis toujours demandé comment des êtres aussi petits pouvaient produire une aussi grande quantité de déchets organiques. C'est criminel !

— Tu t'en sors ?

Une main sur le petit pour le sécuriser, je jette un regard par-dessus mon épaule et vois Joanne qui se tient sur ses patins avec son nouveau partenaire, tous les deux hilares.

— C'est ça, moque-toi !

Après les championnats du monde l'an dernier, elle s'est séparée de Caleb et a rejoint Denver avec Maddison. Elle est arrivée quelques semaines après la compétition, avouant à Olivia qu'elle avait raison pour Caleb et qu'il la maltraitait durant leurs entraînements. Ce dernier a finalement mis fin à sa carrière internationale.

Notre amitié n'est plus aussi forte qu'avant, mais de l'eau a coulé sous les ponts en deux ans et elle reste toujours une personne qui a compté. On ne peut pas refaire le passé, alors je me contente du présent et de ce que l'avenir nous réserve.

Février 2026 – Milan

— Et maintenant, représentant les États-Unis d'Amérique… Olivia Gray et Sam Anderson !

La voix d'annonce résonne dans l'immense salle. Alors que les projecteurs illuminent la glace olympique, je glisse ma main dans celle d'Olivia pour nous élancer. Après deux autres victoires aux Nationales et un nouveau titre mondial, nous sommes parvenus à nous qualifier pour les Jeux olympiques. Ça a longtemps semblé un rêve inaccessible, et pourtant, je me tiens bien là, avec la femme que j'aime le plus au monde. La meilleure partenaire que j'aie pu avoir.

La douceur de la musique de notre danse libre contraste avec la tempête qui fait rage dans nos cages thoraciques. À cet instant, nous ne faisions plus qu'un, comme à chacune de nos performances. Nos lames tranchent la glace avec une précision et une légèreté incroyables, à tel point que nous entendons à peine le frottement produit par les figures que l'on réalise en parfaite harmonie.

À la fin de notre performance, notre respiration est erratique, mais nos sourires traduisent le sentiment d'accomplissement qui nous comble tous les deux. Nous nous tenons au centre de la glace, main dans la main, et saluons les juges et le public. Peu importe le résultat qui nous attend, nous sommes tous les deux les champions l'un de l'autre.

Quand, plus tard dans l'après-midi, nos noms s'affichent en haut du tableau et confirment que nous venons de remporter la médaille d'or, nous réalisons à peine. C'est magique. Et rien n'égale la sensation de sentir l'or olympique autour du cou.

— J'ai une surprise pour toi, ce soir.

Depuis que nous sommes arrivés à Milan, je suis plus que nerveux. Je suis parti de Denver avec une bague. Et je n'ai qu'une hâte, c'est faire ma demande. Tout simplement parce que je ne me vois pas sans Olivia. La femme de ma vie.

Kelsie, Andrew et leur petit garçon nous accompagnent ce soir-là. Nous déambulons tous les cinq, Olivia et moi avec nos médailles autour du cou. Kelsie et Andrew marchent un peu plus loin, courant après leur fils qui essaie de les semer. Je jette un dernier coup d'œil vers nos amis qui m'encouragent, les pouces en l'air. J'enlace Olivia, dos à moi et dépose un baiser sur sa joue, la faisant frissonner. Elle se tourne vers moi et mon cœur bat la chamade. Je suis nerveux tout à coup.

— L'or te va plutôt bien, glissé-je dans le creux de son oreille.

— Oh, merci. À toi aussi, tu sais.

Je l'embrasse délicatement et m'écarte.

— On dirait que tu vas faire une syncope, Ballerine.

Il se pourrait bien.

Mais l'entendre utiliser ce surnom me ramène à la raison. Je respire un bon coup et prends mon courage à deux mains. Je pose un genou à terre, sors l'étui en velours de ma poche et le place sous les yeux d'Olivia qui change radicalement d'expression. Je jette un coup d'œil discret vers nos amis qui assistent à la scène. Kelsie sautille sur place.

— Je me suis dit qu'après avoir gagné une médaille aux Jeux olympiques, ce serait le moment parfait.

— Tu fais chier, tu le sais ça ?

Des larmes de joie perlent au coin de ses yeux.

— Je t'aime, Liv' et… bref, tu connais la suite ! continué-je, dépassé par les évènements. On s'est fait une promesse il y a quatre ans. Je veux la sceller officiellement.

— Je t'aime aussi.

— Alors, c'est oui ?

Pour réponse, elle se jette à mon cou et m'embrasse passionnément avant de saisir l'écrin. Elle plaque une main sur sa bouche en découvrant la bague : un anneau doré et un diamant serti au centre. Mais ce n'est pas n'importe quelle bague.

— Je l'ai fait tailler dans notre toute première médaille d'or aux championnats du monde. C'est d'abord le patinage qui nous a réunis et je voulais que cette bague en soit le symbole.

— Je vais faire comme si je n'avais pas entendu l'affront que tu as commis, rit-elle entre deux sanglots.

— On a d'autres médailles à la maison, dis-je en lui passant la bague au doigt. Elle te plaît ?

— Elle est parfaite. Même si t'as bousillé notre médaille.

Je m'esclaffe et prends son visage en coupe pour l'embrasser de nouveau, profitant de cet instant. De toutes les médailles que j'ai remportées, aucune n'égale celles que je gagne et que je continuerai de gagner à ses côtés.

FIN

Remerciements

Il y a quelque chose de particulièrement émouvant dans le fait d'écrire ces remerciements, ceux de mon premier roman écrit et publié.

Je pense que tous les « mercis » du monde ne suffiront pas à exprimer toute la gratitude et l'immense privilège que je ressens à l'écriture de ces quelques lignes.

Lorsque j'ai posé les premiers mots d'*On the Edge* en août 2022, c'était avant tout un moyen de me distraire, de ne pas penser à ce que je vivais à cette période. Quelques lignes sont devenues un chapitre, puis deux, dix et aujourd'hui, cette histoire qui ne fut au départ qu'un pari fou avec moi-même est entre vos mains.

Jamais je n'aurais pensé qu'en publiant l'histoire d'Olivia et Sam sur Wattpad, j'en serais là, à vivre ce rêve qui m'a longtemps semblé inaccessible. Alors je tiens en tout premier lieu à vous remercier, vous qui avez accueilli *On the Edge* avec tout votre amour et votre enthousiasme, vous qui avez parfois cru avant moi en ce texte. Vos commentaires et vos messages restent précieusement dans mon cœur et dans ma tête ; ils me donnent la force de persévérer et de continuer à écrire même quand le doute me submerge.

Les copines, j'espère que vous ne m'en voudrez pas si je commence par l'une plutôt que l'autre. Vous êtes toutes plus précieuses les unes que les autres et vous êtes toutes à égalité sur la première marche du podium. Quand Olivia dit que Kelsie lui a appris ce qu'était l'amitié, cela s'applique à vous.

À Amandine, ma meilleure amie, ma personne qui a toujours cru en moi. À Jude qui a été l'une des premières à lire cette histoire. À Claire, ma madame Irma qui me disait que je serais publiée l'an dernier. Je vous aime du fond du cœur et je ne remercierai jamais assez la vie d'avoir croisé votre chemin sur un serveur Discord. Merci pour votre soutien sans failles, merci d'être les personnes les plus douces et les plus loyales que je connaisse. Le monde mérite plus de personnes comme vous.

À ma maman, que je viens toujours embêter le soir quand je cherche un mot ou une expression plutôt que d'utiliser Google comme tout le monde. Je t'aime.

À ma minitopie, merci de m'avoir reboostée dans les moments où je doutais, tes vocaux lecture me rappelle pourquoi j'écris. Merci pour ta *hype* à chaque projet que je te présente.

Un IMMENSE merci à Louise, mon éditrice qui m'a accompagnée à chacune des étapes. Merci pour tes précieux conseils, ton professionnalisme, et ta gentillesse qui ont permis à ce livre de voir le jour.

Merci à l'équipe Nisha d'avoir cru en ce texte et de m'avoir donné une chance de réaliser un de mes rêves et qui a fait un travail fantastique.

Et je vais m'arrêter là parce que je pleure et que je ne vois plus mon écran, mais rappelez-vous que vos rêves ne sont jamais trop grands. Ce livre est l'un des miens et j'espère qu'à travers ces pages, vous trouverez la force de poursuivre les vôtres.

Avec tout mon amour,

Sarah

@nishaetcaetera est sur les réseaux sociaux :

RdV sur nos pages pour du fun, des cadeaux, des promos et pour découvrir tes auteures en off !

On a hâte de papoter avec toi :)

Vous avez un manuscrit de romance
à nous proposer ?

Foncez !

Envoyez-le-nous à cette adresse :

manuscrit@nishabooks.com

Imprimé en France par CPI Firmin-Didot
en janvier 2026
N° d'impression : 187049
ISBN : 978-2-38671-086-5
Dépôt légal : février 2026